कन्हैयालाल माणिकलाल मुंशी

गुजराती के सुप्रसिद्ध कथाकार। इतिहास और संस्कृति के मर्मज्ञ तथा प्राच्य विद्या के बहुश्रुत विद्वान।

जन्म : 30 दिसम्बर, 1887; भड़ौंच (गुजरात)।

शिक्षा : बी.ए., एल-एल.बी., डी.लिट्., एल.एल.डी.।

प्रारम्भ (1915) में 'यंग इंडिया' के संयुक्त सम्पादक। सन् 1938 से आजीवन भारतीय विद्या भवन के अध्यक्ष और 'भवन्स जर्नल' के सम्पादक। सन् 1937-57 के दौरान दस वर्षों तक गुजराती साहित्य परिषद के अध्यक्ष। सन् 1944 में हिन्दी साहित्य सम्मेलन के अध्यक्ष। सन् 1951 से मृत्युपर्यन्त वह संस्कृत विश्व परिषद के भी अध्यक्ष रहे। सन् 1952 से 1957 तक उत्तर प्रदेश के राज्यपाल का पद-भार सँभाला। उसी दौरान सन् 1957 में उन्होंने भारतीय इतिहास कांग्रेस की अध्यक्षता की।

प्रमुख प्रकाशित कृतियाँ : *लोमहर्षिणी, लोपामुद्रा, भगवान परशुराम, तपस्विनी, पृथ्वीवल्लभ, भग्नपादुका, पाटण का प्रभुत्व,* कृष्णावतार के सात खंड—*बंसी की धुन, रुक्मिणीहरण, पाँच पांडव, महाबली भीम, सत्यभामा, महामुनि व्यास, युधिष्ठिर* (उपन्यास); *वाह रे मैं वाह* (नाटक); *आधे रास्ते, सीधी चढ़ान, स्वप्नसिद्धि की खोज में* (आत्मकथा के तीन खंड)।

निधन : 8 फरवरी, 1971

कृष्णावतार-4

महाबली भीम

कन्हैयालाल माणिकलाल मुंशी

अनुवादक
प्रफुल्लचन्द्र ओझा 'मुक्त'

राजकमल पेपरबैक्स

पहला पुस्तकालय संस्करण
राजकमल प्रकाशन प्राइवेट लिमिटेड द्वारा
1981 में प्रकाशित

राजकमल पेपरबैक्स में
पहला संस्करण : 1986
पन्द्रहवाँ संस्करण : 2025

राजकमल पेपरबैक्स : उत्कृष्ट साहित्य के जनसुलभ संस्करण

राजकमल प्रकाशन प्रा.लि.
1-बी, नेताजी सुभाष मार्ग, दरियागंज
नई दिल्ली-110 002
द्वारा प्रकाशित

शाखाएँ : अशोक राजपथ, साइंस कॉलेज के सामने, पटना-800 006
पहली मंजिल, दरबारी बिल्डिंग, महात्मा गांधी मार्ग, प्रयागराज-211 001
1, अनमोल सोराबजी सन्तुक लेन, धोबी तलाव, मरीन लाइंस, मुम्बई-400 002
वेबसाइट : www.rajkamalprakashan.com
ई-मेल : info@rajkamalprakashan.com

बी.के. ऑफसेट
नवीन शाहदरा, दिल्ली-110 032
द्वारा मुद्रित

मूल्य : ₹ 299

MAHABALI BHEEM
Novel by K.M. Munshi

ISBN : 978-81-267-0665-5

प्रस्तावना

यादव

हमारे प्राचीन पूर्व-पुरुषों के युग में नागों के साथ विवाह-सम्बन्ध करते, उनसे या अपने ही लोगों से युद्ध करते तथा राज्यों की स्थापना अथवा विध्वंस करते हुए प्रबल पराक्रमी आर्य सारे भारत में फैल रहे थे।

ज्ञान और आत्मसंयम में लीन आर्य-ऋषि अपने आश्रमों में रहते थे। वे देवताओं से सम्पर्क स्थापित करते और सत्य, यज्ञ तथा तपस पर आधारित आर्य-जीवन-पद्धति का प्रचार करते थे। इसे वे धर्ममय जीवन कहते थे।

साहसिक आर्य राजाओं ने जब उत्तर भारत के उपजाऊ मैदानों में राज्यों की स्थापना की, उससे बहुत पहले ही यादव लोग गंगातट तक पहुँच चुके थे। उनमें से शूरों, अन्धकों और वृष्णियों की संघबद्ध जातियाँ प्रबल पराक्रमी थीं!

इन संगठित जातियों ने गंगा की तराई के जंगल साफ किए और वहाँ बस्तियाँ बसाईं। उन बस्तियों का सामूहिक नाम, उनके सर्वाधिक शक्तिशाली मुखिया शूर के नाम पर, शूरसेन पड़ा। कालान्तर में उन्होंने मथुरा को जीता। उनके हाथों में आने के बाद मथुरा की शक्ति, समृद्धि और प्रभाव में बहुत वृद्धि हुई।

मथुरा के अजेय यादवों पर एक पुराना शाप था। उनके यहाँ कोई राजा नहीं हो सकता था। उनका राज-काज नायकों की एक समिति के द्वारा चलता था यद्यपि अन्धक वंश के नायक उग्रसेन को सम्मान देने के लिए 'राजा' कहा जाता था।

अन्धक उग्रसेन का पुत्र कंस दुस्साहसी, बर्बर और महत्त्वाकांक्षी था। वह प्रबल पराक्रमी था और उसने मगधाधिपति सम्राट जरासन्ध की अस्ति और प्राप्ति नाम की दो कन्याओं से विवाह किया था। जरासन्ध संसार के सभी राजाओं को छल या बल से वशवर्ती करने की अभिलाषा रखता था। कंस अपने श्वसुर का दाहिना हाथ बन गया, उसने मथुरा पर आधिपत्य जमाया और वहाँ के लोगों को सन्त्रस्त करने लगा।

शूरों के शक्तिशाली नायक शूर ने नागों के नायक आर्यक की कन्या मादिषा से विवाह किया था। उसकी सन्तानों में वसुदेव और देवभाग नाम के पुत्र तथा पृथा और श्रुतश्रवा नाम की कन्याएँ थीं।

बड़ी बेटी पृथा को कुन्तिभोज ने गोद ले लिया और उसे कुन्ती कहा जाने लगा। शूर की दूसरी बेटी श्रुतश्रवा का विवाह चेदिराज दामघोष से हुआ, जिसने शिशुपाल नाम के पुत्र को जन्म दिया। शिशुपाल हठी और महत्त्वाकांक्षी था और वह भी मगध-सम्राट् जरासन्ध का कृपा-पात्र बनना चाहता था।

शूर के ज्येष्ठ पुत्र वसुदेव ने राजा उग्रसेन के भाई देवक की पुत्री देवकी से विवाह किया था।

देव-वाणी हुई थी कि कंस की चचेरी बहन देवकी का आठवाँ पुत्र कंस की हत्या करेगा। उस देव-वाणी को विफल करने के लिए कंस ने वसुदेव और देवकी को कारागृह में डाल दिया और उनके छह पुत्रों की, जन्म होते ही, हत्या कर दी।

सातवें भ्रूण को समय से बहुत पहले ही गर्भ से निकालकर, गुप्त रूप से बाहर पहुँचा दिया गया। बड़ा होने पर वह पुत्र संकर्षण बलराम के नाम से प्रसिद्ध हुआ।

आठवें पुत्र कृष्ण थे, जिनके बारे में यह देव-वाणी सुनी गई थी कि वह यादवों के त्राता होंगे। आधी रात के समय, जन्म होते ही, उन्हें गोकुल ले जाया गया, जहाँ गो-पालकों के नायक नन्द के यहाँ उनका पालन-पोषण हुआ।

वसुदेव के छोटे भाई देवभाग के पुत्र उद्धव हुए। शैशव में ही कृष्णसखा के रूप में पाले-पोसे जाने के लिए उनको गोकुल भेज दिया गया।

बलराम, कृष्ण और उद्धव बड़े होकर अत्यन्त पराक्रमी, रूपवान और साहसी हुए। कृष्ण उनमें सर्वाधिक स्नेही और प्रिय थे। वह गोप-समुदाय के स्नेहभाजन और वृन्दावन की गोपियों के प्यारे बन गए। वृन्दावन ही वह जगह थी जहाँ नन्द जा बसे थे।

कृष्ण जब सोलह वर्ष के हुए तो उन्हें मथुरा लाया गया, जहाँ उन्होंने अपने मामा, दुष्ट कंस का वध किया!

कृष्ण, बलराम और उद्धव यथासमय शस्त्र-विद्या की शिक्षा में प्रवीणता प्राप्त करने के लिए गुरु सान्दीपनि के विद्यालय में गए। सान्दीपनि के आश्रम में रहते समय कृष्ण ने चामत्कारिक पराक्रम के साथ अपहरणकर्ताओं के हाथ से गुरुपुत्र पुनर्दत्त की रक्षा की।

जब जरासन्ध ने सुना कि कृष्ण ने उसके जामाता का वध कर दिया है तो बदला लेने की इच्छा से उसने मथुरा की ओर प्रस्थान किया। ऐसे पराक्रमी शत्रु के घेरे का सामना करने में असमर्थ यादवों ने कृष्ण और बलराम को रात्रि के

अन्धकार में नगर से बाहर चले जाने का अवसर दिया। साह्याद्रि के उस पार गोमन्तक पहुँचकर वे गरुड़ जाति के लोगों के साथ रहने लगे।

जरासन्ध ने गोमन्तक तक कृष्ण और बलराम का पीछा किया, किन्तु उन साहसी तरुणों ने उसे और उसके मित्रों को भागने को विवश कर दिया।

कृष्ण और बलराम की कीर्ति सारे आर्यावर्त में गूँजने लगी। वे विजय के रूप में मथुरा वापस लौटे। उनका नेतृत्व प्राप्त कर मथुरा के यादव शक्तिशाली और अनुशासित बने।

मथुरा के यादवों को विनष्ट करने के लिए जरासन्ध ने विदर्भराज भीष्मक और चेदिराज दामघोष के साथ अपनी मैत्री को सुदृढ़ बनाने का निश्चय किया। उसने यह प्रबन्ध किया कि चेदिराज दामघोष के पुत्र शिशुपाल के साथ भीष्मक की कन्या रुक्मिणी का विवाह कर दिया जाए और स्वयं उसकी पौत्री का विवाह भीष्मक के पुत्र रुक्मी के साथ हो।

इस व्यवस्था को कार्यान्वित करने के लिए विदर्भ की राजधानी कुण्डिनपुर में स्वयंवर का आयोजन किया गया। वस्तुतः यह आर्यों की प्राचीन परम्परा को एक प्रकार से धोखा देना था, क्योंकि रुक्मिणी को चुनाव की कोई स्वतन्त्रता नहीं थी, उसे शिशुपाल से ही विवाह करना था। कृष्ण निमन्त्रित नहीं थे, फिर भी वह अनेक यादव नायकों तथा उनके मित्रों के साथ कुण्डिनपुर जा पहुँचे और उन्होंने भीष्मक को स्वयंवर स्थगित करने के लिए प्रेरित किया।

कृष्ण की कीर्ति बढ़ती गई, और उनके असाधारण साहसिक कार्यों ने उन्हें ईश्वरोपम आभा से मण्डित किया।

मगर जरासन्ध इस पराजय को नहीं भूला। उसने मथुरा के यादवों को नष्ट करने का निश्चय किया। अतः इस बार उसने किसी भी आर्य राजा को साथ न लेने की बात सोची और सिन्धु-पार के बर्बर राजा कालयवन के साथ सन्धि की। इस सन्धि के अनुसार पश्चिम की ओर से कालयवन को और पूर्व दिशा से स्वयं उसे मथुरा पर आक्रमण करना था। वे यादवों को नष्ट करके मथुरा को जलाकर छार-खार कर देनेवाले थे।

इन अदम्य शक्तियों से घिर जाने पर यादवों की रक्षा असम्भव हो जाएगी, ऐसा मानकर कृष्ण उन्हें दलदलों और मरुप्रान्त के पार सुदूर सौराष्ट्र में ले गए। वहाँ वे कुकुद्‌भिन के राज्य में जा बसे, जिसकी कन्या रेवती से बलराम का विवाह हुआ था। उनकी राजधानी द्वारका शीघ्र ही एक समृद्ध पोताश्रय बन गई।

कालयवन मथुरा नहीं पहुँच सका। मार्ग में ही वह मुचुकुन्द नामक एक वृद्ध ऋषि का कोपभाजन बना, जिसकी हत्या करने का उसने प्रयत्न किया था।

जरासन्ध जब मथुरा पहुँचा तो उसकी निराशा का अन्त न रहा। यादव उससे

बच निकले थे। उसने मथुरा को जलाकर छार-खार कर डाला और इस तरह अपनी क्रोधाग्नि को शान्त किया।

चेदि और विदर्भ के राजाओं के साथ कौटुम्बिक सम्बन्ध स्थापित करने के लिए उसने एक बार फिर कुण्डिनपुर में स्वयंवर-सभा आयोजित करने का आदेश दिया, जिसमें रुक्मिणी को शिशुपाल का वरण करना था।

छ्कृष्ण सहसा कुण्डिनपुर जा पहुँचे, रुक्मिणी का हरण करके वह उसे सौराष्ट्र की राजधानी द्वारका में ले गए और वहाँ उन्होंने उससे विवाह कर लिया।

कुरु

आर्य-जगत् में भरतों और पंचालों की संख्या बहुत अधिक थी और वे अत्यन्त शक्तिशाली भी थे।

प्राचीन काल में भरतों ने आर्यावर्त के सभी राजाओं पर अपना चक्रवर्तित्व स्थापित किया था। उनके सम्राट् भरत, परम्परागत सभी सम्राटों में सर्वश्रेष्ठ घोषित किए गए थे।

भरत के वंश में हस्ति नामक राजा हुए, जिन्होंने गंगा के तट पर हस्तिनापुर बसाया।

कालान्तर में भरतों को कुरु कहा जाने लगा, जिन्होंने बहुत-से राज्यों पर प्रभुत्व स्थापित करके चक्रवर्तित्व बनाए रखा।

कुरुओं और उनके प्रतिद्वन्द्वी पंचालों का जिस भूमि पर अधिकार था, वह आर्यावर्त का केन्द्रीय भाग था, जिसे विद्या और शौर्य के क्षेत्र में विशिष्टता प्राप्त थी। सर्वश्रेष्ठ आर्य-ऋषियों ने वहाँ अपने आश्रम बनाए थे और वहाँ के राजे धर्म-मार्ग का अनुमोदन करते थे।

हस्ति के वंशज शान्तनु एक महान् राजा थे। उनके पुत्र गांगेय अत्यन्त बलशाली, पराक्रमी और न्यायपरायण हुए।

वार्धक्य में राजा शान्तनु को एक धीवर-कन्या से प्रेम हो गया, जो कालान्तर में सत्यवती के नाम से प्रसिद्ध हुई। किन्तु उसका पिता केवल इसी शर्त पर राजा के साथ अपनी कन्या का विवाह करने को राजी हो सकता था कि यदि उसकी कन्या के कोई पुत्र हुआ तो वही राज्य का अधिकारी बने। अपने पिता को सुखी बनाने के लिए गांगेय ने प्रतिज्ञा की कि वह आजीवन अविवाहित रहेंगे और कभी राज-पद का अधिकार न चाहेंगे। यह प्रतिज्ञा बड़ी भीषण थी, इसलिए गांगेय भीष्म के नाम से प्रसिद्ध हुए।

सत्यवती से शान्तनु के दो पुत्र हुए–चित्रांगद और विचित्रवीर्य। बड़ा पुत्र युद्ध में मारा गया। भीष्म ने हस्तिनापुर की राजगद्दी पर विचित्रवीर्य को बैठाया और काशिराज की कन्याओं का हरण कर ले आए, जिनमें से दो का विवाह उन्होंने बालक राजा विचित्रवीर्य से कर दिया।

विचित्रवीर्य बालक ही था कि काल-कवलित हो गया। उसके कोई सन्तान नहीं थी। भीष्म ने न तो विवाह करना और न ही राज्य-पद सँभालना स्वीकार किया। फलतः कुरुओं का राजवंश मिट जाने का खतरा उपस्थित हो गया।

भीष्म के परामर्श से सत्यवती ने कृष्णद्वैपायन व्यास को बुलवा भेजा। कृष्णद्वैपायन पराशर ऋषि से उत्पन्न उसी के पुत्र थे। प्राचीन प्रथा के अनुसार उनसे विचित्रवीर्य की विधवाओं से पुत्र उत्पन्न करने का अनुरोध किया गया।

कृष्णद्वैपायन व्यास का पालन-पोषण उनके पिता ने वैदिक ऋषियों की उन कठोरतम परम्पराओं के अनुसार किया था, जिनके संस्थापकों में से एक, उन्हीं के प्रपितामह वसिष्ठ थे।

अपने ज्ञान और संयम के द्वारा कृष्णद्वैपायन ने आर्यावर्त के ऋषियों में सर्वोच्च स्थान प्राप्त किया था। उन्होंने दैवी वेदों का भी लिखित रूप में संकलन किया था, जिसे देवताओं ने प्राचीन काल के चिरस्मरणीय ऋषियों को सुनाया था। उन ऋषियों में कृष्णद्वैपायन के एक पूर्वज का भी विशिष्ट स्थान था।

कुरुओं के वंश को बनाए रखने के लिए ऋषि ने अपनी माता का आदेश स्वीकार किया। अम्बिका से धृतराष्ट्र उत्पन्न हुए जो जन्मान्ध थे। अम्बालिका ने पाण्डु को जन्म दिया, जो जन्म से ही रोगी थे। एक श्रद्धालु दासी ने भी अपने को कृष्णद्वैपायन को अर्पित किया था, जिससे विदुर जन्मे।

भीष्म ने तीनों बालकों का बड़ी सावधानी और बुद्धिमत्ता के साथ पालन-पोषण किया। अन्धता के कारण धृतराष्ट्र राजसिंहासन पर नहीं बैठ सकते थे, अतः छोटे पुत्र पाण्डु ने कुरु साम्राज्य पर बड़ी कुशलता और सूझबूझ के साथ शासन किया। वह अत्यन्त लोकप्रिय हुए। दासी-पुत्र विदुर बड़े होकर चतुर और सन्त स्वभाववाले मन्त्री बने।

अन्धे धृतराष्ट्र ने गान्धारी से विवाह किया, जिससे उनके दुर्योधन, दुःशासन और अन्य अनेक पुत्रों का जन्म हुआ।

पाण्डु का विवाह कुन्ती और माद्री से हुआ। कुन्ती, कृष्ण के पिता वसुदेव की बहन थीं और माद्री मद्रदेश की राजकुमारी। एक शाप के कारण शरीर-सुख से वंचित राजा पाण्डु अपनी पत्नियों के साथ हिमालय चले गए। अपने पति की अनुमति और विभिन्न देवताओं की कृपा से उन दोनों के पाँच पुत्र हुए–युधिष्ठिर, भीम, अर्जुन, नकुल और सहदेव।

जब पाण्डु की मृत्यु हुई तो उनकी छोटी रानी माद्री ने पति के साथ चिता में प्रवेश किया। वह अपने दोनों पुत्रों को कुन्ती को सौंप गई। ऋषिगण कुन्ती और पाँचों भाइयों को हस्तिनापुर ले आए। वेदव्यास के परामर्श से भीष्म ने पाँचों भाइयों को पाण्डु के पुत्र और उत्तराधिकारी के रूप में स्वीकार किया।

पाँचों भाई बड़े होकर अत्यन्त रूपवान, बलशाली और सद्व्यवहार करनेवाले हुए। अपने इन गुणों के कारण वे सबके प्रिय पात्र बन गए, जिससे दुर्योधन, दुःशासन और उनके अन्य चचेरे भाइयों को बड़ी जलन हुई।

भीष्म ने राजकुमारों की शिक्षा के लिए द्रोणाचार्य को नियुक्त किया, जो युद्धकला के पारंगत आचार्य परशुराम के शिष्य थे। अपनी शिक्षा की अवधि में भी पाँचों भाई शास्त्रों और शस्त्रों की कला में अपने चचेरे भाइयों से बहुत आगे निकल गए।

शिक्षा समाप्त होने पर उन्होंने अपने गुरु द्रोणाचार्य के लिए पांचाल राज्य का उत्तरी भाग जीतने में सहायता की। पांचाल के शासक राजा यज्ञसेन थे जिन्हें द्रुपद भी कहा जाता था।

पाँचों भाई कुरुओं में अत्यन्त लोकप्रिय हो उठे। उनमें सबसे बड़े युधिष्ठिर थे, जिन्हें धर्मराज कहा जाने लगा। अतः भीष्म ने उन्हें हस्तिनापुर के युवराज-पद पर अभिषिक्त किया, क्योंकि सब तरह से योग्य होने के अतिरिक्त उनके पिता पाण्डु ही कुरुओं के राजसिंहासन पर बैठनेवाले अन्तिम राजा थे।

युधिष्ठिर के युवराज-पद पर बैठने के बाद पाण्डवों में दूसरे भाई भीम, बलराम की देख-रेख में गदा-युद्ध में निपुणता प्राप्त करने के लिए मथुरा चले गए। बलराम गदा-युद्ध के जाने-माने आचार्य थे।

यह ठीक उसके पहले की बात है, जब मगध-सम्राट जरासन्ध के आतंक से डरकर यादव लोग कृष्ण के नेतृत्व में सौराष्ट्र चले गए थे।

पंच पाण्डव

पांचाल के राजा यज्ञसेन द्रुपद ने किसी समय के अपने मित्र और सहपाठी द्रोणाचार्य को नष्ट करने की प्रतिज्ञा की थी, जिन्होंने पाण्डु के पाँचों पुत्रों की सहायता से उनके राज्य के उत्तरी भाग पर अधिकार कर लिया था। अपने उद्देश्य की सिद्धि के लिए उन्होंने आर्यावर्त के सर्वश्रेष्ठ योद्धा के साथ अपनी कन्या के विवाह का निश्चय किया था और यादवों के नायक कृष्ण वासुदेव को उसे सौंपना चाहा था, जिन्हें सारे आर्यावर्त में सबसे अजेय योद्धा माना गया था। कृष्ण ने यह

प्रस्ताव तो स्वीकार नहीं किया, किन्तु काम्पिल्य आने की स्वीकृति दे दी।

हस्तिनापुर के युवराज युधिष्ठिर ने जब कृष्ण को हस्तिनापुर बुला भेजा, तो कृष्ण ने उत्तर की ओर प्रस्थान किया। किन्तु हस्तिनापुर पहुँचने से पहले ही उन्हें पता चला कि राजा धृतराष्ट्र के ज्येष्ठ पुत्र दुर्योधन के उकसाने पर पाण्डवों को वारणावत भेज दिया गया है।

हस्तिनापुर पहुँचने पर यह जानकर उन्हें बड़ा दुख हुआ कि पाँचों भाई पाण्डव वारणावत के जिस लाक्षागृह में ठहराए गए थे, उसमें आग लग जाने से वे जल मरे हैं।

कृष्ण ने हस्तिनापुर से काम्पिल्य की ओर प्रस्थान किया। यद्यपि उन्होंने द्रौपदी से विवाह करने का द्रुपद का प्रस्ताव नहीं माना, किन्तु वचन दिया कि वह उसके लिए सर्वोत्तम योद्धा ढूँढ़ देने में राजा द्रुपद की सहायता करेंगे।

कृष्ण ने अपने मित्र उद्धव को पाण्डवों की मृत्यु के रहस्य का पता लगाने के लिए भेजा। उद्धव खोज-ढूँढ़ करते हुए अपने पिता के नाना नागराज आर्यक की राजधानी नागकूट जा पहुँचे। वहाँ, संयोगवश, उन्हें पता चला कि पाण्डव मरे नहीं हैं और वे राक्षसों के देश राक्षसावर्त के किसी वन में निवास कर रहे हैं।

इस सूत्र के आधार पर उद्धव को पता चला कि अपने अमानुषिक बल से भीम ने राक्षसावर्त के राजा हिडिम्ब को मारकर उसकी बहन हिडिम्बा से विवाह कर लिया है और अब वृकोदर के नाम से वह वहाँ के राजा बन गए हैं।

पाण्डवों ने तब तक राक्षसावर्त से बाहर निकलना अस्वीकार कर दिया था, जब तक कि उन्हें इसके लिए गुरु वेदव्यास और कृष्ण का सन्देश नहीं मिल जाता।

उद्धव ने यह सूचना हस्तिनापुर के सन्त मन्त्री विदुर के पास भेजी, जिन्होंने इसे धृतराष्ट्र और पाण्डु की पितामही परमादरणीया माता सत्यवती के पास पहुँचाया। तब माता सत्यवती ने आर्यावर्त के सर्वश्रेष्ठ ऋषि और अपने पुत्र, कृष्णद्वैपायन व्यास को बुलाकर कहा कि वह पाण्डवों को राक्षसावर्त छोड़कर द्रौपदी के स्वयंवर में सम्मिलित होने के लिए प्रेरित करें।

कुरु-राजकुमार भी उस स्वयंवर में जाना चाहते थे। कुरुओं के सेनाध्यक्ष द्रोणाचार्य के परामर्श के विरुद्ध दुर्योधन द्रौपदी से विवाह करने पर तुला हुआ था।

मगध-सम्राट् जरासन्ध स्वयंवर में उपस्थित हुआ। वह द्रौपदी को अपने पौत्र मेघसन्धि की पत्नी बनाने के लिए प्राप्त करना चाहता था। यदि राजा द्रुपद ने उसकी माँग स्वीकार नहीं की तो वह द्रौपदी का अपहरण करने को भी तैयार था।

इसी बीच स्वयंवर में सम्मिलित होने के लिए पाँचों पाण्डव ब्राह्मण-वेश में काम्पिल्य आ पहुँचे थे और एक कुम्हार के यहाँ ठहरे हुए थे।

राजा द्रुपद, उनके पुत्र और कन्या द्रौपदी इस सम्भावना से बहुत आतंकित थे कि जरासन्ध कहीं द्रौपदी का अपहरण न कर ले अथवा प्रसिद्ध धनुर्धर दुर्योधन स्वयंवर में विजयी न हो जाए। अपने पुराने शत्रु जरासन्ध की इस चाल का अनुमान करके कृष्ण उससे मिले और उसे इस बात के लिए विवश किया कि वह स्वयंवर में भाग लिए बिना काम्पिल्य से चला जाए।

स्वयंवर में, दुर्योधन-सहित कितने ही राजा और राजकुमार एक के बाद एक प्रतियोगिता जीतने में असफल रहे, लेकिन ब्राह्मण वेशधारी अर्जुन ने नाचती हुई मछली का लक्ष्य-वेध करके द्रौपदी को प्राप्त कर लिया।

कुन्ती को पता नहीं था कि अर्जुन को क्या पारितोषिक मिला है, इसलिए उन्होंने कहा कि जो भी मिला हो उसे सभी भाई बराबर-बराबर बाँट लें। किन्तु जब उन्हें पता चला कि अर्जुन एक दुल्हन जीत लाए हैं तो परिवार में एक बड़ा मनोवैज्ञानिक और सामाजिक संकट उपस्थित हो गया। द्रौपदी पाँच पतियों से विवाह करे, यह बात किसी के गले के नीचे नहीं उतर रही थी। इसी बीच गुरु वेदव्यास आ पहुँचे। इस कठिनाई से उबरने के सभी उपायों पर विचार कर लेने के बाद उन्होंने इसका निर्णय द्रौपदी के ऊपर छोड़ दिया। द्रौपदी ने पाँचों भाइयों से विवाह करने का निश्चय किया।

जब यह समाचार हस्तिनापुर पहुँचा कि पाँचों भाई जीवित हैं और उन्होंने पत्नी के रूप में राजकुमारी द्रौपदी को प्राप्त किया है, तो पितामह भीष्म और राजा धृतराष्ट्र ने पाँचों भाइयों, और कृष्ण तथा बलराम को भी, हस्तिनापुर बुला लाने के लिए अपने मन्त्री विदुर को काम्पिल्य भेजा।

द्रौपदी की सुहागरात

पौष मास बीत चला था। ठण्डी हवाएँ बह रही थीं।

काम्पिल्य के एक राजभवन में पांचाल के राजा यज्ञसेन द्रुपद की पुत्री कृष्णा, जिसे द्रौपदी भी कहा जाता था, अपने शयन-कक्ष में, हाथ पर ठुड्डी धरे, बैठी हुई थी। वह अपने पति, हस्तिनापुर के दिवंगत सम्राट पाण्डु के ज्येष्ठ पुत्र, युधिष्ठिर की प्रतीक्षा कर रही थी।

द्रौपदी साँवली, लम्बी और सुदर्शना थी। उसकी आँखें सुन्दर और मुखर थीं तथा उसका चिबुक दृढ़ता का सूचक था।

नववधू की सुहागरात के उपयुक्त सज्जा के साथ उसका भव्य शृंगार किया गया था। उसकी लटों में गुँथा और ललाट के बीचोबीच लटकता एक बड़ा हीरा

दमक रहा था। उसके कर्णाभूषणों, स्वर्ण-मुद्रिकाओं, कण्ठहार, कमरबन्द और चूड़ियों में जड़े रत्न, प्रकोष्ठ में जलनेवाले अनेक तैलदीपों के मद्धिम प्रकाश में झलमला रहे थे।

अपने खुले कन्धे पर उसने सुनहली कढ़ाईवाला एक बहुमूल्य शाल ओढ़ रखा था। एक पात्र में लकड़ी का कोयला जल रहा था और सारा कक्ष चन्दन की सुगन्ध से भरा जा रहा था।

मुलायम मृगचर्म की पासे खेलने की एक बिसात उसके एक ओर बिछी थी। उस पर सोने, चाँदी, ताँबे और काँसे के रंग के वर्गों के चार खण्ड थे। बिसात पर हाथी-दाँत के चार रंग के पासे रखे हुए थे। प्रथा के अनुसार, विवाहित जीवन की पहली रात का आरम्भ पासे की शुभ क्रीड़ा के साथ होना चाहिए था।

उसकी आँखें दरवाजे पर टिकी थीं और वह अपनी विचित्र नियति के उन चरणों का स्मरण कर रही थी, जिन्होंने उसे पाँच भाइयों की पत्नी बना दिया था।

महीनों पहले, कुरुओं के सेनाध्यक्ष और द्रुपद के पूर्वकालीन सहपाठी द्रोणाचार्य ने, अकारण ही उसके पिता द्रुपद को बन्दी बना लिया था और उनके राज्य का कुछ भाग छीन लिया था। उसके पिता ने इस अन्याय का बदला लेने की प्रतिज्ञा की थी।

वह पितृभक्त कन्या थी, अतः उसने भी आर्यावर्त के सर्वोत्तम योद्धा से विवाह करने का संकल्प किया, जिससे उसका पति उसके पिता की प्रतिज्ञा को चरितार्थ करने में सहायक हो सके।

सबसे पहले उसके पिता ने उसे द्वारका के यादव-नायक और वसुदेव के पुत्र कृष्ण को देना चाहा था। वह आर्यावर्त के सर्वश्रेष्ठ योद्धा और ऐसे वीर के रूप में प्रसिद्ध थे, जिनके कार्य चमत्कारी होते थे। किन्तु काम्पिल्य आकर उन्होंने विनम्रतापूर्वक उस प्रस्ताव को अस्वीकार कर दिया था, किन्तु उसके पिता का साथ देने का वचन दिया था। उन्होंने उनको परामर्श दिया था कि वह आर्य राजाओं की सर्वश्रेष्ठ परम्परा के अनुसार उसके लिए स्वयंवर का आयोजन करें।

वस्तुतः कृष्ण ने चमत्कार ही किया था। स्वयंवर में आर्यावर्त के सभी भागों से, और आर्यावर्त के बाहर से भी, राजन्य-वर्ग उपस्थित हुआ था और भव्यतम राजा के रूप में उसके पिता सम्मानित हुए थे।

मगध का प्रचण्ड सम्राट् जरासन्ध भी आया था। वह समझौते से या बलप्रयोग के द्वारा अपने पौत्र मेघसन्धि के लिए उसको जीतना चाहता था, किन्तु कृष्ण ने ऐसा प्रबन्ध किया कि उसकी दाल न गलने पाई। किसी प्रकार अपनी प्रतिष्ठा बचाकर वह स्वयंवर से हट गया।

कुरुओं का दृष्ट युवराज दुर्योधन भी उसे जीतने के लिए कटिबद्ध था, किन्तु वह प्रतियोगिता में सफल नहीं हो सका।

फिर एक चमत्कार हुआ। सुनने में आया था कि दुर्योधन ने अपने चचेरे भाइयों को लाक्षागृह में जलाकर मार डाला था, किन्तु पाँचों भाई पाण्डवों को स्वयंवर में उपस्थित देखकर सभी लोग चकित रह गए। उनमें से तीसरे भाई अर्जुन ने, जो आर्यावर्त के अद्वितीय धनुर्धर के रूप में प्रसिद्ध थे, प्रतियोगिता के साथ-साथ उसे भी जीत लिया।

तब उसे पाण्डु के पाँचों पुत्रों से विवाह करना पड़ा। किसी उच्चकुलोत्पन्न आर्य राजकुमारी के लिए यह नियति की विचित्र विडम्बना थी। यह मानो एक दुःस्वप्न का अनुभव था।

स्वयंवर के दूसरे ही दिन ऋषि कृष्णद्वैपायन व्यास का—जो साधारणतः स्वामी या गुरुदेव कहे जाते थे—काम्पिल्य पहुँच जाना विलक्षण बात थी। उन्होंने कहा कि असाधारण परिस्थितियों में ऐसे विवाह परम्परा-सम्मत हैं। किन्तु उन्होंने उसे इस बात की स्वतन्त्रता दी कि वह स्वयं ही निर्णय करे कि पाँचों भाइयों से विवाह करेगी या केवल अर्जुन से, जिन्होंने प्रतियोगिता में विजय प्राप्त की थी। उसने पाँचों भाइयों को पति के रूप में स्वीकार करना ही एकमात्र उचित मार्ग समझा।

कृष्ण वासुदेव ने, जिन्हें वह गोविन्द के प्यारे नाम से पुकारती थी—और जिन्होंने धर्म की विजय के लिए अपना जीवन समर्पित कर रखा था, स्वयंवर से पहले उससे इस महान् कार्य में अपना साथ देने को कहा था। उस क्षण उसे ऐसा प्रतीत हुआ कि उस कार्य को आगे बढ़ाने के लिए उसका यह निर्णय आवश्यक था।

पाँच पतियों की पत्नी होने के विचार से व्यथित होने पर भी वह विवाहोत्तर चौदह दिनों के समारोहों में प्रसन्न थी। पाण्डवों की माता कुन्ती के रूप में उसने बहुत समय से खोई हुई अपनी माँ को पा लिया था, जो पर-दुःखकातर, सहिष्णु और समझ-बूझवाली महिला थीं।

माता कुन्ती ने अनेक प्रकार से उसे बता दिया था कि उसके सभी पुत्र बड़े भले हैं और इस विचित्र सम्बन्ध के लिए उसे कभी पछताना न पड़ेगा। फिर भी द्रौपदी इस विचार से ही सिहर उठती थी कि क्या वह उन सबको प्रसन्न रख सकेगी?

युधिष्ठिर अपने अन्य भाइयों के समान ही सुन्दर थे। उनमें एक शान्त गरिमा थी। उनके मुख पर सदा मैत्रीपूर्ण स्मित बना रहता था। उनकी आँखों में बुद्धि और समझदारी की चमक थी। उनकी बातों में सत्य की ऐसी प्रखरता होती थी कि उनके सम्मुख किसी के मन में कोई गाँठ न रह पाती थी।

जो भी हो, इस प्रथम मिलन के अवसर पर उसकी इच्छा हो रही थी कि वह कहीं भाग जाए। आज सबेरे ही गोविन्द उससे मिलने आए थे। उन्होंने अपने

रहस्यमय ढंग से उसे यह संकेत दिया था कि यदि उसने उत्तम रीति से अपने कर्तव्य का पालन किया तो कुछ अघटित घटनेवाला है—कोई ऐसी बात, जो अनचीती हो और जिसका दूरगामी प्रभाव होनेवाला हो। द्रौपदी ने सोचा, यदि वैसा कुछ होगा तो वह कृष्ण की विलक्षण कार्ययोजना का परिणाम होगा। प्रायः ही वे सभी अच्छे कामों का श्रेय उसे दे देते हैं। जो भी हो, इससे उसे वह आत्मविश्वास प्राप्त होता है, जो पहले उसमें नहीं था।

उसका हृदय उत्तेजनावश बुरी तरह धड़क रहा था, जब उसके पति युधिष्ठिर ने कक्ष में प्रवेश किया। उनके अधरों पर ममतापूर्ण स्मित था और आँखों में स्नेह की चमक थी, जब उन्होंने दरवाजा बन्द किया। द्रौपदी उठकर खड़ी हो गई। नववधू के योग्य संकोच से उसने दृष्टि नीची कर ली, किन्तु अपनी स्वाभाविक चतुरता से, पति के मन और उनकी मनःस्थिति की टोह लेने के लिए, उसने छिपी दृष्टि से उनकी ओर देखने की चेष्टा की।

युधिष्ठिर उसकी ओर देखते हुए, उसे आश्वस्त करनेवाले भाव से हँसे। "द्रौपदी, तुम प्रसन्न तो हो?" उन्होंने पूछा। उनका स्वर स्नेहिल और अनुग्रहपूर्ण था।

उसने आँखें उठाईं। उनकी आँखों में दुर्लभ कोमलता का आभास देखकर उसका आत्मविश्वास लौट आया। अपना मुकुट उतारकर युधिष्ठिर उसे आले पर रखने जा रहे थे कि एक पग आगे बढ़कर उसने मुकुट लेने के लिए अपना हाथ आगे बढ़ा दिया। उसकी उपस्थिति में जब भी उसके पिता अपना मुकुट उतारते, वह ऐसा ही किया करती थी। उसे लगा कि पत्नी के रूप में उसे अपने पति के लिए भी वैसा ही करना चाहिए।

वह फिर हँसे। वह हँसी निश्छल और स्नेहपूर्ण थी। उन्होंने मुकुट उसे दे दिया। फिर उन्होंने अपना भारी कण्ठहार उतारा और उसे भी उसको दे दिया। उसने दोनों वस्तुएँ आले पर रख दीं।

मसनद का सहारा लेकर ओठँगते हुए युधिष्ठिर ने कहा, "बैठ जाओ द्रौपदी, तुम थक गई होगी।"

वह उनके चरणों के निकट बैठ गई।

"हम लोगों के यहाँ तुम्हारा आना बड़ा शुभ रहा।" उन्होंने निष्कपट भाव से कहा, जिससे उनके शब्दों पर विशेष बल पड़ रहा था। द्रौपदी के समान ही उनकी समझ में भी नहीं आ रहा था कि बातचीत कैसे आगे बढ़ाई जाए, अतः वह चुप हो गए।

थोड़ी देर बाद उन्होंने पूछा, "अच्छा, यह तो बताओ, आज सन्ध्या समय कौन आए?" उन्होंने यह बात ऐसे मैत्रीपूर्ण ढंग से कही कि उसका रहा-सहा संकोच भी जाता रहा।

"मैं तो कुछ नहीं जानती स्वामी!" उसने लड़खड़ाते स्वर में कहा। कल के अपरिचित को आज स्वामी कहकर पुकारना बड़ा विचित्र अनुभव था। किन्तु अब वह उनकी अर्धांगिनी बन चुकी थी, और जैसा गुरुदेव ने बताया था, विवाह के समय पवित्र अग्नि के सात फेरे लेने के साथ ही उसकी अस्थि, उसका रक्त, उसका चर्म उनके साथ एकाकार हो गया था।

"आज सन्ध्या समझ सहसा मेरे चाचा विदुर आए हैं। वह अपने साथ पितामह भीष्म और मेरे चाचा धृतराष्ट्र के आशीर्वाद तथा एक नौका-भर उपहार ले आए हैं। उन लोगों ने हमें हस्तिनापुर बुलाया है।" युधिष्ठिर ने कहा।

युधिष्ठिर के स्वर का उल्लास संक्रामक था। द्रौपदी का मुखमण्डल भी प्रसन्नता से दमक उठा। उसे तनिक भी आशा नहीं थी कि उसके पति के चाचा राजा धृतराष्ट्र इतनी शीघ्रता के साथ उन लोगों को हस्तिनापुर बुलाएँगे। वह समझ नहीं सकी कि क्या कहे और केवल यही कह पाई कि "आपके चाचा विदुर कौन हैं?"

"वह कुरुओं के मुख्य-मन्त्री हैं।" उन्होंने कहा, और फिर वह उत्साहित होकर बोले, "वह उससे भी बहुत अधिक हैं। वह जीवित व्यक्तियों में सबसे अधिक बुद्धिमान हैं। हम लोगों के लिए वह पिता-तुल्य रहे हैं। यदि उन्होंने हम लोगों के निकल भागने में सहायता न की होती तो हम सभी वारणावत में जलकर मर गए होते। दुर्योधन यही चाहता था। मैं जानता हूँ कि वह तुम्हें अच्छे लगेंगे। वह चुम्बक के समान लोगों को अपनी ओर आकर्षित कर लेते हैं।"

द्रौपदी मुस्कुराई।

"चाचा विदुर कहते हैं कि पितामह मुझे राजसिंहासन देना चाहते हैं।" युधिष्ठिर ने ऐसे संकोच से कहा, मानो अपनी योग्यता पर उन्हें स्वयं विश्वास न हो।

प्रसन्नता से द्रौपदी का हृदय उछल पड़ा। उसने कल्पना भी नहीं की थी कि पाँचों भाइयों से विवाह होते ही वह हस्तिनापुर की महारानी बन जाएगी। दोनों एक-दूसरे की ओर देखकर मुस्कुराए। उसे तनिक भी सन्देह नहीं रहा कि उसने पति का अनुग्रह प्राप्त कर लिया है।

वह उद्वेगपूर्ण उत्कण्ठा के साथ पति से प्रथम मिलन के क्षण की प्रतीक्षा करती रही थी। विवाह के बाद के दिनों में उनके गम्भीर और प्रशान्त व्यवहार को देखकर उसे ऐसा लगा था कि वह समान स्तर पर उनसे न मिल सकेगी। किन्तु अब उसे विश्वास हो गया था कि ऐसा सम्भव है। युधिष्ठिर कितने दयालु हैं, कितने सज्जन! द्रौपदी को यह पूछने में कोई कठिनाई नहीं हुई, "लोग जैसा कहते हैं, क्या आपके पितामह वैसे ही भयंकर हैं?"

“वह उन्हीं लोगों के लिए भयंकर हैं द्रौपदी, जो धर्ममार्ग से विचलित होते हैं।” कहते हुए उन्होंने स्नेहपूर्ण दृष्टि से उसकी ओर देखा, “उनके साथ व्यवहार निभाने में तुम्हें कोई कठिनाई नहीं होगी।”

“और आपकी एक पितामही भी हैं, जिन्हें लोग आदरणीया माता कहते हैं। क्या हमारे विचित्र विवाह के बाद भी वह मुझ पर कृपालु होंगी?” उसने पूछा।

“आदरणीया माता हम लोगों की प्रपितामही हैं; वस्तुतः हम लोग उन्हें देवी माता मानते हैं। क्या तुम जानती हो कि गुरुदेव उनके पुत्र हैं?” युधिष्ठिर ने प्रश्न किया।

द्रौपदी ने स्वीकृति में सिर हिलाया।

“तुम उनकी चिन्ता न करो। वह बड़ी बुद्धिमती और उदार हैं। उनकी सहमति के बिना चाचा विदुर सन्देश लेकर कभी न आते।” उन्होंने कहा।

“और दुर्योधन...?” द्रौपदी ने पूछा। उसकी स्मृति ने उसके सम्मुख दुर्योधन की वह मूर्ति उपस्थित कर दी, जब स्वयंवर में असफल होने के बाद उसने द्वेषपूर्ण दृष्टि से उसकी ओर देखा था।

“ओह्, ऐसा लगता है कि उसने भी परिस्थितियों से समझौता कर लिया है।” युधिष्ठिर ने उत्तर दिया, “वह अभागा है। वह गलतियाँ करता है और फिर उनके लिए अफसोस करता है।” उन्होंने उदारतापूर्वक इतना और कहा।

“स्वामी, क्या आपको पूरा भरोसा है कि उसने परिस्थितियों को स्वीकार कर लिया है?” द्रौपदी ने सिहरकर पूछा, “प्रतियोगिता में असफल होने के बाद की उसकी भयानक दृष्टि अब भी रात में मेरे पीछे लगी रहती है।”

“द्रौपदी, उसकी कमजोरियों के लिए तुम्हें उसको क्षमा कर देना चाहिए। दुष्ट ग्रहों ने उस बेचारे के साथ बड़ा क्रूर व्यवहार किया है। हमें उसके साथ उदारता बरतनी चाहिए।” युधिष्ठिर ने कहा।

“और आपके गुरु द्रोणाचार्य? क्या वह मुझे स्वीकार करेंगे? मैं तो उनके शत्रु की पुत्री हूँ।” उसने कहा।

युधिष्ठिर खुलकर हँसे—“उस ओर से तुमको कोई कठिनाई नहीं होगी। तुम्हारे गोविन्द ने उस कठिनाई को तभी दूर कर दिया था, जब उन्होंने तुम्हारे भाई शिखण्डी को स्त्री से पुरुष के रूप में परिवर्तित करने के लिए गुरुदेव के पास भेजा था। तुम तो जानती हो कि कृष्ण ने आचार्य के पुत्र अश्वत्थामा से किस प्रकार तुम्हारे पिता को एक वचन दिलाया था।”

“हाँ, मैं जानती हूँ।” द्रौपदी ने कहा। कृष्ण ने जिस प्रकार स्वयंवर के मार्ग की सभी कठिनाइयों को दूर किया था, उनकी स्मृति से वह कृतज्ञतापूर्वक मुस्कुराई।

"आचार्यदेव की प्रसन्नता तो हम प्राप्त कर ही लेंगे।" कहकर युधिष्ठिर मुस्कुराए, फिर उन्होंने कहा, "एक बात पर तो मैं और तुम, दोनों ही सहमत हैं: जब तक कृष्ण हमारे मार्गदर्शक हैं, हमारी राह निष्कण्टक है।"

"हाँ, हाँ, यह मैं जानती हूँ," द्रौपदी ने कहा। उसकी आँखें चमक उठीं, "उनके बिना मैं स्वयंवर में खड़ी न रह पाती। उसकी शक्ति मुझे उन्हीं ने दी थी।"

"हाँ, और उनके बिना हम लोग भी राक्षसों के देश में सड़ रहे होते।" युधिष्ठिर ने कहा। दोनों एकसाथ हँस पड़े।

"तुम पासे खेलना जानती हो?" युधिष्ठिर ने पास ही पड़े पासों और उसकी बिसात की ओर देखते हुए पूछा।

"थोड़ा-बहुत जानती हूँ।" द्रौपदी ने कहा।

"तो क्यों नहीं हम एक-आध बाजी खेल लें?" युधिष्ठिर ने पूछा और इतना कहते हुए मृगचर्म की बिसात उठाकर दोनों के बीच फैला दी और उस पर गोटियाँ रखना आरम्भ कर दिया। मुस्कुराकर द्रौपदी अपने पति के साथ खेल में प्रवृत्त हुई।

"मुझे यह खेल बहुत अच्छा लगता है। यह पराक्रमी क्षत्रियों का खेल है।" युधिष्ठिर ने कहा।

"हाँ, मेरे पिता और भाई भी इसे खेलते हैं।" द्रौपदी ने कहा।

जब उन्होंने खेलना आरम्भ किया तो अपने पति के परिवर्तित भावों को देखकर द्रौपदी को आश्चर्य हुआ। अब वह वैसे अनासक्त, शान्त और चिन्तनशील व्यक्ति नहीं थे, जैसे सामान्यतः रहा करते थे। उत्साह से उनकी आँखें दमकने लगी थीं। एकाग्रता के कारण उनकी भौंहों पर बल पड़ गए थे। वह स्नेहपूर्ण हाथों से पासे फेंकते थे और जब गोटियाँ आगे बढ़ाते तो ऐसा लगता था, मानो अपनी पतली और लम्बी उँगलियों से वह उन्हें सहला रहे हों। पासे जब उनके अनुकूल पड़ते तो वह प्रसन्न हो जाते थे, जब न पड़ते तो उन्हें दुख होता था। उसने अपने पिता अथवा भाइयों को खेल में इतनी गहरी रुचि लेते नहीं देखा था। उन लोगों के लिए यह केवल एक खेल था। किन्तु ऐसा जान पड़ा था कि उसके पति के लिए यह एक धुन थी अथवा इसे दक्षतापूर्वक और नियम निष्ठता के साथ खेलना प्रतिष्ठा का प्रश्न था।

उन दोनों ने दो बाजियाँ खेलीं। दोनों युधिष्ठिर ने जीतीं और वह फिर अपने पुराने ढंग पर आ गए। द्रौपदी की ओर मुड़कर उन्होंने कहा, "द्रौपदी, विश्राम करने से पहले मैं तुमसे कुछ कहना चाहता हूँ। तुमने बड़े सौम्य-भाव से हम लोगों का साथ दिया है। तुम्हारे बिना हम लोग गम्भीर संकट में पड़ गए होते।"

"चुनाव का अधिकार मेरा नहीं था, वह तो पूर्वनिर्धारित था।" उसने विनम्रतापूर्वक कहा।

"जब गुरुदेव ने यह निर्णय तुम पर छोड़ दिया था कि तुम्हारी इच्छा हो तो तुम पाँचों भाइयों से विवाह करो या केवल अर्जुन से, तो मुझे भय हुआ था कि तुम कहीं अप्रीतिकर मार्ग न चुन लो। वैसी स्थिति में धर्म पर आधारित हमारा सारा जीवन नष्ट हो जाता।" युधिष्ठिर ने पूछा।

"क्यों? क्या यह इतना आवश्यक था?" द्रौपदी ने पूछा।

"तुम तो जानती हो द्रौपदी, कि माँ ने हम सबको तुमसे विवाह करने की आज्ञा दी थी। हम उनके वचन को सत्य करना चाहते थे।" युधिष्ठिर ने दृढ़तापूर्वक कहा, "जन्मकाल से ही परिणाम की चिन्ता किए बिना, हम लोग उनके आदेशों का पालन करते आए हैं। यदि इस सम्बन्ध में हम उनके आदेशों की अवहेलना करते तो उनका हृदय टूट जाता और साथ ही वह चामत्कारिक बन्धन भी टूट जाता, जिसने हम भाइयों को बाँध रखा है।"

द्रौपदी ने दृष्टि झुका ली। पिछले पन्द्रह दिनों में यदि उसने कुन्ती की ममता न देखी होती तो अनजाने में कही गई उनकी एक बात के लिए अपने बलिदान के विचार से ही उसका हृदय विद्रोही हो उठता।

"और फिर, गुरुदेव ने ठीक ही कहा था," युधिष्ठिर कहते गए, "हम अपने शत्रुओं और भाग्य का सामना तभी कर सकते हैं, जब हम पाँचों एक-दूसरे का साथ दे सकें। साझे की एक पत्नी होने पर हम अजेय होंगे, यदि हममें से किसी एक ने तुम्हारे साथ विवाह किया होता तो हमारी नियति निष्फल हो जाती।"

"आपकी नियति क्या है स्वामी?" द्रौपदी ने पूछा।

"धर्म के लिए जीवित रहना।" युधिष्ठिर ने उत्तर दिया।

द्रौपदी हँसी—"मैंने भी गुरुदेव के परामर्श का अनुगमन किया। मैंने आप पाँचों को इसलिए स्वीकार किया कि यह मेरा धर्म था।"

"द्रौपदी, तुम बुद्धिमती हो।" युधिष्ठिर ने प्रायः पैतृक वत्सलता के भाव से मुस्कुराकर कहा, "किन्तु हमें तुम्हारी भद्रता का अनुचित लाभ नहीं उठाना चाहिए और उन पतियों के साथ रहने के लिए तुम्हें विवश नहीं करना चाहिए, जिन्हें तुमने पसन्द नहीं किया। अर्जुन वीर और उदार हैं। वह तुम्हें सुखी रख सकते हैं। वस्तुतः तुम उन्हीं की पत्नी होओगी।"

द्रौपदी ने पति की ओर उन्मुख होकर निर्भीकता के साथ कहा, "क्या यह उचित होगा कि पाँचों भाइयों से विवाह करके मैं केवल एक की पत्नी बनूँ? यह तो मिथ्याचरण होगा।"

"एक तरह से तुम्हारी बात ठीक है। किन्तु हमें उस मार्ग का अनुसरण करना है, जो कम-से-कम अनुचित हो। मैं तुम्हें अर्जुन के पास ले चलूँगा।" युधिष्ठिर ने कहा।

द्रौपदी ने आँखें उठाईं। अब उसके मन से युधिष्ठिर का भय जाता रहा था। उसने कहा, "क्षमा करें स्वामी, मैंने आप सबको स्वीकार किया है। मैं अपने कर्तव्य से विमुख नहीं होऊँगी।"

"यह काम सहज नहीं होगा।" युधिष्ठिर ने उसे चेतावनी दी।

"मैंने भी अपने लिए एक धर्म-साम्राज्य स्थापित करना चाहा था और इसलिए मैंने आप सबको स्वीकार किया था। किन्तु यदि मैं आप सबकी आज्ञाकारिणी और समर्पिता पत्नी नहीं बन सकी तो मैं वह काम न कर पाऊँगी।" द्रौपदी ने निर्णयात्मक स्वर में कहा।

"यह बड़ा कठिन होगा। हममें से किसी-न-किसी को अप्रसन्न करने के विचार से तुम सदा उत्पीड़ित रहोगी।" युधिष्ठिर ने निःसंकोच भाव से कहा।

"तभी मेरी परख होगी और उसमें खरी उतरने के लिए मैं कृतसंकल्प हूँ।" उसने कहा।

"तुम ऐसा कैसे करोगी?" युधिष्ठिर ने पूछा।

"मुझमें अनुभव की कमी हो सकती है, किन्तु मैं यह जानती हूँ कि आप सबके प्रति मेरा कर्तव्य क्या है। मेरी आशा है कि आप लोग मुझे अपने कर्तव्य-पालन से मुँह मोड़ते न देखेंगे।" द्रौपदी ने कहा।

अचानक द्रौपदी ने आँखें उठाईं, जैसे उसे कोई प्रेरणा मिली हो। चुनौती-भरी आँखों से युधिष्ठिर की ओर देखते हुए उसने कहा, "स्वामी, आप चारों केवल कहने-भर के लिए मेरे पति बनना चाहते हैं। यही आपका सुझाव है।"

"हाँ, हम लोगों ने यही निश्चय किया है। यही उचित भी है।" युधिष्ठिर ने कहा।

"किन्तु उससे आप सबके जीवन में भाग लेने के मेरे निश्चय में बाधा पड़ेगी।" द्रौपदी ने कहा, "यदि आप मेरी सहायता करें तो अपना मार्ग मैं जानती हूँ।"

"तुम्हारा क्या कोई अपना मार्ग है? वह कौन-सा है?" द्रौपदी का यह उत्साह देखकर युधिष्ठिर पुनः प्रसन्नता से मुस्कुराए। उन्होंने कहा, "बताओ मुझे।"

"मैं केवल तभी अपने लिए धर्म-साम्राज्य का निर्माण कर सकूँगी, जब मैं आपमें से प्रत्येक की पत्नी बनूँ—आप सबको भरपूर प्यार करूँ और आप सबका प्यार पाऊँ। यदि आपको कोई आपत्ति न हो तो मैं बारी-बारी से एक-एक वर्ष के लिए आप सब भाइयों के साथ रहना चाहती हूँ। उस अवधि में मैं केवल उसी की रहूँगी।" द्रौपदी ने कहा।

"कठोरता के साथ इस अनुशासन का पालन करने की शक्ति प्राप्त करना बड़ा कठिन होगा, बड़ा ही कठिन।" प्रशंसा के भाव से आँखें फाड़कर युधिष्ठिर ने कहा।

द्रौपदी ने पूछा, "क्या यह आपके लिए कठिन है?"

युधिष्ठिर बोले, "नहीं, तुम्हारे लिए।"

द्रौपदी ने कहा, "यदि आपको मुझ पर विश्वास हो तो मैं ऐसा कर सकती हूँ। प्रत्येक वर्ष के अन्त में मैं चन्द्रायण व्रत करूँगी और उसके बाद दूसरे भाई के साथ रहूँगी। किन्तु क्या आप सब लोग प्रसन्नतापूर्वक इसे स्वीकार करेंगे? इसके बारे में आपको अपने भाइयों से भी पूछताछ करनी होगी।"

युधिष्ठिर ने कहा, "मुझे विश्वास है कि वे इसे स्वीकार करेंगे। द्रौपदी, तुम अपनी वय की अपेक्षा अधिक बुद्धिमती हो।"

द्रौपदी ने मुस्कुराकर कहा, "बुद्धिमती होने के कारण ही मैंने आपको चुना है। आपको मूर्तिमान धर्म कहा जाता है। मैं आपकी पूरक बनना चाहती हूँ।"

युधिष्ठिर ने द्रौपदी के समक्ष आत्म-समर्पण कर दिया। उन्होंने कहा, "द्रौपदी, तुम हमें मिलीं, इसके लिए हमें ईश्वर के प्रति कृतज्ञता प्रकट करनी चाहिए।"

"...और गोविन्द के प्रति भी।" द्रौपदी ने कहा। वे दोनों हँस पड़े। दोनों के बीच की दूरी मिट गई।

द्रौपदी जब सवेरे उठी तो युधिष्ठिर के मृदु व्यवहार की स्मृति पारिजात पुष्प की सुकुमार सुगन्ध के समान उससे लिपटी हुई थी।

भीम की लीला

दूसरे दिन सवेरे द्रौपदी जब अन्तःपुर में अपनी सास कुन्ती के पास गई तो उसे लगा कि वह प्रसन्नता से हवा में तैर रही है।

इस बात से उसकी प्रसन्नता और बढ़ गई थी कि उसके पिता के आग्रहपूर्ण अनुरोध से कृष्ण, उनके बड़े भाई बलराम और उनके अभिन्न सखा सात्यकि, राज-प्रासाद में आ गए थे और जहाँ उसके पतियों का अस्थायी आवास था, उसी के समीप उन्होंने डेरा डाला था। इसी कारण कुछ घड़ियों के लिए उसे कृष्ण से मिलने का अवकाश प्राप्त हो जाता था।

किन्तु कृष्ण को अकेला पाना कठिन था। उसके पिता के पास उनके ठहरने से सारा राजभवन किसी प्रसिद्ध मन्दिर-जैसा बन गया था।

राजे, राजकुमार और दूर-दूर तक प्रसिद्ध अतिरथी, जो स्वयंवर के लिए आए थे और उसके विवाह में सम्मिलित होने के लिए रुक गए थे, टोलियों में या अकेले, उनके प्रति सम्मान प्रकट करने अथवा उनका परामर्श लेने के लिए निरन्तर उनके पास आते रहते थे। पांचाल के विभिन्न भागों से ऋषि और मुनिगण भी उन्हें आशीर्वाद देने आते थे।

राजभवन के अहाते में बिन बुलाए आम आदमियों–स्त्री-पुरुषों और बच्चों–की भीड़ लगी रहती थी। उन्हें कोई रोकता नहीं था। कृष्ण के दर्शन की प्रतीक्षा करते हुए वे निरन्तर उन्हीं की बातें करते रहते थे : वह कैसे देव-तुल्य पुरुष हैं; कैसे उन्होंने उसके पिता राजा द्रुपद को स्वयंवर के लिए उद्यत किया; कैसे अपने चमत्कारपूर्ण ढंग से उन्होंने मगध के दुष्ट सम्राट जरासन्ध को, जो उसका अपहरण करने आया था, लौटने पर विवश किया; कैसे उन्होंने पाण्डवों को पुनर्जीवित किया और उन सबके साथ उसका विवाह कराया। इस प्रकार की बातों के क्रम में कृष्ण के पराक्रम की कथाएँ जन-मानस में चमत्कार का रूप धारण करती थीं और उनके प्रति लोगों के मन में आतंकपूर्ण आदर का भाव भरती थीं।

अहाते में भीड़ निरन्तर बनी रहती थी, कभी-कभी पूरे दिन-भर और आधी रात तक। एकत्रित जन-समुदाय बीच-बीच में 'जयतु-जयतु कृष्ण वासुदेव' के नारे लगाता था। कभी-कभी वे कृष्ण को अपने बीच बुलाने की गोहार लगाते थे और जब वह आ जाते तो वे उनका चरण-स्पर्श करते। उनकी मुस्कुराहट देखकर उनके हृदय प्रसन्नता से भर जाते थे।

कृष्ण ने दोनों परिवारों को, जो अब उसके विवाह के चलते सम्बन्ध-सूत्र में बँध गए थे, जिस प्रकार मन्त्र-मुग्ध कर लिया था, उससे द्रौपदी भी चकित थी। सदा कठोर और रूखे बने रहनेवाले उसके पिता द्रुपद भी उनके बारे में आदर के साथ बातें करते थे। उसका भाई धृष्टद्युम्न जो स्वभाव से बड़ा निर्भीक और आत्मविश्वासी था, उनके सामने विनम्र हो जाता था। उसका छोटा भाई सत्यजित तो उस भूमि का भी भू-पूजन करता था, जिस पर उनके चरण पड़ते थे।

अपने निकट आनेवाले प्रत्येक व्यक्ति के लिए मातृ-स्नेह से परिपूर्ण उसकी सास कुन्ती उनके बारे में इस तरह बातें करती थीं, जैसे वह उन्हीं के पुत्र हों और अत्यन्त प्यारे हों। युधिष्ठिर को तो स्वयं उनके भाई ही मनुष्यों में देवता-स्वरूप समझते थे, किन्तु वह भी सदा उनकी सम्मति का सम्मान करते थे। भीम अपनी नितान्त उन्मुक्त मनःस्थितियों में भी उनके प्रति आदर का व्यवहार करते थे, यद्यपि अपने अनौपचारिक ढंग से परिहास की फुलझड़ियाँ छोड़ने से भी नहीं चूकते थे। अर्जुन तो सदा उनके पीछे ही लगे रहते थे। स्वभावतः प्रसन्न रहनेवाले नकुल और शान्त तथा बुद्धिमान सहदेव भी पूजा-भाव से उनका सम्मान करने लगे थे।

इसमें आश्चर्य की कोई बात नहीं थी। अपने को उद्घाटित करनेवाले उस स्मरणीय क्षण में, जब उन्होंने उसे स्वयंवर में सम्मिलित होने की प्रेरणा देते हुए कहा था कि यह उसके धर्म का ही अंग है, उसने उन्हें उस रूप में देखा था, जैसे वह थे और जैसा वह होना चाहते थे।

उसी समय से वह ऐसा अनुभव करने लगी थी, मानो वह उनके साथ किसी आध्यात्मिक बन्धन में बँध गई है। उनका अनुमोदन उसके लिए एक ऐसी कसौटी बन गई थी, जिस पर अपने सभी विचारों और कार्यों को जाँचना उसने सीख लिया था।

अन्तःपुर से निकलकर उसने एक बगीची पार की और फिर उस गलियारे में प्रवेश किया, जो उस बरामदे तक जाता था, जहाँ साधारणतया कृष्ण बैठा करते थे। दबे पाँवों वह अधमुँदे दरवाजे तक गई और उसने झाँककर देखा। कृष्ण अकेले नहीं थे। उसके पति भीम और मत्स्य देश के राजा विराट उनके पास बैठे हुए थे।

निकट सम्पर्क से कृष्ण के प्रति उसकी श्रद्धा घटी नहीं, बढ़ी ही थी। वह सहज भाव से बैठे थे, बालक जैसे लग रहे थे और उनके अंग-अंग से मनोहरता झलक रही थी। उनकी मनोदशा के परिवर्तन के साथ-साथ उनकी देदीप्यमान आँखें चमक उठती थीं।

वह तकिए का सहारा लेकर अधलेटे पड़े थे, उनके लम्बे घुँघराले केश कन्धों तक लटक रहे थे, उनकी अवस्थिति से उनके गले की माला अपनी जगह से हट गई थी, जिससे उनके वक्ष का जन्म-चिन्ह दीख रहा था। उनकी चमड़ी—जो न जाने काली थी, नीली थी या बादलों के रंग की थी—ऐसी दीप्त हो रही थी, जैसी और किसी की नहीं चमकी हो।

उसने सुना कि कृष्ण राजा विराट से पाँचों भाइयों के भविष्य के बारे में रुचि लेने का अनुरोध कर रहे हैं। उनके अधरों पर एक मधुर मुस्कान थी। उनका स्वर गोपनीय था।

मानव-पर्वत सरीखे भीमाकार उसके पति भीम, जिनकी मांस-पेशियाँ उभरी हुई थीं और आँखें निर्भीक थीं, अपनी छँटी हुई और चिकनी घनी दाढ़ी सहला रहे थे।

राजा विराट के चले जाने पर भी भीम में वहाँ से टलने की कोई उतावली नहीं दीख रही थी और जिस प्रतिज्ञा के लिए उसने युधिषिठर को प्रेरित किया था, उसके बाद वह उनके सामने नहीं पड़ना चाहती थी। पिछले कई दिनों में जब भी उससे उनका सामना हुआ, उन्होंने अभिप्रायपूर्वक अपनी जीभ बाहर निकालकर उसे चिढ़ाया था।

जो भी हो, वह वहाँ से हट जाए इससे पहले ही भीम ने उसे देख लिया। वह जोरदार ठहाका लगाते हुए उठ खड़े हुए, उन्होंने द्वार के दोनों पल्ले खोल दिए, फिर उसकी कलाइयाँ पकड़कर बच्चों-जैसे उल्लास से हँसते हुए वह उसे बरामदे में खींच लाए।

राजकीय गरिमा में पली द्रौपदी को रूखे व्यवहार का अभ्यास नहीं था। ऐसे व्यवहार से उसने अपमान का अनुभव किया, लेकिन वह यह नहीं समझ सकी

कि भीम-जैसे नटखट पति के साथ कैसे निभाया जाए। उसने कृष्ण की ओर देखा। एक गोपन मुस्कुराहट के साथ वह उसकी घबराहट का आनन्द ले रहे थे।

भीम ने उसको लगभग पटक ही दिया था, लेकिन भूमि पर गिरने से पहले ही उन्होंने उसको बैठा दिया। उसकी अभ्यासगत गरिमा जाती रही। उसे लगा कि वह छोटी-सी बच्ची बन गई है। यह सब ठिठोली है। इसमें सम्मिलित न होना नादानी होगी।

बनावटी उग्रता के साथ महाकाय भीम ने कृष्ण को झिड़की दी–"देखो कृष्ण, तुमने कैसी पत्नी मुझ पर थोप दी है। यह चोर की तरह किवाड़ के पीछे छिपी हुई थी।" दीवारें उनकी हँसी से प्रतिध्वनित हो उठीं।

द्रौपदी के आभूषण स्थानाच्युत हो गए थे। उसकी वेणी में गुँथे फूल बिखर गए थे। वह समझ नहीं पाई कि ऐसे पति का क्या करे, जो इस प्रकार अपना प्यार जतला रहा है।

सहसा भीम ने अभय देनेवाले स्मित के साथ उसकी ओर देखा। उन्होंने अत्यन्त प्रसन्न स्वर में कहा, "घबराओ मत द्रौपदी! किवाड़ के पीछे छिपने के लिए मैं तुम्हें दोष नहीं देता। सभी स्त्रियाँ चोर होती हैं। कृष्ण, क्या तुम ऐसा नहीं समझते? पहले वे हमारा हृदय, फिर हमारी तरुणाई और उसके बाद जो कुछ बच रहता है, उसे भी चुरा लेती हैं।"

द्रौपदी ने रोष-भरी आँखों से भीम की ओर देखा।

भीम ने कहा, "चिन्ता न करो द्रौपदी, कृष्ण स्त्रियों के सम्बन्ध में सब कुछ जानते हैं।"

कृष्ण ने हँसकर कहा, "भीम, तुम कृष्णा को डरा दोगे।"

"पांचाल की राजकन्या को डराऊँगा?" भीम ने विरोध करते हुए कहा और फिर आँखों से छिपा संकेत किया–"इसके विपरीत यही हम सबको डराती रही है। जानते हो कृष्ण, पिछली रात इसने बड़े भाई को डराकर उनसे एक अन्यायपूर्ण प्रतिज्ञा करा ली। बाप रे बाप, कैसी भयंकर पत्नी है!" अपने मन का बोझ उतारकर भीम ने कृष्ण की ओर देखा। "क्या तुम्हें विश्वास होगा कृष्ण कि इसने हम भाइयों में ऐसा झगड़ा लगा दिया है, जैसा पहले कभी नहीं हुआ था?" उनकी हँसी फिर गूँज उठी।

द्रौपदी लज्जा से लाल हो गई। वह जिस प्रतिज्ञा को अपने और अपने पतियों तक ही सीमित रखना चाहती थी, भीम उसकी घोषणा इतनी ऊँची आवाज में कर रहे थे कि सिंहासन-कक्ष में उसके पिता भी उसे सुन लें।

"द्रौपदी, यदि भीम का कथन सत्य है तो सचमुच तुम बड़ी भयंकर जान पड़ती हो।" कृष्ण ने कहा। उनकी आँखों से नटखटपन झलक रहा था।

उसने संकोच से आँखें झुकाने का बहाना किया, यद्यपि वह लगातार मुस्कुराती जा रही थी।

"तुम जानते हो कृष्ण, कि इसने क्या किया है?" भीम ने बात आगे बढ़ाई–"इस चतुर स्त्री ने युधिष्ठिर से एक वचन ले लिया है।" कहकर उन्होंने द्रौपदी के गाल में एक चुटकी भर ली।

अपमानित संकोच से द्रौपदी ने आँखें झुका लीं।

"लज्जित न होओ, कृष्ण मेरे छोटे भाई हैं। इनका होना न होना बराबर है। किसी दिन तुम्हें इनका पालन-पोषण भी करना होगा।" कहकर भीम अपने परिहास पर स्वयं ही हँस पड़े–"यह दूसरों के लिए महान् वासुदेव हो सकते हैं, किन्तु मेरे सामने इनको प्रतिदिन झुककर प्रणाम करना पड़ता है। सच है न कृष्ण?"

कृष्ण ने हँसकर कहा, "निस्सन्देह यह सच है। यदि मैं इनके सम्मुख न झुकूँ तो हो यह मेरा आलिंगन करेंगे और तब स्वयं भगवान् भी मेरी हड्डी-पसली को चूर-चूर होने से न बचा सकेंगे। किन्तु प्रतिज्ञा की यह क्या बात है?"

"कृष्ण, तुमने हमें जो यह पत्नी दी है, इसने युधिष्ठिर से वह वचन लिया है कि यह बारी-बारी से एक-एक वर्ष के लिए हम लोगों की पत्नी रहेगी।" भीम ने बात को स्पष्ट करते हुए निराशा के साथ आकाश की ओर देखा–"हममें से एक के अतिरिक्त सभी भाई चार वर्षों तक पत्नी-विहीन अर्थात् मृतक के समान रहेंगे।" अनन्तर उन्होंने माथा ठोकते हुए कहा, "राजा वृकोदर बड़ी गम्भीरता से विचार कर रहे हैं। अब वह हिडिम्बा को बुला भेजेंगे। वह कभी उनकी कोई बात नहीं टालेगी।" वह खुलकर हँस पड़े।

अब तक द्रौपदी की घबराहट दूर हो चुकी थी। उसने अपने केश सँभाले और भूमि पर गिरे फूलों को उठाकर उनसे भीम को मारने की धमकी देते हुए कहा, "ठीक है, ठीक है, जो आपसे करते बने, कर लीजिए। मैं माताजी से शिकायत करने जा रही हूँ। आपने मेरा हाथ पकड़कर घसीटा है, मुझे भूमि पर पटका है और मेरी वेणी के फूल बिखरा दिए हैं।"

"तुम इसकी चिन्ता न करो। पत्नी को वश में लाने के मेरे उपायों से माँ परिचित है।" भीम ने कहा, "जब मैं पहली बार हिडिम्बा से मिला तो मैंने उसे उठाकर आकाश में उछाल दिया और जब वह नीचे गिरने लगी तो बाँहों में बाँध लिया। इसी से वह सदा के लिए मेरी दासी बन गई। बाप रे, वह कितनी भारी-भरकम औरत थी!"

कृष्ण हँसते-हँसते लोट-पोट हो गए। उन्होंने कहा, "भीम, तुम राक्षसियों से ही प्रेम करना जानते हो, किन्तु द्रौपदी एक संवेदनशील राजकुमारी है।"

"संवेदनशील? तुम इसे संवेदनशील कहते हो?" भीम फिर कृत्रिम क्रोध से चिल्ला उठे–"यह अत्यन्त कठोर हृदय की स्त्री है। यह चार वर्षों की लम्बी अवधि तक मेरे साथ नहीं रहेगी। तनिक सोचो तो, मैं जियूँगा कैसे?" इसके बाद उन्होंने ऐसा मुँह बनाया, जैसे रो देंगे। द्रौपदी और कृष्ण हँस पड़े।

कृष्ण ने पूछा, "कृष्णा, युधिष्ठिर से ऐसा वचन लेने की बात तुम्हें किसने सुझाई?"

"यह मेरी अपनी सूझ नहीं थी। देवर्षि नारद ने स्वप्न में आकर मुझसे कहा कि यही एक मार्ग है, जिससे मेरे कारण पाँचों भाइयों को आपस में झगड़ने से बचाया जा सकता है।" द्रौपदी ने कहा।

"अच्छा, तो यह बात है। गलत ढंग से समस्याओं के समाधान के लिए नारद ऋषि पर सदा भरोसा किया जा सकता है।" भीम ने कहा।

कृष्ण ने कहा, "तुम चिन्ता न करो द्रौपदी, मैं तुमको बताऊँगा कि भीम को किस प्रकार अपना दास बनाया जा सकता है। यह बड़ा पेटू है, इसी से राक्षसों के देश में इसका नाम राजा वृकोदर पड़ा था–अर्थात् भेड़िया जैसे पेटवाला। तुम इसे भरपेट विविध व्यंजन खिलाओ और जीवन भर यह तुम्हारा सेवक बना रहेगा।"

भीम ने अपने विशाल उदर पर हाथ फेरते हुए आडम्बरपूर्ण सन्तोष के साथ कहा, "ओह, यदि तुम मुझे अच्छी तरह भोजन कराओगी–और निस्सन्देह अनेक प्रकार के पकवान परोसोगी–तो मैं तुम्हारे बहुतेरे अपराध क्षमा कर दूँगा।"

द्रौपदी अब स्वस्थ हो गई थी। उसका आत्मविश्वास लौट आया था। उसने अभियोग-भरी आँखों से कृष्ण की ओर देखा। "गोविन्द, आप साक्षी हैं कि आर्य-पुत्र ने मेरे साथ कैसा व्यवहार किया है। इनके बड़े भाई ने जो प्रतिज्ञा की है, उसके अनुसार इस वर्ष-भर मैं उनकी हूँ। इन्होंने यह प्रतिज्ञा भंग की है।"

इस आपत्ति को परे हटाते हुए भीम ने कहा, "व्यर्थ की बातें न करो। मैं प्रतिज्ञा के सम्बन्ध में सबकुछ जानता हूँ। प्रतिज्ञा तो दोपहर से लागू होगी। सूर्य के मध्याकाश में पहुँचने में अभी भी कई घड़ियों का विलम्ब है। उस समय तक मैं तुम्हारे साथ जैसा चाहूँ, व्यवहार कर सकता हूँ।" इसके बाद उन्होंने पाखण्ड का बाना धारण करते हुए कहा, "जब मैं मध्याह्न सन्ध्या से निवृत्त हो जाऊँगा, इसके बाद प्रतिज्ञा लागू होगी। उसके बाद साल-भर तक मैं तुम्हारी ओर देखूँगा भी नहीं। जब दूसरा साल आएगा तो मैं सारा हिसाब चुकता कर लूँगा। तब तुम मेरे पैरों पड़ोगी और इतना रोओगी, इतना रोओगी कि मैं तुम्हारी ओर देखूँ, उससे पहले तुम्हारी आँखें धुँधली हो जाएँगी।" अनन्तर सहसा उनका मनोभाव बदला और वह गम्भीर हो गए, "किन्तु अभी, पल-भर के लिए, तुम भली पत्नी बन

जाओ। मेरा कहना मानो, अपने इस गोविन्द से कहो कि हम लोगों के साथ वह हस्तिनापुर चले।"

कृष्ण ने भरोसा दिलाते हुए कहा, "कुछ समझ से काम लो भीम! वहाँ मेरे जाने की क्या उपयोगिता है? अच्छा यही है कि तुम लोग मिल-जुलकर दुर्योधन के साथ अपना मतभेद दूर कर लो। मुझे विश्वास है कि पितामह भीष्म और आदरणीया माता सत्यवती तुम्हारे पक्ष में होंगी।"

भीम ने कहा, "मुझे इस बात की चिन्ता नहीं कि कौन मेरे पक्ष में होगा। मैं अकेला ही संसार में किसी का भी सामना कर सकता हूँ लेकिन देखो कृष्ण, हम लोग कुरुओं के राजभवन में हीन बनकर नहीं प्रवेश करना चाहते। हम पाण्डु-पुत्रों के रूप में, जिन्हें धर्म-रक्षक महान् वासुदेव ने पुनरुज्जीवित किया है, ऐसा करना चाहते हैं।

कृष्ण ने पूछा, "किन्तु क्या तुमने इस सम्बन्ध में युधिष्ठिर से परामर्श किया है? मेरा विश्वास है कि वह इस बात को समझेंगे कि मुझे अपने साथ ले जाना कितना निरर्थक है।"

भीम ने कहा, "उन्होंने यह बात हम चारों भाइयों पर छोड़ दी है और हम सबने निश्चय किया है कि तुमको हमारे साथ चलना चाहिए। माँ का भी यही विचार है। अब परिवार में केवल द्रौपदी ही बच रही है, जिसका परामर्श लेना है और वह तुम्हारे सामने है।" अनन्तर उन्होंने द्रौपदी की ओर मुड़कर कहा, "पांचाल राजकुमारी, अब तुम इनसे कहो कि इन्हें हमारे साथ चलना चाहिए।" इसके बाद धमकी-भरे स्वर में और शरारत से आँखें झपकाते हुए उन्होंने यह भी कहा, "यदि तुमने ऐसा नहीं किया तो समझ लेना। अगले साल मैं तुम्हारी हड्डियाँ तोड़कर रख दूँगा।" यह बात उन्होंने ऐसे कोमल स्वर में कही कि सब लोग हँस पड़े।

अब भीम कृष्ण की ओर मुड़े—"तुम हँस क्यों रहे हो कठोर-हृदय गोपाल? तुम इतने क्रूर कैसे हो सकते हो कि द्रौपदी को दुर्योधन और उसके भाइयों और शकुनि, कर्ण, अश्वत्थामा आदि की दया पर छोड़ दो, जो एक से बढ़कर एक बुरे हैं? तुम इस बेचारी को कैसे धोखा दे सकते हो? तुमने इसके पिता से स्वयंवर करवाया, तुम राक्षसावर्त से हम लोगों को ढूँढ़ लाए और इसे हमारे मत्थे मढ़ दिया। अब तुम हस्तिनापुर में इसे अकेली कैसे छोड़ सकते हो?"

फिर भीम द्रौपदी की ओर मुड़े। द्रौपदी इस कृत्रिम अनुरोध पर हँसते-हँसते लोट-पोट हो गई।

"द्रुपद-पुत्री, यहाँ बैठी-बैठी मेरी ओर एक तरह न देखो, जैसे मैं कोई मूर्ख होऊँ। थोड़े आँसू गिराओ। अपनी आँखें लाल बना लो। हो सके तो सिसकियाँ

लो। विलाप करती हुई नारी के लिए सदा इनके मन में कोमलता बनी रहती है। इनका मन पिघले बिना न रहेगा।''

कृष्ण ने कहा, ''भीम, मेरी बात सुनो। तुम जानते हो कि यदि मैं हस्तिनापुर जाऊँगा तो क्या होगा। लोग तुम्हें भूलकर मेरे पीछे लग जाएँगे। मैं नहीं चाहता कि तुम पाँचों भाई वहाँ के लोगों का स्नेह अर्जित करने का यह अवसर चूको।''

भीम ने कहा, ''तुम मेरी चिन्ता न करो। अपनी देख-भाल मैं स्वयं कर सकता हूँ। आवश्यकता होने पर मेरा हाथी दुर्योधन को अपने पैरों-तले कुचल देगा।'' उसके बाद उन्होंने कृत्रिम आडम्बर के साथ कहा, ''नहीं भाई कृष्ण, इससे बात नहीं बनेगी। राजा वृकोदर का आदेश है : हम लोग जहाँ भी जाएँगे, हे वासुदेव-पुत्र, तुम वहीं रहोगे।''

कृष्ण की ओर भक्ति-भाव से देखती हुई द्रौपदी बीच में बोल उठी–''अथवा यों कहें कि कृष्ण जहाँ होंगे, हम भी वहीं रहेंगे।''

भीम ने उसकी पीठ थपथपाते हुए कहा, ''बात एक ही है। तुमने बस उसे उल्टे ढंग से कहा है।'' द्रौपदी ने जब क्रोध से उनकी ओर देखा तो वह फिर बोले, ''मेरी ओर इस तरह से मत देखो। मैंने अभी मध्याह्न सन्ध्या नहीं की है।'' अनन्तर कृष्ण की ओर मुड़कर उन्होंने कहा, ''कृष्ण, मैं समझता हूँ कि अब तुम मान गए हो कि द्रौपदी आज्ञाकारिणी पत्नी है। यदि अब भी तुम इसका अनुरोध न स्वीकार करोगे तो फिर मैं इसे आँसू गिराने का आदेश दूँगा।''

कृष्ण ने कहा, ''ऐसा प्रतीत होता है कि तुम दोनों ने मुझे हस्तिनापुर घसीट ले जाने का षड्यन्त्र किया है।''

भीम ने कहा, ''यदि तुम मेरा प्रस्ताव न स्वीकार करोगो तो मैं तुम्हें बाँधकर अपने कन्धे पर उठा ले चलूँगा।''

कृष्ण ने एक क्षण उन दोनों की ओर देखा। ये मुझ पर कितना स्नेह और कितनी भक्ति रखते हैं! उनके अधरों पर एक मोहक मुस्कान उभर आई। उन्होंने कहा, ''भीम, तुम जहाँ भी रहोगे, मैं वहीं होऊँगा।''

विजेता के भाव से द्रौपदी की ओर देखकर भीम बोले, ''मैंने तुमसे कहा नहीं था कि यह छोटा भाई मुझसे डरता है? ज्यों ही मैंने इसे कन्धे पर उठा ले जाने की बात कही, इसने मेरा कहना मान लिया।''

कृष्ण ने सुखपूर्वक कहा, ''मैंने तुम्हारी बात मान ली राजा वृकोदर, अब तुम मेरा एक काम करो। तुम मेरे बड़े भाई बलराम के पास जाओ। किसी समय तुम उनके प्रिय शिष्य रहे थे। उनसे कहो कि मैं हस्तिनापुर तभी जाऊँगा, जब वह भी चलेंगे।''

भीम ने कहा, "अरे मुझे पूरा विश्वास है कि वह निश्चय ही हमारे साथ चलना स्वीकार कर लेंगे।"

कृष्ण ने कहा, "यदि बड़े भाई जाने को प्रस्तुत हो जाते हैं तो मुझे विश्वास है कि वह उन यादव अतिरथियों तथा राजाओं और राजकुमारों को भी साथ चलने के लिए कहेंगे, जो अपने-अपने घर जाने को तैयार हो रहे हैं।"

भीम ने कहा, "मैं ऐसा ही करूँगा, किन्तु पहले मैं द्रुपद को प्रणाम करने जाऊँगा। पत्नी को प्रसन्न करने का एक उपाय यह है कि मुँह पर तो उसके पिता की प्रशंसा करो और पीठ-पीछे निन्दा करो।"

कृष्ण ने कहा, "एक बात और भीम! हस्तिनापुर के मार्ग में सहस्रों व्यक्ति मुझसे मिलने को उत्सुक होंगे। तुम सात्यकि और राजकुमार मणिमान से कहो कि वह आगे चलें और मार्ग के लोगों से कह दें कि मैं उनसे मिलने के लिए आ रहा हूँ।"

भीम ने पूछा, "तुम ऐसे तुच्छ लोगों की भीड़ से किसलिए मिलना चाहते हो?"

"तुम कभी यह नहीं समझोगे भीम, कि मेरे लिए वे लोग कितने महत्त्वपूर्ण हैं।" कृष्ण ने कहा, फिर उनकी आँखें कहीं दूर खो गईं। वह बोले, "जानते हो भीम, जब वे मुझसे मिलने आते हैं तो उनके हृदय आशा से भरे होते हैं और जब वे मुझे देखते हैं तो उनका सूना जीवन प्रसन्नता से भर उठता है। तब मुझे भी ऐसा लगता है कि गो-पालक होने पर भी मेरा जीवन व्यर्थ नहीं है।" कृष्ण के स्वर में एक अद्‌भुत भावावेश था। द्रौपदी का हृदय प्रसन्नता से नाच उठा और उसकी आँखें भक्ति के आँसुओं से भर आईं।

अर्जुन की कसौटी

जब भीम और द्रौपदी जा रहे थे तो अर्जुन वहाँ आ पहुँचे।

तने छरहरे शरीर और चौड़े कन्धोंवाले अर्जुन देवताओं के समान रूपवान थे। उनका चिबुक निर्दोष रूप से तराशा हुआ था, उनके अधर प्रायः नारी-जैसे थे, आँखें कवि सुलभ थीं। उनकी भलीभाँति छँटी हुई और विरल दाढ़ी से उनके अत्यन्त शोभाशाली मुख की छटा अवर्णनीय हो रही थी। किन्तु उस मुख पर दुःख की छाया थी।

बरामदे में पहुँचकर उन्होंने द्रौपदी को देखा, उस पर एक उत्सुक किन्तु अप्रसन्न दृष्टि डाली, फिर झेंपकर दृष्टि हटा ली।

अर्जुन को देखते ही भीम रुक गए। कृष्ण की ओर मुड़कर उन्होंने कहा, "कृष्ण! वधू को तो इन्होंने जीता था, किन्तु मैं उसे लिए जा रहा हूँ। बेचारा!" अर्जुन की ओर संकेत करके और खुलकर हँसते हुए वह चले गए।

अर्जुन को बहुत घबराया हुआ देखकर कृष्ण ने पूछा, "क्या बात है अर्जुन? तुम इतने दुखी क्यों दीख रहे हो? वस्तुतः मैं तुम्हारी ही प्रतीक्षा कर रहा था।"

अर्जुन जब कृष्ण के समीप बैठ गए तो उन्होंने अपना हाथ अर्जुन के कन्धे पर रख दिया।

अर्जुन कुछ देर तक बोल नहीं सके, फिर उन्होंने खँखारकर रुँधते गले को साफ किया और कहा, "बड़े भाई ने एक निर्णय की सूचना दी है।" ये शब्द उनके मुख से अटक-अटककर निकले। वह अपने को सँभालने का निष्फल प्रयास कर रहे थे।

"घबराओ मत। थोड़ा विश्राम कर लो।" कृष्ण ने स्नेह-भरे स्वर में कहा। थोड़ी देर दोनों ही चुप रहे। फिर कृष्ण ने कहा, "अब मुझे बताओ अर्जुन, इस निर्णय के बारे में तुम्हारा क्या विचार है?"

"द्रौपदी हम सबके साथ क्रमशः एक-एक वर्ष रहेगी।" अर्जुन ने कहा। उनके स्वर में विषाद का पुट था। उन्होंने बात आगे बढ़ाई—"देवर्षि नारद ने स्वप्न में आकर द्रौपदी को यह परामर्श दिया था। द्रौपदी ने यह बात बड़े भाई से कही और उन्होंने इसे स्वीकार कर लिया।" अनन्तर उन्होंने व्यथा-भरे स्वर में कहा, "हे भगवान! मैं कितना दुखी हूँ!"

कृष्ण बोले, "मैं जानता हूँ कि तुम बड़े दुखी हो। यह अत्यन्त क्रूर परिस्थिति है कि प्रत्येक पाँच वर्ष में चार वर्षों तक किसी को पत्नी की निकटता से वंचित रहना पड़े।"

अर्जुन ने एक उच्छ्वास छोड़कर कहा, "मेरे जीवन से सारा सौन्दर्य जाता रहा।"

"स्वाभाविक है।" कृष्ण ने कहा। उनकी आँखों में समझदारी थी, स्वर में दयालुता।

"द्रौपदी को साथ लेकर मैंने विश्व-विजय की ऊँची आकांक्षा पाल रखी थी।"

"वह तो अब भी सम्भव है।" कृष्ण ने मृदुता से उत्तर दिया, "वह अत्यन्त भव्य तरुणी है। वह कभी तुम्हारा साथ न छोड़ेगी। निश्चय ही वह तुम्हें महान् कार्यों के लिए प्रेरित करेगी।"

"बड़े तो महान् कार्य!" अर्जुन कड़वाहट के साथ बीच में बोल उठे, "मैं तो अभी से टूट गया हूँ।" उनकी सुन्दर, चमकदार आँखें धुँधली हो गई थीं।

अर्जुन के कन्धे पर फिर हाथ रखते हुए कृष्ण ने पूछा, "तुम यही सोचते हो न कि तुम्हें अस्वाभाविक लगनेवाला यह परामर्श देवर्षि ने किस कारण से दिया?"

अर्जुन ने कटुता से उत्तर दिया, "जब से मैं प्रतियोगिता में विजयी हुआ, सारी बातें अस्वाभाविक ही हो रही हैं।"

कृष्ण ने सहमत होते हुए कहा, "हाँ, ऐसा लगता है कि हम लोगों को अस्वाभाविक बातों को स्वाभाविक बनाते रहना पड़ेगा।" फिर, कुछ देर रुककर उन्होंने कहा, "फिर भी, यह क्या इतना अस्वाभाविक है? स्वयं द्रौपदी भी बेढंगी परिस्थितियों में पड़ी हुई है। वह एकसाथ पाँच पतियों से प्रगाढ़ सम्बन्ध नहीं रख सकती।"

उलझन में पड़े अर्जुन ने पूछा, "क्यों नहीं रख सकती?"

कृष्ण ने मुस्कुराते हुए कहा, "यदि वह ऐसा प्रयत्न करे तो तुम लोग आपस में लड़ मरोगे। नहीं?"

"हम ऐसा क्यों करेंगे? इस बात की सम्भावना नहीं दीखती कि हम पाँचों भाई एक-दूसरे से ईर्ष्या कर सकेंगे।"

कृष्ण हँस पड़े। उन्होंने कहा, "तुम लोगों में झगड़ा उसी कारण से होगा, जिससे तुम अभी बड़े भाई से रुष्ट हो कि उन्होंने चार वर्षों के लिए तुम्हें द्रौपदी के संग से वंचित कर दिया है। किन्तु यह तो तुम भी स्वीकार करोगे कि तुम लोगों के सम्बन्धों को नियमित करने के लिए कुछ-न-कुछ किया जाना चाहिए और एक निर्णय उतना ही अच्छा या बुरा है, जितना कोई दूसरा।" उन्होंने परिहास के रूप में कहा।

"इसे परिहास न समझो गोविन्द! ऐसा लगता है कि मेरे दुखी होने से तुम आनन्दित हो रहे हो। तुम यह नहीं समझते कि मुझे कैसा कठिन आघात लगा है।" अर्जुन ने कहा।

कृष्ण ने पूछा, "इस सम्बन्ध में द्रौपदी की भावनाएँ क्या हैं, तुम जानते हो?"

अर्जुन ने चिड़चिड़ाहट के साथ कहा, "पहले तुम मेरी भावना देखो गोविन्द! जब मैं स्वयंवर में गया था, मैंने अपने लिए एक नया मार्ग निकालने का निश्चय किया था। मैंने वैसा ही किया। मैंने प्रतियोगिता जीती। मैं आर्यावर्त का सर्वश्रेष्ठ धनुर्धर माना गया। मैंने उस वधू को जीता, जिसके लिए इस संसार के सभी राजे अत्यधिक लालायित थे। उसे जीतकर मैं प्रसन्न हुआ था। मैंने समझा था कि वह भी प्रसन्न है। अनन्तर माँ ने कहा कि हम पाँचों भाई उसे समान रूप से बाँट लें। महामुनि ने भी इसका समर्थन किया। तुमने

भी विरोध में एक शब्द तक नहीं कहा। और अब देवर्षि नारद अपने परामर्श तथा बड़े भाई अपना निर्णय सुनाते हैं। ओह्, मेरा तो दम घुट रहा है।'' उन्होंने झल्लाहट के साथ कहा।

''तुम्हारी स्थिति में मेरा भी दम घुटता!'' कृष्ण ने समझ-भरी मुस्कुराहट के साथ कहा। ''अब सोचना यह चाहिए कि इस सम्बन्ध में हम क्या कर सकते हैं। तुम्हारे लिए सबसे अच्छा यह होगा कि तुम हमारे साथ द्वारका चलो।'' उन्होंने धीरे-धीरे कहा, मानो वह इस समस्या पर निष्पक्ष भाव से विचार कर रहे हों।

अर्जुन ने कहा, ''हाँ, मैं तुम्हारे साथ ही चलूँगा। मैं इस स्थिति को सहन नहीं कर सकता।''

कृष्ण ने पूछा, ''तुम्हारे बड़े भाई को यह कैसा लगेगा? तुम्हारे बिना उनका क्या होगा?''

अर्जुन ने आवेगपूर्वक कहा, ''मुझे इसकी चिन्ता नहीं है। बड़े भाई अपनी सँभाल स्वयं कर सकते हैं।'' क्षण-भर सोचकर उन्होंने फिर कहा, ''भीम और नकुल-सहदेव उनका ध्यान रखेंगे।''

''और तुम्हारी माता का भी। क्यों?'' कृष्ण ने मृदुता से पूछा।

''मेरी माता!'' अर्जुन ने उच्छ्वास के साथ कहा, ''उनका हृदय टूट जाएगा। हममें से कोई, अन्य भाइयों से अलग पड़ जाए, वह इस विचार को भी सहन नहीं कर सकतीं।''

''द्रौपदी को कैसा लगेगा?'' कृष्ण ने ऐसे पूछा, जैसे कोई सामान्य पूछताछ कर रहे हों।

कुछ देर चुप रहकर अर्जुन बोले, ''द्रौपदी को भी धक्का लगेगा।'' उन्होंने स्वीकार किया, ''सम्भवतः उसे ऐसा लगे कि मैंने उसे त्याग दिया है।''

कृष्ण ने हँसकर कहा, ''तुम प्रत्येक पाँचवें वर्ष द्वारका से लौट आ सकते हो।''

अर्जुन फट पड़े–''गोविन्द, कृपया मेरी हँसी न उड़ाओ। तुम नहीं समझ सकते कि मैं कितना दुखी हूँ!''

''यदि मैं भी तुम्हारी तरह दुखी होने लगूँ तो क्या उससे कोई लाभ होगा?'' कृष्ण ने पूछा। वह थोड़ी देर रुके, जैसे उनके मन में कोई नया विचार आया हो, फिर उन्होंने कहा, ''गुरुदेव ने जब निर्णय का भार द्रौपदी पर छोड़ दिया था, तभी तुमने यदि इस बात पर बल दिया होता कि वह केवल तुम्हारे ही साथ विवाह करे तो कहीं अधिक अच्छा होता। किन्तु तुमने यह स्वीकार कर लिया कि निर्णय द्रौपदी का ही होना चाहिए।''

''मैं जानता हूँ, मैं जानता हूँ कि मेरी दुर्बलता ही इस संकट का कारण है।

जब तुम सभी सहमत हो गए तो मैं असहाय हो गया। मैं स्वयंवर के भीतर के इस दूसरे स्वयंवर के लिए तैयार नहीं था। किन्तु तुम्हीं बताओ कि अब क्या किया जाए?" अर्जुन न कहा।

"जिस परिस्थिति में तुम हो, उसमें तुम्हीं अपने लिए कोई राह ढूँढ़ सकते हो और केवल तभी तुम अपने स्वाभिमान की पुनः प्रतिष्ठा कर सकते हो।" कृष्ण ने कहा।

अर्जुन ने कहा, "मेरा स्वाभिमान अब कहाँ रहा? मैं स्वयं अपनी ही आँखों में गिर गया हूँ। मैंने अपनी दक्षता से द्रौपदी को जीता था, अपनी मूर्खता से उसे खो दिया।"

"तुमने उसे खोया नहीं है अर्जुन! किन्तु उसने सभी बातों पर विचार करके तुम पाँचों भाइयों की पत्नी बनना श्रेयष्कर समझा।"

"मैं जानता हूँ कि उसने यह निर्णय क्यों किया। तुमने उसके मन में जो यह विचार बैठा दिया था कि हम सबके साथ विवाह करके वह धर्म का साम्राज्य स्थापित करने में सहायता करेगी, वह उसी कारणवश इतनी तीव्रता से इस ओर आकर्षित हुई।" अर्जुन ने कहा।

"तो क्या मेरा वह कथन सत्य नहीं था?" कृष्ण ने पूछा, "यदि तुम पाँचों भाई मिल-जुलकर धर्म-साम्राज्य को प्रतिष्ठित करने में नहीं लगोगे तो क्या उसकी स्थापना करना तुम्हारे लिए सम्भव होगा?"

अर्जुन ने कहा, "सम्भवतः नहीं, किन्तु हममें से प्रत्येक को अपना निजी जीवन भी व्यतीत करना चाहिए।"

"यह ठीक है।" कृष्ण ने सहमति प्रकट की, साथ ही सन्देह व्यक्त करते हुए उन्होंने कहा, "किन्तु क्या अपने भाइयों के साथ हिस्सा बटाए बिना तुम अपना निजी जीवन व्यतीत कर सकते हो?"

"सम्भवतः नहीं। किन्तु व्यक्ति को अधिक-से-अधिक अच्छे ढंग से अपना जीवन व्यतीत करना चाहिए।" कोई नई बात न सूझने के कारण अर्जुन ने अपनी बात दोहराई।

"किन्तु अब सर्वोत्तम मार्ग क्या है?" कृष्ण ने इस तरह पूछा, मानो वह अपने भीतर कोई सन्देह उठा रहे हों, "एक पत्नी के पांच पति बनकर तुम लोगों का अधिक शक्तिशाली और अधिक सुखी होना अच्छा है, अथवा एक-दूसरे से अलग का व्यक्तिगत जीवन? इस समय तुम्हारा धर्म क्या है?"

अर्जुन किंकर्तव्यविमूढ़ हो गए। वह समझ नहीं सके कि क्या उत्तर दें। कुछ देर तक सोचते रहने के बाद उन्होंने हिचकिचाते हुए कहा, "प्रतियोगिता मैंने जीती है, इसलिए मेरा कुछ प्राप्य भी है। तुम चाहो तो इसे मेरा अहंकार कह लो,

किन्तु मुझे ऐसा ही प्रतीत होता है।"

"मैं इससे सहमत हूँ कि द्रौपदी को केवल अपने लिए प्राप्त करना तुम्हें अच्छा लगता।" कहकर कृष्ण ने अर्जुन पर अभिप्राय-भरी एक दृष्टि डाली और पूछा, "क्या तुम्हारे भाइयों का कुछ भी प्राप्य नहीं है, क्या युधिष्ठिर ने पिता के समान तुम्हारी देखभाल नहीं की है?"

"हाँ, की है।"

"और भीम ने न जाने कितनी बार तुम्हारी प्राण-रक्षा की है। उनके बिना न तो वारणावत से तुम्हारा बच निकलना सम्भव था, न तुम राक्षसावर्त में ही जीवित रह सकते थे।" कृष्ण ने कहा।

अर्जुन ने कोई उत्तर नहीं दिया।

"और तुम्हारी माता का क्या होगा?" कृष्ण कहते गए–"वह तुम्हीं लोगों के लिए जीवित रही हैं और तुम लोगों का अलग होना सहन नहीं कर सकतीं। और पितामह भीष्म तथा पूजनीया माता ने तुम लोगों का पालन-पोषण इस आशा से किया है कि तुम लोग उनका साथ दोगे। यदि तुम अपने भाइयों से अलग हो जाओगे तो वे सब लोग क्या सोचेंगे?"

"ऐसा लगता है कि मेरे अतिरिक्त तुम और सबके सुख की बात सोचते हो।" अर्जुन ने दुःखपूर्वक कहा।

"जो लोग तुम्हें प्यार करते हैं, क्या तुम उनके दुख की नींव पर अपने सुख का भवन खड़ा कर सकते हो?" कृष्ण ने चुनौती-भरे स्वर में पूछा।

"मैं किसी को दुखी नहीं बनाना चाहता," अर्जुन ने उत्तर दिया, "किन्तु मैं अपने-आपको भी शेष जीवन के लिए दुखी नहीं बनाना चाहता–एक टूटा हुआ आदमी।"

"और द्रौपदी का क्या होगा? क्या वह औरों से अलग होकर तुम्हारे साथ रहने या तुमसे अलग होकर शेष चारों भाइयों के साथ रहने में सुखी होगी?" कृष्ण ने पूछा।

अर्जुन ने सिर हिलाते हुए कहा, "ओह्, हमारे लिए सारी बातें किस तरह उलझन से भरी हुई हैं!"

कृष्ण ने उत्तर दिया–"यहाँ कोई उलझन नहीं है। यह तो एक अग्नि-परीक्षा है। तुम्हें दो में से एक बात चुन लेनी है : तुम अपने को सन्तुष्ट करना चाहते हो या उन लोगों को, जो तुम्हें प्यार करते हैं और जिन्हें तुम भी प्यार करते हो।"

"मैं नहीं जानता कि विवाह यदि अपने सन्तोष के लिए नहीं तो और किसलिए किया जाता है।"

कृष्ण ने अपना सिर हिलाया और तर्जनी के संकेत से अपनी असहमति

प्रकट की।

"विवाह किसलिए किया जाता है? अर्जुन, हमारे प्राचीन शास्त्रों और ऋषियों, दोनों ही ने यह बात बताई है।"

अर्जुन ने मस्तक पर हाथ रखकर कहा, "कृष्ण, मैं पहेलियाँ बूझने में तुम्हारी बराबरी नहीं कर सकता।"

"किन्तु हमें इसी परिस्थिति का सामना करना है अर्जुन! तुम्हारे भाइयों का तुम पर प्रेम है। तुम भी उनसे प्रेम करते हो। ठीक है न? ऐसी स्थिति में यदि तुम मेरे साथ दूर चले जाओगे तो वे दुखी होंगे।"

अर्जुन ने स्वीकृति में सिर हिलाया।

"यदि तुम अपने-आपको ही सुखी बनाना चाहते हो तो तुम्हें उसका मूल्य चुकाना होगा।"

"कैसा मूल्य?"

"कहा जाएगा कि तुमने द्रौपदी का त्याग कर दिया है। कोई भी स्त्री विशेषतः आर्य स्त्री, एक से अधिक व्यक्तियों में अपना प्रेम नहीं बाँटना चाहती। किन्तु द्रौपदी ने ऐसा किया और जीवन-भर के लिए अपने को संघर्ष में डाल लिया। ऐसा उसने इसलिए किया कि तुम लोग दुर्जेय बनो और अपना कर्तव्य पूरा करो। विवाह को यदि तुम अपनी लालसाओं की तृप्ति का सिंह-द्वार समझोगे तो वह अपने साथ ही तुमको भी कभी क्षमा नहीं कर सकेगी। सम्भवतः हमारे प्राचीन ऋषियों के समान, वह विवाह को एक पवित्र यज्ञ मानती है, जिससे परिवार का क्रम चलता है, जो अन-जन्मे बच्चों से पुरखों को जोड़ता है ताकि धर्म की वृद्धि हो सके।"

"वह वीर नारी है।" अर्जुन ने स्वीकार किया।

कृष्ण ने कहा, "जब तुमने प्रतियोगिता जीती थी, उस समय उसे जो प्रसन्नता हुई थी, वैसी पहले कभी नहीं हुई थी। वह केवल तुमसे ही विवाह करना पसन्द करती, किन्तु तुम सभी के हित में उसने यह विकल्प स्वीकार किया।"

"मैं जानता हूँ, फिर भी मैं ऐसा कोई चुनाव नहीं कर सकता, जो सबके हित में हो। मेरी समझ में नहीं आता कि मुझे क्या करना चाहिए।"

"अर्जुन, मुझे विश्वास है कि तुम्हें क्या करना चाहिए, यह तुम जानते हो। बात केवल इतनी है कि तुम कुछ निराश हो गए हो।" बच्चों के समान अर्जुन की पीठ थपकाते हुए कृष्ण मुस्कुराए।

"निराश हूँ? नहीं, मेरा हृदय खण्ड-खण्ड हो गया है।"

कृष्ण विचार में खोए चुप रहे। ऐसा जान पड़ा, जैसे उनकी आँखें भविष्य पर टिकी हुई हैं–"भय चतुर्दिक व्याप्त है। न केवल तुम्हारे अथवा हस्तिनापुर के

लिए, अपितु स्वयं धर्म के लिए भी भय है।"

कृष्ण की विचार-शृंखला में बाधा दिए बिना अर्जुन ने उनकी ओर देखा।

कृष्ण कहते गए–"तुमने देखा कि तुमको प्रतियोगिता में विजयी होता देखकर अधिकांश ऋषि और राजे कितने प्रसन्न हुए थे। तुम्हारी विजय में उन सबने धर्म की विजय देखी थी।"

अर्जुन ने पूछा, "क्या सचमुच उन लोगों ने मेरी विजय को धर्म के साथ सम्बद्ध किया था?"

"मुझे अधर्म का प्रसार होता दीख रहा है," जैसे स्वगत भाषण कर रहे हों, कृष्ण कहते गए, "पूर्व में जरासन्ध, केन्द्र में दुर्योधन, उत्तर में शकुनि के पिता सुबल और दक्षिण में शिशुपाल–इनमें से किसी में आर्य परम्पराओं के लिए आदर नहीं है। इनमें से किसी के द्वारा धर्म का समुचित सम्मान नहीं होता। हस्तिनापुर में तभी तक धर्म का आभास है, जब तक पितामह भीष्म और पूजनीया माता जीवित हैं। इसी से धर्म को सुदृढ़ बनाने के लिए सबकी आँखें तुम पर टिकी हुई हैं।"

अर्जुन ने कहा, "तुमने यह बात उलटे ढंग से कही है कृष्ण! धर्म की प्रतिष्ठा का महान् कार्य तुमने अपने हाथ में लिया है। उसकी सफलता के लिए क्या मैं इतना महत्त्वपूर्ण हूँ?"

"अर्जुन, जान पड़ता है कि तुम यह नहीं समझ रहे हो कि तुम पाँचों भाई मिलकर कितने शक्तिशाली हो।"

अर्जुन थोड़ी देर सोचते रहे फिर उन्होंने अटकते हुए कहा, "मैं जानता हूँ कि यह बड़ी विकट स्थिति है। मैंने कभी यह नहीं सोचा था कि हम पाँचों भाइयों का मिलकर रहना कितना महत्त्वपूर्ण है।"

"तुम जिस परिस्थिति में हो, उसमें तुम्हारे बड़े भाई का निर्णय सर्वोत्तम है। जब कभी तुम्हारी आस्था डगमगाए, चाहे जितने समय के लिए तुम द्वारका चले आना। किन्तु दूसरों के प्रेम के प्रति आत्म-समर्पण करने से कभी तुम्हारी हानि नहीं होगी।" कृष्ण ने कहा।

अर्जुन ने दृष्टि झुका ली! उन्होंने कहा, "मैं स्वार्थी हूँ। मेरे मन में शक्ति के, महत्त्वाकांक्षा के, सुख के सपने हैं। मेरे मन में एक साम्र।ज्य की और एक ऐसी पत्नी की कामना है, जो केवल मेरे ही प्रति अनुरक्त हो। जब ये सपने पूरे नहीं होते तो मैं पागल-जैसा हो जाता हूँ।"

कृष्ण ने कहा, "अर्जुन, अपने प्रति अन्याय न करो। ये सपने तुम्हारी शक्ति के स्रोत हैं। वस्तुतः ऐसा कोई व्यक्ति नहीं हुआ, जिसने बड़े-बड़े सपने न पाले हों।"

"गोविन्द, मैं बहुत दुर्बल हूँ।"

"नहीं, तुम दुर्बल नहीं हो। अपनी दुर्बलताओं से जूझते हुए ही तुम शक्तिशाली बनोगे।" कृष्ण ने कहा।

अर्जुन ने उसाँस ली।

भीम का यात्रा-आयोजन

राजा द्रुपद नदी के सामनेवाले कक्ष में बैठे भीमसेन—भीम का पूरा नाम—की प्रतीक्षा कर रहे थे। भीम ने जब उस कक्ष में प्रवेश किया तो उनके अधरों पर एक दुष्टतापूर्ण मुस्कुराहट थी। उन्होंने ऐसी फुर्ती के साथ राजा के सम्मुख प्रणिपात किया, जिसकी ऐसे भारी-भरकम और शक्तिशाली शरीर से आशा नहीं की जाती। राजा के आदेश पर जब वह उनके सम्मुख बैठे तो उनका चेहरा दमक रहा था।

"मेरे आशीर्वाद लो भीमसेन!" द्रुपद ने कहा। सदा कठोर दीखनेवाले उनके मुख पर क्षण-भर के लिए मुस्कुराहट की दीप्ति दीख पड़ी। जैसी प्रसन्नता से भीम खलबला रहे थे, वह अपराजेय थी। द्रुपद ने पूछा, "तुम प्रसन्न तो हो?"

भीम ने हार्दिकता से उत्तर दिया, "आपके दर्शनों से कृतार्थ हूँ राजन्, मैं आपको बहुत महत्त्वपूर्ण और उत्तम संवाद देने आया हूँ। बड़े भाई ने मुझे आज्ञा दी है कि मैं काम्पिल्य से हस्तिनापुर की यात्रा का दायित्व सँभालूँ। इसलिए इस कार्य में मैं आपका आशीर्वाद लेने आया हूँ।"

"पाण्डु-पुत्र, तुम्हें सदा मेरा आशीर्वाद प्राप्त है।" द्रुपद ने कहा, "मेरा विश्वास है कि तुम प्रत्येक व्यक्ति का भली-भाँति ध्यान रखोगे।"

"अवश्य, अवश्य, वह तो रखूँगा ही।" भीम ने खीसें निपोरकर कहा, "प्रसंगवश एक बात कह दूँ महाराज, बड़े भाई कुछ उजलत में थे—देखिए, यह बात आप ही तक रहनी चाहिए।" उन्होंने स्वर धीमा करके फुसफुसाते हुए कहा, मानो वे द्रुपद के साथ किसी षड्यन्त्र का परामर्श कर रहे हों, "बडे भाई इस उजलत में थे कि आप दहेज में हम लोगों को कितने हाथी, रथ और घोड़े दे रहे हैं।" इसके बाद थोड़ी देर रुककर उन्होंने कहा, "निश्चय ही इस सम्बन्ध में आपसे कुछ पूछना जरा नाजुक बात है। फिर भी, आप जानते हैं कि यात्रा का प्रबन्ध तो मुझे ही करना है।"

भीम की इस नाजकत भरी भंगिमा पर द्रुपद मुस्कुराए बिना न रह सके।

भीम ने कहा, "मैं स्वभाव से कुछ संकोची व्यक्ति हूँ।" विनम्रता का प्रदर्शन करने के प्रयास में उनकी आँखें आधी मुँद गईं।

राजा हँस पड़े, "मुझे बड़ी प्रसन्नता है कि कृष्णा ने तुम पाँचों भाइयों से विवाह किया। यदि तुम लोग हमारे साथ रहने का निश्चय करो तो मैं तुम्हें अपने राज्य का एक भाग दे दूँगा।"

"नहीं, नहीं, नहीं!" मिथ्या विरोध में अपना हाथ उठाते हुए भीम ने कहा, "हमने आपकी कन्या से तो आपको वंचित कर ही दिया, अब हम आपके राज्य से भी आपको वंचित नहीं कर सकते। किन्तु मुझे विश्वास है कि उदार महाराज को यह अच्छा नहीं लगेगा कि हम लोग भिखारियों की तरह हस्तिनापुर में प्रवेश करें।"

द्रुपद ने कहा, "निश्चय, निश्चय। स्पष्ट रूप से कहो कि तुम क्या चाहते हो।"

भीम की बाल-सुलभ हँसी से द्रुपद का मन उनके प्रति ऊष्मा से भर आया। भीम ने कहा, "महाराज, क्या आप यह जानना चाहते हैं कि बड़े भाई क्या चाहते हैं?" उनके अधरों पर एक नटखट हँसी फैल गई, "आप मुझसे न पूछें कि मैं क्या चाहता हूँ।" उन्होंने अपना स्वर फिर धीमा कर लिया।

द्रुपद ने आश्चर्य से कहा, "अच्छा! तुम क्या चाहते हो और तुम्हारे बड़े भाई क्या चाहते हैं, इसमें क्या कोई अन्तर है?"

"हाँ, है।" भीम ने कहा, "बड़े भाई तो सन्त हैं। राजा वृकोदर कुछ और है। वह सन्तों का रक्षक है। इसे किन्तु अपने ही तक रखिएगा।" भीम ने कृत्रिम गम्भीरता धारण करते हुए कहा।

द्रुपद ने कहा, "मैं समझ गया। अब यह बताओ कि तुम्हारे बड़े भाई क्या चाहते हैं?"

"उन्होंने मुझे आदेश दिया है कि मैं आपसे कुछ न माँगूँ। बात यदि उन पर छोड़ दी जाए तो वह तो हम पाँचों भाइयों के लिए पाँच नारियलों से ही सन्तुष्ट हो जाएँगे। यदि उन्हें कुछ भी न मिले तो वह और प्रसन्न होंगे।" भीम ने सहज व्यंग्य से कहा।

द्रुपद ने कहा, "यह बहुत बड़ी विशेषता है।"

भीम ने कहा, "इस तरह की बातें वह मुझ पर ही छोड़ दिया करें तो अच्छा है। देखिए महाराज, यह बात मेरे आपके ही बीच रहनी चाहिए। मेरे बड़े भाई को यह चिन्ता है कि आप कहीं बहुत अधिक दहेज न दे दें।" उन्होंने एक गहरी साँस ली।

"और तुम इस बात से चिन्तित हो कि तुम्हें क्या नहीं मिलेगा? यही बात है न? क्षत्रिय का यह भी एक गुण ही है। अच्छा वृकोदर, अब यह बताओ कि तुम्हें क्या चाहिए?" द्रुपद ने पूछा।

भीम ने कहा, "मैं जो कुछ चाहता हूँ, उसके लिए चिन्ता नहीं करता, उसे ले लेता हूँ।"

"और यदि तुम उसे न पा सको?"

भीम ने कहा, "यह असम्भव है। लोग सदा ही मुझसे आग्रह करते हैं कि मैं उनकी भेंट स्वीकार कर लूँ और यदि आपको ज्ञात होगा कि हस्तिनापुर की हमारी यात्रा से आपकी प्रतिष्ठा दाँव पर लगी हुई है तो आप भी वैसा ही करेंगे।"

भीम जैसे गोलमोल ढंग से अपना अनुरोध जता रहे थे, उससे पुनः मुस्कुराते हुए द्रुपद ने पूछा, "मेरी प्रतिष्ठा दाँव पर है?"

"निश्चित रूप से है। एक उदार राजा के रूप में आपकी प्रतिष्ठा दाँव पर है। मुझे इसका ध्यान रखना होगा।" भीम ने गम्भीरता धारण करते हुए कहा। अनन्तर जैसे कोई अत्यन्त वृद्ध व्यक्ति अर्थ-गर्भित ढंग से कोई निर्णय सुना रहा हो, इस तरह उन्होंने बात आगे बढ़ाई–"लोग कहेंगे कि वह अत्यन्त ऐश्वर्यशाली राजा हैं, उदार व्यक्ति हैं, अच्छे पिता हैं, द्रोणाचार्य के विजयी शत्रु हैं, और अब वह हस्तिनापुर के भावी सम्राट के श्वसुर भी हैं, फिर भी उन्होंने अपने जामाता से हाथी, घोड़े, रथ आदि ले जाने का आग्रह नहीं किया। कैसे कृपण हैं!"

द्रुपद हँसते-हँसते लोटपोट हो गए–"भीमसेन, तुम जैसे चतुर हो, वैसे ही धृष्ट भी हो।"

"नहीं, नहीं, धृष्ट नहीं, मैं तो संकोच की प्रतिमूर्ति हूँ। मैं तो आपसे ये बातें इसलिए कह रहा हूँ कि आपकी प्रतिष्ठा मुझे अत्यन्त प्रिय है।" भीम ने कहा।

"पहेलियाँ न बुझाओ राजा वृकोदर, स्पष्ट रूप से मुझे बताओ कि तुम क्या चाहते हो?" भीम जिस तरह से बातें कर रहे थे, द्रुपद को उसमें आनन्द आ रहा था।

"मैंने आपसे कहा नहीं कि बड़े भाई ने आपसे कुछ भी माँगने से मुझे मना किया है? यह तो आपको ही सोचना है कि आपके जामाता विजेताओं के समान सुसज्जित होकर अधिकारपूर्वक हस्तिनापुर में प्रवेश करें अथवा धृतराष्ट्र के असहाय आश्रित बनकर," भीम ने कहा।

द्रुपद फिर जी खोलकर हँसे। उन्होंने पूछा, "तुम्हें ऐसी चतुराई से बातें करना किसने सिखाया है?"

"सिखाया है? मुझे तो कभी किसी ने बातें करना नहीं सिखाया। वाणी का यह वरदान तो मुझे जन्म से ही मिला हुआ है महाराज! जब मैं आपके जामाता के रूप में वधू-यात्रा का नेतृत्व करने जा रहा हूँ, तो चाहता हूँ कि मेरा प्यारा भाई दुर्योधन ईर्ष्या से पागल हो उठे।"

द्रुपद एक बार फिर अपनी हँसी नहीं रोक सके। उन्होंने कहा, "चलो, तुम्हारी ही बात रहे। यदि मेरी जगह तुम होते तो अपने जामाता को क्या देते?"

"यह तो मैं तब जानता जब आपके स्थान पर होता।" भीम ने कहा, "आपके तीन पुत्र और पाँच जामाता हैं। यदि आपके स्थान पर मैं होता तो मैं अपने राज्य को समान रूप से बाँटकर उन्हें दे देता। किन्तु मैं जानता हूँ कि यह व्यवस्था आपके लिए रुचिकर न होगी। सम्भवतः आप यह समझते हैं कि आपके पुत्र नरक से आपको बचा लेंगे, जब कि जामाता आपके इसी जीवन को नरक बना देंगे।" फिर बुद्धिमत्ता जताते हुए उन्होंने कहा, "**जामाता दशमो ग्रह**ः यों ही नहीं कहा गया है—और यह ग्रह अनिष्टकारी भी है।"

"हे भगवान! तुम अद्भुत जामाता हो कि मुझे यह बता रहे हो कि तुम्हारा प्रभाव कितना अनिष्टकारी होनेवाला है।" भीम के परिहास में सम्मिलित होते हुए द्रुपद ने कहा।

"महाराज, मैं तो बड़ा शुभ ग्रह हूँ। इसी से आपको ऐसी व्यवस्था करनी चाहिए कि जब आपकी पुत्री, पांचाल-राजकुमारी, हस्तिनापुर पहुँचे तो दुर्योधन को पता चले कि हस्तिनापुर की भावी सम्राज्ञी आ रही है।" भीम ने निर्लिप्त भाव से कहा।

द्रुपद ने कहा, "ऐसा प्रतीत होता है कि तुम सदा यही सोचते रहते हो कि दुर्योधन को कैसा लगेगा।"

"हाँ-हाँ, आप मेरे चचेरे भाई को नहीं जानते न! जैसे हमारा जीवन वायु है, उसका जीवन ईर्ष्या है।" भीम ने कहा, "एक बार मैंने अपनी हिडिम्बा को हस्तिनापुर ले आना चाहा था—केवल इसीलिए कि वह ईर्ष्या से जल मरे; क्योंकि वह मेरी बराबरी करने का चाहे जितना प्रयत्न करे, अपने लिए एक राक्षसी नहीं प्राप्त कर सकता। दुर्योधन यह समझ पाए कि उसके साथ कैसा व्यवहार करना चाहिए, उससे पहले तो वह उसे खा ही जाएगी।" भीम ने तिरस्कार के साथ कहा।

द्रुपद हँसी के मारे लोटपोट हो गए। उन्होंने कहा, "दया करके हिडिम्बा को हस्तिनापुर मत ले जाना। बेचारी कृष्णा डर से बेहाल हो जाएगी।"

भीम ने कहा, "महाराज, आप स्त्रियों का स्वभाव जानते हैं। आपके प्रति वे सम्मान बनाए रखें, इसके लिए आपके पास कोई अस्त्र तो होना ही चाहिए। यदि आपकी कन्या ने दुर्व्यवहार किया तो मैं हिडिम्बा को ले आऊँगा।"

अपनी स्वाभाविक गरिमा भूलकर द्रुपद ने भीम की पीठ थपथपाई और कहा, "दुष्टराज, ऐसा लगता है कि स्त्रियों के सम्बन्ध में तुम सबकुछ जानते हो।"

"किन्तु देखिए, यह बात आप अपनी बेटी से मत कहिएगा। वह मुझे अतिवृद्ध बालक समझती है।" भीम ने कहा, "मैं माने ले रहा हूँ कि सारी बातें

तय हो गईं। आप इस बात का आग्रह करेंगे कि हम लोग अपने साथ इतना साज-सामान ले जाएँ जिसे देखकर दुर्योधन मूर्च्छित हो जाए।''

''किन्तु आग्रह की क्या बात है?'' द्रुपद ने कहा, ''तुम जो कुछ चाहोगे, मैं प्रसन्नतापूर्वक दे दूँगा।''

''नहीं, नहीं, आपको आग्रह तो करना ही चाहिए, जिससे कि मैं बड़े भाई के सामने शपथ लेकर कह सकूँ कि आप जो कुछ देना चाहते हैं, उसे देने का आपने आग्रह किया था। अन्यथा, हम लोग तो साधु स्वभाव के हैं, हम आपसे कुछ भी नहीं लेंगे।'' भीम ने कहा।

''पुत्र, तुम अद्‌भुत हो! मैं धृष्टद्युम्न से कह दूँगा कि वह तुम्हारे साथ सारी बातें तय कर लें; किन्तु तुम मेरी सेना को छिन्न-भिन्न मत कर देना।''

''जब मैं आपके साथ हूँ तो आपको इन छोटी-मोटी बातों की चिन्ता न करनी चाहिए। जब आपकी सेना छिन्न-भिन्न हो जाए तो राजा वृकोदर को बुला भेजिएगा। वह उसे पुनः एकत्रित कर देगा।'' भीम ने मुस्कुराते हुए कहा।

अपने जामाता के प्रति स्नेह-सिक्त द्रुपद ने भीम की पीठ थपथपाई।

भीम जब पूर्णतः सन्तुष्ट होकर उस कक्ष से निकले तो उनकी दृष्टि द्रौपदी पर पड़ी। वह अपने पिता को प्रणाम करने आ रही थी। उसके साथ एक और राजकन्या थी, जिसे भीम नहीं जानते थे। भीम उनकी राह रोकने का लोभ नहीं छोड़ सके—अपने दोनों हाथ फैलाकर उनके सामने खड़े हो गए।

द्रौपदी घबरा गई। पांचाल के राजभवन में यह व्यवहार अनजाना था, विशेषतः उन दासियों और पाँच-छह दासों के सम्मुख, जो निकट ही खड़े भावशून्य दीखने का असफल प्रयत्न कर रहे थे।

''हमें जाने दें स्वामी!'' द्रौपदी ने गिड़गिड़ाते हुए कहा, ''पिताजी देख लेंगे।''

भीम ने कहा, ''तुम चिन्ता न करो। अभी वह अपने जामाता के प्रति प्रशंसा-भाव से भरे हुए हैं।''

द्रौपदी के साथ जो राजकन्या थी, वह अपने को सँभाल न सकी, खिलखिलाकर हँस पड़ी।

भीम ने उसकी ओर देखा। उनकी आँखें आश्चर्य से फैल गईं। वह प्रायः अठारह वर्ष की आयुवाली एक नवयुवती थी। छोटी थी, निर्दोष शृंगार किए हुए थी और गौरवर्ण की थी। उसकी आँखों और अधरों का आकार और रंग मोहक था। वह द्रौपदी की घबराहट से आनन्दित हो रही थी और प्रशंसा के भाव से भीम की ओर देख रही थी।

भीम ने द्रौपदी की ओर मुड़कर कहा, ''पांचाल राजकन्या, तुम्हारी यह सखी कौन है?''

द्रौपदी ने कहा, "आप इसे नहीं जानते? यह काशी की राजकुमारी जालन्धरा है। पिताजी से मिलने आई है।"

भीम मुस्कुराते हुए उसकी ओर मुड़े। उन्होंने कहा, "मैंने आपको कभी नहीं देखा। आप यहाँ कब आईं?"

राजकुमारी ने उत्तर दिया, "मैं अपने भाई सुशर्मा के साथ स्वयंवर देखने आई थी।"

द्रौपदी ने कहा, "ये लोग भी हस्तिनापुर चल रहे हैं। ये तीर्थयात्रा के लिए कुरुक्षेत्र जाएँगे।"

राजकुमारी की ओर प्रशंसा-भरी आँखों से देखते हुए भीम ने कहा, "अच्छा, तब तो ये लोग हमारे ही साथ चल रहे हैं।"

"नहीं, हम लोग नौका से जा रहे हैं।" राजकुमारी जालन्धरा ने ऐसे स्वर में कहा, जिससे भीम का हृदय पुलकित हो उठा। उन्होंने पूछा, "क्या आप लोग हस्तिनापुर में रुकेंगी?"

द्रौपदी ने कहा, "ये लोग कुछ दिनों तक वहाँ ठहरेंगे। आपको पता है, यह युवराज दुर्योधन की पत्नी भानुमती की बहन हैं।"

भीम की आँखों में एक नई रुचि की झलक दीख पड़ी। उन्होंने कहा, "द्रौपदी, तुम इन्हें हम लोगों के साथ चलने को क्यों नहीं कहतीं?"

द्रौपदी ने स्नेह-भरी दृष्टि से भीम की ओर देखा।

राजकुमारी ने कहा, "नहीं, मेरे भाई नौका से जाना चाहते हैं।"

"ओह! वह नौका से जाना चाहते हैं, यही न? यदि वह हम लोगों के साथ गए तो दुर्योधन को बुरा लगेगा न?" भीम यह कहकर हँस पड़े, "जो भी नौका-यात्रा करना चाहे, माँ गंगा उसका स्वागत करती हैं। ठहरो, मैं सोचता हूँ।" कहकर वह मन-ही-मन हँसे, जैसे उन्हें कोई नया विचार सूझा हो।

राजकुमारी ने निर्भीकता से पूछा, "क्या आप ही राजा वृकोदर हैं? आपने सचमुच राक्षसों पर शासन किया था?"

"निःसन्देह!"

"क्या आपने मनुष्य का मांस खाया था?" वह अपना कौतूहल नहीं रोक सकी।

भीम ने भयानक मुख-मुद्रा बनाने का नाटक करते हुए आँखें घुमाते हुए कहा, "मेरे भोजन में सदा ही सुन्दर तरुणियाँ हुआ करती थीं।"

राजकुमारी प्रसन्नता से चीख पड़ी। आस-पास के लोग और नौकर-चाकर भी अपनी हँसी नहीं रोक पाए। द्रौपदी ने त्रस्त होकर हाथ उठाया और कहा, "पिताजी सुन लेंगे और क्रुद्ध होंगे।" उसने आँखें उठाकर उस कक्ष की ओर देखा, जिसमें

वह पिता को बैठा समझ रही थी, किन्तु उन्हें द्वार पर खड़े होकर भीम की विलक्षण मुद्राओं का आनन्द लेते देखकर वह भौंचक्की हो गई। उसने आश्चर्य से कहा, "हे भगवान! पिताजी यह रहे!"

भीम ने मुड़कर राजा द्रुपद को देखा, दोनों मुस्कुरा पड़े, फिर भीम ने राजकुमारियों की राह छोड़ दी।

जब दोनों राजकुमारियाँ द्रुपद के कक्ष की ओर चलीं तो भीम काशिराज-कन्या पर एक प्रशंसा-भरी दृष्टि डालने से अपने को न रोक सके। उसके छोटे-छोटे पाँव उनकी स्मृति में जड़-से गए। वे पाँव लाल कमल के समान थे। तत्काल उन्होंने अपने मन पर अंकुश लगाया। वह अच्छे आदमी नहीं हैं, अभी-अभी उन्होंने द्रौपदी से विवाह किया है। फिर उन्होंने अपना ललाट थपथपाया और मुस्कुरा पड़े। यह दुर्योधन की पत्नी भानुमती की बहन है। यदि वह उससे विवाह कर लें तो बड़ा मजा आए।

भीम ने जब अपने भाइयों को बताया कि द्रुपद उन्हें दहेज में क्या देने जा रहे हैं तो वे अभिभूत हो गए : सत्तर हाथी, एक सौ रथी, चार सौ गायें, दो सौ घोड़े और इन सबके साथ आवश्यक साज-सामान और उनकी देखभाल करनेवाले परिचारक!

युधिष्ठिर ने कहा, "यह तो बहुत ही अधिक! अवश्य ही तुमने स्वयं यह सब माँगा होगा।"

भीम ने विरोध किया, "ऐसी बात नहीं है। राजा द्रुपद ने आग्रह किया और मुझे उनकी बात माननी पड़ी।"

युधिष्ठिर ने पूछा, "सचमुच? तुम सच बोल रहे हो भीम?"

"बड़े भाई, आप मुझे जानते हैं। मैं जब से जन्मा, कभी झूठ बोला ही नहीं।" फिर अर्जुन की ओर आँख मारकर हँसते हुए उन्होंने कहा, "मेरा कथन स्वतः सत्य होता है। और आप तो जानते हैं बड़े भाई, मैं जो कुछ कहता हूँ, वही सत्य हो जाता है।"

"किन्तु इतने बड़े दल-बल का हम करेंगे क्या?" भीम कभी गम्भीर भी हो सकेंगे इस बात की निराशा से सिर हिलाते हुए युधिष्ठिर ने पूछा।

"यह मेरा रहस्य है। आपने ही मुझे हस्तिनापुर-यात्रा का प्रबन्धक बनाया है। और मैंने सारे प्रबन्ध कर लिए हैं। मैं आपको उनसे मुकरने नहीं दूँगा।" भीम ने कहा।

युधिष्ठिर ने पूछा, "किन्तु तुमने क्या प्रबन्ध किया है?"

"हमें जिस मार्ग से जाना है, मैंने उसका निर्णय कर लिया है। सबसे आगे हाथी रहेंगे और प्रथम पंक्ति में अगुआ के रूप में मैं रहूँगा। उसके बाद, पैदल

सैनिकों से घिरी गायें चलेंगी। फिर घोड़े होंगे, जिनकी देखभाल नकुल करेंगे। अनन्तर अर्जुन के संरक्षण में रथी चलेंगे। तब बड़े भाई, वरवधू के रूप में द्रौपदी के साथ आप होंगे। विदुर चाचा आप लोगों का ध्यान रखेंगे। अनन्तर बलराम के नेतृत्व में राजे, राजकुमार और अतिरथी चलेंगे। अन्त में सहदेव रहेंगे, क्योंकि वह मनुष्यों के लिए योग्य सहयात्री नहीं हैं। वह बैलगाड़ियों, ऊँटगाड़ियों और साँड़नियों की देखभाल करेंगे, जिन पर भोज्य-सामग्री, साज-सामान लदा रहेगा,'' भीम ने कहा।

अर्जुन ने कहा, ''किन्तु कृष्ण का क्या होगा? उनकी बात तो तुम बिल्कुल भूल ही गए।''

''मेरा क्या हुआ?'' सस्मित कृष्ण ने कक्ष में प्रवेश करते हुए पूछा। वह सदा की भाँति शान्त-संयत थे, स्वच्छ-सुव्यवस्थित और पीताम्बर तथा मयूर-पुच्छ का मुकुट धारण किए हुए।

युधिष्ठिर कृष्ण की ओर मुड़कर अपना दुखड़ा रोने लगे, ''गोविन्द, मैंने भीम को यात्रा का प्रबन्ध करने को कहा था और वह जाकर द्रुपद की आधी सेना लूट लाए हैं। उन्होंने शोभा यात्रा का सारा प्रबन्ध कर लिया है और तुमको बिल्कुल ही भुला दिया है।''

विरोध में आकाश की ओर देखते हुए भीम ने कहा, ''हे भगवान! लोगों की अकृतज्ञता का ठिकाना नहीं है। मैंने बड़े भाई के आदेश का पालन किया। मैंने सारा प्रबन्ध किया। हर चीज तैयार रखने के लिए मैंने अपना समय नष्ट किया।'' फिर उन्होंने कृष्ण की ओर देखते हुए कातर स्वर में कहा, ''और अब तुम देखो कि लोग किस तरह मुझे दोष दे रहे हैं!''

अर्जुन ने कहा, ''किन्तु कृष्ण के लिए कोई स्थान सुरक्षित रखना आप भूल गए हैं।''

''मुझे भूल गए हैं!'' मुस्कुराते हुए कृष्ण ने आश्चर्य से कहा, ''राजा वृकोदर, यह आपने क्या किया?'' उन्होंने झिड़की दी।

''गोविन्द, राजा वृकोदर किसी को नहीं भूलते—गोपियों के सखा को तो बिलकुल ही नहीं। मैंने तुमको समुचित स्थान दिया है—राजाओं और ऊँटों के बीच में। तुम माँ के साथ एक ही रथ पर चलोगे। मैं नहीं चाहता कि माँ अकेली पड़कर छटपटाती रहें। उनके भाइयों के सम्बन्ध में बातें करके केवल तुम्हीं उन्हें प्रसन्न रख सकते हो। अपने पुत्रों से तो वह भर पाईं,'' भीम ने कहा।

''किन्तु पीछे क्यों?'' अर्जुन ने पूछा, ''इन्हें तो राजाओं के आगे होना चाहिए।''

''मैं समझता हूँ कि भीम ने उचित किया है,'' कृष्ण ने कहा, ''गो-पालक होने के कारण मुझे गौओं की देखभाल करनी ही चाहिए।''

"अपने को ठगने का प्रयत्न मत करो कृष्ण!" भीम ने कहा, "मैंने तुम्हारी सुविधा का ध्यान रखकर तुम्हें अन्त में नहीं रखा है, उसमें तो मेरा स्वार्थ है।"

युधिष्ठिर ने आश्चर्य से पूछा, "तुम्हारा स्वार्थ है?"

"निश्चय ही मेरा स्वार्थ है। यह संवाद पहले ही फैल चुका है कि पाण्डवों के साथ चमत्कारी पुरुष कृष्ण वासुदेव आ रहे हैं। उनके दर्शनों के लिए सारे मार्ग में लोगों की भीड़ जमा है। यदि वह सबसे आगे रहेंगे तो सभी लोग उन्हीं को साष्टांग प्रणाम करेंगे और हम लोगों की ओर कोई देखेगा भी नहीं। मैंने जैसी व्यवस्था की है, उसके अनुसार लोग सबसे पहले मुझे देखेंगे और मुझे ही कृष्ण समझने की भूल करेंगे। आधी फूल-मालाएँ और आधे नारियल मेरे हाथ लगेंगे। जो कुछ बच रहेगा, वर-वधू के हिस्से में आएगा। वे तब तक हममें से प्रत्येक की जय-जयकार करते रहेंगे, जब उन्हें पता चलेगा कि कृष्ण तो एक वृद्धा के साथ बैठे हैं।" भीम ने खीसें निपोरते हुए कहा।

अर्जुन ने कहा, "यह अनुचित है। मैं इसे स्वीकार नहीं करूँगा। लोग कृष्ण की पूजा करना चाहते हैं, आपकी नहीं।"

"किन्तु यही एक मार्ग है, जिससे मैं लोगों की पूजा प्राप्त कर सकता हूँ, नहीं तो कौन मेरी ओर देखेगा?" भीम ने पूछा।

कृष्ण ने मुस्कुराते हुए कहा, "अर्जुन, सदा की भाँति भीम का कथन ठीक है। मैं चाहता हूँ कि पहले लोग भीम का ही सम्मान करें, फिर तुम्हारा, फिर बड़े भाई का। भीम, मैं क्या सदा ही यह नहीं कहता आया हूँ कि हम सब भाइयों में सबसे बुद्धिमान तुम्हीं हो?"

भीम ने कहा, "मुझे स्वयं भी इसमें कोई सन्देह नहीं है। दुर्भाग्यवश, ऐसी ही धारणा तुम सब लोगों की नहीं है। इसी कारण बड़े भाई सर्वदा कठिनाइयों में उलझ जाते हैं और मुझे उनका उद्धार करना पड़ता है।"

चपलचरणा राजकुमारी

भीम बहुत उत्साहित थे। पाँचों भाइयों की लौटती बारात के आगे-आगे वह हाथी की पीठ पर बैठे हुए थे। उन्हें ऐसा लग रहा था, मानो वह कोई युद्ध जीतकर लौट रहे हों और विजयिनी वाहिनी के आगे चल रहे हों।

अपनी मैत्री-पूर्ण मुस्कुराहट और हृदय में उमंग भरनेवाली बातों के साथ वह सब कहीं दीख पड़ते थे। वह थके हुओं को उत्साहित करते, कठिनाई में पड़े हुओं की सहायता करते, भोजनालय की देख-भाल करते, इस बात का ध्यान रखते कि

सबने भली-भाँति भोजन कर लिया है या नहीं और दल के लोगों की अन्य आवश्यकताओं की खोज-खबर लेते रहते थे। साथ ही पद-मर्यादा का ध्यान रखे बिना वह स्त्रियों के साथ परिहास करने का कोई अवसर भी नहीं चूकते थे। उनका परिहास ऐसा धृष्टतापूर्ण होता था कि स्त्रियाँ लज्जा से लाल पड़ जाती थीं, खिलखिलाने लगती थीं और दुपट्टे से अपना मुँह ढक लेती थीं।

दल के सभी लोग भीम के आनन्दित मनोभाव का साथ दे रहे थे। काम्पिल्य से निकलकर यह शोभा-यात्रा गंगा के किनारे-किनारे चलती हुई उत्कोचक तीर्थ और वहाँ उसने पड़ाव डाला। उत्कोचक में महर्षि धौम्य का आश्रम था। स्वयंवर में जाने से पहले पाँचों भाइयों ने धौम्य ऋषि को ही अपना राज-पुरोहित बनाया था।

गंगा के दोनों तटों के किनारे बसी आर्यों और नागों की सभी बस्तियों में मुँहामुँही यह संवाद पहले ही फैल चुका था कि कृष्ण वासुदेव ने अपने चमत्कार से पाँचों भाइयों को पुनर्जीवित कर दिया है और उन लोगों ने स्वयंवर में द्रुपद की पुत्री से विवाह किया है। जहाँ कहीं शोभा-यात्रा रुकती, लोग फल-फूल और नारियल की भेंट लेकर कृष्ण वासुदेव की पूजा करने के लिए एकत्रित हो जाते।

सारी बातें भीम की आशा के अनुरूप ही हो रही थीं। यात्रा-दल के नेता होने के कारण लोग उन्हें ही कृष्ण समझ लेते थे और वह भी मन-ही-मने हँसते हुए उनकी भेंट स्वीकार कर लेते थे। पूजा के बाद, उनको कृष्ण-वासुदेव समझ लेने की गाँववालों की भूल पर वह जी खोलकर हँसते थे। जो भी हो, वह अपने हाथी के करतब दिखाने का कोई मौका नहीं चूकते थे, जिसे देखकर भीड़ में आनन्द की लहर दौड़ जाती थी।

धौम्य का आश्रम बहुत बड़ा था। वह गंगा के किनारे-किनारे बहुत दूर तक फैला हुआ था। ऋषि और उनके शिष्य आश्रम को शिक्षा और तपस्या का केन्द्र बनाने के अतिरिक्त वर्षों से अनेक वन-जातियों को आर्य-परम्परा में दीक्षित करने का प्रयास कर रहे थे। उनमें से बहुतों ने आर्यों के विवाह, गार्हस्थ्य जीवन, धार्मिक क्रियाओं, नैतिक आचारों, देवताओं और उत्सवों को अपना लिया था।

शोभा-यात्रा के पहुँचने पर ऋषि के सभी शिष्यों ने अपने कुटीर पाँचों भाइयों तथा राजकीय अतिथियों के लिए खाली कर दिए। शेष लोगों में से जिसे जहाँ जगह मिली उसने वहीं, खुले आकाश के नीचे, डेरा डाला। हाथी, घोड़ों, गायों और ऊँटों के लिए भी ऐसी ही व्यवस्था हुई। रथों और गाड़ियों को, धुलाई-सफाई के लिए, नदी के किनारे लाया गया। उनकी देखभाल का दायित्व रथवानों और गाड़ीवानों पर था।

शीघ्रतापूर्वक उत्कोचक पहुँचने के लिए भीम ने कठोर परिश्रम किया था। उन्होंने न स्वयं विश्राम किया था, न औरों को करने दिया था। अपने-आपसे अपने जिस मिलन का उन्होंने वादा किया था, उसे पूरा करने के लिए वह कृत-संकल्प थे।

यात्रा के क्रम में, बहुत प्रयत्न करके भी वह चपलचरणा कमलोंवाली राजकुमारी जालन्धरा को भूल नहीं सके। जब भी उनकी स्मृति में उसकी छवि उभर आती, उनका हृदय उल्लसित हो उठता था।

उसके भाई सुशर्मा ने शोभा-यात्रा के साथ जाना अस्वीकार कर दिया था। वह जल-मार्ग से जा रहा था। भीम ने इसे अपने सम्मान के प्रति चुनौती समझा, जिसे स्वीकार करने को वह बाध्य थे।

उत्कोचक पहुँचते ही, पानी पिलाने के बहाने भीम अपने हाथी को नदी तट पर ले गए। वहाँ उन्होंने जो कुछ देखा, उससे वह प्रसन्न हो उठे। दो नौकाएँ पानी में लंगर डाले खड़ी थीं। उनमें से एक नौका बड़ी थी, जिसमें राजकुमार सुशर्मा, राजकुमारी जालन्धरा और उनके संगी-साथी हस्तिनापुर जा रहे थे।

वह मन-ही-मन हँसे। तब तो चपल चरणोंवाली राजकुमारी अभी आश्रम में ही होगी।

एक बार फिर राजकुमारी की एक झलक पाने के लिए अत्यन्त अधीर होने पर भी वह सूर्यास्त से पहले आश्रम में नहीं जा सके। सबसे पहले उन्हें अपने पड़ाव के प्रबन्ध की देख-भाल करनी थी।

आश्रम में पहुँचकर भीम ने युधिष्ठिर को सूचना दी कि पड़ाव का सारा प्रबन्ध उचित रूप से हो गया है और रात के भोजन की व्यवस्था हो रही है। फिर राज-पुरोहित धौम्य के चरणों में सिर नवाकर आशीर्वाद माँगते हुए उन्होंने कहा, "गुरुदेव, मैं चाहता हूँ कि आप जितना आशीर्वाद मुझे दे सकते हों, दें। यदि आपके पास अधिक आशीर्वाद न बच रहा हो तो मेरे भाइयों के लिए आपने जो आशीर्वाद रख छोड़ा हो, वह भी मुझे ही दे दीजिए।"

अनन्तर वह माता कुन्ती के कुटीर में गए। उन्होंने माता के चरण-स्पर्श किए, द्रौपदी पर एक उड़ती दृष्टि डाली और फिर अन्य स्त्रियों की ओर देखने लगे। उन्हें निराशा हुई। चपल-चरणोंवाली राजकुमारी वहाँ नहीं थी।

फिर वह रन्धनशाला में गए। यह स्थान उन्हें बहुत प्रिय था, क्योंकि वह स्वयं रन्धन-कला में निष्णात थे। धौम्य को भीम की असाधारण भूख का पता था, इसलिए उन्होंने प्रचुर परिमाण में भोजन बनवा रखा था।

भोजन करके भीम कृष्ण के कुटीर में गए और भीतर प्रवेश करते हुए उन्होंने पूछा, "गोविन्द, क्या मैं तुम्हारे दर्शन पा सकता हूँ?"

कृष्ण के पास सात्यकि और नकुल बैठे थे। एक अन्य व्यक्ति भी था, जिसका चेहरा जालन्धरा से बहुत मिलता-जुलता था। भीम को पहचानने में देर न लगी कि वह काशी के राजकुमार सुशर्मा हैं। वह प्रायः पचीस वर्ष की आयु के कान्तिमान तरुण थे–कद में छोटे और अत्यन्त सुकुमार।

कृष्ण ने हँसकर उत्तर दिया, "मुझसे पूछने की क्या आवश्यकता है? पूछने से पहले ही तुम मेरा दर्शन पा चुके हो। और तो सब ठीक-ठाक है?"

"सबकुछ और सब लोग बिल्कुल ठीक हैं।" भीम ने उत्तर दिया, "केवल उन दुखी लोगों को छोड़कर, जो बाहर तुम्हारी प्रतीक्षा कर रहे हैं।"

'जय-जय कृष्ण वासुदेव' की अधीर ध्वनि लगातार सुनाई दे रही थी। "अच्छा हो कि तुम बाहर जाकर अपने बच्चों की देख-भाल करो।" कृष्ण और सुशर्मा के बीच में बैठते हुए भीम ने कहा।

"हाँ, मुझे उनसे अधिक प्रतीक्षा नहीं करानी चाहिए। मुझसे मिलने के लिए वे दूर-दूर से आए हैं।" कृष्ण ने कहा, "भीम, क्या तुम काशी के राजकुमार सुशर्मा से परिचित हो? यह दुर्योधन की पत्नी भानुमती के भाई हैं।"

"जो तुम्हारी धर्म-बहनों में से एक हैं, वही न?" भीम ने टीप मारी। कृष्ण अपना दुपट्टा और मुकुट सँभालते हुए सात्यकि के साथ कुटीर से बाहर चले गए।

सुशर्मा जानते थे कि उनके बहनोई दुर्योधन को भीम से कितनी घृणा थी, इसलिए उनसे मैत्री भाव रखना उन्हें अच्छा नहीं लगा। वह भी कृष्ण के साथ ही बाहर निकल जाना पसन्द करते, किन्तु भीम ने उनके कन्धे पर हाथ रखकर उन्हें रोक लिया।

अत्यन्त मैत्री-पूर्ण स्वर में भीम ने पूछा, "आप उत्कोचक कब पहुँचे राजकुमार?"

राजकुमार ने उत्तर दिया, "तीन दिन हो गए।"

भीम ने ताड़ लिया कि सुशर्मा उनके साथ बातचीत करने के इच्छुक नहीं हैं। अतः उन्हें चिढ़ाने के लिए उन्होंने प्रश्नों की बौछार कर दी, "आप उत्कोचक से प्रस्थान कब कर रहे हैं?"

राजकुमार ने उत्तर दिया, "सन्ध्या समय।"

भीम ने पूछा, "इतनी जल्दी क्या है? क्यों न आप कुछ समय और रुकें और हम लोगों का साथ दें?"

सुशर्मा ने भौंहें सिकोड़ीं, "मेरी बहन भानुमती स्वस्थ नहीं है। हम लोग अविलम्ब हस्तिनापुर पहुँचना चाहते हैं।" उन्होंने बात स्पष्ट की।

भीम ने पूछा, "भानुमती को क्या हुआ है?"

"वह आसन्न-प्रसवा है। हम लोग समय पर उसके पास उपस्थित रहना चाहते हैं," राजकुमार ने कहा, जिनकी घबराहट बढ़ रही थी।

भीम ने कहा, "तब तो आप लोग कुछ दिनों तक हस्तिनापुर में ठहरना चाहते हैं।"

"तीर्थ-यात्रा से लौटकर हम लोग भानुमती के स्वस्थ होने तक हस्तिनापुर में रुकने की आशा करते हैं।" कहते हुए सुशर्मा वहाँ से जाने के लिए उठ खड़े हुए।

"आप हम लोगों के साथ स्थल-मार्ग से क्यों नहीं चलते?" राजकुमार के साथ चलने के लिए प्रस्तुत होकर स्वयं भी अपने आसन से उठते हुए भीम ने पूछा। उन्हें यह बात पसन्द नहीं थी कि कोई अचानक उनके पास से उठकर चला जाए।

सुशर्मा ने कहा, "हम लोग नौका से ही यात्रा करना चाहते हैं।"

भीम हँसे। उन्होंने कहा, "हाँ-हाँ, उसमें धूल-गर्द और हचकोलों से बचाव है, सदा ठण्डी हवा भी मिलती है। किन्तु स्थल-मार्ग से आपको हमारा साथ मिलेगा।"

"हम लोग नौका से ही जाना पसन्द करेंगे।" सुशर्मा ने अपनी बात दोहराई। उन्होंने हाथ जोड़े और कुटीर के द्वार की ओर पाँव बढ़ाए।

"आप नौका पर कब जा रहे हैं?" सुशर्मा के व्यवहार से विचलित हुए बिना भीम ने पूछा। वह उनके साथ हो लिए।

"नदी में ज्वार आने के बाद लंगर उठा लिया जाएगा," राजकुमार ने कहा, "किन्तु सान्ध्य-भोजन के बाद हम लोग आश्रम से चले जाएँगे।"

"मैं आपको विदा करने आऊँगा," भीम न कहा। अब वह अपनी स्थिति समझ गए थे। नकुल, जो अब तक चुपचाप बैठे सबकुछ देख रहे थे, भीम के आक्रामक मैत्री-भाव पर ध्यान दिए बिना न रह सके। उन्हें यह समझने की कठिनाई नहीं हुई कि इसका कोई गूढ़ अभिप्राय है।

अपने कथन के अनुसार सान्ध्य-भोजन के बाद भीम धौम्य और अन्य लोगों के साथ हो लिये, जो काशी के राजकुमार और राजकुमारी को विदा देने के लिए नदी-तट पर जा रहे थे। अपनी आशा के अनुरूप, भीम को एकाधिक बार जालन्धरा की छिपी चितवन का उपहार मिला—ऐसी चितवनों का, जिनसे भीम का हृदय प्रसन्नता से नाच उठा।

आधी रात का समय था। पड़ाव में निस्तब्धता छाई हुई थी। नौकाओं पर जल की लहरों के थपेड़ों, घोड़ों की हिनहिनाहट और कभी-कभी शृगालों के चमत्कार से ही रात्रि की निस्तब्धता भंग हो रही थी।

रात अँधेरी थी। आकाश में तारे चमक रहे थे। भीम आश्रम से निकलकर शीघ्रतापूर्वक नदी-तट की ओर बढ़ चले। उनके हाथ में एक बड़ा-सा अंकुश

था—वह नुकीला औजार, जिससे हाथियों को हाँका जाता है।

तट पर पहुँचकर भीम ने सावधानी के साथ नौकाओं की ओर देखा। राजकुमार, राजकुमारी और उनके सेवक अपनी नौकाओं पर बहुत पहले ही निद्रा-निमग्न हो चुके थे। केवल कुछ उनींदे माँझी लंगर उठाने के लिए ज्वार की प्रतीक्षा कर रहे थे।

भीम नदी के किनारे-किनारे कुछ दूर आगे बढ़ गए। पानी में उतरे और चुपचाप तैरते हुए उस बड़ी नौका की ओर गए, जिसमें काशी के राज-परिवार के लोग सोए हुए थे। पानी में गोता लगाकर भीम नौका के उस भाग के पास पहुँचे, जहाँ उसकी दीवार तली के साथ जुड़ी हुई थी। जोड़ की सन्धि में अंकुश डालकर, पूरी शक्ति के साथ, उन्होंने नौका में बड़े-बड़े छेद कर दिए।

अपने काम में सफल होकर वह दूसरी नौका के पास गए जिसमें रन्धनशाला और खाद्य-सामग्री का भण्डार था। पहले ही की तरह, दक्षतापूर्वक उन्होंने उसके पेंदे में भी छेद कर दिए। फिर वह तैरकर तट पर आ गए। उन्होंने अपने वस्त्र सुखा लिये। फिर वह राजकीय नौका के सामने आ खड़े हुए और परिणाम की प्रतीक्षा करने लगे।

उन्होंने जैसी आशा की थी, वैसा ही हुआ। ज्वार का पानी बढ़ने लगा। माँझियों ने लंगर उठा लिये। नौकाएँ धारा के साथ बहने लगीं।

सहसा राजकीय नौका में से शोर-गुल और चीख-पुकार सुन पड़ने लगी। छिद्रों के द्वारा नौका में पानी भर रहा था। नौका के लोग खुले में एकत्रित हो गए थे। वे किंकर्तव्यविमूढ़ और घबराए हुए थे। समझ नहीं पा रहे थे कि पानी कहाँ से आ रहा है। मशालें जलाने के प्रयत्न किए जा रहे थे, किन्तु तीखी हवा के कारण उसमें सफलता नहीं मिल रही थी।

तारों के झिलमिल प्रकाश में भी भीम ने देख लिया कि अपने परिचारकों से घिरे राजकुमार और राजकुमारी खुले में खड़े हैं। प्रत्येक व्यक्ति बोल रहा था, सुन कोई नहीं रहा था।

भीम पानी में कूद पड़े और शीघ्रतापूर्वक तैरते हुए नौका के पास जा पहुँचे। ''राजकुमार, नौका के मँझधार में पहुँचने से पहले ही आप पानी में कूद पड़िए, राजकुमारी, आप भी छलाँग लगाइए, मैं आपको थाम लूँगा,'' भीम ने चिल्लाकर कहा। उनका गरजता स्वर, लहरों की ध्वनि और बातों के कोलाहल को भेदता सुन पड़ा।

''यह तो राजा वृकोदर हैं!'' राजकुमारी ने चीखकर कहा।

''हाँ, वृकोदर आ पहुँचे हैं। नदी में कूद पड़ो,'' भीम ने कहा।

राजकुमारी ज्योंही नदी में कूदी, भीम ने उन्हें हाथों में थाम लिया। राजकुमारी

का अनुसरण करते हुए, राजकुमार भी भीम के निकट नदी में कूद पड़े। राजकुमार को सँभलने के लिए सहारा देने के बाद भीम तट की ओर तैरने लगे। उन्होंने अपने बाएँ हाथ से राजकुमारी को जल से ऊपर उठा रखा था।

भीम ने चिल्लाकर नौका के परिचारकों से कहा, "मैं राजकुमार और राजकुमारी को सँभालता हूँ, तुम लोग नौकाओं को बहने से बचाओ।"

उस समय तक–चीख-पुकार सुनकर, बहुत-से लोग तट पर एकत्रित हो गए थे। उनमें से कुछ के पास मशालें थीं। भीम ने उन लोगों से कहा कि वे परिचारकों और माँझियों की सहायता के लिए जाएँ, जो नौकाओं को ज्वार के साथ मँझधार में जाने से रोकने में लगे हुए थे।

भीम जब तक तट पर पहुँचे, जालन्धरा उनकी बाँहों में मूर्च्छित हो गई थी।

यद्यपि सुशर्मा को यह अच्छा नहीं लग रहा था कि भीम जालन्धरा को अपनी बाँहों में थामे रहें, किन्तु इस असम्मान के सम्मुख घुटने टेकने के अतिरिक्त उन्हें और कोई मार्ग नहीं सूझ रहा था। वह स्वयं बहुत दुबले-पतले थे, ठण्ड से काँप रहे थे। वह अपने को बड़ी कठिनाई से सँभाल पा रहे थे।

भीम ने कहा, "राजकुमार, ठण्डी हवा में काँपने से कोई लाभ नहीं है। मैं आप दोनों को आश्रम में लिए चलता हूँ।"

राजकुमार के अस्फुट विरोध की चिन्ता किए बिना, जालन्धरा को बाँहों में लिए, भीम आश्रम की ओर चल पड़े। उनके आगे एक मशालची चल रहा था। अभी भी अशक्त राजकुमार उनके पीछे-पीछे चले।

यह देखकर भीम को आनन्दपूर्ण आश्चर्य हुआ कि जालन्धरा बच्चों-जैसी हल्की है। हिडिम्बा के भारी शरीर को स्मरण करके वह हँस पड़े। 'इसका शरीर फूलों से बना है' उन्होंने अपने-आपसे कहा। जिस असहाय भाव से वह उनसे लिपटी हुई थी, वह उन्हें बड़ा अच्छा लगा। यद्यपि ठण्डी हवा बह रही थी, उनका सारा शरीर ऊष्मा से उत्तप्त हो उठा।

मशालची के साथ जब वे तीनों आगे बढ़ रहे थे, भीम ने अपने कानों के पास एक फुसफुसाहट सुनी : "आपने ही नौका डुबो दी न?" उन्होंने जालन्धरा की ओर देखा। क्या उसकी चेतना लौट आई? सम्भवतः हाँ, सम्भवतः नहीं। किन्तु वह उसे मूर्च्छित ही मानना चाहते थे और तब तक उसे अपनी बाँहों में बाँधे लिए जाना चाहते थे, जब तक वह स्वयं उनकी गोद से छिटककर कूद न पड़े।

जब वे आश्रम में पहुँचे, भीम ने राजकुमार की ओर मुड़कर कहा, "राजकुमार, मैं आपकी बहन को माँ के पास छोड़े आता हूँ। आप मेरे कुटीर में चले जाएँ और कपड़े बदलकर सो रहें, अन्यथा आपको ठण्ड लग जाएगी।"

सुशर्मा निश्चय नहीं कर सके कि उन्हें क्या करना चाहिए अथवा वह क्या कर सकते हैं, अतः उन्होंने होनी के सामने सिर झुकाया और वह भीम के कुटीर की ओर मुड़ गए।

जालन्धरा को माँ के कुटीर की ओर ले जाते हुए भीम ने उसके कान में कहा, "तुम मुझे छोड़कर हस्तिनापुर जाना चाहती थीं न? यदि सम्भव हो तो फिर एक बार प्रयत्न करके देख लो।"

जालन्धरा मूर्च्छित दिखने का प्रयत्न करती रही, किन्तु उसके अधरों पर मुस्कान थी और भीम के हृदय में आनन्द भर रहा था।

भीम स्वयं अपनी सहायता करते हैं

नकुल और भीम दोनों एक ही कुटीर में ठहरे थे। नकुल ने जब बड़े भाई को आधी रात से कुछ पहले चुपचाप कुटीर से बाहर जाते देखा तो उन्हें आश्चर्य हुआ। वह भी उनके पीछे-पीछे चल पड़े। उनकी आँखों ने समझ लिया कि भीम का इतना उत्साह किसी भावी उपद्रव की भूमिका है। स्वभावतः उन्होंने इसका सम्बन्ध काशी के राजकुमार सुशर्मा से जोड़ा, जिनसे उसी दिन कृष्ण के कुटीर में उनकी भेंट हुई थी और जिन्होंने शोभायात्रा के साथ स्थल-मार्ग से जाने का उनके भाई का प्रस्ताव अस्वीकार कर दिया था।

नकुल को इस बात का कोई भरोसा नहीं था कि उनके बड़े भाई कब क्या उपद्रव कर बैठेंगे। यद्यपि उनका अभिप्राय किसी प्रकार के अनिष्ट का नहीं होता था, फिर भी कभी-कभी उलझनें पैदा हो जाती थीं।

कुछ दूर खड़े होकर नकुल ने भीम को पानी में गोता लगाते, तैरकर नौकाओं के पास जाते और फिर पानी से निकलते देखा। उन्होंने इस बात पर भी ध्यान दिया कि कैसे नौकाओं में पानी भरने लगा, कैसे भीम दुबारा नदी में कूदे और कैसे वह जालन्धरा को अपनी बाँहों में समेटे वापस आए।

भीम से पहले ही नकुल कुटीर में लौट आए और सोने का बहाना करके पड़ रहे। तभी सिर से पैर तक भीगे, कुढ़ते, क्रोधित होते और बुरा-भला कहते सुशर्मा आ पहुँचे। उन्होंने भीम को यह कहते हुए भी सुना : 'राजकुमार, मैं आपकी बहन को माँ के पास छोड़े आता हूँ।' वह अपने भाई का मतलब भाँप गए और उनके बचकाने नटखटपन के परिणामों को सोचकर आतंकित हो उठे।

सुशर्मा भीम की शय्या पर जा गिरे। सोने की असफल चेष्टा करने लगे। कुछ देर बाद भीम भी कुटीर में लौट आए। उन्होंने सूखे कपड़े पहने और जमीन पर

लेटकर वह तत्काल गहरी नींद में सो गए। उनके लयबद्ध श्वास-प्रश्वास से नकुल को विश्वास हो गया कि मनमानी करने के बाद अब वह स्वप्न में सुशर्मा की पराजय का आनन्द ले रहे हैं।

पौ फटने से पहले ही नकुल जाग उठे। उन्होंने अपनी तलवार बाँधी और वह कृष्ण के यहाँ जाने के लिए कुटीर से निकल पड़े। नकुल ने दबे पाँवों कृष्ण के कुटीर में प्रवेश किया। कृष्ण सोए हुए थे, फिर भी किसी आगन्तुक की आहट पाकर उठ बैठे। उन्होंने पूछा, "कौन है?"

नकुल ने कहा, "गोविन्द, मैं नकुल हूँ। आपसे कुछ बातें करना चाहता हूँ।"

कृष्ण ने कहा, "अच्छा, तुम हो नकुल? भीतर आ जाओ।"

सात्यकि कृष्ण के निकट ही सोए हुए थे। उनका स्वर सुनते ही वह अपनी तलवार लेकर शय्या से उछल पड़े।

कृष्ण ने उन्हें आश्वासन दिया, "यह तो नकुल हैं सात्यकि!"

सात्यकि ने कहा, "आओ नकुल, तुम इतने तड़के कैसे आ पहुँचे?"

नकुल ने धीमे स्वर में कहा, "भीम भाई उपद्रव पर उतर आए हैं। इसके परिणाम भयावह हो सकते हैं।"

कृष्ण ने पूछा, "बात क्या है।"

नकुल ने कहा, "क्या आप जानते हैं कि वह चाहते थे कि राजकुमार सुशर्मा और राजकुमारी जालन्धरा हम लोगों के साथ स्थल-मार्ग से यात्रा करें?"

कृष्ण ने कहा, "यह मैंने कल अपराह्न में ही भाँप लिया था, किन्तु सुशर्मा ने उनका आमन्त्रण स्वीकार न करके बुद्धिमानी ही की थी। उन्हें दुर्योधन का एक विशेष संवाद मिला है कि वे तत्काल हस्तिनापुर पहुँच जाएँ। यदि वह हम लोगों के साथ चलते तो दुर्योधन उन्हें कभी क्षमा न करता और अपना सारा क्रोध बेचारी भानुमती पर उतारता। किन्तु बात क्या है?"

नकुल ने कहा, "भीम अपने उद्देश्य में सफल हो गए हैं। नदी-किनारे जाकर उन्होंने ऐसा उपाय किया कि ज्यों ही नौकाओं का लंगर उठाया जाए, उनमें पानी भरने लगे। तब वह उनके बचाव में गए, उनके उद्धारक बने और दोनों भाई-बहनों को डूबने से बचाकर पुनः आश्रम में ले आए।"

कृष्ण ने पूछा, "अब वे कहाँ हैं?"

"जालन्धरा अचेत हो गई थी। भीम उसे उठाकर माँ के कुटीर में ले गए, किन्तु सुशर्मा हमारे कुटीर में आ गए। वह निरन्तर बुरा-भला कहते जा रहे थे और आकर भीम के बिछावन पर सो गए। उन्हें विश्वास है कि नदी-मार्ग से जाने से उनको रोकने के लिए भीम ने ही दोनों नौकाओं में छेद कर दिया था।" नकुल ने कहा।

कृष्ण ने मुस्कुराकर कहा, "भीम का आशय मैं भलीभाँति समझ सकता हूँ। राजकुमारी को देखकर उनका माथा फिर गया है और उनकी इच्छा है कि वह भी शोभा-यात्रा के साथ चले। स्पष्ट है कि काम्पिल्य में उनकी भेंट हुई होगी और वे दोनों एक-दूसरे के प्रति आकर्षित हो गए होंगे।"

"यह भाई भीम के ही योग्य है! अभी एक महीना से कुछ ही पहले द्रौपदी से हम लोगों का विवाह हुआ है," नकुल बोले।

कृष्ण ने मुस्कुराकर कहा, "तुम अपने भाई को भलीभाँति जानते हो। पाँच में से चार वर्षों तक उन्हें अपने संग से वंचित रखने के लिए भीम सम्भवतः द्रौपदी को दण्डित करना चाहते हैं।"

"जो भी हो, हम लोगों के लिए सबसे बुद्धिमत्ता का मार्ग यही था," नकुल बोले।

कृष्ण ने कहा, "भीम तुमसे सहमत नहीं हैं। चीजों को देखने का उनका अपना ढंग है।"

नकुल बोले, "आप ठीक ही कहते हैं कि यदि सुशर्मा हम लोगों से पहले हस्तिनापुर न पहुँचे तो दुर्योधन आगबबूला हो जाएँगे। हम लोगों के वहाँ पहुँचने पर जो संकट उत्पन्न होनेवाला है, सम्भवतः दुर्योधन उसमें अपने साले की सहायता लेना चाहते हैं।"

कृष्ण ने कहा, "सम्भवतः क्यों? मुझे तो पक्का विश्वास है। अन्यथा सुशर्मा को तत्काल हस्तिनापुर पहुँचने के लिए वह विशेष संवाद न भेजते। नकुल, भीम ने जो कुछ किया है, वह अनर्थकारी सिद्ध होगा। हम दुर्योधन को उत्तेजित करके उन्हें वश में नहीं ला सकते।"

नकुल बोले, "किन्तु अब हम क्या कर सकते हैं? राज-नौका पन्द्रह दिनों से पहले तिरने योग्य न हो सकेगी और हम लोग तीन ही दिनों में प्रस्थान करनेवाले हैं।"

कृष्ण ने कहा, "हम लोग एक बार फिर भीम की गलती सुधारने में उनकी सहायता करेंगे।"

नकुल बोले, "यह कैसे सम्भव होगा? उन्होंने अपने-आपको अत्यन्त अनुचित स्थिति में डाल लिया है। मैं भलीभाँति जानता हूँ कि सुशर्मा को विश्वास हो गया है कि नौकाओं के छिद्र के लिए भीम ही उत्तरदायी हैं। जब वह कुटीर में आए थे, उस समय यदि आपने उनका क्रोधावेश देखा होता!"

कृष्ण ने कहा, "मैं उनकी मनोदशा सहज ही समझ सकता हूँ। यदि भीम ने जालन्धरा से विवाह कर लिया तो भानुमती की स्थिति अत्यन्त दुस्सह हो जाएगी।"

नकुल ने पूछा, "हमको क्या करना चाहिए?"

कृष्ण ने कहा, "जो अनिष्ट हो गया है, हमें उसका निराकरण करना होगा।"

नकुल बोले, "किन्तु कैसे? आश्रम में इतनी बड़ी नौका नहीं है, जो सुशर्मा और उनके संगी-साथियों को ले जा सके।"

"चिन्ता न करो नकुल! यहाँ आने के मार्ग में मैंने एकचक्रा में एक राज-नौका को लंगर डाले देखा था।" कहकर कृष्ण सात्यकि की ओर मुड़े– "सात्यकि, तुम राजकुमार मणिमान के पास जाकर कहो कि तुम दोनों के साथ जाने के लिए वह सिगुरी नाग को भेज दें। यहाँ जो सबसे अच्छी डोंगी हो, उसे लेकर एकचक्रा चले जाओ। मैं समझता हूँ कि तुम मध्यान्ह तक वहाँ पहुँच जाओगे। एकचक्रा के राजा से कहो कि सुशर्मा को तत्काल हस्तिनापुर पहुँचाने के लिए भीम को उनकी राज-नौका की आवश्यकता है। उनकी प्रजा को सतानेवाले राक्षस का वध करके भीम ने उनका उपकार किया था। मुझे विश्वास है कि वह प्रसन्नतापूर्वक उनके अनुरोध की रक्षा करेंगे। कल सन्ध्या तक नौका को यहाँ ले आओ। कल मध्य रात्रि तक वह हस्तिनापुर के लिए प्रस्थान कर सकेगी," कृष्ण ने कहा।

नकुल ने पूछा, "किन्तु भीम क्या कहेंगे?"

कृष्ण ने कहा, "वह तुम मुझ पर छोड़ दो।"

कृष्ण प्रातः स्नान के लिए नदी-तट पर जाने के लिए प्रस्तुत हुए। मार्ग में उन्होंने भीम के कुटीर की ओर देखा। कुटीर में सुशर्मा भी स्नान के लिए नदी की ओर जाने को प्रस्तुत हो रहे थे। भीम जालन्धरा का सुख-स्वप्न देखते हुए गहरी निद्रा में निमग्न थे।

कृष्ण ने सहानुभूतिपूर्वक कहा, "सुशर्मा, मुझे बड़ा खेद है कि तुम्हारी नौका में छिद्र हो गया है।"

"छिद्र हो गया! छिद्र तो जान-बूझकर किया गया है।" दमित क्रोध के साथ सुशर्मा ने कहा, "समझ में नहीं आता कि अब मैं क्या करूँ।"

कृष्ण ने उनकी बाँह पकड़ ली। दोनों नदी-तट की ओर चल पड़े।

कृष्ण ने कहा, "सचमुच यह बहुत बुरा हुआ। हमारे पहुँचने से पहले तुमको हस्तिनापुर पहुँचना है। तुम्हें तत्काल हस्तिनापुर पहुँचाने के लिए दुर्योधन ने विशेष सन्देश भेजा था न?"

"हाँ, वह शीघ्रातिशीघ्र मेरे हस्तिनापुर पहुँचने के लिए अत्यन्त उत्सुक हैं। जो भी हो, वह चाहते हैं कि आप लोगों से बहुत पहले मैं वहाँ पहुँच जाऊँ। अब मेरे पास जाने का कोई साधन नहीं रहा। मुझे आप ही लोगों के साथ जाना पड़ेगा। हे भगवान, दुर्योधन मेरे बारे में क्या सोचेंगे?"

कृष्ण ने कहा, "मैं भी नहीं चाहता कि तुम हम लोगों के साथ चलो। तुम जानते हो, भानुमती को मैं अपनी बहन मानता हूँ। यदि तुम समय पर वहाँ न पहुँचे तो दुर्योधन अपना क्रोध भानुमती पर उतार सकते हैं।"

"यह मैं जानता हूँ। न जाने उस बेचारी का क्या होगा!" सुशर्मा ने कहा, "यदि उन्हें ज्ञान होगा कि पाण्डवों के साथ उनके झगड़े में मैं उनके विरोधियों का पक्ष ले रहा हूँ तो या तो वह उसे निकाल बाहर करेंगे अथवा स्थान-च्युत कर देंगे। ओह्, मैं नहीं समझ पाता कि मुझे क्या करना चाहिए।"

कृष्ण ने कहा, "चिन्ता न करो। भीम उसका प्रबन्ध कर रहे हैं।"

"भीम कर रहे हैं न!" सुशर्मा ने क्रोध से कहा, "सारा उत्पात तो उन्हीं का है। उन्होंने निश्चय कर लिया था कि हम लोगों को जलमार्ग से नहीं जाने देंगे।"

कृष्ण ने कहा, "भीम के प्रति तुम न्याय नहीं कर रहे।"

सुशर्मा ने उत्तेजित होकर कहा, "न्याय! मेरी इच्छा होती है कि मैं अपने हाथों उनका गला घोट देता।"

"तुम उतावले हो रहे हो सुशर्मा!" कृष्ण ने कहा, "वह कभी तुम्हें दुर्योधन की आँखों से न गिरने देंगे।

"दुर्योधन की आँखों से न गिरने देंगे! वह चाहते थे कि मैं आप लोगों के साथ चलूँ और उन्होंने अपनी इच्छा पूरी कर ली।"

कृष्ण ने कहा, "तुम भूल कर रहे हो सुशर्मा! वह चाहते हैं कि कल रात्रि से पहले तुम नदी-मार्ग से प्रस्थान करो।"

"नहीं। कल तो सूर्योदय के साथ ही आरम्भ हो जाएगा, किन्तु मैं जा कैसे सकूँगा।"

कृष्ण ने कहा, "भीम के भाई नकुल एकचक्रा से राज-नौका लाने के लिए भेजे गए हैं। वह आज सन्ध्या तक लौट आएँगे।"

"क्या कहा? आज रात को मैं प्रस्थान कर सकूँ, भीम इसका प्रबन्ध कर रहे हैं?" सुशर्मा ने आश्चर्य के साथ कहा। अविश्वास से उनकी आँखें फैल गई थीं।

"निश्चय ही वह ऐसा प्रबन्ध कर रहे हैं। नकुल, सात्यकि और राजकुमार मणिमान के नायक सिगुरी नाग डोंगी पर बैठकर एकचक्रा जा रहे हैं।"

"ओह!" उन्होंने आश्चर्य के साथ कहा, यद्यपि इस संवाद से वह अभी भी हत्बुद्धि हो रहे थे। सहसा वह विनीत हो आए, "फिर उन्होंने मेरी नौकाओं में छिद्र क्यों कर दिया?"

कृष्ण ने कहा, "राजकुमार जो प्रतीत होता है, वह सदा सत्य नहीं हुआ करता।"

"ओह, यदि वह आज रात को मेरे जाने का प्रबन्ध कर देंगे तो मैं सदा उनका कृतज्ञ बना रहूँगा।"

भीम की नींद कुछ समय बाद खुली। वह इस बात से प्रसन्न थे कि उन्होंने ऐसा प्रबन्ध कर लिया है, जिससे जालन्धरा स्थल-मार्ग से शोभा-यात्रा के साथ चल सके। नदी-तट पर जाकर उन्होंने प्रातःस्नान किया और सन्ध्या की। अनन्तर वह अपनी माता के पास गए। उन्होंने माता को प्रणाम करके जालन्धरा पर एक शरारती दृष्टि डाली, जो उनके पास ही बैठी हुई थी। राजकुमारी ने भी हल्की मुस्कुराहट के साथ उन पर एक छिपी दृष्टि डाली।

माता कुन्ती ने कहा, "यह बड़ा बुरा हुआ कि काशी की नौकाओं में छिद्र हो गया। राजकुमारी मुझसे कह रही थी कि तुमने कैसे साहस के साथ उन लोगों की रक्षा की।"

"तुम तो जानती हो माँ, कि कठिनाइयों से दूसरों का उद्धार करने के लिए ही मैं जीवित हूँ।" भीम ने विजेता की भाँति मुस्कुराते हुए कहा।

कुन्ती ने कहा, "यदि ऐसा ही है बेटा, तो कितना अच्छा होता यदि इसके लिए प्रशंसा करने का काम तुमने हम लोगों पर छोड़ दिया होता!"

"मेरी प्रशंसा के समय तुम सभी बहुत आगा-पीछा करती हो, इसीलिए वह कमी मुझे पूरी करनी पड़ती है।" भीम ने हँसकर कहा, "मैं न होता तो राजकुमार और राजकुमारी नदी-तल में पहुँच गए होते।" उन्होंने छिपी हँसी के साथ अपनी बात पूरी की।

कुन्ती मुस्कुराई। जालन्धरा ने अपनी हँसी दबा ली।

कुन्ती ने कहा, "तुमने यह भी बड़ा अच्छा किया कि आज रात को ये लोग प्रस्थान कर सकें, इसके लिए एकचक्रा से राज-नौका लाने के लिए तुमने नकुल को भेज दिया।"

"मैंने नकुल को भेजा? एकचक्रा से राज-नौका लाने के लिए? इसलिए कि सुशर्मा और जालन्धरा आज रात को जा सकें?" महाकाय भीम ने आँखें फैलाकर उत्तरोत्तर ऊँचे स्वर में आश्चर्य प्रकट करते हुए कहा।

उँगली से इंगित करती हुई कुन्ती ने कहा, "मुझे छलने का प्रयत्न मत करो। यदि तुमने नहीं तो फिर तुम्हारे मित्र एकचक्रा के राजा के पास नकुल को किसने भेजा है? मैं जानती हूँ कि तुम दूसरों की सुविधा का कितना ध्यान रखते हो।"

भीम ने पूछा, "किन्तु यह सब तुमसे कहा किसने?" उन्हें अपने कानों पर विश्वास नहीं हो रहा था। उन्हें लगा, जैसे वह कोई सपना देख रहे हों।

"स्वयं गोविन्द ने। वह यहाँ आए थे और उन्होंने ही मुझे बतलाया कि तुमने किस तरह इन लोगों को बचाया और फिर तत्काल इनके प्रस्थान का प्रबन्ध भी किया। बेटे, तुम बहुत अच्छे लड़के हो।" गर्व से मुस्कुराती हुई कुन्ती ने कहा।

भीम ने एक अच्छा काम किया है, इसे अस्वीकार करना उन्हें अच्छा नहीं लगा, साथ ही वह इस बात को दुहराए बिना भी नहीं रह सके—"मैंने नौका ले आने के लिए नकुल को भेजा है! मैंने भेजा है! मैंने भेजा है!"

माता कुन्ती ने कहा, "निश्चय ही तुमने भेजा है। जिस तत्परता से तुमने नौका की व्यवस्था की है, गोविन्द उसके लिए तुम्हारी प्रशंसा कर रहे थे। तुमने राक्षस से एकचक्रा की रक्षा की थी और वहाँ के राजा तुम्हारे प्रति कृतज्ञता प्रकट करके प्रसन्न होंगे।"

भीम समझ नहीं सके कि वह क्या कहें, अतः उन्होंने कहा, "हाँ-हाँ!" किन्तु वह समझ गए कि गोविन्द किसी शरारत पर उतर आए हैं।

शीघ्रतापूर्वक माता के कुटीर से निकलकर वह कृष्ण के कुटीर की ओर चले। कृष्ण के पास युधिष्ठिर और अर्जुन भी बैठे थे। ज्यों ही भीम ने कुटीर में प्रवेश किया, कृष्ण कुण्ठित भाव से मुस्कुराए। "युधिष्ठिर, लो, हमारे नायक भी आ पहुँचे। यह न होते तो कल सुशर्मा और जालन्धरा डूब ही गए होते। इन्होंने ही उनकी रक्षा की। इतना ही नहीं, इन्होंने राजनौका ले आने के लिए नकुल, सात्यकि और सिगुरी नाग को एकचक्रा भेजा, जिससे कि आज ही रात को सुशर्मा प्रस्थान कर सकें। किसी कठिनाई के समय राजा वृकोदर-जैसा दूसरा व्यक्ति संसार में नहीं है।" सस्मित कृष्ण ने कहा।

भीम ने एक बार कृष्ण की नटखट आँखों और अपने भाई की प्रशंसा-भरी दृष्टि की ओर देखा। वह समझ नहीं सके कि क्या करें—इस प्रशंसा को अस्वीकार करें या स्वीकार, अपना क्रोध दबा लें या कृष्ण पर उतार दें? "मैंने किया? मैंने यह सब किया?" वह कहे बिना नहीं रह सके—"तुम्हें विश्वास है कि मैंने ऐसा किया?" उन्होंने कृष्ण से पूछा।

"बड़े भाई, भीम अब विनम्रता धारण कर रहे हैं।" कृष्ण ने कहा और तीनों हँस पड़े।

"विनम्रता!" भीम ने चीत्कार किया—"यह पहला अवसर है, जब किसी ने मुझे विनम्र कहा है।"

युधिष्ठिर और अर्जुन के जाते ही भीम उग्रतापूर्वक कृष्ण की ओर मुड़े और एक हिंसक संकेत के साथ उबल पड़े—"गोविन्द, किसी दिन मैं तुम्हारा सिर तोड़ दूँगा।"

कृष्ण मुदित होकर हँसे—"मेरा सिर तोड़ने से पहले कई और आवश्यक काम

करने हैं। पहले यह बताओ कि तुमने जालन्धरा के कान में क्या कहा था?''

भीम की मनोदशा तत्काल बदल गई। नटखट चितवन के साथ वह मुस्कुराने लगे। ''क्यों मैंने उसके कान में कोई बात कही थी? कही थी कोई बात? तुम कैसे जानते हो?'' उन्होंने पूछा।

चेतावनी का संकेत देने के लिए उँगली उठाकर कृष्ण ने कहा, ''उसने मुझसे शिकायत की थी।''

''उसने तुमसे शिकायत की थी!'' भीम ने आश्चर्य के साथ कहा, ''क्या बात है कि संसार की सभी तरुणियाँ तुम्हें अपना भेद बतला देती हैं? जालन्धरा ने तुमसे क्या कहा था?''

कृष्ण हँस पड़े–''आज सबेरे जब मैंने तुम्हारे सम्बन्ध में तुम्हारी माँ से बातें की थीं तो शब्दों से कहीं अधिक उसकी दृष्टि बोल रही थी।''

''सचमुच?'' भीम अब खुलकर मुस्कराए–''कृष्ण, मैं जालन्धरा से विवाह करना चाहता हूँ। तुम मेरी सहायता करोगे?''

''हाँ, किन्तु तुम्हें एक वचन देना पड़ेगा।''

''क्या?'' भीम ने पूछा।

''तुम उसकी पाणि-प्रार्थना तभी करोगे, जब युधिष्ठिर वस्तुतः राजा और तुम युवराज बन जाओगे–केवल कहने-भर के लिए नहीं।'' कृष्ण ने कहा।

''हाँ, मैं वचन देता हूँ। मुझे आशा है कि मैं शीघ्र ही युवराज बन जाऊँगा।'' भीम ने कहा, ''केवल अपने प्यारे दुर्योधन को यमराज के पास भेज देना होगा।''

''ठीक है। बात पक्की रही।'' कृष्ण ने अपनी तलहथी आगे बढ़ा दी। भीम ने उसे हार्दिकता के साथ थपथपाया। वचन लिया और दिया जा चुका था।

दुर्योधन की धमकी

पौ फट रही थी। हस्तिनापुर में जीवन का संचार होने लगा था।

गंगा-तट पर फैले हुए कुरुओं के राज-प्रासाद के प्रांगण में सेवकों ने अपना काम आरम्भ कर दिया था–मार्ग की सफाई हो रही थी, दासियाँ पानी भर रही थीं। प्रासाद में निवास करनेवाले, राज-परिवार के धार्मिक-आध्यात्मिक कार्यों के निर्वाहक ब्राह्मण नदी में खड़े होकर सूर्य को अर्घ्य दे रहे थे।

वस्तुतः यह राज-प्रासाद नहीं था। इसमें बहुत-सी छोटी-बड़ी हवेलियाँ और बहिर्गृह थे, जिनमें राज-परिवार के लोग और उनके आश्रित रहते थे और उनकी संख्या कम नहीं थी।

इन्हीं में से एक हवेली के आँगन में राजा धृतराष्ट्र एक रौप्यजटित पलँग पर तकियों के सहारे अधलेटे पड़े थे क्योंकि अधिकांश आर्य खुले में ही सोना पसन्द करते थे। उनके श्वेत केश और श्मश्रु झुर्रीदार ललाट, उनकी दृष्टिहीन आँखें इन सभी के द्वारा वह अपनी आयु की अपेक्षा कहीं अधिक वृद्ध प्रतीत हो रहे थे। उनके मुख पर उनके मन की निर्बलता की स्पष्ट छाप अंकित थी, उनकी ठुड्डी अशक्त थी और उनके मुख से राल टपकती रहती थी।

उनके निकट, भूमि पर, उनके ज्येष्ठ पुत्र, कुरु राज्य के युवराज, दुर्योधन बैठे थे। उन्के मुख पर व्यथा की स्पष्ट छाप थी। असहाय भाव से उन्होंने पिता के चरणों पर अपना सिर टिका रखा था।

वह भग्न-हृदय थे। वर्षों से वह एक के बाद दूसरा अपमान सहते आए थे, अब उनके सम्मुख जीवन का सबसे अपमानजनक अनुभव उपस्थित था।

बचपन से ही, उनका जीवन हताशा से भरा रहा है।

उनके पिता धृतराष्ट्र जन्मान्ध थे, अतः प्राचीन आर्य-प्रणाली के अनुसार वह कुरु-राज्य के अधिकारी नहीं माने गए थे। उनके छोटे भाई पाण्डु सम्राट् बने थे। अन्धे का पुत्र होने के कारण दुर्योधन का राज्याधिकार भी सन्दिग्ध था, यद्यपि इसमें उनका कोई दोष नहीं था, वह रूपवान और बुद्धिमान थे, साहसी और बली थे, महत्त्वाकांक्षी और संकोच-रहित थे, अतः किसी प्रकार की सम्भावित अपदस्थता को वह ईश्वर का क्रूर छल मानते थे और हर तरह से उसका सामना करना चाहते थे।

बाल्यकाल से ही वह जानते थे कि उनके पिता के चाचा, पितामह भीष्म और आदरणीया माता सत्यवती ही मिल-जुलकर राज्य-संचालन करते थे और उन्होंने स्वर्गीय चाचा पाण्डु के पाँचों पुत्रों को स्वीकार कर लिया था और राज-सभा में उन्हें सम्मानित स्थान दिया था।

वे पाँचों ही रूपवान, बुद्धिमान और आकर्षक थे और इसके साथ ही अपने प्रति लोगों में प्रेम और आदर उत्पन्न कर सकते थे, जब कि वह स्वयं केवल अविश्वास और भय उत्पन्न कर सकते थे। स्वभावतः निरन्तर ईर्ष्या से जलनेवाला उनका जीवन विषाक्त हो गया था और वह ईर्ष्या प्रायः गम्भीर घृणा का रूप धारण कर लेती थी।

पितामह भीष्म और उनके पिता ने स्वर्गीय सम्राट् पाण्डु के पाँचों पुत्रों में ज्येष्ठ होने के कारण, युधिष्ठिर को युवराज बनाया था। दुर्योधन की आशाओं पर यह एक सांघातिक आघात था।

जो भी हो, उन्होंने ऐसे संहारक कलह ही आग भड़काई कि पितामह को पाँचों भाइयों को वारणावत भेजना पड़ा। दुर्योधन ने इस बात का प्रबन्ध किया था कि वहाँ रहते हुए पाण्डव राजभवन में ही जलकर मर जाएँ। इसी उद्देश्य से,

उनके आदेश से उस भवन में आग लगा दी गई। तब उनका मार्ग निष्कण्टक हो गया। उन्हें युवराज बना दिया गया।

जो भी हो, उस पद पर उन्हें सफलता नहीं मिली। उन्हें अपनी इच्छा के अनुसार काम नहीं करने दिया गया। क्योंकि राज्य के कार्य-व्यापारों पर पितामह कठोर नियन्त्रण रखते थे। यहाँ तक कि उनके गुरु, कुरुओं के महान सेना-नायक द्रोणाचार्य, भी उन पर अविश्वास करते थे। पाँचों भाइयों के निर्वासन के लिए जनता उन्हें कभी क्षमा नहीं कर सकी, क्योंकि उन पर उसकी प्रगाढ़ प्रीति थी। जनता उन्हें पाण्डवों की मृत्यु के लिए भी उत्तरदायी मानंती थी और उनसे घृणा करती थी।

अपने गुरु द्रोणाचार्य की इच्छा के विरुद्ध जब उन्होंने द्रौपदी के स्वयंवर में जाने का हठ किया था तब, क्षण-भर के लिए, उन्होंने सोचा था कि उनका भाग्योदय होनेवाला है। उन्हें विश्वास था कि वह द्रौपदी को पत्नी के रूप में प्राप्त कर लेंगे और पांचाल के शक्तिशाली राजा द्रुपद को अपने पक्ष में कर लेंगे।

किन्तु दुर्भाग्य ने वहाँ भी उनका पीछा किया, वह उस प्रतियोगिता में बुरी तरह पराजित हुए, जिस पर पति का चुनाव निर्भर था। और उस धूर्त कृष्ण वासुदेव की किसी युक्ति के द्वारा वे पाँचों भाई, जिनसे वह सबसे अधिक घृणा करते थे और जिन्हें मरा हुआ समझ रहे थे, सहसा फिर जीवित हो उठे–ओह कृष्ण कैसा विश्वासघाती है! उसने उसके विवाह-प्रस्ताव में सहायता देना स्वीकार किया था! और स्वयंवर में, पाण्डवों में तीसरे अर्जुन ने प्रतियोगिता जीतकर द्रौपदी को प्राप्त कर लिया। उनका जीवन छिन्न-भिन्न हो गया। उनके सम्मुख एक भयंकर सम्भावना आ खड़ी हुई।

वह हताश, अपमानित और सबके उपहास के लक्ष्य बनकर हस्तिनापुर लौटे। सफलता के सारे द्वार उनके लिए अवरुद्ध हो गए थे। कड़वाहट उनके हृदय को कुतर रही थी। पाँचों भाइयों के हस्तिनापुर पहुँचने के पहले ही उन्हें नष्ट कर डालने की योजना उन्होंने बनाई। उनके मित्रों ने उसे अव्यावहारिक कहकर अस्वीकार कर दिया।

अन्ततः पितामह ने निश्चय किया कि पाँचों भाइयों को हस्तिनापुर बुलाया जाए और युधिष्ठिर को राज-पद दिया जाए। सदा के दुर्बल उनके पिता धृतराष्ट्र ने इस निर्णय को स्वीकार कर लिया। पांडवों के लिए उपहार के साथ विदुर को काम्पिल्य भेजा गया कि वह उन्हें हस्तिनापुर बुला लाएँ।

उन्होंने जो अन्तिम दुस्साहसिक चाल चली थी, उसका भी कोई परिणाम नहीं निकला। वह आदरणीया माता के पास गए–जहाँ गिने-चुने लोगों के अतिरिक्त किसी की पहुँच नहीं होती। वह यह कहकर उनकी नारी-सुलभ औचित्य-भावना

को जगाना चाहते थे कि पाण्डवों के लिए हस्तिनापुर में कोई स्थान नहीं होना चाहिए क्योंकि वे राजा पाण्डु के पुत्र नहीं हैं। उस चिर-तरुणी स्त्री ने—जैसा वह कभी-कभी उनको कहते थे—मार्मिक ढंग से उन लोगों की पूरी जन्म-कथा सुना दी। उन्होंने कहा कि यदि पाँचों भाइयों का कोई स्थान नहीं है तो उनका भी नहीं है। इसके अतिरिक्त, उनकी धृष्टता के लिए उन्होंने उनकी भर्त्सना भी की।

अनन्तर उन्होंने आत्महत्या का विचार किया। युधिष्ठिर को हस्तिनापुर की राजगद्दी पर बैठाना इतना बड़ा अपमान था, जिसे वह किसी प्रकार सहन नहीं कर सकते थे।

नितान्त निराशा की स्थिति में उन्होंने अपने परामर्शदाताओं—अंगराज कर्ण, द्रोणाचार्य के पुत्र अश्वत्थामा, अपने भाई दुःशासन और मामा गान्धार के राजकुमार शकुनि—को अपना भेद बतलाया।

उनके सभी परामर्शदाताओं ने उन पर दबाव डाला कि वह ऐसी नासमझी का कोई काम न करके, तात्कालिक रूप से प्रसन्नतापूर्वक इस निर्णय को स्वीकार कर लें। उन लोगों ने कहा कि पाण्डवों से छुटकारा पाने का कोई-न-कोई मार्ग वे ढूँढ़ निकालेंगे।

अब पाण्डव विजेता नायकों के रूप में हस्तिनापुर आ रहे थे। पितामह और उनके अपने पिता खुली बाँहों उनका स्वागत करने के लिए प्रस्तुत थे। उनके भावी आगमन की आशा से सामान्य जन उल्लसित थे।

वे अपने साथ योद्धाओं का एक प्रभावशाली दल भी ले आ रहे थे। उनके प्रबल शत्रु दुर्जेय कृष्ण और उनके भाई बलराम, जो संयोगवश गदा-युद्ध के उनके गुरु भी थे, और सभी यादव अतिरथी उन लोगों के साथ आ रहे थे। बहुत-से अन्य राजे भी, जो स्वयंवर में उपस्थित थे और पाण्डवों के प्रति मैत्री-भाव रखते थे, उन लोगों के साथ आ रहे थे।

पिछली रात उनके धूर्त मामा शकुनि ने उनके मन में यह बात बैठा दी थी कि सबसे आवश्यक है अपने पिता धृतराष्ट्र के सद्भाव को सुरक्षित रखना और प्रभाव के उस महान स्रोत को कभी न सूखने देना। राजा अपने पुत्र को प्यार करते थे, जो जितना सुन्दर, जितना वीर था, उतना ही हतभाग्य भी था। इसी कारण आज सबेरे-सबेरे दुर्योधन अपने पिता के पास आए थे।

जब धृतराष्ट्र की नींद खुली तो उन्होंने अपनी शैया के पास अपने पुत्र को बैठा पाया। अपने पुत्र की दुर्दशा के प्रति उनकी पूरी सहानुभूति थी, क्योंकि उन्हें लगता था कि इस स्थिति का कारण उनका जन्मान्ध होना ही था।

दुर्योधन की विफलताओं की कथा सुनते हुए राजा की अन्धी आँखों से आँसू बह चले, उनके मुख से राल टपकने लगी और उनके ओठ काँपने लगे। अपने

प्रिय पुत्र के लिए उनका हृदय द्रवित हो उठा। किन्तु वह अपनी असहाय अवस्था से परिचित थे। वह इतने अशक्त थे कि कुछ भी नहीं कर सकते थे। जो एकमात्र आश्वासन वह अपने पुत्र को दे सकते थे, वह केवल यही था कि बीच-बीच में वह सहानुभूति के कुछ शब्द बोल देते अथवा उसके मस्तक पर हाथ फेर देते थे।

"क्या किया जा सकता है वत्स?" अन्ततः उन्होंने उत्तर दिया, "तुम पर जो बीत रही है, उसे मैं समझता हूँ। तुम्हारी बातें सुनकर मेरा हृदय विदीर्ण हुआ जा रहा है, किन्तु किया क्या जा सकता है?" अपने हाथों से असमर्थता का संकेत करते हुए राजा के मुँह से और राल टपकने लगी। अपने अभ्यास के अनुसार वह टूटते हुए, असम्बद्ध शब्दों में बोल रहे थे।

"तुम्हारा कथन सत्य है। तुम युवराज-पद के योग्य हो। पितामह का कथन भी सत्य है। परमेश्वर अत्यन्त कृपालु थे कि उन्होंने पाण्डवों को जीवित रखा। इसके कारण हम पर से एक धब्बा हट गया है। लोगों ने उनकी मृत्यु का उत्तरदायी तुम्हें माना था। मैं चाहता हूँ कि तुम्हारे लिए कुछ करूँ, किन्तु मैं क्या कर सकता हूँ?" उन्होंने असहाय भाव से पूछा।

"ओह, आप बहुत-कुछ कर सकते हैं पिताजी!" मूक प्रार्थना के रूप में पिता के एक हाथ को अपने दोनों हाथों में लेकर दुर्योधन ने दयनीय स्वर में कहा, "आप राजा हैं।"

"दुर्योधन, वत्स, हम पाण्डवों के अधिकार से उन्हें कैसे वंचित कर सकते हैं? यह धर्म-विरुद्ध होगा। मैं पितामह की अवज्ञा नहीं कर सकता। वत्स, हम उन लोगों से युद्ध नहीं कर सकते। उसका अर्थ राजा द्रुपद और हमारे बीच का युद्ध होगा।" राजा ने अपनी दृष्टिहीन और आर्द्र आँखों को पुत्र की ओर घुमाते हुए कहा, "कृष्ण वासुदेव उन लोगों के साथ हैं; तुम्हारे गुरु बलराम और यादव भी उन्हीं के पक्ष में हैं। राजा सुनीत और राजा विराट भी उनका साथ देंगे।" राजा ने दुखपूर्वक सिर हिलाया, "विदुर ठीक ही कहते हैं कि इसका अर्थ होगा कुरुओं का सर्वनाश।"

"पिताजी, मैं प्रार्थना करता हूँ कि आप मेरी और मेरे भाइयों की बात सोचें।" दुर्योधन ने भाव-विह्वल स्वर में कहा, "यदि मेरे स्थान पर युधिष्ठिर युवराज होंगे तो वह कुरु-साम्राज्य के अधिकारी होंगे और द्रुपद की बेटी हस्तिनापुर की साम्राज्ञी बनेगी।"

उनके स्वर में कटुता थी। वह भूल नहीं सकते थे कि महीनों से वह यह आशा लगाए बैठे थे कि द्रौपदी को जीतकर वह स्वयं राज-पद प्राप्त करने की दिशा में एक पग आगे बढ़ाएँगे। उन्होंने आँखें झुका लीं और वह आगे नहीं बोल सके। थोड़ा रुककर उन्होंने कहा, "पिताजी, अच्छा होता कि मैं मर गया होता।"

धृतराष्ट्र ने दुर्योधन का मस्तक थपथपाया—"देवताओं की अवज्ञा कौन कर सकता है? वत्स, विधि का विधान यही होगा। किसने सोचा था कि वे जीवित होंगे, काम्पिल्य जाएँगे और द्रौपदी को जीतेंगे? ग्रह उनके अनुकूल हैं।"

"पिताजी, केवल ग्रह ही नहीं, सभी लोग उनके अनुकूल हैं।" दुर्योधन ने कहा, "आदरणीया माता, पितामह, चाचा विदुर, यहाँ तक कि हस्तिनापुर के लोग भी। ओह् पिताजी, यदि आप भी मेरी सहायता न करेंगे तो मेरे जीवित रहने की क्या उपयोगिता है?" और, दयनीय प्रार्थना के भाव से उन्होंने फिर पिता का हाथ अपने हाथों में ले लिया।

"मैं क्या कर सकता हूँ?" धृतराष्ट्र ने कहा, "अन्ततः हमें वही करना चाहिए, जो उचित है।"

"उचित, उचित! उनका पक्ष उचित है और मेरा अनुचित है, सदा अनुचित!" दुर्योधन ने उग्रता के साथ कहा, "क्या यह उचित है कि मैं, आपका पुत्र, अपने न्यायसंगत उत्तराधिकार से वंचित होऊँ? क्या यह उचित है कि मैं, आपका ज्येष्ठ पुत्र, जिसका जन्म सम्राट बनने के लिए हुआ है, पाण्डवों का आश्रित बनकर रहूँ? क्या मैं यह सहन करूँ कि भीम प्रति दिन मुझे 'अन्धे का बेटा' कहकर पुकारे, जैसा उसने द्रौपदी के स्वयंवर में एकत्रित राजाओं के बीच कहा था?" दुर्योधन ने दृष्टि झुका ली—"ओह् पिताजी, मैं चिता में जल मरना अथवा गंगा में डूब जाना अधिक अच्छा समझूँगा।"

"आत्महत्या की बातें मत करो वत्स! किन्तु मैं क्या कर सकता हूँ? अब विचार करने का समय नहीं रहा। कल पूर्वाह्न में वे लोग आ पहुँचेंगे। तुम्हें जाकर उनका स्वागत करना चाहिए। यदि तुम ऐसा न करोगे तो पितामह और पूजनीया माता, दोनों क्रुद्ध होंगे। पूजनीया माता ने विशेष सन्देश भेजकर कहा है कि तुम्हें और तुम्हारी पत्नी को जाकर उनका स्वागत करना चाहिए। बताओ कि इन परिस्थितियों में मैं क्या कर सकता हूँ?"

"पिताजी, यदि आप मुझे जीवित रखना चाहते हैं तो कुछ कीजिए।" दुर्योधन ने अपनी बात दुहराई—"मैं संसार का सबसे अभागा प्राणी हूँ।"

"ऐसा न कहो वत्स, ऐसा न कहो!" धृतराष्ट्र बुदबुदाए और उनकी आँखों से आँसू की एक बूँद लुढ़क पड़ी।

"मैं अभागा हूँ, मैं अभागा हूँ!" दुर्योधन ने फिर वही बात कही। वह पिता का हाथ अपने दोनों हाथों में थामे रहे।

धृतराष्ट्र ने कहा, "वत्स, तुम्हें जाकर उनका स्वागत करना चाहिए। तुममें उन लोगों के प्रति सौजन्य का अभाव देखकर हस्तिनापुर के लोग भी आग-बबूला हो जाएँगे।"

"ओह्, हस्तिनापुर के लोग मुझसे घृणा करते हैं और मैं भी उनसे घृणा करता हूँ।" दुर्योधन ने कहा और कटुता के साथ बात आगे बढ़ाई–"अच्छी बात है। यदि यही आपका आदेश है तो मैं उसका पालन करूँगा।"

दुर्योधन सिहर उठे। क्षणभर के लिए उन्होंने भीम का वह अट्टहास सुना, जिसे उन्होंने स्वयंवर में सुना था। उन्होंने द्रौपदी के अधरों पर सन्तोष की वह मुस्कान भी देखी, जिसे प्रतियोगिता में अपनी असफलता के बाद देखा था। जब उनके मन में वधू-वेश में सँवरी द्रौपदी का चित्र उभरा तो क्रोध से उनका सारा शरीर जल उठा। अनन्तर अपने को संयत करके उन्होंने कहा, "पिताजी, मैं जाकर उन लोगों का स्वागत करूँगा, भले ही ऐसा करने में मेरी मृत्यु क्यों न हो जाए। किन्तु आप मुझे एक वचन दीजिए।"

राजा ने पूछा, "तुम क्या वचन चाहते हो?"

"चाहे जो भी हो जाए, मुझे हस्तिनापुर में शासन करने दीजिए।"

राजा ने अपनी दृष्टिहीन आँखें ऊपर उठाईं–"हाँ वत्स, कठिनाई से निकलने का यह एक अच्छा मार्ग है। मैं इस सम्बन्ध में पितामह और पूजनीया माता से बातें करूँगा। मैं समझता हूँ, वह मेरी बात सुनेंगे।" कहकर उन्होंने फिर दुर्योधन का मस्तक थपथपाया।

दुर्योधन ने पिता के चरणों पर मस्तक रखकर घुटती हुई सिसकी के साथ कहा, "पिताजी, इस विशाल विश्व में केवल आप ही मुझे प्यार करते हैं, और कोई नहीं करता। पिताजी, आगा-पीछा न कीजिए, मुझे वचन दीजिए कि हस्तिनापुर में केवल मैं ही शासन करूँगा।"

"ठीक है वत्स, ठीक है। तुम्हारी यही इच्छा है तो मैं वचन देता हूँ।" कहते हुए राजा ने अपने पुत्र को अलग हटाया–"किन्तु कौन जानता है कि पितामह क्या करेंगे?"

इस सम्भावना से दुर्योधन का हृदय अब भी उत्पीड़ित हो रहा था कि उन्हें एक बार फिर हस्तिनापुर लौटनेवाले पाण्डवों का स्वागत करना पड़ेगा। इसी मनःस्थिति में वह अपनी हवेली में पहुँचे, जहाँ उनके छोटे भाई दुःशासन उनकी प्रतीक्षा कर रहे थे। वह दुर्योधन-जैसे रूपवान तो नहीं थे किन्तु हृष्ट-पुष्ट, स्वार्थी और तीक्ष्ण बुद्धि थे। उन्होंने पूछा, "पिताजी ने क्या कहा?"

"अरे, वह सदा की भाँति असहाय हैं! जो भी हो, उन्होंने मुझे वचन दिया है कि वह इसके लिए पूरा प्रयत्न करेंगे कि युधिष्ठिर हस्तिनापुर में शासन न करें।" दुर्योधन ने कहा, "उन्होंने मुझे आश्वासन दिया है कि इस सम्बन्ध में वह पितामह और पूजनीया माता से बातें करेंगे। मैं कह नहीं सकता कि वह उन लोगों को अपनी बात पर सहमत कर सकेंगे या नहीं।" बैठने के बाद उन्होंने निराश

स्वर में कहा, ''दुःशासन, मैं समझ नहीं पाता कि क्या करूँ। पिताजी ने मुझसे कहा कि मैं जाकर उन लोगों का स्वागत करूँ और इसके लिए मुझे वचन देना पड़ा।''

दुःशासन की भावहीन और स्थिर आँखें अर्थपूर्ण ढंग से भाई पर जमी हुई थीं। ''यह मत कहते रहिए कि 'मैं क्या कर सकता हूँ?' आप जाइए और अधिक-से-अधिक मधुरता के साथ मुस्कुराते हुए उनका स्वागत कीजिए। द्रौपदी के सम्बन्ध में आपका मनोभाव मैं जानता हूँ। उसका नाम सुनकर भी मेरा खून खौलने लगता है। हमें यह खेल खेलना ही पड़ेगा। आप जी छोटा न करें। हम लोग उनके साथ अपना हिसाब चुकता कर लेंगे। हम लोग सौ हैं और वे केवल पाँच। उन्हें मुझ पर छोड़ दीजिए। आप पिताजी को सँभालिए। मैं जानता हूँ, यह आप कर सकेंगे, क्योंकि पिताजी की प्रीति हम सबसे अधिक आप पर है।''

''मैं जानता हूँ, जानता हूँ, इसी का भरोसा है।'' दुर्योधन ने कहा।

''भरोसा नहीं भाई, यह आपकी शक्ति है।'' दुःशासन ने उनकी बात में संशोधन किया।

''किन्तु पिताजी अत्यन्त असहाय हैं। वह पितामह और उस चिरतरुणी स्त्री के परामर्श के बिना कुछ नहीं कर सकते।''

दुःशासन ने दृढ़तापूर्वक कहा, ''उन लोगों की चिन्ता छोड़िए। पितामह से मैं निबट लूँगा।''

दुर्योधन ने कहा, ''किन्तु आचार्यदेव के सम्बन्ध में क्या किया जाएगा? पाण्डवों पर उनकी भी प्रीति है।''

''यह न भूलिए कि वह अपने पुत्र को अत्यधिक प्यार करते हैं। अश्वत्थामा पहले ही उनसे कह चुके हैं कि यदि हस्तिनापुर के राजसिंहासन पर युधिष्ठिर को बैठाया गया तो वह हस्तिनापुर छोड़कर चले जाएँगे। आचार्यदेव इस बात से बहुत दुखी हैं।'' दुःशासन ने कहा।

दुर्योधन ने कहा, ''मैं समझ नहीं पाता कि क्या करूँ!''

अपने होंठ काटते हुए दुःशासन ने कहा, ''कल रात हम सब लोग एकत्रित हुए थे। यदि युधिष्ठिर को राज-पद दिया गया तो हम सभी हस्तिनापुर छोड़कर चले जाएँगे। कर्ण तो अभी से अंग लौट जाने की व्यवस्था करने लगे हैं।''

''क्या तुम सब लोग हस्तिनापुर से चले जाओगे? मुझे अकेला छोड़ दोगे?'' निराशा से भरकर दुर्योधन चिल्ला उठे—''तुम लोगों के बिना मैं क्या करूँगा? हे भगवान, मुझ पर क्या बीतनेवाला है!''

"और इन बातों से अपनी पत्नी भानुमती को अलग रखिए। उन्हें आचार्यदेव पुत्री और कृष्ण बहन के समान मानते हैं। यदि वह बीच में पड़ीं तो सारा खेल खत्म हो जाएगा।" दुःशासन ने कहा।

दुःशासन की धमकी

पितामह भीष्म बैठे थे। उनके कन्धे झुके हुए थे। उनका बायाँ हाथ ललाट पर था। वे शून्य में टकटकी लगाए हुए थे। निरानन्द विचारों से उनका मन बोझिल था। वह एक अत्यन्त गम्भीर संकट का सामना कर रहे थे।

वह अतीत में खोए अपने अद्भुत जीवन पर विचार कर रहे थे।

अन्य बालकों के समान उन्होंने बचपन में माता का प्यार नहीं पाया था। सभी कहते थे कि पवित्र गंगा ने मानव-रूप धारण करके उन्हें जन्म दिया था और इसी कारण वह गांगेय कहे जाते थे। वह इस पर निर्विवाद रूप से विश्वास करते थे, गंगा माता को उत्कट श्रद्धा के साथ प्यार करते थे और जब कभी उनके मन में यह विचार आता कि वह एक देवी के पुत्र हैं, सदा एक शक्ति की लहर का अनुभव करते थे।

उन्हें प्रायः स्मरण आता था कि बाल्यकाल में जब कभी वह अपने पिता से पूछते कि 'मेरी माँ कहाँ है?' तो उनका सुन्दर मुख उदास हो जाता था। कभी-कभी उनकी आँखों में आँसू की छाया भी दीख पड़ती थी, और वह अपने पिता को इतना प्यार करते थे कि इस प्रश्न पर अधिक बल देने का साहस कभी नहीं करते थे।

आठ वर्ष की आयु में वह महान् मनीषी भार्गवश्रेष्ठ परशुराम के आश्रम में रहने गए, जिनकी चामत्कारिक वीरता की अनेक दन्तकथाएँ प्रसिद्ध थीं। वह अपने गुरु की अनन्त और अप्रतिरोध्य मानसिक शक्ति की सराहना करते थे और स्वयं अपने में वैसी शक्ति का विकास करना उनके जीवन की एकमात्र अभिलाषा बन गई थी।

अठारह वर्ष की आयु में, जब वह वेद-शास्त्रों में पारंगत हो गए और उन्होंने शस्त्र-विद्या में विशिष्ट कौशल प्राप्त कर लिया, तब उनकी अभिलाषा, अंशतः पूरी हो गई। उन्होंने उल्लेखनीय मानसिक शक्ति प्राप्त कर ली थी।

एक बार जब उन्होंने अपने पिता शान्तनु को बहुत दुखी देखा तो उनके दुख का कारण पूछा। पुत्र-वत्सल महाराज शान्तनु ने अपनी गोपनीय वेदना का कारण निःसंकोच प्रकट कर दिया।

मत्स्यगन्धा नाम की एक धीवर-कन्या से उन्हें प्रेम हो गया था। उन्होंने बताया कि वह संसार की सबसे मोहक युवती थी–सुन्दर, मनोहर और बुद्धिमती। किन्तु उसका पिता धीवर अपनी कन्या से उनके विवाह-प्रस्ताव को तब तक स्वीकार नहीं करना चाहता, जब तक उसे इस बात का विश्वास न हो जाए कि उसकी कन्या का पुत्र ही हस्तिनापुर के कुरुओं के राज-सिंहासन का अधिकारी होगा।

शान्तनु को लगा कि यह माँग क्रूर और अनुचित है। वह अपने पुत्र गांगेय को अपना उत्तराधिकारी बनाना चाहते थे; दूसरी ओर वह उस धीवर-कन्या को अपनी रानी बनाने के लिए विकल थे। वह न तो अपने पुत्र का भविष्य नष्ट करना चाहते थे, न उस धीवर-कन्या को ही छोड़ सकते थे। वह बड़े संकट में थे।

किन्तु युवा गांगेय ने क्षण-मात्र में निर्णय कर लिया। उन्होंने अपने पिता से कहा कि वह धीवर को अपेक्षित वचन दे दें और मत्स्यगन्धा से विवाह कर लें। इस वचन के निर्वाह के लिए उन्होंने स्वयं भी यह प्रतिज्ञा की कि वह न तो विवाह करेंगे, न राज्य पर अपने अधिकार का दावा करेंगे। उनके जीवन का एकमात्र लक्ष्य इस बात का ध्यान रखना होगा कि चाहे जो भी हस्तिनापुर के सिंहासन पर बैठे, वह उसकी महत्ता और गौरव को बनाए रखे।

एक होनहार राजपुत्र के लिए यह भीष्म प्रतिज्ञा थी। किन्तु इसे पूरा करने के लिए उन्होंने अपना जीवन-प्रवाह बदल लिया। उन्होंने विवाह करना अस्वीकार कर दिया, सब प्रकार के सुख-भोगों से मुँह मोड़ लिया। उन्होंने मनुष्य की वासना और स्वार्थ जैसी स्वाभाविक वृत्तियों को कुचल दिया। वह हस्तिनापुर के लिए शक्ति-स्तम्भ बन गए और उन्हें भीष्म कहा जाने लगा।

उनके पिता को महारानी सत्यवती से, जो पहले धीवर-कन्या थी, चित्रांगद और विचित्रवीर्य नाम के दो पुत्र प्राप्त हुए। और जब राजा का देहावसान हो गया तो भीष्म ने ही कुरुओं के राजकुल की प्रतिष्ठा को बनाए रखा, लड़ाइयाँ लड़ीं और विजय प्राप्त की, साम्राज्य को बढ़ाया और स्थिर किया, और पितृ-भाव से अपने छोटे सौतेले भाइयों की शिक्षा का प्रबन्ध किया।

चित्रांगद की मृत्यु बाल्यावस्था में ही हो गई। विचित्रवीर्य के लिए राजकुल की कोई वधू प्राप्त न होने के कारण भीष्म ने काशिराज की दो कन्याओं का अपहरण करके उनका विवाह उनके साथ कर दिया। उन्हें आशा थी कि विचित्रवीर्य के वीरपुत्र उत्पन्न होंगे जो राजकुल के गौरव को बनाए रखेंगे।

विचित्रवीर्य की मृत्यु भी सन्तानहीन अवस्था में ही हो गई। इससे साम्राज्य के लिए भयानक सम्भावनाओं का द्वार खुल गया। किन्तु, विधवा महारानी

सत्यवती और भीष्म इस बात के लिए दृढ़प्रतिज्ञ थे कि महाराज शान्तनु की वंश-परम्परा का अन्त न हो।

महारानी सत्यवती ने, जिन्हें आदरणीया माता कहा जाने लगा था, अपने पुत्र मुनिश्रेष्ठ कृष्णद्वैपायन को इस बात के लिए राजी कर लिया कि वह प्राचीनकाल की नियोग पद्धति के द्वारा विचित्रवीर्य की दोनों विधवाओं से दो पुत्र उत्पन्न करें। यह एक कठिन निर्णय था और इसे कार्य-रूप में परिणत करना और भी कठिन था, किन्तु कुरुओं के राजवंश को तो बनाए ही रखना था।

किन्तु दुष्ट ग्रहों ने राजवंश पर अपना अशुभ प्रभाव डालना जारी रखा। बड़ी विधवा अम्बिका के गर्भ से जन्मान्ध धृतराष्ट्र का जन्म हुआ। दूसरी विधवा अम्बालिका ने एक रुग्ण पुत्र पाण्डु को जन्म दिया। भीष्म ने असीम धैर्य के साथ श्रेष्ठतम शिक्षकों के द्वारा उन्हें शिक्षा दिलवाई; और क्योंकि भीष्म युद्ध में अप्रतिरोध्य और शान्ति में धर्मपरायण थे, अतः उन्होंने राजवंश की शक्ति और प्रतिष्ठा को बनाए रखा।

प्राचीन परम्परा के अनुसार, जन्मान्ध होने के कारण, धृतराष्ट्र राज-सिंहासन के अधिकारी नहीं थे। पाण्डु ने राज-पद प्राप्त किया और वह एक बुद्धिमान तथा लोकप्रिय शासक बने।

पाण्डु का विवाह कृष्ण के पिता वसुदेव की बहन कुन्ती और मद्र की राजकुमारी माद्री के साथ हुआ था, किन्तु दुर्भाग्यवश वह सन्तान को जन्म देने के अयोग्य थे। जीवन से विरक्त होकर वह हिमालय पर चले गए, जहाँ पुनः प्राचीन पद्धति के अनुसार कुन्ती ने तीन पुत्रों को और माद्री ने दो जुड़वाँ पुत्रों को जन्म दिया। सामान्यतः पाण्डव कहे जानेवाले वे पाँचों भाई रूपवान, बुद्धिमान और वीर बने। उनमें सबसे बड़े युधिष्ठिर थे।

धृतराष्ट्र ने गान्धार की राजकन्या गान्धारी से विवाह किया था, जिससे उनके अनेक पुत्र उत्पन्न हुए। उनमें से अधिकांश उच्छृंखल, स्वेच्छाचारी और धर्म के प्रति उदासीन थे। दुर्योधन वय में उनमें सबसे बड़ा और युधिष्ठिर से छोटा था।

वयोवृद्ध होने पर भी भीष्म ने, एक बार फिर नई पीढ़ी के पालन-पोषण का भार उठाया। उन्होंने धृतराष्ट्र और पाण्डु के पुत्रों की शिक्षा का प्रबन्ध किया और उनके लिए गुरु-श्रेष्ठ द्रोणाचार्य और उनके साले कृपाचार्य को नियुक्त किया।

जब पाँचों भाई अपनी शिक्षा पूरी कर चुके तो भीष्म ने युधिष्ठिर को हस्तिनापुर के युवराज-पद पर आसीन किया। स्वर्गीय महाराज पाण्डु के ज्येष्ठ पुत्र होने के कारण यह उचित ही था। भीष्म ने सोचा कि अपनी आयु के अनुपात में युधिष्ठिर कहीं अधिक बुद्धिमान हैं। सभी लोग उनका सम्मान करते हैं और उन पर प्रीति रखते हैं। वह धर्म की उन परम्पराओं को आगे बढ़ाएँगे, जिनको

सुरक्षित रखने में उन्होंने अपना जीवन लगा दिया है। दुर्भाग्यवश धृतराष्ट्र के पुत्रों और पाण्डवों के पारस्परिक सम्बन्ध आरम्भ से ही तनावपूर्ण थे। उसने गृह-युद्ध जैसा रूप ले लिया था। भीष्म ने तब इस संकट को टालने का सबसे अच्छा उपाय यही सोचा कि पाण्डवों को कुछ समय के लिए वारणावत भेज दिया जाए। यह एक ऐसा निर्णय था, जिसके लिए वह दुखी थे।

जब वारणावत के महल में पाण्डवों को जलाकर मार डालने की, दुर्योधन और उसके साथियों की गतिविधि की सूचना उन्हें मिली तो वह बहुत विचलित हुए थे। उनके धैर्य की उस समय भी कठिन परीक्षा हुई थी, जब दुर्योधन के नृशंस षड्यन्त्रों से बचने के लिए पाण्डवों को दुर्गम वनों में निवास करने के लिए विवश होना पड़ा था।

द्रौपदी-स्वयंवर के भव्य वातावरण में जब पाण्डु के पुत्र पाण्डव पुनः जीवित हो उठे थे तो उनका हृदय प्रसन्नता से भर उठा था। दुर्योधन के कहने से पाण्डवों को जलाकर मार डाला गया है, ऐसी आम धारणा बन जाने से कुरु राजवंश की कीर्ति पर जो अवांछनीय कलंक लग गया था, वह अब मिट गया था।

पाण्डवों में तीसरे भाई अर्जुन ने, काम्पिल्य में एकत्रित राजाओं के समक्ष अपनी इस ख्याति को सत्य सिद्ध कर दिया था कि वह आर्यावर्त के सर्वश्रेष्ठ धनुर्धर हैं। पितामह ने जब इस असाधारण कार्य की बात सुनी तो वह गर्व से पुलकित हो उठे थे। वह इस बात से भी अत्यधिक सन्तुष्ट हुए थे कि द्रुपद-कन्या के साथ पाँचों भाइयों के विवाह से, वह विवाह चाहे जितना रूढ़ि-विरुद्ध हो, कुरुओं और पांचालों की मैत्री पुनः स्थापित होगी। और अब, शक्तिशाली यादव पाण्डवों के साथ हैं और आर्यावर्त में सबसे अधिक प्रशंसित और प्रिय व्यक्ति, कृष्ण वासुदेव, उनके मित्र हैं।

भीष्म ने दृढ़ निश्चय किया था कि वह युधिष्ठिर को बुलाकर उन्हें राज-पद पर अभिषिक्त करेंगे। यही उनका उचित स्थान था। दुर्योधन युवराज थे और वह इस पद पर बने रहेंगे और यदि चाहेंगे तो सुवर्णप्रस्थ और पणिप्रस्थ प्रदेशों पर शासन कर सकेंगे।

भीष्म ने सोचा था कि यह एक बुद्धिमत्तापूर्ण और न्यायसंगत समाधान था, जिससे धर्म का शासन सुनिश्चित हो सकेगा और वार्धक्य में वह अन्ततः कठिनाइयों से छुटकारा पा सकेंगे। उन्होंने राजमन्त्री विदुर से कहा था कि वह काम्पिल्य जाकर सिंहासनारोहण के लिए पाँचों भाइयों और माता कुन्ती को हस्तिनापुर ले आएँ।

अब वे आ रहे थे। कृष्ण और बलराम के नेतृत्व में उनके साथ यादव अतिरथी, सुनीत और विराट जैसे राजे तथा कई अन्य राजकुमार आ रहे थे। पितामह प्रसन्न थे।

जब वह इस तरह अपने विलक्षण जीवन की कुछ महत्त्वपूर्ण घटनाओं का स्मरण कर रहे थे, तभी उन्हें दुर्योधन के भाई दुःशासन और विकर्ण के आने की सूचना मिली। उनके मुख पर पड़ी रेखाएँ कुछ और कठोर हो गईं। दुष्ट ग्रह एक बार फिर कुरुओं पर घात लगा रहे थे; एक अप्रत्याशित संकट बढ़ा आ रहा था। धृतराष्ट्र के पुत्रों ने उनके निर्णय के विरुद्ध खुला विद्रोह कर दिया था। उनके दीर्घ जीवन में यह पहला अवसर था जब हस्तिनापुर में किसी ने खुल्लमखुल्ला उनका विरोध करने का साहस किया था।

दुःशासन और विकर्ण आए। उन्होंने पितामह को साष्टांग प्रणाम किया और उनका मौन आशीर्वाद ग्रहण किया था।

दुःशासन की आँखें फौलादी थीं, चिबुक दृढ़-निश्चयी था और उसके व्यवहार में एक ऐसी धीरता थी, जो दुर्जेय पितामह के सम्मुख भी विचलित नहीं होती थी। विकर्ण का रंग-ढंग कुलीन था। उसके चेहरे पर भले स्वभाव की छाप थी। पितामह ने मूक संकेत से उन्हें बैठने को कहा। थोड़ी देर तक चुप्पी बनी रही।

पितामह कठोर और अडिग बैठे थे, उनकी बड़ी-बड़ी आँखें दुःशासन पर टिकी थीं। दुःशासन को कुछ न बोलता देखकर विकर्ण स्पष्टतः हतोत्साहित हो रहा था। उसने भाई की ओर देखकर बातचीत आरम्भ करने का मूक आग्रह किया।

"पूज्य पितामह, हम लोग अपना निर्णय आपकी सेवा में प्रस्तुत करने आए हैं।" दुःशासन ने कहा।

"हाँ।" पितामह बोले। उनका स्वर रूखा और संक्षिप्त था।

"हमने सुना है कि पितामह ने युधिष्ठिर को राजसिंहासन कर बैठाने का निश्चय किया है।" दुःशासन साहस बटोरता हुआ बोला और चुप हो गया।

उत्तर में पितामह ने न तो एक भी शब्द कहा और न कोई संकेत ही किया।

विकर्ण पीला पड़ गया। दुःशासन की समझ में नहीं आया कि बात आगे कैसे बढ़ाए। दो-एक क्षण बाद उसने साहस बटोरकर कहा, "पूज्य पितामह, क्षमा करें। हम सभी भाइयों ने निश्चय किया है कि हम युधिष्ठिर की अधीनता स्वीकार नहीं करेंगे।"

पितामह ने दुःशासन की ओर घबरा देनेवाली चुप्पी के साथ देखा, जिससे यह प्रकट होता था कि उन्होंने उसकी बात सुन ली है और कोई उत्तर न देने का निश्चय किया है।

"अगर उन्हें राजसिंहासन पर बैठाया गया तो हम लोग हस्तिनापुर छोड़कर चले जाएँगे।" दुःशासन ने आगे कहा।

उत्तर में पितामह ने केवल "हाँ" कहा, जिसमें किसी तरह की प्रतिबद्धता नहीं थी।

दुःशासन हकलाया, उसने अपने होंठ काटे, अपना गला साफ किया और कहा, "पूज्य पितामह, हम हस्तिनापुर छोड़कर जाने और गान्धार में अपने नाना सुबल के साथ रहने की आज्ञा चाहते हैं।"

पितामह की आँखें स्थिर और कठोर थीं। "मैं ऐसी कोई आज्ञा नहीं दूँगा।" उन्होंने संक्षिप्त और निर्णायक उत्तर दिया।

दुःशासन का चेहरा लाल हो गया। भयोत्पादक पितामह की अवज्ञा करने की भावना ने उसे जकड़ लिया। "हम चले जाएँगे, हम चले जाएँगे" वह अपना आपा खोकर, और शिष्टाचार के उन नियमों की अवज्ञा करता हुआ बड़बड़ाया, जिनके अनुसार युवकों को अपने से बड़ों की बातों का रुखाई से विरोध करना मना है।

पितामह ने अपनी भयावनी दृष्टि से उसे बींध दिया, जिससे दोनों भाइयों के छक्के छूट गए।

दुःशासन उत्तेजित हो उठा था, वह अपने पर नियन्त्रण नहीं रख सका और पितामह की आज्ञा पाए बिना ही जाने के लिए उठ खड़ा हुआ। किन्तु विकर्ण परिवार के श्रेष्ठजन के प्रति सौजन्य दिखाने में चूकना नहीं चाहता था, उसने पितामह को साष्टांग प्रणाम किया और जाने की आज्ञा माँगी।

पितामह ने संकेत से आज्ञा दे दी।

दुःशासन ने पितामह की ओर देखते हुए आदरपूर्वक कुछ पग पीछे हटने के बदले उनके सामने पीठ फेर ली। पितामह ने रूखे स्वर और अप्रतिरोध्य अधिकार के साथ कहा, "लड़को, मैं वचन दे चुका हूँ। युधिष्ठिर का राज्याभिषेक होगा। अब तुम जा सकते हो।" उनके स्वर ने निश्चयात्मकता की मुहर लगा दी, जिससे दुःशासन अत्यधिक क्रुद्ध हो उठा। पितामह उन लोगों के सबसे बड़े शत्रु थे।

पितामह का निर्णय

युवकों के चले जाने पर पितामह को ऐसा लगा कि लम्बी अवधि के अपने संरक्षण में उन्होंने शक्ति का जो प्रासाद निर्मित किया था, वह ढह रहा है। वह पहलेवाली दुनिया नहीं रह गई है। स्वभावतः उन्होंने अपनी विमाता, अत्यन्त पूजनीया माता से परामर्श करना चाहा। वह जो कुछ करते थे, उसमें केवल वही उनकी साझी होती थीं।

धीमे और नपे-तुले पगों से वह उस भवन की ओर गए, जिसमें पूजनीया माता रहती थीं। जब उन्होंने भवन में प्रवेश किया, दासियाँ डरी हुई पण्डुकियों के समान, इधर-उधर बिखर गईं।

सदा की भाँति, आदरणीया माता एक छोटे आले के सामने काष्ठासन पर बैठी थीं। आले पर उनके कुलदेवता, देवाधिदेव शंकर की मूर्ति प्रतिष्ठापित थी।

वयोवृद्ध होने पर भी वह अब तक सुकुमार थीं, उनके चेहरे पर झुर्रियाँ नहीं थीं। उस पर अपरूप सौन्दर्य के चिन्ह अब भी वर्तमान थे, जिसे श्वेत केशराशि ने अपूर्व भव्यता दे रखी थी। कुछ गिने-चुने लोग ही उनसे मिलने का सौभाग्य प्राप्त कर सकते थे। किन्तु जो भी उनके निकट आता था, उनके महान् आत्मगौरव, अपरिमित विवेक और पारदर्शी सच्चाई से प्रभावित हुए बिना नहीं रहता था।

एक वृद्धा दासी ने पूजनीया माता के सामने पितामह के लिए एक स्वर्ण-खचित आसन रख दिया। पितामह आयु में यद्यपि माता सत्यवती से बड़े थे, किन्तु अपनी विमाता के प्रति सम्मान प्रकट करने में उनसे चूक नहीं होती थी। उन्होंने माता को साष्टांग प्रणाम किया। माता ने अपना नन्हा-सा, थोड़ा झुर्रियोंवाला हाथ उनके सिर पर रखकर आशीर्वाद दिया और वह मुस्कुराईं, एक ऐसी मुस्कुराहट, जो स्नेह से प्रदीप्त थी।

"बैठो गांगेय, तुम अशान्त-से लगते हो।" उन्होंने मधुर-धीमे स्वर में कहा। वह सदा पितामह को उनके गांगेय नाम से सम्बोधित करती थीं। लोग उस नाम को भूल गए थे। वे उन्हें यौवन के प्रथम आवेग में ली गई उस प्रतिज्ञा के कारण भीष्म के नाम से जानते थे, जिसका उन्होंने जीवन-भर निष्ठा के साथ पालन किया था।

भीष्म क्षण-भर विचारमग्न-से भूमि की ओर देखते रहे और फिर धीमे स्वर में बोले, "माता, हम लोग एक विकट स्थिति में पड़ गए हैं।"

"क्या बात है?" पूजनीया माता ने पूछा। उनके स्वर में सहानुभूतिपूर्ण चिन्ता थी।

"आज सबेरे धृतराष्ट्र मुझसे मिला था," भीष्म ने रुँधे स्वर में कहा, "आँखों में आँसू भरकर उसने मुझसे प्रार्थना की कि मैं दुर्योधन को हस्तिनापुर से बाहर न भेजूँ। वह अत्यन्त व्यग्र मानसिक स्थिति में था।"

"दुर्योधन को कोई हस्तिनापुर से बाहर नहीं निकालना चाहता," पूजनीया माता ने आश्चर्य के साथ कहा, "वह युवराज के रूप में यहाँ बना रह सकता है।"

"ऐसा करना हानिकारक होगा," भीष्म ने कहा, "क्या आपको स्मरण नहीं है कि वह पाण्डवों की हत्या कराने में प्रायः सफल ही हो गया था?"

"युधिष्ठिर के राजा होते हुए वह ऐसा कैसे कर सकता है?" माता ने पूछा।

"वह पहले की अपेक्षा कहीं अधिक भयंकर हो गया है। उसे सत्ता का स्वाद मिल चुका है। समृद्धियाँ उसके अधिकार में रही हैं। अनुयायियों की संख्या बढ़ाने के लिए ये शक्तिशाली साधन हैं। अश्वत्थामा उसका परम मित्र है, और द्रोण पर

भरोसा करना युधिष्ठिर के लिए कठिन होगा। यदि दुर्योधन हस्तिनापुर में बना रहा तो पाण्डव उसकी कृपा पर निर्भर रहेंगे।" पितामह ने कहा।

"सुवर्णप्रस्थ और पणिप्रस्थ पर शासन करने में दुर्योधन को क्या आपत्ति है?" पूजनीया माता ने पूछा।

"धृतराष्ट्र का कहना है कि यदि दुर्योधन को हस्तिनापुर से बाहर भेजा गया तो वह आत्मघात कर लेगा।" भीष्म ने कहा।

माता कृपापूर्ण भाव से मुस्कुराईं–"दुर्योधन कायर है। जब कभी उसकी कोई इच्छा पूरी नहीं की जाती, वह आत्महत्या की धमकी देता है। क्या तुमने दृढ़ता के साथ धृतराष्ट्र से यह नहीं कहा कि युधिष्ठिर को राज-पद दिए जाने की बात से दुर्योधन को समझौता करना होगा?"

"दुःशासन और विकर्ण अभी मेरे पास आए थे।" भीष्म ने उदास स्वर में कहना जारी रखा, "आप जानती हैं कि दुःशासन कैसा कुचक्री है। उसने मुझसे कहा कि यदि युधिष्ठिर को राज-पद दिया गया तो वह और उसके भाई हस्तिनापुर छोड़कर गान्धार चले जाएँगे।"

"अच्छा, उन्हें इतना साहस हो गया है?" माता ने पूछा।

"उसका साहस और अधिक बढ़ गया है। मेरे जीवन में पहली बार भरतवंश की किसी सन्तान ने अपने से बड़े की आज्ञा का उल्लंघन करने की धमकी दी है।" भीष्म ने वास्तविकता बताई।

"उसने तुमसे ऐसा कहा गांगेय?" माता ने पूछा।

"हाँ, उसने यह कहा और यही उसका अभिप्राय था। मैंने वहीं उसे मार डाला होता, लेकिन इससे स्थिति में कोई सुधार न होता।" पितामह ने कहा।

"क्या द्रोण इस सम्बन्ध में कुछ जानते हैं?" माता ने पूछा।

"वह सबकुछ जानते हैं। सम्भवतः कुछ अधिक ही जानते हैं।" भीष्म ने कहा, "उन्होंने मुझसे कहा है कि उनके पुत्र अश्वत्थामा ने उन्हें धमकी दी है कि यदि वह दुर्योधन का समर्थन न करेंगे तो वह उन्हें छोड़कर चला जाएगा।" पितामह ने एक निःश्वास छोड़ा–"आप द्रोण को जानती हैं। अपने एकमात्र पुत्र के लिए उनके मन में बड़ी दुर्बलता है।"

माता थोड़ी देर तक चुप रहीं। फिर विचारमग्न-सी बोलीं, "गांगेय, युधिष्ठिर वैध उत्तराधिकारी है, उसे राज-सिंहासन मिलना ही चाहिए। तुम उसे हस्तिनापुर से चले जाने को नहीं कह सकते। साथ ही दुर्योधन इतना महत्त्वाकांक्षी है कि वह युधिष्ठिर को राजा के रूप में स्वीकार नहीं कर सकता। वह पाँचों भाइयों को कभी शान्ति से नहीं रहने देगा।" उन्होंने स्थिति का मूल्यांकन करते हुए शान्त भाव से कहा।

"मैं मानता हूँ माता! यदि युधिष्ठिर का राज्याभिषेक हुआ तो हमें गृह-युद्ध का सामना करना पड़ेगा। यदि धृतराष्ट्र के पुत्र हस्तिनापुर से चले जाते हैं तो हमारी सेनाओं के सेनापति द्रोणाचार्य और कृपाचार्य भी उनके साथ जा सकते हैं। यदि धृतराष्ट्र के पुत्र चले जाते हैं तो स्वयं वह भी यहाँ रहना पसन्द नहीं कर सकते। कुरु-साम्राज्य ध्वस्त हो जाएगा।" पितामह ने कहा।

माता ने ठण्डी साँस ली—"मैंने कभी नहीं सोचा था कि वह दिन देखने के लिए जीवित रहूँगी, जब मेरे बच्चे अपने पितामह की अवज्ञा करेंगे। तुम उनके लिए उनके पिता से भी बढ़कर रहे हो। तुमने उनका पालन-पोषण किया है। उनके पास जो कुछ है, वह सब तुमने उन्हें दिया है। तुम्हारी बात उनके लिए कानून होनी चाहिए थी।"

"माता, दुनिया बदल गई है।" पितामह ने ठण्डी साँस लेते हुए कहा।

"गांगेय, क्या तुम यह नहीं समझते कि हम लोग बहुत जी चुके हैं?" माता ने उदास स्वर में कहा, "समय आ गया है, जब हमें वन में चले जाना चाहिए। मैंने बहुत पहले ऐसा किया होता, लेकिन द्वैपायन ने मुझे नहीं जाने दिया।"

"माता, हम अपने धर्म से पलायन नहीं कर सकते।" भीष्म ने कहा। उनका स्वर भी वैसा ही उदास था—"जो सदा से हमें अत्यन्त प्रिय रहा है, उसके लिए हमें अन्त तक संघर्ष करना पड़ेगा। यदि हमारी अनुपस्थिति में असंयमित दुर्योधन, दुःशासन, कर्ण और अश्वत्थामा हस्तिनापुर में शासन करेंगे तो कुछ भी पवित्र नहीं रह जाएगा—न देवता, न बड़े-बूढ़े, न स्त्रियाँ, न गौएँ, न आश्रम, यहाँ तक कि वेद भी नहीं। धर्म रसातल में चला जाएगा।"

"किन्तु गांगेय, इस संकट से तो यह स्पष्ट है कि यदि दुर्योधन और उसके भाइयों के हाथ में सत्ता आई, तो हम यहाँ रहें या न रहें, कुरु-साम्राज्य का सर्वनाश हो जाएगा।" माता ने कहा, वह चिन्ता के साथ भीष्म को एकटक निहार रही थीं।

"मैं भी यह समझता हूँ माता," भीष्म ने कहा, "जब परिवार में बड़ों की अवज्ञा होती है तो परिवार नष्ट हो जाता है, और उसके साथ ही धर्म का पतन हो जाता है। लेकिन हम जो भी कर सकते हैं, हमें करना ही चाहिए—सफलता अथवा असफलता ईश्वर के अधीन है।"

"गांगेय, चाहे जो भी हो, तुमने पाण्डवों को जो वचन दिया है, उसकी रक्षा करना हमारा धर्म है।" माता ने कहा।

भीष्म ने अपनी विचारमग्न दृष्टि ऊपर उठाई। "हम युधिष्ठिर का दावा कैसे अस्वीकार कर सकते हैं? पितामह ने थोड़ा रुककर दृढ़तापूर्वक कहा। "एक बार पाण्डवों को वारणावत भेजकर मैंने उनके साथ अन्याय किया था। मैं दुर्बल था। मुझे लगता है कि मैंने उस समय एक पाप किया था। अब मुझे उसका प्रायश्चित करना चाहिए।"

"कितना अच्छा होता कि मेरे पुत्र कृष्णद्वैपायन यहाँ होते!" माता ने कहा, "सम्भवतः इस संकट में उनसे कुछ सहायता मिलती।"

"हाँ माता, किन्तु एक बात निश्चित है," पितामह ने निर्णायक स्वर में कहा, "युधिष्ठिर का राज्याभिषेक होगा, भले ही यह गांगेय का अन्तिम कार्य हो।"

भानुमती की वेदना

काशी की राजकन्या और दुर्योधन की पत्नी भानुमती अपनी हवेली की अटारी में एक पलँग पर लेटी थी। वह थोड़े ही दिनों में माता बननेवाली थी। वह अपने पलँग पर आराम से पैर फैलाकर लेटी थी। उसने सादे वस्त्रों पर एक झीनी ओढ़नी डाल रखी थी।

सप्ताह का यही एक दिन था, जब वह अपने केश धोया करती और हाथ-पैरों में मेंहदी रचाया करती थी। मेंहदी से रँगे उसके हाथ-पैर लाल कमलों-जैसे लगते थे। अभी-अभी धोई गई उसकी केश-राशि नाचते मयूर के पंखों की तरह तकिए पर फैली हुई थी।

उसे धूप से बचाने के लिए एक दासी ने छाता तान रखा था।

उसकी वृद्धा दासी रेखा उसके पलँग के पास ही बैठी हुई थी। वह सदा भानुमती के साथ रहती थी, उसी ने उसे पाला-पोसा था और विवाह के बाद वह उसके साथ ही हस्तिनापुर आई थी। उसकी मातृस्नेह-भरी धुँधली आँखें भानुमती पर टिकी हुई थीं।

एक पालतू मोर पास ही खड़ा था और अशान्त भाव से एक के बाद दूसरे पैर पर भार डाल रहा था। उसका मुँह-लगा तोता एक स्वर में बार-बार 'भानुमती, उठो; भानुमती उठो' की रट लगाए जा रहा था। भानुमती छोटे कद की नारी थी। उसका चेहरा खिला हुआ था। उसकी काली आँखें काजल लगाने से और भी सुन्दर हो गई थीं, जिनसे भोलापन झाँकता था।

काम्पिल्य में अपने पति की असफलता से उसे निराशा नहीं हुई थी। सच तो यह है कि बहुत दिनों से उसके आनन्दी स्वभाव को किसी चिन्ता ने नहीं घेरा था।

उसके प्रसन्न होने के अनेक कारण थे। द्रौपदी को पाने में उसके पति की असफलता देवताओं के आशीर्वाद के समान थी। वह इस कृपा के लिए उनके प्रति कृतज्ञ थी और अपने अंगीकृत भाई कृष्ण वासुदेव के प्रति भी, जिन्होंने अपना यह वचन निभाया था कि उसका पति कभी द्रुपद-सुता को नहीं पा सकेगा। अपने

पति को उस दूसरी नारी के साथ बाँट लेने के दुर्भाग्य से वह बच गई थी जो कहने को तो उससे छोटी होती, किन्तु अपने पिता के उच्चपद के कारण श्रेष्ठता प्राप्त कर लेती।

उसने इस बात का बुरा नहीं माना कि पाँचों भाइयों से द्रौपदी का विवाह हुआ, यद्यपि कुरुओं के सबसे बड़े राजपुत्र युधिष्ठिर की पत्नी होने के कारण उसकी श्रेष्ठता उसे स्वीकार करनी पड़ेगी। राज-परिवारों में इस प्रकार के परिवर्तन सामान्य थे। उसकी रुचि केवल एक बात में थी—अपने पति को प्रसन्न रखने में। वह आनन्दमय आशा के साथ केवल एक महान् घटना की प्रतीक्षा कर रही थी—उस वीर की माता बनने की, जो, जब जन्म लेगा तो अपनी पीढ़ी के कुरुओं में सबसे बड़ा होगा।

पिछले कुछ दिनों से उसकी इस प्रसन्न मनोदशा में, अपने अंगीकृत भाई कृष्ण वासुदेव से एक बार फिर मिलने की आशा के चलते, अभिवृद्धि हो गई है। वह आ रहे हैं, उसके गोविन्द, वृन्दावन की गोपियों के प्रियतम!

बाल्यकाल में मथुरा से आए चारणों से उसने गोपियों की गाथाएँ सुनी थीं और उनसे अत्यधिक प्रभावित हुई थी। काशी में अपने पिता के राजभवन की अटारी में वह प्रायः पूर्णिमा की रात्रि में इधर-से-उधर टहलती हुई उन गाथाओं को गाया करती थी, जिन्हें उसने कण्ठस्थ कर लिया था। ऐसे अवसरों पर उसकी कल्पना खुल खेलती थी। उसे ऐसा लगता था, जैसे वह गोविन्द के साथ यमुना-किनारे रास-नृत्य कर रही हो।

दुर्योधन से विवाह होने पर, हस्तिनापुर आ जाने के बाद भी उसका यह अभ्यास छूटा नहीं था। जब कृष्ण उसे मिले थे और उन्होंने चामत्कारिक रूप से निन्दित मृत्यु से उसकी रक्षा की थी तो उसे लगा था कि ईश्वर ने उसको उसके जीवन का सर्वश्रेष्ठ उपहार दे दिया है—गोविन्द का स्नेह।

इस समय भी, अर्ध-निमीलित नयानों से वह एक बार फिर कृष्ण से मिलने की बाट जोह रही थी—उनसे बातें करने की, उनसे कुछ उपहार प्राप्त करने की, क्योंकि स्नेहपरायण भाई होने के नाते कुछ-न-कुछ उपहार तो वह उसे देंगे ही। कैसे आनन्द की बात है!

उसका दिवा-स्वप्न अचानक खण्डित हो गया। एक दासी उत्तेजित भाव से दौड़ती हुई सीढ़ियाँ चढ़ आई। "स्वामी पधार रहे हैं!" उसने कहा।

वहाँ उपस्थित दासियों में हड़बड़ी मच गई। उन्होंने अपने हाथ का काम जहाँ-का-तहाँ छोड़ दिया, अपने कपड़े सँभाले और युवराज के आते ही वे वहाँ से चल देने के लिए तैयार हो गईं।

जब दुर्योधन आए तो दासियों ने अपने चेहरों पर घूँघट डाल लिए और धूप

से बचाव के लिए छाता लगाए रहने के लिए रेखा को वहीं छोड़कर वे सभी अटारी से चली गईं।

मोर डरकर उड़ा और एक तीखी आवाज करता हुआ छत पर जा बैठा। तोता अधीरतापूर्वक चीत्कार कर उठा : 'भानुमती, उठो।' उसने ये ही शब्द बोलते रहना सीखा था, यद्यपि वर्तमान स्थिति में भानुमती ऐसा नहीं कर सकती थी। हाथों और पैरों में लगी मेंहदी को उसे ज्यों-का-त्यों बना रहने देना था। अपने भीगे और तकिए के चारों ओर फैले केशों का बात-की-बात में जूड़ा नहीं बनाया जा सकता था। जो भी हो, वृद्धा दासी की सहायता से वह किसी तरह उठकर बैठ गई।

दुर्योधन की जैसी हताश मनोदशा थी उसमें चहकती हुई दासियों के बीच प्रसन्नतापूर्वक अपनी पत्नी का लेटना उनसे सहन नहीं हुआ। उन्हें किसी ऐसे व्यक्ति की आवश्यकता थी, जिसके सामने वह अपनी हताशा प्रकट कर सकें और वह जानते थे कि ऐसे अवसरों पर उनकी पत्नी ही एकमात्र वह व्यक्ति थी, जो बिना कुछ कहे-सुने चुपचाप सबकुछ सहन कर सकती थी।

"क्या कर रही हो भानुमती? मेरे ऊपर जब तीनों लोक टूटे पड़ रहे हैं तो तुम आनन्द मना रही हो?" उन्होंने क्षोभ के साथ कहा।

भानुमती अपने गीले हाथों को ऊपर उठाकर मुस्कुराई। बोली, "क्या बात है स्वामी? तीनों लोक क्यों टूट पड़ रहे हैं?"

भानुमती के इस सरल प्रश्न से दुर्योधन और चिढ़ गए।

"तुम्हारे-जैसी हृदयहीन स्त्री मैंने कभी नहीं देखी।" उन्होंने कटुता के साथ कहा, "मेरा समय भयानक कष्ट में बीत रहा है और तुम हो कि अपना शृंगार करने और मेरे शत्रु का स्वागत करने की तैयारियों में लगी हुई हो।"

भानुमती पीली पड़ गई। प्रयत्नपूर्वक वह फिर मुस्कुराई—"स्वामी, मैं अपना शृंगार-प्रसाधन इसलिए कर रही हूँ कि आपकी पत्नी को सदा सुन्दर दिखना चाहिए। आप एक कुरूप पत्नी को पसन्द नहीं करेंगे। करेंगे क्या? मैं इसलिए भी प्रसन्न हूँ कि मैं चाहती हूँ कि आपका पुत्र आप ही के समान तेजस्वी हो।"

"तेजस्वी के क्या कहने हैं!" दुर्योधन ने किंचित् कटुता के साथ कहा, "क्या तुम जानती हो कि प्रत्येक व्यक्ति हम लोगों के विरुद्ध षड्यन्त्र रच रहा है? मेरा पुत्र हस्तिनापुर के राजसिंहासन पर कभी नहीं बैठेगा," वह कहते रहे, "काश्या, कभी-कभी तुम इतनी मूर्खतापूर्ण बातें करती हो कि तुम्हें मार बैठने की इच्छा होती है। तुम्हें अपने पुत्र के अतिरिक्त और किसी की चिन्ता नहीं है।"

"स्वामी, आप मुझ पर क्रोध न करें।" भानुमती ने विनयपूर्वक कहा। पिछले अनुभवों से वह जानती थी कि अपने पति की ऐसी मनोदशाओं को वह समर्पण-भाव से ही शान्त कर सकती है।

"मैं तुमसे एक आवश्यक बात कहने आया हूँ।" दुर्योधन ने कहा, "आज सवेरे मैं पिताजी से मिलने गया था। उन्होंने वचन दिया है कि वह इस बात का ध्यान रखेंगे कि मुझे हस्तिनापुर छोड़ने के लिए विवश न किया जाए। लेकिन कहा नहीं जा सकता कि पिताजी की बात को वह बुड्ढा मानेगा या नहीं।"

भानुमती ने भरोसा दिलाते हुए कहा, "सभी कहते हैं कि युधिष्ठिर अत्यन्त धर्मपरायण व्यक्ति हैं। मुझे विश्वास है कि वह कभी आपको हस्तिनापुर से जाने को नहीं कहेंगे।"

"तुम्हें मेरे मित्रों से अधिक मेरे शत्रुओं पर विश्वास है।" सभी बातों को सरल ढंग से देखने के अपनी पत्नी के अभ्यास से क्षुब्ध होकर दुर्योधन ने कहा।

"दुष्ट ग्रहों के प्रभाव से ही आप द्रौपदी को नहीं प्राप्त कर सके, अन्यथा मुझे विश्वास है कि आप प्रतियोगिता में अवश्य विजयी होते।" भानुमती ने कहा।

दुर्योधन ने बुरा-सा मुँह बनाया। प्रतियोगिता में असफलता की स्मृति उन्हें रात-दिन सताती रहती थी। किन्तु विस्फोट के द्वारा अपना क्रोध शान्त करने का एक लक्ष्य उनके सामने था। "दुष्टा स्त्री," उन्होंने क्रोधपूर्वक चीत्कार किया, "प्रतियोगिता में असफल होने के लिए तू भी मेरी निन्दा करती है!"

क्षमा माँगने के सामान्य संकेत के रूप में स्वभावतः भानुमती अपने हाथ जोड़ने ही जा रही थी कि रेखा ने उसके हाथ पकड़ लिए। यदि उसने ऐसा न किया होता तो मेंहदी उसके हाथ से छूटकर गिर जाती और उसके वस्त्र मलिन हो जाते।

उसने प्रार्थना के भाव से अपने पति की ओर देखा—"स्वामी, आप मुझ पर क्रोध न करें। यदि आप मुझे डराएँ तो कोई बात नहीं है, किन्तु आप तो अपने युवराज को डरा रहे हैं।"

दुर्योधन ने निराश भाव से अपनी भौंहों पर हाथ फेरा। अपनी पत्नी के प्रसन्न मनोभाव में विक्षेप उत्पन्न करना असम्भव था। इस संकेत पर वह अपने को मुस्कुराने से न रोक सके कि वह भावी युवराज को डरा रहे हैं। "ऐसा लगता है कि तुम पर किसी बात का प्रभाव नहीं होता," उन्होंने कहा।

"आपके-जैसे पति के होते हुए मुझे किस बात की चिन्ता है?" उसने विश्वासपूर्वक कहा।

"तुम्हें द्रुपद की कन्या का स्वागत करना पड़ेगा, इस बात से क्या तुमको ग्लानि नहीं होती? उसे मेरी रानी होना चाहिए था, किन्तु अब पाँचों भाइयों की पत्नी के रूप में वह हस्तिनापुर पर शासन करेगी।" दुर्योधन ने कहा।

"विधि का ऐसा ही विधान था," भानुमती ने शान्तिपूर्वक कहा, "मुझे ग्लानि क्यों होनी चाहिए? वह सबसे बड़े भाई की पत्नी है, और इसलिए सम्मान की अधिकारिणी है।"

"हे भगवान, तुम कैसी मूर्ख स्त्री हो! तुम कभी कोई बात नहीं समझोगी। युधिष्ठिर हस्तिनापुर पर शासन करेंगे। मुझे सुवर्णप्रस्थ या पणिप्रस्थ पर शासन करने के लिए भेज दिया जाएगा। मुझे केवल पाँचों भाइयों की दया पर निर्भर रहना होगा, जिनमें वह दुष्ट भीम भी सम्मिलित है, जो दिन-रात मेरी हँसी उड़ाता रहता है। इसका क्या अभिप्राय है, तुम समझती हो?"

"इन सारी बातों से आप इतने अशान्त क्यों होते हैं?" भानुमती ने सीधी हथेलियोंवाले अपने हाथों को इस तरह हिलाते हुए पूछा, मानो वह सहानुभूति का संकेत हो। "हमें पाँचों भाइयों से मैत्री रखनी चाहिए।" उसने कहा।

"नहीं, नहीं, नहीं!" दुर्योधन अपनी मुट्ठियाँ भींचते हुए चिल्लाए–"न इस जन्म में, न अगले जन्म में। उन्होंने मेरा साम्राज्य मुझसे छीन लिया है।"

"हमें अपने भाग्य से लड़ाई नहीं करनी चाहिए।" भानुमती ने कहा, मेंहदी लगे अपने हाथ-पैरों को उचित स्थिति में रखने का वह असफल प्रयास कर रही थी जिससे कि मेंहदी छूट न जाए। "मुझे विश्वास है कि आप राजा बनेंगे। कभी-न-कभी ईश्वर आप पर अनुकूल होंगे।" उसने यह बात इतनी कारुणिक सचाई के साथ कही कि उसके प्रति दुर्योधन का क्रोध शान्त हो गया।

"मुझे भी आशा है कि वे अनुकूल होंगे किन्तु अभी तो मेरा भाग्य अधर में लटक रहा है और समझ में नहीं आता कि इसके लिए मैं क्या कर सकता हूँ। मुझे कोई मार्ग नहीं सूझता।" उन्होंने कहा।

"मैं आपको एक मार्ग बताऊँगी।" कहकर भानुमती मुस्कुराई।

"वह कौन-सा मार्ग है? बुड्ढा तो युधिष्ठिर को राजा बनाने पर तुला हुआ है और वह हिमालय के समान अडिग है।" दुर्योधन ने कहा।

"किन्तु मैं जो मार्ग बताऊँगी, उसका आप अनुसरण करेंगे?" भानुमती ने कातर और गम्भीर भाव से पूछा।

"तुम कौन-सा मार्ग सुझा रही हो?" दुर्योधन ने पूछा। "मुझे विश्वास है कि कोई मूर्खतापूर्ण बात होगी।" उन्होंने उसाँस लेकर कहा।

अपना स्वर धीमा करके वह फुसफुसाई–"गोविन्द की सहायता लीजिए।"

"क्या?" चिढ़कर दुर्योधन चिल्लाए–"गोविन्द की सहायता लूँ? नहीं, कभी नहीं! वह मेरा सबसे बड़ा शत्रु है। वह भीम से भी बुरा है।"

"यदि वह कोई वचन देंगे तो उसे अवश्य पूरा करेंगे।" भानुमती ने हिचकिचाते हुए कहा।

दुर्योधन अपना आपा खो बैठे–"सदा गोविन्द, गोविन्द, गोविन्द! तुम तो उसके पीछे पागल हो गई हो। जाकर उसी के साथ क्यों नहीं रहतीं?"

इस जुगुप्सित संकेत से भानुमती के चेहरे का रंग उड़ गया। उसकी आँखों

में आँसू भर आए और गालों पर बह चले। रेखा ने उसकी पीठ पर सान्त्वना-भरा हाथ रखा।

"मैंने आपके पूछने पर वह मार्ग बताया था।" भानुमती ने रुँधे स्वर में कहा। फिर वह दयनीय भाव से सिसकने लगी।

असहाय भाव से रोती हुई अपनी पत्नी की कारुणिक दशा देखकर दुर्योधन क्षण-भर के लिए द्रवित हो गए—"काश्या," उन्होंने कहा, "तुम अस्वस्थ हो जाओगी। लेकिन तुम्हें पता नहीं है कि मैं कैसी स्थिति से गुजर रहा हूँ। पितामह और पूजनीया माता मेरी शत्रु हैं। पिताजी बहुत दुर्बल हैं। कर्ण और अश्वत्थामा मुझे छोड़कर जा रहे हैं, दुःशासन तथा अन्य भाइयों ने गान्धार जाने का निश्चय किया है। मैं असहाय हूँ। सारा संसार मेरे विरुद्ध है।"

"मैं जानती हूँ, मैं जानती हूँ स्वामी!" भानुमती ने कहा। अजस्र बहते उसके आँसुओं से उसका कण्ठ अवरुद्ध हो रहा था—"किन्तु मैं क्या कर सकती हूँ? मैं एक असहाय नारी हूँ। मैंने आपको ठेस पहुँचाई है स्वामी, आप मुझे क्षमा कर दें। आप जो भी कहें, मैं करने को तैयार हूँ।"

"किन्तु हम कर ही क्या सकते हैं?" उन्होंने कहा, "हस्तिनापुर में युधिष्ठिर का राज्याभिषेक होनेवाला है। उनके अधीन युवराज का निम्नपद स्वीकार करने से पहले मैं मृत्यु को श्रेयस्कर समझूँगा।" थोड़ी देर रुककर वह फिर कहने लगे, "यह सब तुम्हारे गोविन्द का किया-धरा है। वही पाँचों भाइयों को पितरों के लोक से लौटा लाया है। उसी ने ऐसा प्रबन्ध किया कि द्रौपदी का विवाह अर्जुन से हो। युधिष्ठिर का हस्तिनापुर आना ऐसा महत्त्वपूर्ण जान पड़ता है, जैसे कोई विजयिनी वाहिनी चली आ रही हो।"

बिना एक शब्द बोले भानुमती ने पति की ओर देखा। गोविन्द के साथ रहने की अपने पति की अशोभन बात के आघात से वह अभी तक उबर नहीं पाई थी और उसे भय था कि कहीं अपनी किसी भोली बात से वह फिर उन्हें नाराज न कर डाले। यथासम्भव मधुर स्मित के द्वारा उसने अपने को सन्तुष्ट कर लिया।

दुःशासन ने जो चेतावनी दी थी, दुर्योधन को उसका स्मरण हो आया। उसकी इस पत्नी को द्रोणाचार्य बेटी की तरह और कृष्ण वासुदेव बहन की तरह प्यार करते हैं। सम्भव है कि यह उनके मामलों में टाँग अड़ाए और उसे एक बार फिर वासुदेव के कुचक्र का शिकार बनना पड़े।

"काश्या, मैं यहाँ तुमसे यह कहने आया था कि तुम्हें मेरी बातों में टाँग नहीं अड़ानी चाहिए।"

"क्या कभी मैंने आपकी बातों में टाँग अड़ाई है?" भानुमती ने दयनीय भाव से पूछा, "आप क्यों मुझ पर अविश्वास करते हैं?"

"तुम बहुत सीधी और स्पष्टवादिनी हो। तुम्हें वासुदेव से नहीं मिलना चाहिए। तुम्हें न तो उनके पास कोई सन्देश भेजना चाहिए, न उनका कोई सन्देश स्वीकार करना चाहिए। समझीं!"

"हाँ।" अपने पति के तीखे स्वर से अभिभूत होकर भानुमती ने कहा। अपनी रुलाई रोकने के लिए उसने अपने होंठ काट लिए।

"यदि तुमने ऐसा किया तो मैं तुम्हें मार डालूँगा।" दुर्योधन ने भानुमती के कन्धों को अपने हाथ से दबाते हुए कहा।

दो बहनें

भानुमती टूट गई। दबी हुई वेदना की सिसकियों से उसका हृदय फटने लगा।

वृद्धा दासी रेखा ने छाता अपने बाएँ हाथ में ले लिया। दाहिना हाथ वह राजकुमारी की पीठ पर फेरने लगी। उसकी स्वामिनी के प्रति ऐसा क्रूर व्यवहार हुआ था, इससे उसकी आँखों में भी आँसू भर आए थे।

भानुमती की छोटी बहन जालन्धरा, जो उसी के साथ रह रही थी, दौड़ती हुई सीढ़ियाँ चढ़ आई। उसने अपनी बहन को सिसकियाँ लेते देखा तो रेखा को अलग हटाकर उसे अपनी बाँहों में भर लिया, जैसे उसकी सुरक्षा कर रही हो।

"युवराज, यह आप क्या कर रहे हैं? क्या आपको इसके स्वास्थ्य की तनिक भी चिन्ता नहीं है?" उसने रोष से पूछा और अपनी बहन की ओर पलटकर कहा, "रोओ नहीं भानु!"

दुर्योधन ने पल-भर के लिए हिंस्र आँखों से उसे देखा और एक पग आगे बढ़ाया, मानो वह अपनी साली पर हाथ छोड़नेवाले हों। फिर क्रोध से दमकते उसके सुन्दर मुखड़े की चमकती काली आँखों की छवि में खोए वह सहसा ही रुक गए।

जालन्धरा ने निर्भय होकर उनकी दृष्टि का सामना किया और कहा, "यदि आपने मुझ पर हाथ उठाने का साहस किया तो मैं आपकी उँगलियाँ काट खाऊँगी।"

अपने को नियन्त्रित करने में असमर्थ दुर्योधन वहाँ से चले गए। भानुमती का सारा शरीर काँप रहा था।

"क्या बात है भानु?" जालन्धरा ने पूछा। सिसकती हुई भानुमती को वह अब भी अपनी बाँहों में बाँधे हुए थी–"रोने से तुम बीमार पड़ जाओगी। धीरज रखो।"

"ओह् जला, तुम्हारा आर्यपुत्र को धमकाना बहुत अनुचित था।"

"तुमने अपने पति को सिर चढ़ा रखा है। यदि तुम्हारी जगह मैं होती तो सदा उन्हें ठीक-ठिकाने रखती।"

तोता लगातार चीखता रहा : 'भानु, उठो...।' पालतू मोर छत पर से नीचे उड़ आया और उछलता हुआ अपनी स्वामिनी की ओर बढ़ा।

"जला, मैं एक अभागिनी नारी हूँ।" भानुमती ने दयनीय भाव से स्वीकार किया, "मैंने आर्यपुत्र को सुखी बनाने में बरसों लगा दिए हैं, सबकुछ किया है, लेकिन मुझे सफलता नहीं मिली। मैं बुरी तरह असफल हो गई हूँ।"

"तुम्हारे आर्यपुत्र दुष्ट प्रकृति के हैं, जो इस स्थिति में भी तुम्हें दुखी बनाते हैं।"

"जला, तुम नहीं जानतीं कि वह कितने अच्छे हैं। किन्तु द्रौपदी को पाने में असफल होने के बाद से उनका हृदय टूट गया है। हस्तिनापुर में सभी बड़े-बूढ़े उनके विरुद्ध हैं। केवल मैं ही एक ऐसी हूँ, जिस पर वह अपना दमित क्रोध उतार सकते हैं।"

"तुम सदा अपने-आपमें दोष ढूँढ़ा करती हो, इसी से दुर्योधन तुम्हारे साथ दासियों-जैसा व्यवहार करते हैं। किन्तु इस कोप का कारण क्या था?" जालन्धरा ने पूछा।

"पाँचों भाइयों के आ जाने पर अब आर्यपुत्र को यह आशंका है कि उन्हें हस्तिनापुर से बाहर निकाल दिया जाएगा। तुम नहीं जानतीं कि वह कितने दुखी हैं और इसमें उनका कोई दोष नहीं है। मैं उनकी मनोदशा समझती हूँ, लेकिन उनकी सहायता के लिए मैं क्या कर सकती हूँ?"

"यह कहानी तो पुरानी हो चुकी है। अभी वह किस बात पर इतने क्रुद्ध हो गए थे?" जालन्धरा ने फिर पूछा।

"उन्होंने अपनी कठिनाइयों से छुटकारा पाने का कोई मार्ग मुझसे पूछा था। मैंने उनको बता दिया कि मेरी समझ से उनको गोविन्द की सहायता लेनी चाहिए। इसी से वह इतने कुपित हो गए। उन्होंने इस तरह मेरा अपमान किया, जैसे मैं वेश्या होऊँ। और अब उन्होंने मुझसे कहा है कि गोविन्द जब यहाँ आएँ तो मैं उनसे न मिलूँ।" वह फिर फूट पड़ी।

"तुम क्यों नहीं मिलोगी? भाई सुशर्मा ने मुझसे कहा था कि कृष्ण तुम्हें अपनी छोटी बहन के समान मानते हैं।" जालन्धरा ने कहा, "वासुदेव से मिलने के लिए तुम दुर्योधन की आज्ञा क्यों चाहती हो? सब लोग उनसे मुक्त भाव से मिल सकते हैं, यह मैंने धौम्य के आश्रम में देखा था।"

"उनके हस्तिनापुर आने पर उनसे मिलने के लिए मैं मरी जा रही थी।"

भानुमती ने रुँधे स्वर से कहना जारी रखा, "मैंने तुम्हें बताया था कि किस तरह उन्होंने उस संकट से मुझे बचाया था, जो मेरे लिए जीतेजी मृत्यु के समान होता। वह मुझसे कितना स्नेह करते हैं!" कुछ क्षणों तक वह बोल नहीं सकी। जालन्धरा ने अपने दुपट्टे की कोर से उसके आँसू पोंछ दिए।

भानुमती ने कहना आरम्भ किया–"यदि बात केवल मेरे न मिलने की होती तो मुझे दुख न होता; किन्तु अब तो मैं स्वयं आर्यपुत्र के लिए उनसे मिलना चाहती हूँ। तुम जानती हो कि गोविन्द चमत्कार कर सकते हैं। उन्होंने पाण्डवों को जीवित कर दिया। वह आर्यपुत्र की भी रक्षा कर सकते हैं, किन्तु आर्यपुत्र नहीं चाहते कि उनकी रक्षा की जाए।"

सहसा भानुमती को चक्कर आ गया। उसने आँखें मूँद लीं और अपने को बहन के सहारे छोड़ दिया–"जैसी स्थिति है, आर्यपुत्र हस्तिनापुर पर शासन नहीं करेंगे। मेरा पुत्र भी कभी कुरुओं का सम्राट नहीं बनेगा।" वह फिर सिसकियाँ लेने लगी। जब वह रो रही थी तो उसका स्वर किसी ऐसी छोटी लड़की के समान लग रहा था, जो पीड़ा में हो, "हे भगवान, मुझ पर दया करें। मैं बहुत दुखी हूँ। मैं मरना चाहती हूँ, किन्तु मैं अपने निर्दोष बच्चे को कैसे मार सकती हूँ?"

क्षण-भर के लिए जालन्धरा हिचकिचाई, किन्तु नितान्त शोक-सन्तप्त अपनी बहन की रुलाई का कारुणिक दृश्य देखना उसके लिए असह्य हो गया। उसने अपनी बहन के कान में कहा, "चिन्ता न करो बहन। तुम मुझे बता दो कि गोविन्द को क्या सन्देश भेजना चाहती हो। मैं किसी तरह तुम्हारा काम कर दूँगी।"

भानुमती ने जालन्धरा की ओर दुखा। उसका सुन्दर मुख आँसुओं से भीग रहा था "ओह्, यदि आर्यपुत्र को पता चल गया तो वह मुझे मार डालेंगे।"

"वह इसके बारे में कुछ नहीं जान पाएँगे," जालन्धरा ने आश्वासन दिया, "धीरज रखो। मैं किसी-न-किसी प्रकार गोविन्द से मिलने का उपाय निकालूँगी। यदि तुम चाहोगी तो मैं गुप्त रूप से तुम्हारे मिलने का भी प्रबन्ध कर दूँगी।"

"नहीं, नहीं, नहीं," भानुमती ने विरोध किया, "मैं आर्यपुत्र की आज्ञा के विरुद्ध आचरण नहीं करना चाहती। किन्तु फिर भी उनकी रक्षा तो करनी ही चाहिए।"

"तुम चिन्ता न करो, मैं सबकुछ कर लूँगी। किन्तु रोओ मत, अब और मत रोओ।" जालन्धरा ने आग्रह किया।

"जालन्धरा, जब गोविन्द अकेले में हों तो उनसे मिलकर कहना कि आपकी बहन प्रतिपल आपका स्मरण करती है।" उसका स्वर फिर टूट गया, "वह स्वयं

आपके दर्शनों को आती, किन्तु उसके स्वामी ने उसे ऐसा करने से रोक दिया है। गोविन्द से प्रार्थना करना कि आर्यपुत्र ने मुझे उनसे मिलने की अनुमति नहीं दी, इसके लिए वह उनको क्षमा कर दें।''

''मुझे विश्वास है कि गोविन्द तुम्हारी कठिनाई समझेंगे,'' जालन्धरा ने कहा, ''मैंने कभी उनसे बातें नहीं कीं, लेकिन सुशर्मा कहते हैं कि उन्हें उन-जैसा दूसरा उदार व्यक्ति नहीं मिला है।''

''अरे, वह तो अद्‌भुत हैं!'' भानुमती ने कहा। उसकी आँखों से भक्ति की भावना छलक रही थी, ''जला, तुम उनसे मिलकर कहना : 'गोविन्द, आपने अपनी अभागिनी बहन पर बहुतेरी कृपाएँ की हैं। उसे आपसे एक और कृपा की याचना करते संकोच हो रहा है, किन्तु यह उसकी अन्तिम याचना है; ऐसा कुछ कीजिए कि आर्यपुत्र हस्तिनापुर में शासन करें और समय आने पर मेरा पुत्र कुरुओं के राज-सिंहासन पर बैठे।' ''

हस्तिनापुर के राजभवन में जो कुचक्र चल रहे थे, जालन्धरा उनसे अनभिज्ञ थी। उसने पूछा, ''किन्तु हस्तिनापुर में शासन करने से उन्हें रोकेगा कौन?''

''तुम समझती नहीं हो जला,'' भानुमती ने कहा, ''हस्तिनापुर में आश्चर्यजनक बातें होती हैं। केवल गोविन्द ही उनकी सहायता कर सकते हैं, और कोई नहीं कर सकता।''

''यह सब समझने की आवश्यकता मुझे नहीं है। जीवन अत्यन्त बहुमूल्य है, इन कुचक्र में गँवाने के लिए नहीं है। मुझे उनसे घृणा है।'' जालन्धरा ने एक बार फिर अपने दुपट्टे की कोर से भानुमती के आँसू पोंछते हुए कहा, ''जो भी हो, तुम मुझसे जो करने को कहोगी, मैं वही करूँगी।''

''पिताजी की शपथ लेकर कहो कि गोविन्द के आने पर तुम मेरा सन्देश उन तक पहुँचा दोगी।''

''मैं पिताजी की शपथ लेकर कहती हूँ, यह काम अवश्य करूँगी।'' जालन्धरा ने उत्तर दिया।

भानुमती की स्थिति ऐसी थी कि दोनों बहनें एक कमरे में सोती थीं। रेखा द्वार के निकट भूमि पर सोती थी।

अपनी बहन का मन बहलाने के लिए जालन्धरा तब तक अपने माता-पिता और सखी-सहेलियों की, काम्पिल्य में हुई घटनाओं की और उत्कोचक में हुए अपने अनुभवों की बातें करती रही, जब तक सोने का समय नहीं हो गया।

जब भानुमती सो गई तो जालन्धरा उस विचित्र स्थिति के बारे में सोचने लगी, जिसमें वह पड़ गई थी।

क्षणिक आवेश में उसने अपनी बहन को वचन तो दे दिया था कि वह उसका

सन्देश कृष्ण तक पहुँचा देगी और किसी को कानोंकान खबर तक न लगेगी। किन्तु यह कैसे हो सकेगा? वह एक युवती और अविवाहित राज-कन्या है। उसने कभी कृष्ण से बातें नहीं की हैं। वह कैसे उनसे अकेली मिलेगी और गुप्त रूप से बातें करेगी? यदि इस बात का पता चल गया कि वह अकेली कृष्ण वासुदेव से कोई गुप्त वार्ता करने गई थी तो उस अपवाद से सारा आर्यावर्त हिल जाएगा। यदि शंकालु दुर्योधन के कानों तक यह बात जा पहुँची तो वह भानुमती को नहीं बख्शेंगे क्योंकि निश्चय ही वह ऐसा सोचेंगे कि जालन्धरा का काम एक प्रकार से भानुमती के द्वारा उसकी आज्ञा का उल्लंघन है।

जालन्धरा को उसकी बहन ने जो सन्देश दिया था, वह उसका पूरा अभिप्राय नहीं समझ पाई थी। वह अपने ही आनन्दमय लोक में निवास करती थी। वह प्रसन्न स्वभाव की और जीवन के उत्साह से भरी थी। हस्तिनापुर के राजभवन में रचे जा रहे कुचक्रों से वह अनभिज्ञ थी। वह समझ नहीं पाती थी कि दुर्योधन इतने दुखी क्यों हैं। वह केवल यही अनुभव कर सकी कि भानुमती को कृष्ण वासुदेव से न मिलने का आदेश देना दुर्योधन की बड़ी क्रूरता थी, जिससे छोटे-से-छोटा और बड़े-से-बड़ा व्यक्ति मुक्त भाव से मिलता था। जो भी हो, वासुदेव से अकेली मिलने और बहन का सन्देश उन तक पहुँचाने का कोई-न-कोई मार्ग ढूँढ़ निकालने के लिए वह कृतसंकल्प थी।

सारी रात उसने यही सोचते बिता दी कि क्या करना चाहिए। वह एक विचित्र परिवार में थी, जिसमें रेखा के अतिरिक्त ऐसी दास-दासियाँ भरी पड़ी थीं, जो उसके प्रति निष्ठावान नहीं थीं। रेखा भानुमती की धाय थी और उसके साथ ही काशी से आई थी। जालन्धरा अपने भाई सुशर्मा को इस रहस्य में सम्मिलित नहीं कर सकती थी। वह उसे कृष्ण से मिलने से रोक देंगे। वह दुर्योधन से भयभीत रहते हैं।

उसने द्रौपदी के माध्यम से कृष्ण से मिलने का विचार किया। किन्तु द्रौपदी यद्यपि कृष्ण से मिलने में उसकी सहायता कर सकती थी, पर अपने पतियों अथवा सास से इसे नहीं छिपा सकती थी, और इससे भानुमती के लिए कठिनाइयाँ उत्पन्न हो सकती थीं।

वह सोचती रही, सोचती रही कि क्या करना चाहिए और उसके सिर में पीड़ा होने लगी। यदि वह खुल्लमखुल्ला कृष्ण से मिलने चली जाए, जैसे प्रतिदिन बहुत-से लोग जाते हैं, तो? किन्तु यदि वह ऐसा करे भी तो कृष्ण से एकान्त में बात करने की सम्भावना नहीं रहेगी।

वह देवाधिदेव महादेव की अर्धांगिनी माता पार्वती से सहायता की प्रार्थना करने लगी।

प्रार्थना करते-करते, सबेरे के पहर, उसे नींद आ गई...।

उसने राजा वृकोदर का स्वप्न देखा...वह उसे अपनी गोद में लिए जा रहे हैं। वह उसे बहुत दूर लिए जा रहे हैं, जहाँ न कोई दुर्योधन है, न कुचक्र...उसने उनके कान में कहा–'आपने मुझसे मिलने के लिए...मुझे धौम्य के आश्रम में ले जाने के लिए नौका डुबो दी थी...'

वह उनके कान काट खाने का प्रयत्न कर रही थी...सहसा वृकोदर ने उसे भूमि पर उतार दिया और स्वयं वह अन्तर्हित हो गए। वह केवल अपनी ही प्रसन्न हँसी की प्रतिध्वनियाँ सुन सकी।

आश्चर्य से भरी वह जाग पड़ी। स्वप्न की ऊष्मा से उसका शरीर दमक रहा था। कृष्ण से मिलने के मार्ग की उसकी कठिनाइयाँ दूर हो गईं। राजा वृकोदर गुप्त रूप से कृष्ण से मिलने में उसकी सहायता करेंगे।

फिर वह सिहर उठी। लोगों से छिपाकर वह गुप्त रूप से राजा वृकोदर से कैसे मिल सकेगी? वह तो अपने भाइयों, अपनी माता और द्रौपदी के साथ ठहरेंगे।

'ओ मेरी प्यारी माँ, यदि मैं स्वयं उनसे मिलने गई तो वह मेरे बारे में क्या सोचेंगे?' उसने अपने आपसे पूछा। 'सम्भवतः वह समझेंगे कि मैं कोई निर्लज्ज कुलटा हूँ और उनसे प्रणय-निवेदन करने आई हूँ। जो भी हो, बहुत दूर की बात सोचने में कोई लाभ नहीं है। मैं उनसे कैसे मिलूँगी?'

वह उलझन में पड़ गई। फिर उसके मन में एक विचार आया, 'हाँ, राजा वृकोदर से मिलने का यही उपाय है।' वह अपने-आप भुनभुनाई।

भीम से एक बार फिर मिलने की सम्भावना से उसका शरीर रोमांचित हो उठा। वह अपने पर्यंक से उठ खड़ी हुई और अपनी प्रसन्नता प्रकट करने के लिए अन्धकार में ही नाचने लगी।

भानुमती ने आँखें खोलकर पूछा, "जला, क्या कर रही हो?"

"नाच रही हूँ।"

"अँधेरे में नाच रही हो?"

"हाँ, मैं सदा अन्धकार में नाचती हूँ।" जालन्धरा ने हँसते हुए कहा।

"अब सो जाओ। मेरी चिन्ता न करो।"

"तुम पागल हो!" भानुमती ने कहा और वह दीवार की ओर मुँह फेरकर सो गई।

जालन्धरा भी अपने पर्यंक पर जा लेटी। दूसरे ही क्षण उसे नींद आ गई। उसके अधरों पर एक प्रसन्न स्मित था।

दुर्योधन के द्वारा वर-यात्रा का स्वागत

सबसे आगेवाले हाथी की पीठ पर बैठे भीम खुलकर मुस्कुरा रहे थे। इससे पहले उन्होंने ऐसा भव्य दृश्य कभी नहीं देखा था।

हस्तिनापुर के नगर-प्राचीर के बाहरवाले विशाल मैदान में रंगों की धूम मची हुई थी। ऊपर फहरा रहीं ध्वजा-पताकाओं को निरभ्र आकाश का सूर्यातप चमका रहा था।

मैदान के एक ओर एक बड़ा चबूतरा बनाया गया था, जिस पर राज-परिवार के लोग बैठे थे। सबसे आगे दुर्योधन थे, जिनके पास ही उनके मामा शकुनि बैठे थे। उनके चारों ओर राज-मंत्री और पद के अनुसार कुरु योद्धागण थे, जिनके बीच सेनापति द्रोणाचार्य और कृपाचार्य थे। वहाँ विद्वान ब्राह्मण भी थे, जिनके अग्रणी राजपुरोहित वृद्ध सोमदत्त थे।

वहाँ उद्धव थे, सात्यकि थे और नागों के राजकुमार मणिमान भी थे, जिन्हें कृष्ण ने पहले ही भेज दिया था।

भीम ज्यों-ज्यों एक-एक व्यक्ति को पहचानते गए, वह दुःशासन, कर्ण और अश्वत्थामा की अनुपस्थिति को भाँपने से न चूके। वे बुरे लोग थे, और उन्हें लगा कि ऐसे अवसर पर उनकी अनुपस्थिति अत्यधिक सन्देहजनक है।

पास ही के एक दूसरे चबूतरे पर उच्च कुल की महिलाएँ बैठी थीं, जिनके आगे भानुमती थी। उसके पास ही चपलचरणा राजकुमारी जालन्धरा को देखकर भीम का हृदय प्रसन्नता से उछल पड़ा। वह प्रसन्नतापूर्वक बातें कर रही थी और वहाँ उपस्थित विशिष्ट व्यक्तियों के नाम जानने का प्रयत्न कर रही थी।

वहाँ से थोड़ी दूर पर, माथे पर चमकते ताम्र-घट उठाए, स्त्रियाँ मंगल-गीत गा रही थीं। मैदान की बाईं ओर श्रेष्ठिगण खड़े थे, जिन्होंने धोती, उत्तरीय और रंग-बिरंगी पगड़ियाँ बाँध रखी थीं।

दाहिनी ओर उनके मित्र ज्येष्ठिमल खड़े थे। यद्यपि वे अपने को ब्राह्मण कहते थे, किन्तु वे कुरु-परिवार के उच्च-पदस्थ व्यक्तियों के यहाँ घरेलू नौकरों का काम भी करते थे। उन्होंने अपने विशेष पहनावे पहन रखे थे—उनके बाएँ कन्धे पर वस्त्र-खण्ड लिपटा हुआ था और माथे पर फूलों से युक्त पगड़ी थी। उन्हें अपने शक्तिशाली सुपुष्ट शरीर का अभिमान था, जिसे उन्होंने लोगों की प्रशंसा के लिए खुला छोड़ दिया था।

उनके बाद खड़े थे नगर-रक्षक धनुर्धर। उनमें से प्रत्येक के बाएँ कन्धे पर धनुष लटका हुआ था और दाहिने में भाला था। 'पाण्डवों की जय' के निनाद से उन्होंने शोभा-यात्रा का स्वागत किया। इस जयघोष को दूसरों ने भी दुहराया।

मैदान के शेष भाग में रंग-बिरंगे वस्त्र धारण किए हुए लोगों की भीड़ भरी हुई थी। अलग-अलग दलों में लोग ढोल, मजीरा, शंख, तुरही और मुरली बजा रहे थे।

हस्तिनापुर के लोग ऐसे उल्लासपूर्ण स्नेह के साथ लोगों का स्वागत कर रहे हैं, यह देखकर भीम ने सोचा कि अब तक उन्हें जितने कष्ट उठाने पड़े हैं, वे सार्थक हो गए। यह स्वाभाविक ही था कि वे सब इस तरह आनन्दमग्न थे। लोग युधिष्ठिर को चाहते थे, जिनके शासन में न्याय के साथ दया का सामंजस्य होता था। लोगों की कल्पना में वह साक्षात् धर्मराज थे। वे दुर्योधन और उनके भाइयों को ना-पसन्द करते थे, क्योंकि उनका शासन न्याय-विहीन था और जिस किसी को वे ना-पसन्द करते, उसे अकारण ही सताया करते थे। यह स्पष्ट था कि पाण्डवों के लौट आने से लोगों की आशाएँ आकाश छूने लगी थीं।

मैदान से कुछ दूर ही भीम ने अपना हाथी रुकवा दिया। इसके साथ ही सारी शोभा-यात्रा रुक गई। हाथियों, रथों और घोड़ों पर सवार सभी लोग नीचे उतर आए। राजाओं और अतिरथियों ने मानो कुन्ती के परिवार के वरिष्ठ सदस्य बलराम के लिए रास्ता छोड़ दिया, जिन्हें सबके आगे चलना था। उनके साथ युधिष्ठिर थे। उन्होंने भड़कीले वैवाहिक वस्त्र पहन रखे थे। उनके मस्तक पर मरकत का झलमलाता मुकुट था, जिसे उनके श्वसुर ने उपहार में दिया था। उनके पुरोहित धौम्य उनसे आगे चल रहे थे।

एकत्रित जन-समूह युधिष्ठिर की एक झलक पाने के लिए गर्दनें उचकाने लगा। ज्यों ही वह दोनों हाथों में नारियल लिए मैदान में आए, 'युधिष्ठिर की जय' के निनाद से दिशाएँ गूँज उठीं।

हाथी आनन्द से चिंघाड़ने लगे। योद्धाओं ने अपने शंख फूँके। मजीरे झनके। दुन्दुभि पर विजय नाद सुन पड़ा। पाँचों भाइयों, बलराम और कृष्ण पर फूलों की पंखुड़ियाँ बरसाई गईं।

कुरुओं के पुरोहित सोमदत्त और उनके प्रमुख शिष्य वैदिक मन्त्रों का पाठ करते हुए युधिष्ठिर के निकट आए। उनके हाथों में सुवर्ण-पात्र और मुखों में स्वागत-प्रतीक ताम्बूल थे।

सोमदत्त और धौम्य के नेतृत्व में, ऊँचे स्वरों में वेद-मन्त्रों का पाठ करते हुए, ब्राह्मणों ने आशीर्वाद दिया :

पश्येम शरदः शतम्
जीवेम शरदः शतम्
शृणुयाम शरदः शतम्।

दुर्योधन तथा अन्य लोग औपचारिक आलिंगन से युधिष्ठिर का अभिनन्दन करने के लिए चबूतरे से नीचे उतरे। वरिष्ठता की दृष्टि से उन्होंने बलराम से साष्टांग प्रणाम किया। जब उन दोनों को मालाएँ पहनाई गईं तो भीड़ ने 'साधु-साधु' का घोष किया। क्षणमात्र के लिए लोगों को ऐसा प्रतीत हुआ मानो चचेरे भाइयों के बीच का विग्रह समाप्त हो गया हो। किन्तु वे भलीभाँति जानते थे कि दुर्योधन कभी मित्रभावी नहीं हो सकता।

अनन्तर अर्जुन और कृष्ण के साथ भीम दुर्योधन की ओर बढ़े। उनके मुख पर दुष्टतापूर्ण और बाल-सुलभ स्मित था। इन तीनों के पीछे नकुल और सहदेव चल रहे थे।

भय-मिश्रित कौतूहल के साथ सबकी आँखें कृष्ण पर टिकी हुई थीं। यही वह हैं जो पाँचों को यमलोक से लौटा लाए थे। उनके नील वर्ण, तेजस्विनी दृष्टि, सामान्य मोरपंखी मुकुट और पीताम्बर का वर्णन कथाओं और गीतों में आ चुका था—उन्हें पहचानने में भूल नहीं हो सकती थी।

जब युधिष्ठिर और बलराम दूसरों से मिलने के लिए अलग हट गए तो दुर्योधन क्षण-भर के लिए हिचकिचाए। कृष्ण का आलिंगन करने की अपनी अनिच्छा को वह दबा नहीं सके, किन्तु उनसे छुटकारा पाना भी सम्भव नहीं था। आयु में छोटा होने के कारण कृष्ण ने झुककर दुर्योधन के चरण छुए।

दुर्योधन ने देखा कि उत्सुक भीड़ इस बात की प्रतीक्षा कर रही है कि वह कृष्ण का सत्कार कैसे करते हैं। यदि उन्होंने जगत् प्रसिद्ध वासुदेव के विनम्र व्यवहार की उपेक्षा की तो लोग कभी उन्हें क्षमा नहीं करेंगे। इसलिए उन्होंने कृष्ण को उठाकर उनका आलिंगन किया और उनके गले में एक माला डाल दी, साथ ही 'जय-जय कृष्ण वासुदेव!' की ध्वनि आकाश में गूँज उठी।

जब कृष्ण दूसरों का अभिनन्दन करने चले गए तो भीम को सामने देखकर दुर्योधन क्षण-भर के लिए हक्के-बक्के हो गए। वह अपने इस जन्म-जात शत्रु का किस प्रकार से स्वागत करें?

भीम ने देखा कि दुर्योधन उत्साह के साथ उनका स्वागत करने में हिचकिचा रहे हैं। वह दुष्टतापूर्वक मुस्कुराए। आलिंगन की पारम्परिक प्रथा के द्वारा अपना स्वागत करने के लिए दुर्योधन को विवश करने के लिए उन्हें केवल एक पग बढ़ने की आवश्यकता थी। किन्तु इसमें कोई आनन्द नहीं आएगा इसलिए उन्होंने अपना मुख उस ओर फेर लिया, जिधर मल्लों का दल खड़ा था। उनमें अस्सी साल का उनका दास बलिय भी था, जो अपने हट्टे-कट्टे पौत्र गोपू के कन्धों पर बैठा था। गोपू उनका बाल्यसखा था। पौत्र के कन्धों पर बैठा बलिय इस उत्सव को भलीभाँति देखना चाहता था। जैसे पहली बार उस पर उनकी दृष्टि पड़ी हो, भीम

खुलकर मुस्कुराए और अपना हाथ ऊपर उठाकर हिलाते हुए उन्होंने उसका स्वागत किया।

बलिय को जब उसके पुत्रों ने भीम के स्नेह-प्रदर्शन की बात बताई तो उसकी बूढ़ी आँखें आँसुओं से भर आईं। उसने भीम का लालन-पालन किया था। स्वभावतः उसने भी उनके अभिनन्दन का वैसा ही उत्तर दिया। मल्लगण प्रसन्नता से उछलने लगे और अपनी जाँघें ठोकने लगे।

दुर्योधन ने देखा कि भीम ने जान-बूझकर उनका निरादर किया है। उन्होंने अपने-आपको इतना अपमानित अनुभव किया कि अपने शत्रु का गला घोंट दिया होता। किन्तु वह समझ नहीं पाए कि सहस्रों व्यक्तियों की दृष्टि के सामने वह कैसे यह काम करें।

बलिय का अभिनन्दन करने के पश्चात् भीम दुर्योधन की ओर मुड़े। स्वागत की प्रतीक्षा किए बिना उन्होंने उनके गले में हाथ डाल दिया और तब तक उनकी पीठ थपथपाते रहे, जब तक वह पीछे नहीं हट गए। उन्होंने हँसते हुए कहा, "प्यारे भाई, भाग्य ने एक बार फिर हम लोगों को इकट्ठा कर दिया है।"

यह बात उन्होंने इतने ऊँचे स्वर में कही थी कि आस-पास खड़े लोग उसे सुनकर अपनी हँसी न रोक सके।

जब भीम दूसरों का अभिनन्दन करने मुड़े तो अर्जुन ने आगे बढ़कर दुर्योधन के पाँव छुए और उनसे औपचारिक आलिंगन प्राप्त किया। इधर जब पुरुषवर्ग, अतिथि और आतिथेय, एक-दूसरे का स्वागत-अभिनन्दन कर रहे थे, भानुमती हार्दिक स्नेह से द्रौपदी का स्वागत कर रही थी। द्रौपदी ने भी उत्साह के साथ उत्तर दिया। भानुमती को पक्का विश्वास हो गया कि उन दोनों में सख्य स्थापित हो जाएगा। उसकी निस्तेज और थकी दृष्टि में चमक आ गई।

सत्कार-विधि पूरी हो जाने के बाद फिर शोभा-यात्रा सजी। आगे-आगे ढोल, मुरली, शंख और मजीरा बजानेवाले चले। उनके बाद नर्तक दल और फिर स्त्रियों का झुण्ड था, जिनके मस्तक पर ताँबे के घड़े रखे हुए थे। वे मंगल-गीत गाती जा रही थीं। उनके पीछे विद्वान ब्राह्मणों की टोली थी।

युधिष्ठिर, दुर्योधन, बलराम और कृष्ण के पीछे अभिजात वर्ग के लोग थे, उनके बाद राजपरिवार की महिलाएँ थीं, जिनके आगे द्रौपदी और भानुमती को रखा गया था। इन स्त्रियों का दल भी वर-वधू के लिए आशीर्वाद के गीत गा रहा था। धनुर्धर और मल्लगण उनके पीछे थे। चलने में असमर्थ होने के कारण बलिय को छोड़ दिया गया था, जिसे उसका पौत्र एक ठेलागाड़ी पर ले जानेवाला था।

जब शोभा-यात्रा सज गई तो भीम ने युधिष्ठिर से अपने और नकुल के चले जाने के आज्ञा माँगी। वे शोभा-यात्रा के शिविर-सेवकों, घोड़ों, मवेशियों और ऊँटों

के निवास की व्यवस्था करने के लिए दुर्योधन के भाई विकर्ण के साथ जाना चाहते थे। भीम जाने लगे तो उन्होंने कृष्ण की ओर देखकर एक आँख दबाई, जैसे कुछ बोले बिना ही वह उनको बताना चाहते हों कि वह सारी स्थिति का कैसा आनन्द उठा रहे हैं।

सहदेव माता कुन्ती को पालकी से राजभवन ले जाने के लिए पहले ही चले गए थे। विधवा होने के कारण वह वर-यात्रा के साथ नहीं जा सकती थीं।

शोभा-यात्रा के लोग पैदल चलकर राजभवन पहुँचे, जहाँ युधिष्ठिर, द्रौपदी, अर्जुन और अन्य अतिथियों ने अत्यन्त पूजनीया माता, पितामह भीष्म, राजा धृतराष्ट्र और रानी गान्धारी का अभिवादन किया।

बलिय का अखाड़ा

शोभा-यात्रा से अलग जाकर भीम ने शकुनि को तो शिविर-रक्षकों के ठहरने की जगह की देख-भाल करने के लिए भेज दिया और स्वयं बलिय की ओर बढ़ गए। बलिय अब सिकुड़ गया था, झुक गया था और आँखों से बहुत कम देख पाता था। वह अपने पौत्र के सहारे खड़ा था। उसका पेट बाहर निकल आया था, गर्दन चकत्तेदार रस्सियों की गाँठ-जैसी जान पड़ती थी और उसके हाथों पर झुर्रियाँ पड़ गई थीं।

भीम ने बिना कुछ कहे-सुने बलिय को अपने दोनों हाथों से ऊपर उठा लिया और ऊँचे स्वर में कहा, "बलिय, तुम्हारा छोटा मालिक आ गया है।"

बुड्ढे की आँखों से आँसू बहने लगे। उसने प्रायः मातृ-स्नेह से भीम को गले लगा लिया। उसकी स्मृति में वह दिन उभर आया, जब केवल कई सप्ताहों के उस चीखते-चिल्लाते और हाथ-पैर मारते 'छोटे मालिक' की माता कुन्ती ने उसकी देख-रेख में सौंपा था। वह महाकाय भीम को इस तरह थपथपाने लगा, जैसे वह छोटे-से बच्चे हों। प्रसन्नता से उसकी बाछें खिल गईं, जिससे उसके दन्तहीन मसूड़े दीखने लगे—"मेरे छोटे मालिक, शोभा-यात्रा चल पड़ी है। तुम उसके साथ क्यों नहीं जाते?"

"बड़े भाई राजकीय शोभा-यात्रा के साथ गए हैं। मैं तुम्हें तुम्हारे घर ले चलूँगा।" भीम ने उत्तर दिया।

कुछ मल्लों ने, जो शोभा-यात्रा के साथ नहीं गए थे, भीम और बलिय को चारों ओर से घेर लिया। यह देखकर वे अत्यन्त प्रसन्न थे कि उनका चहेता वीर उन्हें भूला नहीं है।

भीम ने बलिय को दोनों हाथों से उठाकर चार पहियोंवाली छोटी-सी ठेलागाड़ी पर बैठा दिया, जिस पर बैठाकर उसके पुत्र और पौत्र, जहाँ-कहीं वह जाना चाहता था, उसे ले जाया करते थे।

"किन्तु छोटे मालिक, आप स्वयं गाड़ी ठेलकर मुझे क्यों ले जाना चाहते हैं?" बलिय ने पूछा, "मेरा गोपू यह काम करेगा।"

"मैं, बदला लेना चाहता हूँ। जब मैं दो वर्ष का था और अपने पैरों चलना चाहता था तो क्यों तुम मुझे गोद में उठा लिया करते थे?" भीम अपने मजाक पर स्वयं ही हँस पड़े और दूसरों ने भी खुलकर उनका साथ दिया।

जो मल्ल शोभा-यात्रा के साथ नहीं गए थे, वे भीम के पीछे-पीछे चले। झुण्ड-के-झुण्ड लड़के भी इस कौतुक से प्रसन्न होते हुए साथ चले कि एक समय के अत्यन्त दुर्धर्ष मल्ल बलिय को कुरुओं के अजेय राजकुमार ठेलकर लिए जा रहे थे।

बुड्ढे को भी इस प्रकार नगर-मार्ग से ले जाए जाने में आनन्द आ रहा था। वह भीम का हाथ सहलाता जा रहा था, मानो उसके परिचय को ताजा कर रहा हो।

नगर-मार्ग से जाते हुए भीम का लोगों ने हँसी और जयजयकार के साथ स्वागत किया। बूढ़े बलिय को लेकर भीम उसके अखाड़े में पहुँचे, जहाँ एक छोटी-सी बस्ती में बलिय और उसके सम्बन्धी रहते थे। यह बस्ती राजभवन के मैदान के निकट ही थी।

बाहुबली या बलिय, जैसा कि सब लोग उसे कहते थे, मल्ल-विद्या का विशेषज्ञ था। वह ज्येष्ठि मल्लों का सरदार था, जो यद्यपि अपने को ब्राह्मण कहते थे, किन्तु किसी समय जिन्होंने कुन्तिभोज के शासकों के यहाँ चाकरी की थी। मल्लगण पेशे से अत्यन्त दक्ष पहलवान थे, जो सम्पन्न ब्राह्मणों और क्षत्रिय परिवारों के लड़कों को मल्ल-युद्ध की शिक्षा देते थे। मल्ल-विद्या में दक्षता प्राप्त करना उच्च कुल के लोगों के लिए अनिवार्य गाना जाता था। अपने संरक्षकों के निर्देश पर कभी-कभी वे मल्ल-युद्ध का प्रदर्शन भी करते थे। इसके अतिरिक्त उनके घर की स्त्रियाँ कुलीन घरानों में घरेलू दासियों का काम भी करती थीं।

जब राजा कुन्तिभोज की पालिता कन्या कुन्ती का विवाह महाराज पाण्डु के साथ हुआ तो उनके दल के साथ बलिय ही सबसे पहले अपने परिवार-सहित हस्तिनापुर आया था।

बलिय और उसके सम्बन्धी प्रमुख कुरु-परिवारों के लिए इतने योग्य और स्वामिभक्त सिद्ध हुए कि जब कभी कोई अवसर आया तो उससे कहा गया कि वह अपने अधिकाधिक सम्बन्धियों को हस्तिनापुर बुलाकर बसने को कहे।

महाराज पाण्डु जब अपनी दोनों रानियों, कुन्ती और माद्री, के साथ हिमालय पर गए तो अपने परिवार-सहित बलिय भी उनके साथ गया था। जब भीम का जन्म हुआ, उसी समय बलिय की पत्नी ने भी एक पुत्र को जन्म दिया था। इसलिए भीम की धाय के रूप में उसी को चुना गया था। सुपुष्ट शरीरवाले उस शिशु के प्रति बलिय भी आकृष्ट हुआ और उसने उन्हें अपना 'छोटा मालिक' बना लिया। उन्मुक्त हृदयवाले भीम ने भी उसके और उसके परिवार के प्रति गहरी आत्मीयता प्रकट की।

महाराज पाण्डु की मृत्यु के बाद जब माद्री उनके साथ सती हो गईं तो बलिय और उसका परिवार माता कुन्ती और उनके पाँचों बच्चों के साथ हस्तिनापुर लौट आया। तब से वह ज्येष्ठि मल्लों के छोटे-से समुदाय का अधिनायक बनकर हस्तिनापुर में रहता आया था, जिन्होंने निष्ठापूर्वक हस्तिनापुर के राज-परिवार, मंत्रियों और विशिष्ट योद्धाओं की सेवा की थी।

पाण्डवों को जब वारणावत के लिए निष्कासित किया गया तो बलिय उनके साथ नहीं जा सका था। उसकी दृष्टि मन्द पड़ गई थी और पैर चलने में असमर्थ हो गए थे। उसका पौत्र गोपू भीम के अंगरक्षक के रूप में वारणावत गया था, किन्तु जब पाण्डवों को हवेली की आग में जलकर मरा हुआ मान लिया गया तो वह लौट आया था।

बलिय यद्यपि बहुत बूढ़ा और अक्षम हो गया था, फिर भी राज-परिवार के लोगों का उस पर बहुत विश्वास था। उपनी बिरादरी पर भी उसका वैसा ही निर्विवाद शासन था। वह अपने जिन स्वामियों की सेवा करता रहा था, अपनी बिरादरी के प्रत्येक व्यक्ति से उसने उनके प्रति सम्पूर्ण निष्ठा की माँग की थी। उसने इस बात पर भी बल दिया था कि उसे उन सारी बातों की सूचना दी जाया करे, जिनका प्रभाव पाण्डवों पर, विशेषतः उसके 'छोटे मालिक' भीम पर, पड़ता हो।

दिन के समय अधिकांश मल्ल और उनके यहाँ की स्त्रियाँ अपने-अपने मालिकों के घरों में रहती थीं, फिर भी उनमें से प्रत्येक का एक अपना घर या झोंपड़ी उस बस्ती में थी, जिसका केंद्रीय स्थल वह अखाड़ा था। वे अवकाश के समय या रात में, जब वे काम पर नहीं होते थे, अपनी बस्ती में आ जाते थे। घर में जब तक बड़े-सयाने न रहते, बिरादरी की बूढ़ी स्त्रियाँ बच्चों की रखवाली करतीं, सूत काततीं, कपड़े बुनतीं और घर की देखभाल करती थीं।

बलिय का अखाड़ा वैसा ही था, जैसा भीम उसे पहले देख चुके थे—नंगे और गन्दे बच्चे खेल रहे थे, गायें भटक रही थीं और बूढ़ी औरतें चरखा कात रही थीं।

भीम जब भीतर गए तो उन्हें यह देखकर बड़ी प्रसन्नता हुई कि वह बड़ा

अखाड़ा बहुत अच्छी हालत में था। बचपन से लेकर बहुत दिनों तक उन्होंने उस अखाड़े में सैकड़ों बार मल्ल-युद्ध किया था। जो पुरुष, स्त्री और बच्चे शोभा-यात्रा में सम्मिलित होने के लिए नहीं गए थे, उन्होंने बूढ़े बलिय को उसकी ठेलागाड़ी में घर की ओर ले आते हुए भीम को देखकर उल्लसित भाव से उनका स्वागत किया।

भीम ने स्त्रियों का अभिवादन किया और बच्चों की ओर देखकर भयानक गर्जन किया। जिनको वह नाम से जानते थे, उन्हें उन्होंने अपने पास बुलाया और जो बच्चे उनका गर्जन सुनकर भी उनके निकट आने का साहस जुटा सके थे, उनके सिर थपथपा दिए।

भीम कभी भी राजकुमारों-जैसा आचरण नहीं कर पाते थे। मुकुट धारण करने तथा हार और पीताम्बर पहनने पर भी गरीब और निम्न वर्ग के लोगों के साथ उनका आश्चर्यजनक अपनापा था। फलतः उस श्रेणी के लोग उन्हें भी अपनों में से ही एक समझते थे।

स्त्रियों और बच्चों की ओर मुड़कर उन्होंने कहा, "यह बुड्ढा तुम लोगों से बहुत बुरा व्यवहार करता रहा है, ठीक है न?" फिर वह हँस पड़े–"चिन्ता मत करो," उन्होंने कहा, "अब मैं आ गया हूँ, मैं इस बुड्ढे को दण्ड दूँगा।"

बूढ़ी स्त्रियाँ हँस पड़ीं। युवतियों ने अपनी साड़ियों से आँखों के अतिरिक्त सारा मुँह ढक लिया और वे खिलखिला पड़ीं।

भीम उन बच्चों की ओर मुड़े, जो अब तक आश्चर्य के साथ उनकी ओर देख रहे थे। उन्होंने एक बार फिर भयानक मुखाकृति बनाई और गरजकर कहा, "मैं बलिय को गंगा में डुबाने जा रहा हूँ, नहीं तो अपने-आप वह कभी नहीं मरेगा। अब तुम लोग भाग जाओ, नहीं तो मैं तुम्हें भी डुबा दूँगा।" डरावना बलिय डुबा दिया जाएगा इस विचार का आनन्द लेते हुए बच्चे तालियाँ बजाने और उछलने-कूदने लगे।

भीम ने बलिय को उसकी ठेलागाड़ी से उठा लिया और घर में ले जाकर उसके बिस्तर पर डाल दिया। अनन्तर उन्होंने अपना कमरबन्द खोला, तलवार जमीन पर डाल दी, मुकुट उतार दिया और वह भूमि पर बैठ गए। बलिय के बड़े पुत्र सोमेश्वर की पत्नी माला उनके बैठने के लिए लकड़ी का जो पीढ़ा ले आई थी, उसे उन्होंने अस्वीकार कर दिया।

अपने स्वामी को जीवित और अत्यन्त उल्लसित देखकर गोपू प्रसन्नता से मुस्कुरा रहा था।

"गोपू, जाओ और बड़े भाई से कह दो कि राजभवन आने में मुझे कुछ विलम्ब होगा।" भीम ने कहा।

गोपू चला गया तो वह बूढ़े बलिय की ओर मुड़े—"बलिय, मुझे आशा नहीं थी कि मैं तुम्हें जीवित देख सकूँगा।" उन्होंने स्नेहपूर्वक अपने पुराने भृत्य की पीठ पर हाथ रखते हुए कहा।

बलिय प्रसन्नतापूर्वक हँस पड़ा। उसकी छोटी, पीली पड़ती सफेद दाढ़ी हिल रही थी—"छोटे मालिक, जब गोपू यह संवाद ले आया कि तुम जल मरे हो तो मुझे विश्वास नहीं हुआ था। मुझे विश्वास था कि मेरे मरने से पहले तुम किसी दिन लौट आओगे और मुझसे मिलोगे।" फिर भीम से लिपटकर उसने कहा, "छोटे मालिक, मुझे प्रसन्नता है कि अन्ततः तुम स्वस्थ और सानन्द लौट आए हो। तुम अपना मस्तक मेरे पास ले आओ। मैं उसी तरह तुम्हारे सिर पर हाथ फेरना चाहता हूँ, जैसे तब फेरा करता था, जब तुम बच्चे थे।"

बलिय के मन में पुरानी स्मृतियाँ भर आईं—"छोटे मालिक, तुम कैसे उपद्रवी थे! जब तुम खेलते तो सदा मुझ पर चिल्लाया करते और क्रुद्ध होते तो मुझे मार बैठते थे।" फिर वह अपनी पुत्र-वधू की ओर मुड़ा—"माला, मेरे 'छोटे मालिक' के लिए भोजन ले आओ—घर में जो कुछ हो, वही ले आओ।"

माला भारी कद-काठी की औरत थी—उसके वक्ष विशाल थे, ठुड्डी दुहरी थी, पेट निकला हुआ था और पैर मोटे, स्तम्भ-जैसे थे। "जल्दी करो माला!" भीम ने जोर से आवाज लगाई, "बहुत जल्दी ही तुम्हारे पैर तुम्हारे शरीर का बोझा न उठा सकेंगे।" माला हँस पड़ी।

क्षमायाचना-सा करता हुआ बलिय भीम की ओर मुड़कर कहने लगा, "घर में बहुत थोड़ा ही भोजन बचा होगा। तुम लोगों के आने की खुशी में पितामह और महाराज ने सारे नगरवासियों को भोजन के लिए आमंत्रित किया है। हम सभी उस भोज में शामिल होने जा रहे हैं।" उसने स्नेहपूर्वक भीम के मस्तक पर हाथ फेरा। "छोटे मालिक, क्या अब भी तुम्हारी भूख पहले ही जैसी है?" उसने पूछा।

"वह तो बढ़ती जा रही है बलिय!" भीम ने उत्तर दिया, "क्या तुम जानते हो कि मैं राक्षसों का राजा कैसे बना? मैं उनका राजा बनने के योग्य हूँ या नहीं, इस बात की जाँच के लिए एक अतिभोजी राक्षस मेरे साथ खाने बैठा। हम दोनों तब तक खाते रहे, जब तक कि उसका पेट इतना अधिक भर गया कि उसमें और कुछ डालना सम्भव ही नहीं रहा। वह अचेत हो गया। मैं तो तब भी जैसा-का-तैसा भूखा था।" भीम की हँसी गूँज उठी, "ओह, वह राक्षस किस तरह जमीन पर लोटता रहा, यह देखना बड़ा अजीब था। लेकिन जो कुछ उसने खाया था, उसे उल्टी करने के पहले ही बेचारा मर गया।"

"लेकिन अब कभी वैसा बढ़िया खाना तुमको नहीं मिलेगा, जैसा तुम्हारी

धाय-माँ तुमको खिलाया करती थी।" बलिय ने कहा।

"वह कहाँ है? क्या बीमार है? वह कहीं दिखाई नहीं पड़ती।"

बलिय के झुर्रीदार चेहरे पर एक छाया-सी उभरी—"वह बेचारी मर गई। वह तुम्हें एक बार फिर देखने के लिए जीवित नहीं रही, यद्यपि उसकी सबसे बड़ी साध यही थी। भाग्य ने उसका साथ नहीं दिया।"

"बलिय, तुमने जरूर उसे खूब डाँट-डाँटकर मार डाला होगा।" भीम ने अपनी उँगली उठाकर उस पर आरोप लगाते हुए कहा।

"नहीं, नहीं। वह बहुत अधिक खाना खाया करती थी, इसी से मर गई।" बलिय ने कहा। उसके बाद वह भीम के हाथों और वक्ष की मांस-पेशियों पर हाथ फेरने लगा, मानो यह निश्चय कर लेना चाहता हो कि उसके छोटे मालिक के शरीर में अब भी वह अति-मानवीय बल है या नहीं, जो हस्तिनापुर से जाने से पहले था।

"अच्छा बलिय, अब यह बताओ कि यहाँ पर क्या-क्या सब होता रहा।" भीम ने कहा।

"मुझे तुमसे बहुत-सी ऐसी बातें कहनी हैं, जिनसे तुम्हें दुख होगा। लेकिन पहले भोजन कर लो।" तब उसने माला को पुकारा, "जल्दी करो माला! जानती नहीं कि मेरे छोटे मालिक भूखे हैं?" फिर वह बूढ़ा मल्ल भीम की ओर मुड़ा—"जानते हो, भोजन करते समय तुम्हें कोई दुःसंवाद नहीं सुनना चाहिए। इससे भूख मर जाती है।"

"ओह, मेरी भूख इतनी अच्छी है कि वह अच्छे और बुरे सभी समाचारों को पचा जाती है।"

माला भोजन ले आई। उसमें आटे की तीन मोटी रोटियाँ, एक लोटा दूध, प्याज, नमक और गुड़ के डले थे।

"छोटे मालिक," वह क्षमा माँगती हुई-सी बोली, "हमारे घर में बस यही इतना बच रहा है।"

बलिय ने घर के लोगों को बाहर जाने का संकेत किया, केवल उसके तीन प्रपौत्र भीम की ओर घूरते खड़े रहे। उन्होंने अपने घर में इससे पहले कभी किसी राजकुमार को नहीं देखा था। और यह देखकर वे चकित थे कि अपने जिस प्रपितामह से वे भयभीत रहते थे, वह अपने हाथों से उस दैत्याकार शरीर को सहला रहा था।

"अच्छा, अब मेरी ओर ऐसे न देखो जैसे कि मैं तुम्हें ही खाने जा रहा हूँ, चलो, मेरी यह रोटी बाँटकर खा लो।" भीम ने कहा और बच्चों को पास आने का संकेत किया। किन्तु उनमें ऐसा करने का साहस नहीं था। भीम के प्रसन्न

स्मित से शीघ्र ही उनका साहस लौट आया। एक-एक पग चलकर वे धीरे-धीरे भीम के निकट आए। भीम ने हाथ पकड़कर उन्हें निकट खींच लिया। वे उन्हें तब तक गुदगुदाते रहे, जब तक वे हँसते-हँसते दुहरे नहीं हो गए।

जब माला और बच्चे वहाँ से चले गए तो भीम बलिय की ओर मुड़े—"अभी मुझे पितामह, चाचाजी और अत्यन्त पूजनीया माता को प्रणाम करने के लिए जाना है। तुम अब बताओ कि यहाँ का क्या हाल-चाल है।"

रेखा का सन्देश

हस्तिनापुर की स्थिति के सम्बन्ध में भीम के प्रश्न के उत्तर में बलिय ने अपना स्वर धीमा करके फुसफुसाते हुए कहा, "दुर्योधन ने धमकी दी है कि यदि उन्हें युधिष्ठिर के अधीन युवराज बनाया गया अथवा किसी दूसरे राज्य का भार सौंपा गया तो वह आत्मघात कर लेंगे।"

भीम की आँखें आनन्द से नाच उठीं—"मैं कहता हूँ, वह कभी आत्मघात नहीं करेंगे। यदि वह ऐसा कर लें तो मैं प्रसन्न होऊँगा। मेरी बड़ी इच्छा है कि उन्हें जलांजलि देकर मैं उनका ऋण चुका दूँ। जब मैं वारणावत में मर गया था तो उन्होंने भी मेरे लिए ऐसा ही किया था। इस सम्बन्ध में पितामह का क्या विचार है?"

"वह युधिष्ठिर को राजगद्दी सौंपने की बात पर अडिग हैं। वह इस बात से बहुत दुखी हैं कि भाइयों की आपसी लड़ाई के भय से उन्होंने तुम लोगों को वारणावत भेज दिया था। वह इस पाप का प्रायश्चित करना चाहते हैं।"

"और चाचा धृतराष्ट्र?" भीम ने पूछा।

"सदा की तरह कमजोर और ढुलमुल। जब कभी कोई कठिनाई सामने आती है तो आँसू बहाने लगते हैं।" बलिय ने मुस्कुराते हुए कहा।

"दुःशासन, कर्ण और अश्वत्थामा का क्या हाल है? स्वागत-समारोह में मैंने उन्हें नहीं देखा।"

"युधिष्ठिर का राज्याभिषेक होते ही कर्ण और अश्वत्थामा हस्तिनापुर से चले जाएँगे। दुःशासन ने पितामह को धमकी दी है कि यदि युधिष्ठिर राजा बनते हैं तो वह अपने भाइयों के साथ अपने नाना सुबल के पास गान्धार में जाकर रहेंगे।"

"यह तो बड़ा अच्छा है। जितनी जल्दी हो सके हस्तिनापुर से चले जाने में हमें उनकी सहायता करनी चाहिए।" भीम ने कहा, "क्या वे राज्याभिषेक का विरोध करनेवाले हैं?"

"वे ऐसा कैसे कर सकते हैं?" बलिय ने हँसकर कहा, "पितामह ने आदेश दिया है कि युधिष्ठिर के राज्याभिषेक से पहले यदि किसी ने कोई उत्पाद किया तो उसे देश से निकाल दिया जाएगा।"

"कुरु योद्धाओं का क्या हाल है?" भीम ने पूछा।

"पितामह ने उन्हें बुलाकर उनसे वचन लिया है कि वे तुम्हारे बड़े भाई के राज्याभिषेक का समर्थन करेंगे।"

"यह अच्छा है।" भीम ने कहा।

"लेकिन छोटे मालिक, आपने उन सबको मात दे दी है।" बलिय ने गर्व से कहा, "आप अपने साथ वासुदेव और बलराम सहित अजेय वीरों की ऐसी टुकड़ी लेकर आए हैं कि किसी तरह का उत्पात करने का साहस कोई नहीं कर सकता।"

"यह सब मेरा किया-धरा है।" भीम अपने-आपसे खुश होते हुए बोले, "मैंने कृष्ण पर दबाव डाला कि वह सभी अतिथियों के साथ यहाँ आएँ। मैंने ऐसा उपाय किया कि मेरे श्वसुर द्रुपद जितनी बड़ी सेना दे सकते हों, हमारे साथ कर दें। अगर हमारे शत्रुओं ने हमारे विरुद्ध एक उँगली तक उठाई तो मैं..." उन्होंने संकेत के द्वारा बताया कि कैसे वह उन सबका मस्तक चूर-चूर कर डालेंगे।

उन्होंने अपने ललाट पर एक उँगली रखी और ज्यों ही एक नया विचार उनके मन में आया, उन्होंने अपनी आँखों में एक दुष्टतापूर्ण झिलमिलाहट भरकर पूछा, "बलिय, क्या तुम ऐसा कर सकते हो कि वे अपना विचार बदल देने से पहले ही हस्तिनापुर से चले जाएँ?" थोड़ी देर रुककर उन्होंने फिर कहा, "क्या तुम्हारी बिरादरी के लोगों पर भरोसा किया जा सकता है?"

"निश्चय ही छोटे मालिक! मैं पहले ही उन लोगों से बातें कर चुका हूँ। यदि आवश्यकता हुई तो हम सब आपके लिए प्राण तक न्योछावर करने को तैयार हैं।" बलिय ने उत्तर दिया, "दुर्योधन के शासन में रहना सुख की बात नहीं है। उनके मामा शकुनि के भेदिया हर जगह मौजूद हैं। हमारी बिरादरी के कुछ लोगों ने तो अपनी जन्मभूमि में लौट जाने का निश्चय किया था, लेकिन तभी छोटे मालिक, आप और आपके भाइयों के फिर से जी उठने का समाचार हमें मिला।"

"तुम्हारे और तुम्हारी बिरादरीवालों के साथ कुल कितनी बैलगाड़ियाँ हैं?"

"दो सौ से कुछ अधिक।"

"क्या परसों खूब सबेरे तुम अपने सभी बिरादरीवालों को अपनी बैलगाड़ियों के साथ दुःशासन के पास भेज सकते हो?" भीम ने पूछा।

"हाँ, भेज सकता हूँ, लेकिन क्यों? उन्हें क्या करना होगा?"

भीम के चेहरे पर धूर्तता का भाव दीख पड़ा—"उन्हें दुःशासन के पास जाकर

कहना होगा—मालिक, हमें मालूम हुआ है कि आप लोग गान्धार जा रहे हैं। हम आपका माल-असबाब पहुँचा देने के लिए आए हैं।"

"यह तो अच्छा तमाशा होगा!" बलिय अपने झुर्रीदार हाथों को जोर-जोर से रगड़ते हुए बोला, "किन्तु यदि दुःशासन पूछे कि किसने उन्हें भेजा है तो वे क्या कहेंगे?"

भीम ने थोड़ी देर सोचने के बाद बलिय की पीठ थपकते हुए निश्चिन्ततापूर्वक कहा, "वे उससे कहेंगे कि यह पूज्य पितामह का आदेश है। किसी को यह साहस नहीं होगा कि वह उनके पास जाकर पूछे कि उन्होंने ऐसा आदेश दिया है या नहीं।" भीम ने कहा। दोनों ही खिलखिलाकर हँस पड़े।

माला बत्तख की चाल से, क्षमायाचना करती हुई-सी, अन्दर आई। भीम ने जिस पत्तल पर भोजन किया था, वह उसे ले जाने के लिए आई थी। उसने अपने श्वसुर से कहा, "पिताजी, राजकुमारी भानुमती की धाय-माँ रेखा आवश्यक कार्य से आपसे मिलना चाहती है। वह बाहर प्रतीक्षा कर रही है।"

"वह किसलिए मुझसे मिलना चाहती है? उससे कहो कि जब तक छोटे मालिक चले नहीं जाते, वह प्रतीक्षा करे।" बलिय ने कहा।

"वह कहती है कि छोटे मालिक की उपस्थिति में ही उसे आपसे मिलना है।" माला ने उत्तर दिया, "उसे इनको एक आवश्यक सन्देश देना है।"

भीम को आश्चर्य हुआ—"उसको मुझसे क्या काम हो सकता है? अवश्य ही इसमें दुर्योधन की कोई चाल है। देखा जाय कि बात क्या है। उसे भीतर आने को कह दो।"

रेखा को भीतर पहुँचाकर माला चली गई। भानुमती की धाय ने राजकुमार और बलिय को झुककर प्रणाम किया और भीम के कहने पर उनके सामने बैठ गई।

"क्या तुम भानुमती की धाय-माँ हो?" भीम ने पूछा।

"हाँ, मालिक!"

"तुम हस्तिनापुर कब आई थीं?" भीम ने पूछा।

"विवाह के बाद काशी की राजकुमारी जब यहाँ आईं, तभी मैं भी उनके साथ आई थी।"

"तुम क्या चाहती हो?" भीम ने पूछा।

रेखा ने इस आशय से चारों ओर देखा कि उसकी बात कोई सुन तो नहीं रहा और तब धीमी आवाज में कहा, "मालिक, एक ऐसी महिला आपसे मिलना चाहती हैं, जो अपने को प्रकट नहीं करना चाहतीं।"

भीम ने कृत्रिम गम्भीरता के साथ निराशा के भाव से अपने हाथ झटके, "हे

भगवान, ये औरतें क्यों मेरे पीछे पड़ी रहती हैं? क्या मैं थोड़ी देर भी शान्ति से नहीं रह सकता?''

अपनी असहायता प्रकट करके और दैवी सहायता की प्रार्थना करते हुए उन्होंने पूछा, ''रेखा, वह मुझसे क्यों मिलना चाहती हैं?''

''उन कुलीन महिला ने मुझसे केवल इतना ही कहा है : 'रेखा, जाकर राजा वृकोदर से कहो कि मैं उनसे मिलना चाहती हूँ। जीवन और मरण की एक समस्या लेकर मुझे उनसे मिलना है।' ''

भीम का चेहरा स्मित से खिल उठा। हस्तिनापुर में केवल एक ही स्त्री ऐसी हो सकती है, जो राजा वृकोदर के रूप में उनका उल्लेख करे। वह जालन्धरा है, चपलचरणा राजकुमारी; किन्तु वह निश्चित रूप से जानना चाहते थे कि सन्देश सचमुच उसी के पास से आया है।

''राजा वृकोदर!'' भीम ने पूछा, ''कहीं वह कोई राक्षसी तो नहीं है?''

''नहीं, नहीं!'' रेखा ने उत्तर दिया, ''वह कुलीन आर्य महिला हैं, युवती हैं और सुन्दरी हैं।''

''यदि वह विवाहिता हैं तो उनके पति की अनुपस्थिति में मैं उनसे नहीं मिलूँगा।'' भीम ने अर्थपूर्ण भाव से कहा, ''महामुनि ने मुझसे वचन ले लिया है कि किसी विवाहित स्त्री से कभी अकेले में न मिलूँ। ऐसी मुलाकातें खतरनाक होती हैं।''

बलिय हँसा। धूर्ततापूर्वक भीम की ओर देखते हुए उसने पूछा, ''छोटे मालिक, खतरनाक स्त्री के लिए होती हैं या पुरुष के लिए?''

''यह कठिन प्रश्न है। जहाँ तक मेरा सम्बन्ध है, खतरा हमेशा मेरे लिए है; प्रतिक्षण मुझे डर बना रहता है कि मैं मोहित किया जा रहा हूँ।'' कहकर भीम ने अट्टहास किया। अनन्तर रेखा की ओर मुड़कर उन्होंने फिर पूछा, ''मैं फिर तुमसे पूछता हूँ, क्या वह महिला विवाहिता हैं?''

''वह अविवाहिता हैं, मालिक!'' रेखा ने कहा, जो अपनी मुस्कुराहट छिपा न सकी।

''अरे, यह तो और बुरा है।'' भीम ने उन्मुक्त भाव से कहा, ''जाकर उनसे कहो कि राजा वृकोदर को सवेरे के भोजन के साथ एक युवती को खा जाने की आदत है।'' द्रुपद के राजभवन में जालन्धरा के साथ अपनी बातचीत की स्मृति से उनकी आँखों में एक प्रसन्न झलक आ गई।

बलिय और रेखा की हँसी रुक नहीं पा रही थी।

''आप कब और कहाँ उनसे मिलेंगे मालिक?'' रेखा ने पूछा, ''वह कुलीन महिला आपसे अकेली और तत्काल मिलना चाहती हैं।''

"मैं नहीं चाहता कि युवतियाँ मुझसे छिपकर मिलें।" उन्होंने उत्तर दिया, "इससे मेरी प्रतिष्ठा मिट्टी में मिल जाएगी या उसका जो कुछ भाग बच रहा है, वह भी नष्ट हो जाएगा।"

"उन कुलीन महिला को विश्वास है कि आप उनसे अवश्य मिलेंगे। उन्होंने कहा है, 'राजा वृकोदर सदा संकटग्रस्त की सहायता करते हैं।'"

"मैं जानता हूँ, जानता हूँ। मैंने सदा ऐसा ही किया है। किन्तु जब भी मैंने ऐसा किया है, मैं स्वयं कठिनाई में पड़ गया हूँ।" भीम ने कहा, "अच्छी बात है, इस बार एक अपवाद ही सही। क्या तुम उन महिला से कह दोगी कि वह ठीक उस समय बलिय के यहाँ आ जाएँ, जब अर्धरात्रि की दुन्दुभि बजने का समय होता है? किन्तु क्या तुम्हारी उन 'कुलीन महिला' में उतनी रात को आने का साहस होगा?"

"मुझे विश्वास है, वे आएँगी," रेखा ने कहा, "मैं उनके साथ होऊँगी।"

"मैं बताऊँ कि तुम्हें क्या करना चाहिए।" बूढ़े बलिय ने कहा, "आधी रात से कुछ पहले अत्यन्त पूजनीया माता जब शयन करने चली जाती हैं तो माला वहाँ से अखाड़े पर लौटती है। मैं उससे कहूँगा कि पूजनीया माता जिस हवेली में रहती हैं, उसके पिछवाड़े के अहातेवाले फाटक पर वह तुम्हारी और उन कुलीन महिला की प्रतीक्षा करे। तुम लोगों को यहाँ तक पहुँचाने के लिए शोमेश्वर वहाँ उपस्थित रहेगा।"

रेखा के जाने के बाद बलिय ने भीम से कहा, "मैं चाहता हूँ कि आप मुझ पर एक कृपा करें।"

"क्या चाहिए? माँगो और मिला समझो।" भीम ने राजसी उदारता के साथ कहा।

बलिय ने धीमे स्वर में कहा, "वर्षों से मैं कृष्ण वासुदेव के दर्शनों की प्रतीक्षा कर रहा हूँ। तुम ऐसा प्रबन्ध कर दो कि मैं उन्हें प्रणाम कर सकूँ। मेरे जीवन में यही अन्तिम अवसर है।"

भीम ने ऐसा दिखावा किया, जैसे उन्हें आघात लगा हो। "अरे बलिय, तो तू भी मेरे फुफेरे भाई के पीछे पागल हो गया है?" भीम ने पूछा।

"यह न भूलिए छोटे मालिक, कि वह मल्ल-विद्या में निष्णात हैं। जब वह सोलह वर्ष के थे, उन्होंने कंस और चाणूर-जैसे शक्तिशाली मल्लों का वध किया था। कितना अच्छा होता यदि वह एक बार कुश्ती लड़कर मेरे अखाड़े को भी पवित्र बना देते।"

"ठीक है, तुम्हारी इच्छा पूरी होगी। कल उचित अवसर मिलने पर तुम्हें बुलाने के लिए मैं गोपू को भेज दूँगा। मुझसे, तुम्हारे पुत्र सोमेश्वर से अथवा तुम

चाहोगे तो गोपू से लड़ने के लिए मैं उन्हें यहाँ ले आऊँगा। तुम जानते हो कि वह मुझसे बहुत स्नेह करते हैं, मेरा बड़ा आदर करते हैं और मैं भी उन्हें अपना सबसे प्यारा छोटा भाई मानता हूँ।''

"ओह, अगर वह मेरे अखाड़े में आ गए तो मैं समझूँगा कि मेरा जीवन सार्थक हो गया।''

बलिय के घर से विदा होने के बाद भीम ने उस बड़े मैदान को पार किया, जिसमें राज-परिवारवालों की हवेलियाँ थीं। उनके पैरों में पहले से अधिक स्फूर्ति आ गई थी। आज आधी रात को वह कमल-जैसे चपल चरणोंवाली राजकुमारी से एकान्त में मिलेंगे, इस विचार ने उनके शरीर में एक गुनगुनी चमक भर दी थी। जालन्धरा का मुखमण्डल उनके सामने उभर आया और उन्हें स्मरण आया कि उत्कोचक में जब वह उसे धौम्य के आश्रम में ले जा रहे थे तो कैसे वह उनकी बाँहों में पड़ी हुई थी और उसका मस्तक उनके कन्धे पर टिका हुआ था।

राजभवन का मैदान उन अनगिनत लोगों से भरा था, जो शोभा-यात्रा के साथ आए थे और विशिष्ट अतिथियों का अभिवादन करने के लिए रुक गए थे, अथवा जो उस भोज में सम्मिलित होने के लिए आए थे, जो कुछ ही समय बाद आरम्भ होनेवाला था। रह-रहकर मैदान के किसी भाग से जय-ध्वनि सुनाई दे रही थी और दूर-दूर से आती दुन्दुभियों की गड़गड़ाहट भी गूँज जाती थी।

मैदान में उत्सव का दृश्य दीख रहा था, जिससे भीम के हृदय में उत्साह भर आया।

राजभवन के मैदान में खड़े प्राचीन वृक्षों के पर्ण-समूह ने वहाँ छाया कर रखी थी। भीम ने उनमें से अनेक वृक्षों को पुराने मित्रों के समान पहचान लिया। उन पर वह बचपन में अनेक बार चढ़े थे। हार्दिकता से, यद्यपि मौन रहकर, उन्होंने उन वृक्षों का अभिनन्दन किया।

सबसे पहले वह जिस हवेली के पास पहुँचे वह माता सत्यवती की हवेली थी। उन्होंने उनको प्रणाम कर आने का निश्चय किया।

भावी संघर्ष की छायाएँ

परिस्थितियाँ कठिन हो रही थीं, इससे माता सत्यवती का मन उदास था। फिर भी किसी प्रसन्नचित्त, अतिवर्धित बच्चे के समान अपने महाकाय प्रपौत्र को जैसे ही उन्होंने सामने से आता देखा, उनका चेहरा चमक उठा। उन्होंने अधरों के स्मित और आँखों की स्नेहपूर्ण चमक के साथ उसका स्वागत किया।

"भीम, अब तक तुम क्या कर रहे थे?" उन्होंने पूछा, "तुम जलते हुए मकान से भाग निकले, तुमने मेरी स्वीकृति के बिना एक राक्षसी से विवाह किया, एक पुत्र उत्पन्न किया जिसे तुम कभी मेरे सामने नहीं ले आए और अपने भ्रातृ-विरोधी आचरण से दुर्योधन को द्रौपदी से वंचित किया। तुम कैसे दुष्ट लड़के हो!"

"ओह्, माता, आपके पास तो इन्द्र महाराज की हजार आँखों से भी कहीं अधिक आँखें हैं। सप्तऋषियों में से सातों के पास जितनी बुद्धिमत्ता होगी, उससे अधिक ज्ञान आपके पास है। किन्तु फिर भी मैं जो अच्छे काम करता हूँ, वे आपको कभी दिखाई नहीं देते।" भीम ने कहा और उन्होंने एक लम्बी साँस ली, "मेरा भाग्य! मुझ पर ही दुष्ट ग्रहों का प्रकोप है!"

"और तुम शोभा-यात्रा से भाग निकले और बलिय के यहाँ से होकर अब मेरे पास आए हो?" माता ने कहा, "बेटे, कुरु-राजकुमार के समान आचरण करना तुम कब सीखोगे?"

भीम ने ऊपर देखकर कहा, "माता, मैं सदा यह सोचता रहता हूँ कि दूसरे कुरु-राजकुमार कब मेरी तरह आचरण करना सीखेंगे?" फिर आँखों की विनोदपूर्ण चमक के साथ उन्होंने कहा, "यदि मैं बलिय के यहाँ न गया होता तो मुझे स्वस्थ और सानन्द लौटा देखने से पहले ही वह मर गया होता।"

माता ने अपनी हँसी रोकने का प्रयास करते हुए कहा, "तुम्हारा अभिप्राय है कि तुम सब लोगों के चाहने पर भी मैं मरनेवाली नहीं हूँ?"

"ओह्, माता, ऐसी बातें न कहिए। मैं जानता हूँ कि यमराज आपसे इतने भयभीत रहते हैं कि आपके पास फटकने का भी साहस नहीं करेंगे। हम लोग इस सम्बन्ध में नितान्त असहाय हैं।"

माता सत्यवती अब अपनी हँसी न रोक सकीं। फिर वह गम्भीर हो गईं, "भीम, तुम जानते हो कि पितामह इस बात से बहुत दुखी हैं कि उन्हें दुर्बलता के किसी क्षण में तुम लोगों को वारणावत भेजना पड़ा था, वह एक तरह से तुम लोगों को मृत्यु के मुख में भेजना था। उनका विचार है कि भगवान की कृपा से ही तुम लोग जीवित बच गए हो। वह अब अपनी भूल सुधारना चाहते हैं और युधिष्ठिर को राज-पद देना चाहते हैं।"

"मैं जानता हूँ कि पितामह हम लोगों को बहुत प्यार करते हैं। इसके अतिरिक्त वह अत्यन्त न्यायपरायण भी हैं।" भीम ने कहा, "किन्तु वह हमारे और हमारे चचेरे भाइयों के बीच के संघर्ष को टालना भी चाहते हैं।"

"क्या यह उनके लिए स्वाभाविक नहीं है कि वह ऐसा सोचें?" माता ने पूछा।

भीम हँसे। "ओह्, माता, क्या आप यह नहीं देख पातीं कि दुर्योधन के और मेरे झगड़े का अन्त नहीं हो सकता, वह अधर्म है और मैं धर्म हूँ।" उन्होंने शेखी बघारते हुए कहा।

माता मुस्कुराए बिना न रह सकीं–"अरे भीम, तुम बड़े शेखीबाज हो गए हो।" फिर उन्होंने खिलवाड़ करते हुए कहा, "किन्तु कम-से-कम एक बार मुझे सच-सच बता दो कि क्या तुम झगड़ालू नहीं हो?"

"माता, आप भी ऐसा कहती हैं?" भीम ने ऐसे आश्चर्य के साथ कहा, जैसे उन्हें आघात लगा हो, "यदि मैं शान्त स्वभाव का न होता तो बहुत पहले ही मैंने दुर्योधन को मार डाला होता।"

"तुम जैसे हो, उसके विपरीत दिखने का प्रयत्न मत करो।" माता ने भीम को फटकारा, "तुम बहुत अच्छे लड़के हो, दयालु, उदार और वीर। इसलिए अपने चचेरे भाइयों से लड़ना-झगड़ना मत आरम्भ कर देना।"

"माता, मैं तो कभी झगड़े के पास जाता नहीं, किन्तु यदि झगड़ा ही मेरे पास आए तो मैं उससे दबकर नहीं रह सकता।" भीम ने विरोध करते हुए कहा।

"बेटे, ऐसा अनुभव करने के लिए तुम्हारे पास बहुतेरे कारण हैं। किन्तु तुम्हें भलाई के द्वारा बुराई को जीतना सीखना चाहिए।" माता ने परामर्श दिया।

"आप विश्वास नहीं करेंगी माता, किन्तु मैं सदा ही ऐसा करने का प्रयत्न करता हूँ।" भीम ने निर्दोषिता का भाव प्रकट करते हुए कहा, "मैंने सुना है कि यदि बड़े भाई को राजगद्दी दी गई तो दुर्योधन आत्महत्या करना चाहता है। उसके भाई भी गान्धार चले जाना चाहते हैं। आप इस बात का भरोसा कर सकती हैं कि वे लोग शान्तिपूर्वक चले जाएँ इसके लिए मैं सबकुछ करूँगा।" भीम ने कहा। वह क्षण-भर के लिए रुके और फिर अपनी चतुराई पर स्वयं ही हँसने लगे। "आप मुझे आशीर्वाद दें।" उन्होंने कहा।

"पुत्र, मेरा आशीर्वाद तुम्हारे साथ है।" माता ने कहा। फिर भीम को एकाग्र दृष्टि से अपनी ओर ताकते देखकर उन्होंने पूछा, "तुम क्या सोच रहे हो?"

"मैं कहूँगा तो आप कुपित होंगी।" भीम ने एक कुटिल स्मित के साथ कहा।

"तुम कब से मेरे क्रोध की चिन्ता करने लगे हो?"

"तो सुनिए माता, कितना अच्छा होता कि आप मेरी माँ होतीं।"

माता खिलखिलाकर हँस पड़ीं–"दुष्ट कहीं के, क्यों?"

"क्योंकि तब मैं आपके श्वेत केशों के भड़कीले राजमुकुट का उत्तराधिकारी होता।"

भीम वहाँ से चलने को उद्यत हुए तो माता ने स्नेहपूर्वक उन्हें एक चपत लगाई।

भीम जिस दूसरी हवेली में पहुँचे, उसमें पितामह भीष्म रहते थे। 'अब उस भयंकर बुड्ढे की बारी है।' वह अपने-आप बड़बड़ाए।

जब भीम के आने की सूचना दी गई तो भीष्म भोज में जाने के लिए तैयार हो रहे थे। उन्होंने प्रतिहारी से भीम को वहीं ले आने को कहा।

भीम को तने हुए और सुदृढ़ पेशियोंवाले तथा श्वेत केश और दाढ़ीवाले पितामह सदा हिमालय के किसी उत्तुंग शिखर की याद दिलाते थे। उन्होंने पितामह को साष्टांग प्रणाम किया, फिर उठकर हाथ जोड़कर खड़े हो गए।

"मेरे आशीर्वाद पुत्र!" भीष्म ने आशीर्वाद देते हुए अपना दाहिना हाथ ऊपर उठाया। भीम ने अपना मस्तक झुका दिया, जैसे वह किसी देवता के सम्मुख झुक रहे हों।

"तुमने मेरा निर्णय सुन लिया है?" भीष्म ने रूखे स्वर में पूछा।

"हाँ पितामह!" भीम ने कहा। वह अब भी आदरपूर्वक हाथ जोड़े खड़े हुए थे।

"मेरे निर्णय से जो कठिनाइयाँ उत्पन्न होंगी क्या उनका सामना करने की शक्ति तुममें है?"

भीम ने कृत्रिम विनम्रता के साथ कहा, "सामान्यतः मुझमें एक हाथी की शक्ति है, किन्तु जब मुझे आपका आशीर्वाद प्राप्त हो जाता है तो मुझमें सात शुण्डोंवाले ऐरावत की शक्ति आ जाती है।"

"निश्चय ही तुम अत्यन्त विनम्र हो।" भीम के सान्निध्य में कठोर भीष्म भी अपनी गम्भीरता नहीं बनाए रख सके।

"मैं तो साक्षात् विनम्रता ही हूँ पितामह! मैंने तो आपसे केवल सच्ची बात कही है। यदि मैं बढ़-चढ़कर बातें करनेवाला होता तो मैंने लाखों हाथियों की शक्ति की बात कही होती।"

"यह स्पष्ट है कि राक्षसों के साथ रहकर भी तुम सुधर नहीं सके हो भीम!"

"क्षमा करें पितामह, आप स्वयं देख सकते हैं कि मुझमें अब और किसी सुधार का अवकाश ही नहीं है। देखिए, मैं कितना बड़ा हो गया हूँ।" कहकर वह स्वयं ही प्रशंसा के भाव से अपनी पेशियों की ओर देखने लगे।

पितामह के अधरों पर स्मित की एक क्षीण रेखा खेल गई–"मैं स्वीकार करता हूँ कि सुधार का अवकाश तुममें नहीं है। अब शीघ्रता करो और भोज के लिए तैयार हो जाओ।" अनन्तर उन्होंने कहा, "यदि संघर्ष हो ही तो उसका सामना करने के लिए तैयार रहना।"

"संघर्षों के लिए मैं सदा अपने को तैयार रखता हूँ।"

पितामह से आज्ञा लेकर वह राजा धृतराष्ट्र के भवन की ओर चले। वहाँ

जाकर उन्होंने अपने चाचा धृतराष्ट्र और चाची गान्धारी को प्रणाम किया।

भेंट संक्षिप्त और औपचारिक रही। दोनों पक्षों का व्यवहार उचित था, किन्तु उसमें अधिक हार्दिकता नहीं थी।

जब वह उस भवन में आए जहाँ माता कुन्ती और द्रौपदी के साथ पाण्डव ठहरे हुए थे और जहाँ बचपन से लेकर उस दिन तक वह रहते आए थे, जब उन्हें देश-त्याग करना पड़ा था, तो वह यह सोचे बिना नहीं रह सके कि 'यह वापसी हमारी बहुत बड़ी विजय है।'

देश-त्याग के कठोर आदेश द्वारा वे इस भवन से निकाले गए थे; अब वे विजेता के और द्रुपद के जामाताओं के रूप में लौट आए थे। वह यह सोचे बिना भी नहीं रह सके कि चपल चरण-कमलोंवाली राजकुमारी आज रात को स्वयं उनसे मिलने के लिए अकेली आ रही है।

"मालिक, मैं आपकी गदा ले आऊँ?" गोपू ने पूछा। अस्त्रों में उन्हें अपनी गदा अत्यन्त प्रिय थी।

"मूर्ख!" भीम हँसे, "क्या मुझे बुड्ढे बलिय का अथवा किसी सुन्दरी युवती का मस्तक चूर्ण करना है?" उन्होंने गोपू के कान ऐंठे।

एक हास्यजनक विचार उनके मन में आया कि यदि उन्हें जालन्धरा का सिर तोड़ना पड़े तो कैसे कौतुक की बात होगी! वह मन-ही-मन हँसे। उसके बाद उसे अपनी बाँहों में भरकर वह रोएँगे; ऐसे रोएँगे जैसे पहले कभी नहीं रोए थे।

उनकी प्रसन्नता का पात्र छलक रहा था।

उन्होंने एक दिवास्वप्न देखा कि बाल-बच्चों से घिरी जालन्धरा उनकी पत्नी के रूप में इस भवन में रह रही है। निश्चय ही उनको द्रौपदी से भी कुछ पुत्र होंगे। उनका परिवार वीरों का असाधारण परिवार होगा, जिसका वह पालन-पोषण करेंगे। वह कैसा दिन होगा! 'उस समय तक यदि दुर्योधन की मृत्यु न हो चुकी होगी तो अपनी पत्नी की बहन को मुझसे विवाहित देखकर वह ईर्ष्या से जल उठेगा।' उन्होंने अपने-आपसे कहा।

माता कुन्ती के अतिरिक्त सभी लोग भोज में जाने की तैयारियाँ कर रहे थे। अर्जुन सदा से अपने वस्त्राभरणों के बारे में बहुत सावधान रहा करते थे, क्योंकि वह जनसमुदाय के बीच विशिष्ट बने रहना पसन्द करते थे।

"अर्जुन, क्या तुम गुरु द्रोणाचार्य से मिले हो?"

"हाँ।" अर्जुन का संक्षिप्त उत्तर था।

"यहाँ की परिस्थितियों के बारे में उनका क्या विचार है?"

"उन्हें भाइयों के बीच भावी-संघर्ष का आभास मिल रहा है।"

"क्या वह हमारे पक्ष में होंगे?"

"उनका कहना है कि यदि उनका पुत्र अश्वत्थामा हस्तिनापुर से चला जाएगा तो वह भी अहिच्छत्र लौट जाएँगे।"

"और कृपाचार्य?"

"वह भी द्रोणाचार्य के साथ जाएँगे।"

"वह कितना अच्छा दिन होगा जब ये सभी हस्तिनापुर से चले जाएँगे। तब हम आपस में लड़कर अपनी शक्ति नष्ट करने के बदले नए-नए राज्यों को जीतने के लिए प्रयत्नशील होंगे।...कुरु-योद्धाओं का क्या विचार है?" भीम ने पूछा।

"अतिथियों के चले जाने के बाद वे सभी संघर्ष की आशंका से भरे हैं, किन्तु उनमें से अधिकांश पितामह का साथ देंगे।"

भीम ने जाकर नदी में स्नान किया, थोड़ी देर तैरे, सन्ध्या की और पितामह के द्वारा इस अवसर पर दिए गए भोज में सम्मिलित हुए। इस भोज में हस्तिनापुर के सभी नागरिकों को आमन्त्रित किया गया था।

यद्यपि सभी लोग उल्लास के आवरण में अपनी आशंकाओं को छिपाने का प्रयत्न कर रहे थे, फिर भी भावी-संघर्ष की छाया सब जगह वर्तमान थी!

जो भी हो, भीम ने भोज का पूरा आनन्द लिया, यद्यपि उनका हृदय अधीरतापूर्वक मध्य-रात्रि की प्रतीक्षा में था, जब वह जालन्धरा से मिलेंगे। सामान्यतः सदा ही उल्लसित रहनेवाली उनकी भावनाएँ प्रचुर मात्रा में सुस्वादु भोजन कर लेने के बाद और तीव्र हो उठती थीं।

जब पाँचों भाई और द्रौपदी अपने भवन में लौटे तो युधिष्ठिर द्रौपदी के साथ अपने शयन-कक्ष में चले गए। अन्य भाइयों को खुले आँगन में सोना था। भीम ने गोपू को कहा कि वह उनकी चारपाई उनके अन्य तीनों भाइयों—अर्जुन, नकुल और सहदेव—से जहाँ तक सम्भव हो उतनी दूरी पर डाले।

जब रात हुई और मशालें बुझा दी गईं तो उन्होंने ऐसा प्रकट किया, जैसे वह सो गए हों। किन्तु जब उनके भाई सचमुच गहरी नींद में सो गए तो वह अपनी शय्या से उठ बैठे, उन्होंने अपनी तलवार बाँधी और वह बलिय के अखाड़े की ओर चल पड़े। गोपू उनके पीछे-पीछे चला।

जालन्धरा की सफलता

रात अँधेरी थी। भीम ने आकाश में प्रसन्नता से टिमटिमाते हुए तारों की ओर देखा। तरु-पत्रों के अन्तराल से वायु सीटियाँ बजा रही थी। उनके हृदय में जो आनन्द था, वह सारी चीजों में उसका प्रतिबिम्ब देख रहे थे।

जो भी हो, जालन्धरा के लिए उन्हें चिन्ता हुई। यदि कभी यह बात प्रकट हो गई कि वह आधी रात को बलिय के अखाड़े पर गई थी तो इससे जो अपवाद फैलेगा, उससे उसका सारा जीवन नष्ट हो जाएगा।

जब उन्होंने बलिय के मकान में प्रवेश किया तो बुड्ढा कुछ बोला नहीं, उसने अपनी उँगली से भीतरी कमरे के द्वार की ओर संकेत कर दिया। जब वह कमरे में गए तो उन्होंने दीपक के मन्द और थरथराते प्रकाश में दासियों के-से वस्त्र धारण किए दो स्त्रियों को देखा। उच्च कुलोत्पन्न महिलाओं के विपरीत, दासियों के लिए यह आवश्यक होता था कि वे अपनी साड़ी के आँचल से अपना मस्तक और वक्ष ढककर रखें और पुरुषों से बातें करते समय आँचल की कोर से अपना मुँह ढक लें।

दोनों स्त्रियों में जो वयस्क थी, भीम को देखकर उठ खड़ी हुई, भूमि पर माथा टेककर उसने भीम को प्रणाम किया, आगे बढ़कर कपाट बन्द किए और बन्द कपाटों से टिककर वह वहीं बैठ गई। छोटे वय की स्त्री ने खड़े-खड़े ही हाथ जोड़कर और मस्तक झुकाकर भीम को प्रणाम किया।

भीम नारियल की रस्सी से बुनी एक जर्जर चारपाई पर बैठे, जो उनके बोझ से चरमरा उठी। "क्या तुम्हीं वह युवती हो, जो मुझसे मिलना चाहती थीं?" उन्होंने पूछा। यद्यपि उनका प्रश्न औपचारिक था किन्तु उससे बातें करते हुए वह जिस आवेश का अनुभव कर रहे थे, वह उनके स्वर से स्पष्ट हो रहा था।

युवती ने मस्तक हिलाकर स्वीकृति जताई।

"क्या तुम यह चाहती हो कि राजा वृकोदर तुम्हें खा जाएँ?" भीम ने बचकानी मुस्कुराहट के साथ पूछा।

युवती एक बार फिर सिर हिलाकर हँस पड़ी। भीम को लगा कि सारा कमरा प्रसन्नता से नाच उठा है।

"तुम अविवाहिता हो। आधी रात को अकेली मुझसे मिलने आई हो। क्या इसके खतरे को तुम नहीं समझतीं?"

"मुझे विश्वास है कि इस प्रकार के किसी भी अपयश से राजा वृकोदर मेरी रक्षा करेंगे।" युवती ने तत्क्षण उत्तर दिया और वह उनके सामने भूमि पर बैठ गई।

"सबसे पहले मुझे यह बतलाओ कि तुम कौन हो?" भीम ने पूछा, "जिन स्त्रियों के बारे में मैं कुछ नहीं जानता, उनसे बातें नहीं किया करता।"

युवती हँस पड़ी। उसकी आँखों में शरारत भरी हुई थी। "आप पूछते हैं कि मैं कौन हूँ? हमारी ओर तो यह कहा जाता है कि राजा वृकोदर को अनजान युवतियों को नदी में से निकालकर गोद में ले जाने का अभ्यास है। वह इतने धर्म भीरु कब से हो गए हैं?" उसने व्यंग्य किया।

"यदि मैं तुम्हें जानता हूँ तो दासियों से समान तुमने अपना मुख क्यों ढक रखा है?"

जालन्धरा ने साड़ी का वह कोर हटा लिया जिससे उसने अपना मुख ढक रखा था। अब उसका सुन्दर मुख और फूलों-गुँथे केश स्पष्ट दीखने लगे। उसने अपनी नाक में हीरे की एक नथनी पहन रखी थी। हीरे की चमक ने उसके कपोलों के गढ़े को प्रकाशित कर दिया।

"क्या मैं दासी-जैसी दीखती हूँ?" उसने भीम की ओर शरारत-भरी दृष्टि से देखते हुए पूछा।

"तुमने वैसे ही कपड़े पहन रखे हैं काश्या! अब बताओ कि तुम मुझसे क्यों मिलना चाहती थीं?"

"एक बार फिर मैं आपसे मिलना चाहती थी।" धृष्ट उत्तर मिला।

"क्या मैं इतना मूर्ख हूँ कि इस बात का विश्वास कर लूँगा कि केवल एक बार और मुझसे मिलने के लिए ही तुमने अपना सबकुछ दाँव पर लगा दिया है? रेखा ने बताया था कि तुम किसी आवश्यक काम से मुझसे मिलना चाहती हो, जो जीवन और मृत्यु की समस्या है। क्या है वह?" भीम ने पूछा।

"मैं चाहती हूँ कि आप ऐसा प्रबन्ध कर दें कि मैं कृष्ण वासुदेव से बातें कर सकूँ।" जालन्धरा ने कहा।

"कृष्ण से मिलने के लिए तुम मेरी सहायता क्यों लेना चाहती हो?" भीम ने उपहास करते हुए कहा, "सबेरे से आधी रात तक वह बैठे मुस्कुराते रहते हैं और पुरुष, स्त्री अथवा बच्चा, जो कोई भी उनके पास जाता है, उसे प्यार करते हैं। तुम भी उनसे मिलने जा सकती हो।" फिर भीम यह कहते हुए मुस्कुराए, "बहुत-सी स्त्रियाँ उनके पास पुत्र-प्राप्ति का वरदान माँगने जाती हैं। क्या तुम भी ऐसा ही वरदान चाहती हो?"

"पहले तो मुझे उनसे अनुरोध करना होगा कि वह मेरे लिए एक पति ढूँढ़ दें, किन्तु यह अनुरोध इस बार नहीं करूँगी।" वह गम्भीर हो गई, "इस बार मैं उनसे गुप्त रूप से मिलना चाहती हूँ।"

"तुम्हारा अनुरोध अस्वीकार किया जाता है," भीम ने कहा, "तुम मुझे क्या समझती हो? क्या मुझे एक कुमारी और अपने उस आकर्षक भाई के लिए गुप्त मिलन की व्यवस्था करनी पड़ेगी, जो प्रत्येक स्त्री का हृदय तोड़ देता है?" भीम ने उचित रोष के साथ पूछा और अपने अभ्यास के अनुसार निराशा के साथ कहा, "हे भगवान्, युवती हो या वृद्धा, उस व्यक्ति के प्रति स्त्रियों में कितना आकर्षण है!"

"राजा वृकोदर, मैं आपसे प्रार्थना करती हूँ, गम्भीरतापूर्वक बातें करें। यह

अत्यन्त महत्त्वपूर्ण विषय है। मेरी बहन भानुमती उनके पास एक सन्देश भेजना चाहती है।'' जालन्धरा ने प्रार्थनापूर्वक अपनी द्युतिमान आँखें भीम पर टिकाते हुए कहा।

''तुम्हारी बहन? दुर्योधन की पत्नी? वह स्वयं जाकर कृष्ण से बातें क्यों नहीं करती?''

''दुर्योधन ने उसे कृष्ण से मिलने से रोक दिया है। वह समझते हैं कि कृष्ण उनके शत्रु हैं।'' जालन्धरा ने कहा।

''तुम्हारी बहन अपने पति के शत्रु के पास सन्देश क्यों भेजना चाहती है?'' भीम ने सन्देह के साथ पूछा।

''यह हमारा भेद है—मेरा और मेरी बहन का।''

''क्या तुम्हें पता है कि दुर्योधन मुझे अपना सबसे भयानक शत्रु मानता है? मैं अपने शत्रु की पत्नी की सहायता क्यों करूँ?'' भीम ने पूछा।

''क्योंकि राजा वृकोदर एक वीर और उदार पुरुष हैं, जो संकट में पड़े लोगों की सहायता करते हैं।'' तत्काल सराहनापूर्ण उत्तर प्राप्त हुआ।

भीम इस प्रशंसा से प्रसन्न हुए और उन्होंने पूछा, ''इस रहस्यपूर्ण खेल में सहायता करने के लिए संसार-भर के लोगों में से तुमने मुझे ही क्यों चुना?''

''यह मेरा भेद है।'' जालन्धरा ने भीम पर एक मोहक दृष्टि डालते हुए कहा।

''यदि मैं तुम्हारी बात मान लूँ तो हमारा भविष्य नष्ट करने के लिए दुर्योधन सम्भवतः मेरा ही उपयोग करेगा।''

''राजा वृकोदर के भविष्य के मार्ग में कोई नहीं आ सकता। वह सदा विजयी रहेंगे।'' जालन्धरा ने विश्वास के साथ कहा।

''मेरे शत्रु की पत्नी जो सन्देश भेजना चाहती है, उसके बारे में कुछ जाने बिना मैं कैसे उसमें सहायक हो सकता हूँ?''

भीम का यह सन्देह अकारण नहीं था कि दुर्योधन कोई षड्यन्त्र रच रहा है।

''यदि मैं प्रार्थना करूँ तब भी आप सहायता नहीं करेंगे?'' जालन्धरा ने अनुरोध-भरे स्वर में पूछा।

''नहीं।''

''हे भगवान, मैं कितनी मूर्ख हूँ! मुझसे एक भूल हो गई है।'' उसने असहाय भाव से कहा।

''भूल? कैसी भूल?'' भीम ने आश्चर्य से पूछा।

जालन्धरा ने इस तरह भूमि की ओर देखा, जैसे उसे आघात लगा हो और निराशा-भरे स्वर में, रुक-रुककर वह इस तरह बोली मानो अपने-आपसे बातें कर

रही हो, "मैंने आशा की थी कि किसी दिन, किसी प्रकार, राजा वृकोदर मेरे स्वयंवर में पधारेंगे। किन्तु..." उराने एक निःश्वास लेकर इस प्रकार कहा, जैसे उससे बोला न जा रहा हो, "किन्तु अब मैं जान गई कि यह एक मूर्खतापूर्ण स्वप्न था।"

"मूर्खतापूर्ण क्यों? मैं निश्चित रूप से तुम्हारे स्वयंवर में आऊँगा और तुम्हें जीत लूँगा।" जालन्धरा के इस बदले मनोभाव को समझने में असमर्थ भीम ने कहा।

"मैंने अपनी बहन को जो वचन दिया है, उसे पूरा करने में यदि राजा वृकोदर सहायता नहीं करेंगे..." अनन्तर वह चुप हो गई, जैसे उसका गला रुँध रहा हो। वह बड़बड़ाई–"ओह्, मेरा हृदय टूटा जा रहा है।"

"अब मैं जाऊँगी।" जालन्धरा ने उठने का-सा प्रयास किया, "मैंने कभी नहीं सोचा था कि राजा वृकोदर मुझे खाली हाथ लौटा देंगे।"

"बैठ जाओ काश्या, बैठ जाओ। रोओ मत, रोओ मत। क्या तुमने कृष्ण के पास सन्देश पहुँचाने की शपथ ली है?"

"हाँ, मैंने अपने पिता की शपथ ली है।" उसने दबे हुए स्वर में कहा।

"रोओ मत जालन्धरा, रोओ मत।" उन्होंने उससे प्रार्थना की।

भीम को सुदृढ़ और शक्तिशाली होने का अभिमान था। अब उनके मन में कोमलता उत्पन्न हुई। वह इतनी दुर्बल है, इतनी छोटी है, ऐसी कठिन परिस्थितियों में है कि उन्हें उसकी सहायता करनी ही चाहिए। उन्होंने एक बार उत्कोचक में भी उसकी सहायता की थी। उनकी इच्छा हुई कि वह छरहरी और लचीली पीठ पर हाथ रख दें, किन्तु आर्य-परम्परा के नियम कठोर थे। अग्नि को साक्षी देकर जब तक वे विवाह के पवित्र बन्धन में न बँध जाएँ, ऐसा करना धर्म-विरुद्ध होगा।

यद्यपि वह समझ रहे थे कि जालन्धरा स्त्री-सुलभ छल के द्वारा उनसे अपनी बात मनवाने का प्रयत्न कर रही है, फिर भी यह सोचकर वह दुखी हुए कि उन्होंने उसे पीड़ा पहुँचाई है। वह किसी स्त्री को रोती नहीं देख सकते थे, जालन्धरा को तो और भी नहीं, जिसके प्रति उनका झुकाव हो गया था।

"तब तो बात ही दूसरी है। मैं सहमत हूँ। मैं तुम्हें कृष्ण से मिला दूँगा। अब तो तुम प्रसन्न हो?" उन्होंने पूछा।

"हाँ, प्रसन्न हूँ–इतनी प्रसन्न कि शब्दों में उसका वर्णन नहीं हो सकता।" आँसुओं के बीच जालन्धरा मुस्कुराई और भीम प्रसन्नता से नाच उठे।

"ऐसा मैं केवल तुम्हारे लिए करूँगा।" उन्होंने कहा।

"राजा वृकोदर, मैं जानती हूँ कि आपकी मुझ पर बड़ी कृपा है।" उसने अपने स्वर में आत्मीयता भरकर कहा, "मैं कभी न भूलूँगी कि आपने उत्कोचक

तीर्थ में मुझे डूबने से बचाया था...'' वह हँसी और कहती गई–''यद्यपि मुझे ऐसा लगता है कि मुझे अपनी गोद में उठाकर आश्रम तक ले जाने के लिए आपने ही नौका को डुबाने का उपाय किया था।''

''मैं जानता हूँ कि सुन्दर स्त्रियाँ अभिमानिनी होती हैं। वे समझती हैं कि जो कुछ किया जाता है, सब उन्हीं के लिए किया जाता है, और तुम तो सुन्दरी ही नहीं असाधारण भी हो।'' भीम ने कहा।

''यदि मैं असाधारण न होती तो अपने लिए असाधारण पति पाने की आशा का गर्व कैसे पाल सकती थी?''

भीम प्रसन्नतापूर्वक मुस्कुराए–''काश्या, तुम्हारा स्वयंवर अगले साल के लिए निश्चित हुआ है?''

''हाँ।''

भीम को यह विलम्ब अच्छा नहीं लगा। अगले साल द्रौपदी उनके साथ होगी। इस कठिनाई से बचने का कोई उपाय अवश्य खोजना चाहिए।

''तुम स्वयंवर की चिन्ता क्यों करती हो?'' भीम ने पूछा, ''अपने मनचाहे व्यक्ति से सीधे गान्धर्व विवाह क्यों नहीं कर लेतीं?''

''कभी नहीं। मैं आर्या हूँ।'' जालन्धरा ने गर्व से कहा, ''द्रौपदी के समान मैं भी राजाओं की सभा में अपने पति का वरण करूँगी। द्रौपदी ने जिस प्रकार पति के रूप में आपके भाई का वरण किया, वही उचित था।''

'यह ठीक कहती है।' उन्होंने मन-ही-मन सोचा। ''ठीक है, ठीक है!'' उन्होंने कहा, ''तुम जैसा चाहो, वैसा ही करो। मैं जानता हूँ कि हठीली स्त्रियों के साथ तर्क करना व्यर्थ है।'' उन्होंने एक उसाँस लेकर फिर कहा, ''यदि सन्देश आवश्यक है तो गुप्त रूप से कृष्ण से मिलने का सबसे अच्छा उपाय यह है कि कल आधी रात को तुम यहाँ आ जाओ। मैं कृष्ण को यहीं ले आऊँगा। क्या उस समय तुम रेखा के साथ यहाँ आ जाओगी?''

''हाँ।'' उसने प्रसन्नतापूर्वक कहा।

''मुझे विश्वास है कि यहाँ न आने के लिए कृष्ण सैकड़ों बहाने बनाएँगे, लेकिन मैं उन्हें यहाँ ले आऊँगा, भले ही मुझे उनको खींचकर लाना पड़े। मैं सदा उनके साथ मनमानी करता हूँ।'' उन्होंने गर्वपूर्वक कहा।

''अरे, राजा वृकोदर का विरोध कौन कर सकता है?'' उसने भीम पर एक मोहक दृष्टि डालकर कहा।

भीम इतने प्रसन्न थे, जितने वह कभी नहीं रहे थे।

अघोरी की कुटिया

भीम उस कोठरी से बाहर आए, जिसमें बलिय बैठा था। बलिय का बड़ा बेटा सोमेश्वर, जो एक महाकाय मल्ल था, जालन्धरा को पहुँचाने के लिए उसके साथ जाने की प्रतीक्षा कर रहा था। भीम का अंगरक्षक गोपू भी उनके साथ उस भवन में जाने को प्रस्तुत था, जिसमें पाण्डव रहते थे।

"बलिय, कल सवेरे, स्नान-सन्ध्या के बाद मैं कृष्ण के पास रहूँगा। जब मैं गोपू के द्वारा सन्देश भेजूँगा तो सोमेश्वर तुम्हें वहाँ ले आएगा।"

"छोटे मालिक," बलिय ने कृतज्ञतापूर्वक कहा, "मैं आपका ऋण कैसे चुका सकूँगा?"

सोमेश्वर के साथ जालन्धरा और रेखा अखाड़े से चली गईं। गोपू के साथ भीम भी, कुछ दूरी रखते हुए, उनके पीछे-पीछे चले।

जालन्धरा अपने साथियों के साथ जब अपनी राह जा रही थी, तारोंभरी स्वच्छ रात्रि में भीम ने एक वृक्ष के नीचे खड़ी कोई मानवाकृति देखी। अपने को छिपाने के लिए भीम ने उसे वृक्ष के पीछे कूदते हुए देखा। ज्यों ही वे लोग आगे बढ़ गईं, वह छिपकर जालन्धरा और रेखा के पीछे चला।

भूखे बाघ की तरह भीम ने उस व्यक्ति पर छलाँग लगाई, उसे भूमि पर पटककर वह उसकी छाती पर चढ़ बैठे और अपने हाथों से उसकी गर्दन दबाने लगे।

"तुम उन स्त्रियों का पीछा क्यों कर रहे हो?" भीम ने क्रुद्ध होकर पूछा।

उस व्यक्ति ने भीम को नीचे गिराने का प्रयत्न किया, किन्तु सफल नहीं हो सका।

"तुम उन लोगों का पीछा क्यों कर रहे हो?" भीम ने भयानक स्वर में फिर पूछा, उसकी गर्दन पर उनकी उँगलियों का दबाव बढ़ता गया।

जब जालन्धरा और रेखा आँखों से ओझल हो गईं तो भीम उस आदमी की छाती पर उठ खड़े हुए, उन्होंने झटके से उसे खड़ा किया और वह तब तक उसे झकझोरते रहे, जब तक उसके दाँत नहीं बजने लगे।

"क्या तुम बहरे हो? तुम उनका पीछा क्यों कर रहे थे?" भीम ने फिर पूछा।

वह आदमी फिर भी नहीं बोला। भीम ने फिर उसकी गर्दन पकड़ी।

"यदि जीवित रहना चाहते हो तो बोलो।" भीम गरजे। डरा हुआ, दोनों हाथ जोड़कर अनुनय-विनय करता हुआ, वह आदमी भुनभुनाया, "मुझे क्षमा कर दें महाराज!"

भीम ने उस आदमी की गर्दन पर अपनी उँगलियों का दबाव बढ़ाया—"सच

कहो, तुम कौन हो?"

उसका सारा शरीर काँपने लगा, दम घुटने लगा, उसने कहा, "मैं शकुनि का सेवक हूँ।"

"तुम यहाँ क्या कर रहे थे?" भीम ने पूछा और एक बार फिर उसे झकझोर दिया, "बोल मूर्ख, न बोलेगा तो मैं तुझे मार डालूँगा।"

उस आदमी ने फिर दोनों हाथ जोड़े और दबी हुई आवाज में कहा, "महाराज, मैं आपसे सच ही कहूँगा। मुझे युवराज्ञी भानुमती की धाय रेखा पर निगाह रखने का आदेश मिला था।"

"क्या तुम्हें पता है कि दूसरी स्त्री कौन थी?" भीम ने पूछा।

"यही तो मैं जानना चाहता था।" उस भेदिया ने कहा।

"झूठा!" भीम ने कहा और फिर उसकी गर्दन दबाई।

उस आदमी ने प्रार्थना के भाव से उनके पैर पकड़ने का प्रयत्न किया–"कृपा करें महाराज, मुझे मारें नहीं। यदि आप मुझे जीवित रहने देंगे तो मैं आपके जीवन की रक्षा कर सकता हूँ।"

"फिर झूठ! तू मेरी जीवन-रक्षा करेगा–तू, अभागा कहीं का!" कहकर भीम फिर उसे झकझोरने लगे।

"मुझे मारिए मत।" उसने दयनीय स्वर में कहा, "मैं आपकी रक्षा कर सकता हूँ महाराज, मैं झूठ नहीं बोलता। यदि आप अघोरी की कुटिया में जाएँ तो अब भी अपनी रक्षा कर सकते हैं, अन्यथा अगली पूर्णिमा से पहले ही आपकी मृत्यु हो जाएगी।"

भीम जानते थे कि गंगा के उस पार माता दुर्गा का भक्त एक भयानक अघोरी रहता था। भूत, वर्तमान और भविष्य के ज्ञाता के रूप में वह प्रसिद्ध था। वह पहुँचा हुआ तान्त्रिक भी था। इसलिए कठिनाई में पड़ने पर लोग उसकी शरण में जाते थे। ऐसी जनश्रुति थी कि वह अपनी अद्भुत शक्ति से किसी भी व्यक्ति को मृत्यु के मुख में डाल सकता था।

"ठीक है, तुम मुझे अघोरी की कुटिया तक ले चलो। यदि तुमने भागने का प्रयत्न किया, तो मैं तत्काल तुम्हें मार डालूँगा।"

गोपू ने अपनी पगड़ी खोलकर उस भेदिया के हाथ पीठ-पीछे करके बाँध दिए। वे उसके पीछे-पीछे, गंगा के किनारे चलते हुए नगर के बाहर निकल गए, जहाँ नदी के तट पर चार नौकाएँ बँधी हुई थीं।

गंगा के दूसरे किनारे घना जंगल था। जंगल के भीतर से आते एक प्रकाश की छाया पानी में झलमला रही थी। उन्होंने एक नौका को पानी में उतारा और उस पर बैठकर नदी पार की।

छिपते हुए वे उस प्रकाश की ओर चले। शीघ्र ही उन्हें पता चल गया कि जिस प्रकाश को देखते हुए वे आगे बढ़ रहे थे, वह एक वेदी में जलनेवाली अग्नि की लपटों का प्रकाश था। उसके पास ही फूस की एक छोटी-सी कुटिया थी।

पाँव की आहट बचाते हुए वे, पीछे की ओर से, कुटिया के निकट आए।

कुटिया के पीछे खड़े और उसके एक किनारे से झाँकते हुए भीम सहज ही देख सके कि सामने क्या हो रहा है।

कुटिया के सामने वेदी के पास बैठा हुआ अघोरी कोई तान्त्रिक मन्त्र पढ़ रहा था। वह अधेड़ आयु का व्यक्ति था, जो मनुष्य से अधिक वन-मानुष जैसा लग रहा था। उसकी आँखें लाल थीं, उसके गालों पर लाल रंग लगा हुआ था और सारे शरीर में राख का प्रलेप था। वह भयानक दीखता था।

अग्नि पर रखे एक ताम्र-पत्र में कोई तान्त्रिक-द्रव उबल रहा था।

वेदी के दूसरी ओर माता दुर्गा की एक भयानक प्रतिमा और एक शिव-लिंग स्थापित था।

अघोरी की दाहिनी ओर दुर्योधन के छोटे भाई दुःशासन और उनके मामा गान्धार-राजकुमार शकुनि बैठे हुए थे, जो समस्त आर्यावर्त में अपनी धूर्तता के लिए प्रसिद्ध थे। उनके पास एक शिशु लेटा हुआ था, जो या तो सोया हुआ था अथवा उसे कोई मादक पदार्थ पिला दिया गया था।

वेदी की बाईं ओर अघोरी रोली के द्वारा तीन मानव-आकृतियाँ बना रहा था।

"तुम्हारा सबसे पहला शत्रु कौन है, जिसे तुम मरा हुआ देखना चाहते हो?" अघोरी ने फँसे हुए स्वर में कहा, "उसका वर्णन करो।"

"पहला व्यक्ति एक वृद्ध पुरुष है, उसकी दाढ़ी और केश श्वेत हैं, वह लम्बा, तना हुआ, और सुपुष्ट शरीर का है, उसका नाम है गांगेय।" दुःशासन ने उत्तर दिया।

"क्या तुम्हारे पास ऐसी कोई वस्तु है, जिसका उसके शरीर से स्पर्श हुआ हो?" अघोरी ने पूछा।

"हाँ गुरुदेव, यह रहा उनकी दाढ़ी का एक केश।" दुःशासन ने उत्तर देते हुए, केश अघोरी के हाथ में दिया, जिसने उसे पहली आकृति पर रख दिया।

अघोरी ने हाथ में त्रिशूल लेकर एक मन्त्र पढ़ते हुए पहली आकृति का कलेजा चीर दिया। "और दूसरा?" अघोरी ने पूछा।

"दूसरा एक सुन्दर तरुण है," दुःशासन ने कहा, "जिसके मूँछ-दाढ़ी नहीं है, शरीर का रंग साँवला है और व्यक्तित्व आकर्षक है। उसका नाम कृष्ण वासुदेव है। यह है उस माला का एक फूल जिसे उसने कल पहन रखा था।"

अघोरी ने मुरझाया हुआ फूल ले लिया और एक मन्त्र पढ़ते हुए उसे दूसरी आकृति पर रखा। फिर उसके हृदय में भी त्रिशूल घोंप दिया।

"तीसरा कौन है?" अघोरी ने पूछा।

"तीसरा बहुत लम्बा, हट्टा-कट्टा और असाधारण शक्तिवाला व्यक्ति है। उसका नाम है भीम। यह रहा पके चावल का एक दाना, जो केले के उस पत्ते से गिरा था, जिसमें उसने भोजन किया था।" अघोरी ने उसे तीसरी आकृति पर रख दिया।

दुःशासन और शकुनि जिस अमानुषिक रूप से उसकी मृत्यु के लिए अघोरी की शक्ति का उपयोग कर रहे थे, उसे देखकर भीम की आँखें फैल गईं।

जब अघोरी ने उनकी आकृति पर त्रिशूल का आघात किया तो भीम की इच्छा हुई कि वह इन तीनों पर छलाँग लगाकर वहीं का वहीं उनका गला घोंट दें। किन्तु इस वीभत्स अनुष्ठान ने उन्हें इतना सम्मोहित कर लिया था कि उसे अंत तक देखे बिना वह नहीं रह सके।

अघोरी ने आँखें मूँद लीं और समाधि लगा ली। उसका शरीर काँपने लगा। कुछ देर बाद उसने अपनी आँखें खोलीं और फैली हुई तथा बाहर निकली आती आँखों से दुःशासन की ओर देखा। वह ऐसे विचित्र स्वर में बोला, मानो वह स्वर किसी गहरे कुएँ में से आ रहा हो–"मैं तुम्हारे परिवार में दो व्यक्तियों की मृत्यु देख रहा हूँ...." उसने क्षण-भर के लिए अपनी आँखें मूँदीं और फिर खोल दीं, "हाँ दो...हाँ, अगली पूर्णिमा से पहले।"

"वे कौन हैं गुरुदेव?" दुःशासन ने पूछा।

अघोरी ने क्षण-भर के लिए पुनः आँखें मूँदीं। अनन्तर वह बोला, "मैं नहीं कह सकता कि जिन तीन की मृत्यु तुमने चाही थी, वे दोनों उनमें से हैं कि नहीं।"

"हम इन्हीं तीनों की मृत्यु चाहते हैं।" शकुनि ने ऐसे शान्त चित्त से कहा कि भीम का रक्त हिमीभूत हो गया।

"जीवन का सूत्र महिमामयी माता के हाथों में है। वह दयामयी हैं। दुष्ट-मर्दिनी हैं। यदि उन्हें संतुष्ट किया जाए तो केवल वही उस सूत्र को छिन्न कर सकती हैं।" अघोरी ने अलौकिक स्वर में कहा।

"हम उनकी कृपा कैसे प्राप्त कर सकते हैं?" शकुनि ने पूछा।

"क्या हम सर्वशक्तिमती माता से मिल सकते हैं?" दुःशासन ने पूछा।

"हाँ, तुम चाहो तो मिल सकते हो।" अघोरी ने कहा।

"हम उनसे मिलना चाहते हैं। कृपया हमें उन तक पहुँचाने का मार्ग बतलाइए।" दुःशासन ने कहा।

"सर्वशक्तिमती माता की कृपा प्राप्त करने के लिए तुम्हें कैलाश पर्वत पर जाना होगा। जैसा मैंने कहा, यदि तुम चाहोगे तो केवल वही जीवन की डोर को

छिन्न कर सकती हैं। मैं तुम्हें वहाँ भेजने का प्रबंध कर दे सकता हूँ।"

अघोरी ने वेदी में और लकड़ियाँ डाल दीं। थोड़ी ही देर में अग्नि की लपटें निकलने लगीं।

कैलाश-यात्रा

अघोरी, दुःशासन और शकुनि, तीनों थोड़ी देर तक मौन रहे।

"सोच लो," अघोरी ने कठोर स्वर में कहा, "अपने शत्रुओं की मृत्यु प्राप्त करने के लिए क्या तुममें कैलाश-यात्रा का साहस है?"

"हाँ, गुरुदेव!" दुःशासन ने कहा।

"क्या तुम यम से भी कराल शक्तिरूपिणी माता के सामने विनम्र भाव से प्रार्थना कर सकोगे?"

"हाँ, गुरुदेव!"

"तो शक्तिमयी माता से प्रार्थना करो कि वे तुम्हारी इच्छा पूरी करें।" अघोरी ने कहा।

"अच्छा गुरुदेव!" दुःशासन और शकुनि ने कहा और अघोरी के कहने के अनुसार उन्होंने कुछ देर के लिए अपनी आँखें मूँद लीं।

जिस पात्र में गाढ़ा द्रव उबल रहा था और जिससे तीखी गंध आ रही थी उसे वेदी से उतार लिया गया।

तान्त्रिक-मन्त्र बुदबुदाते हुए अघोरी ने लकड़ी के तेज धारवाले चाकू से वहाँ लेटे हुए शिशु का गला काट दिया और देवी को उसका रक्त अर्पित किया। उसने रक्त की कुछ बूँदें शिवलिंग पर भी डालीं और पहले स्वयं अपने ललाट पर और फिर दुःशासन और शकुनि के ललाट पर रक्त-तिलक किया।

अघोरी लगातार मन्त्र बुदबुदाता रहा। उसने गाढ़े द्रव का कुछ भाग स्वयं पिया और शेष दुःशासन और शकुनि को दे दिया। वे भी उसे पी गए।

भीम इस वीभत्स अनुष्ठान को फटी आँखों देखते रहे। शीघ्र ही दुःशासन और शकुनि की आँखें अस्वाभाविक रूप से फैल गईं और चमकने लगीं।

"तुम्हें क्या अनुभव हो रहा है?" अघोरी ने पूछा।

"मेरा मस्तक घूम रहा है। मेरी रीढ़ में ठण्ड की लहरें दौड़ रही हैं।" दुःशासन ने उत्तर दिया।

"मेरी आँखों के सामने लाल और हरे चकत्ते नाच रहे हैं," शकुनि बोला।

जब अघोरी ने देखा कि द्रव का प्रभाव होने लगा है तो उसने अपना त्रिशूल

उठाकर उससे दुःशासन और शकुनि के ललाटों का स्पर्श किया।

"तुम क्या देख रहे हो?" अघोरी ने कहा, "क्या तुम आकाश-मार्ग से आता एक रथ देख रहे हो? यह तुम्हें माता दुर्गा के आवास पर ले जाएगा।"

दुःशासन और शकुनि दोनों ने आँखें फाड़ते हुए कहा, "रथ आ गया, रथ आ गया!" उनका स्वर किसी बहुत दूर की गुफा से आनेवाली प्रतिध्वनि के समान जान पड़ा।

"तुम दोनों इस पर बैठ जाओ और माता दुर्गा के चरणों में अपना हृदय अर्पित करके उनसे प्रार्थना करो।" अघोरी ने कहा और अपना त्रिशूल उनकी आँखों के सामने घुमा दिया।

"आप क्या हमारे साथ नहीं चलेंगे गुरुदेव?" शकुनि ने पूछा।

"मैं भी तुम्हारे साथ चलूँगा, किन्तु मैं दूसरे उड़नखटोले से यात्रा करूँगा।" अघोरी ने कहा और वेदी में फिर लकड़ियाँ डाल दीं।

"गुरुदेव, रथ बड़े वेग से जा रहा है।" दुःशासन ने उसी, दूर से आते स्वर में कहा।

"मेरी साँस रुक रही है।" शकुनि ने कहा। सिहरकर उसने अपने गले पर हाथ रख दिया।

अघोरी ने फिर उन दोनों की आँखों के सामने अपना त्रिशूल घुमाया। "अब तुम्हें क्या अनुभव हो रहा है?" उसने पूछा।

"हम बड़े वेग से उड़ रहे हैं। मैं हर्ष-विह्वल हो रहा हूँ।" दुःशासन ने उल्लसित भाव से कहा।

"हम लोग बड़े वेग से उड़े जा रहे हैं गुरुदेव!" शकुनि बुदबुदाया, "वायु से ऐसी ध्वनि आ रही है, जैसे तूफान आ रहा हो।"

अघोरी ने उनकी आँखों के सामने त्रिशूल घुमाते हुए पूछा, "अब तुम क्या देख रहे हो?"

"हम लोग ऊपर, और ऊपर चले जा रहे हैं।" दुःशासन ने कहा।

"हम बहुत नीचे धरती को देख रहे हैं," शकुनि ने कहा।

त्रिशूल फिर घुमाया गया।

"हम अपने बहुत नीचे गंगा माता को जल की एक रेखा के रूप में देख रहे हैं।" शकुनि ने कहा।

"ओह्, कैसा अपूर्व दृश्य है!" दुःशासन ने कहा, "अब हम ऊँचे पर्वतों के निकट पहुँच रहे हैं! हाँ, यह हिमालय है, नगाधिराज हिमालय!"

"इसके शिखर हमारे नीचे हैं; उस पर अछूते वन फैले हुए हैं; हम उनके बीच से होकर बहती वायु की ध्वनि सुन रहे हैं।" शकुनि ने सराहना के भाव से कहा।

"तरु-शिखर सुदक्ष नर्तकों की तरह झूम रहे हैं।" दुःशासन ने कहा।

"महान आश्चर्य!" उसने थोड़ी देर बाद कहा, "हम लोग बादलों के बीच से उड़ रहे हैं। हमने स्वर्ग की छत को लगभग छू लिया है।"

"कैसा भव्य दृश्य है!" दुःशासन चिल्लाया, "हम शिखर, श्रेणियों के बाद श्रेणियाँ, सुवर्ण-खचित उनके शीर्ष ब्रह्मांड के अन्त तक फैले हुए हैं।"

"अब हम एक विशाल शिखर को देख रहे हैं, जो स्वर्ग को छू रहा है, उसका गोलाकार शीर्ष पिघले हुए सुवर्ण के शिवलिंग के समान है।" शकुनि ने कहा।

"यह कैलाश पर्वत है, जहाँ माता दुर्गा और उनके स्वामी, देवाधिदेव महादेव, रहते हैं।" अघोरी ने कहा, "तुम्हारी आँखें धन्य हैं, जिन्होंने इस महापवित्र तीर्थ के दर्शन किए। अपने रथ से उतर आओ तथा सृजन और संहार के स्वामी और उनकी अर्धांगिनी के सम्मुख साष्टांग प्रणाम करके प्रार्थना करो कि वे तुम्हें दर्शन दें।" उसका स्वर श्रद्धा से अभिभूत था।

"हम लोग रथ से उतर आए हैं; हम प्रार्थना कर रहे हैं। बादल छँटने लगे हैं।" शकुनि ने कहा।

"हम अपने सामने महादेव और भयंकरी माता को देख रहे हैं!" दबे हुए स्वर में दुःशासन चिल्लाया।

"हम धन्य हो गए!" शकुनि ने कहा, "जगज्जननी पार्वती और जगत्पिता परमेश्वर, हम आपको साष्टांग प्रणाम करते हैं। आप हमारी मनोकामना पूरी करें।"

"तुम्हें क्या चाहिए?" तीनों लोकों को भरता हुआ एक गंभीर, मधुर किन्तु शक्तिशाली स्वर उभरा।

भीम ने उस स्वर की वन में गूँजती प्रतिध्वनि सुनी। उन्हें जान पड़ा, जैसे यह बिजली की कड़कड़ाहट हो। उन्हें ऐसा प्रतीत हुआ, मानो वह कोई स्वप्न देख रहे हों, अपने को जगाने के लिए उन्होंने अपना मस्तक झकझोरा। दुर्दमनीय होने पर भी शक्तिमती माता का स्वर सुनकर उनका हृदय प्रचण्ड रूप से धड़कने लगा।

"मैं जो प्रार्थना करता हूँ, उसका एक-एक शब्द दुहराओ, नहीं तो भगवान महादेव अपना तीसरा नेत्र खोलकर तुम्हें भस्म कर देंगे।" अघोरी ने कहा।

"जो आज्ञा गुरुदेव!" दुःशासन और शकुनि ने कहा। उनके सामने जो दृश्य था, उसे देखकर वे अभिभूत हो गए थे।

अघोरी ने प्रार्थना की :

हे त्रिलोक के स्वामी!
सृजन और संहार आपके वश में अन्तर्यामी।
नर्तित प्रथम चरण से करते सृष्टि तुम्हीं इस जग का।

और सृष्ट हो जाते हैं पल-भर में सारे प्राणी॥
किन्तु दूसरा चरण तुम्हारा इस सचराचर जग को
कर देता है क्षार, बना संहार अवश अनुगामी॥
कृपा करो हे, कृपा करो तुम, हे त्रिलोक के स्वामी!

शकुनि और दुःशासन ने प्रत्येक पंक्ति दुहराई।

देवों के अधिदेव, तुम्हारी सर्वोपरि है सत्ता।
तुम नर्तन करते कि काँपने लगता पत्ता-पत्ता
भय-विह्वल आकाश, त्रास से ग्रह-नक्षत्र विकल हो
सूर्य-चन्द्र कम्पित होने लगते प्रति पल चंचल हो
कम्पित सभी देवता, अग-जग कृपा-कोर का कामी
कृपा करो हे, कृपा करो तुम, हे त्रिलोक के स्वामी!

दोनों ने यह प्रार्थना भी दुहराई।

महिष-मर्दिनी माँ, त्रिलोक पर तुम शासन करती हो
भूत, भविष्यत, वर्तमान को आँचल में धरती हो
जीवन-सूत्र सभी का कर-पल्लव में निहित तुम्हारे
जब तरेरतीं नयन, भस्म हो जाते अनयी सारे
कृपा करो हे माता, सब पर तुम्हीं कृपा करती हो।
हे असुरों की संहारिणी, हे शक्तिशालिनी माता,
कठिन तपस्या से भी जो है सुलभ नहीं हो पाता
ऋषि-मुनियों को, यह अलभ्य दर्शन है हमने पाया
कृपा करो हे माता, हमको दो आँचल की छाया।

दुःशासन और शकुनि ने यह प्रार्थना भी दुहराई।

''अब तुम्हें जो माँगना हो, माता से माँग लो।'' अघोरी ने कहा।

''माता आप हम पर एक कृपा करें। आगामी पूर्णिमा से पहले तीन व्यक्तियों का संहार कर दें।'' दुःशासन ने सिर झुकाकर और गहरी श्रद्धा के सहित दोनों हाथ जोड़कर कहा।

''वे कौन हैं?'' स्वर ने पूछा।

भीम ने एक बार फिर आँखें मलीं। उन्हें अनुभव हुआ कि यह स्वर उन्होंने स्वप्न में नहीं सुना है।

स्वर वन-प्रदेश में अनुगुंजित हो उठा; अघोरी दोनों की आँखों के सामने त्रिशूल घुमाता रहा; और उन दोनों की प्रार्थना-भरी, अस्वाभाविक रूप से विस्फारित

आँखें मानो माता भगवती पर टिकी रहीं।

दुःशासन ने कहा, "हम महाराज शान्तनु के पुत्र गांगेय की मृत्यु चाहते हैं, जिन्हें सामान्यतः भीष्म कहा जाता है।"

अट्टहास से दिशाएँ गूँज उठीं। स्वर ने कहा, "उनका जीवन सात्विक रहा है; धर्म पर उनकी अटूट आस्था रही है, उनका आत्मसंयम सर्वश्रेष्ठ ऋषियों से भी अधिक रहा है; उन्हें हमारा वरदान मिल चुका है; वे जब स्वयं चाहेंगे, तभी उनकी मृत्यु होगी।"

"हे शक्तिशालिनी माता, तब हम आगामी पूर्णिमा से पहले वसुदेव के पुत्र कृष्ण की मृत्यु चाहते हैं।"

इस बार स्वर में कठोरता थी–"उन्होंने एक दैवी कार्य पूरा करने के लिए जन्म लिया है। वह तब तक शरीर-त्याग नहीं कर सकते, जब तक उनका कार्य पूरा न हो जाए।"

अघोरी ने वेदी में और लकड़ियाँ डालीं। लपटें तेज हो गईं।

"हे महिमामयी माता, हम लोगों पर दया करें। कम-से-कम तीसरे को तो मृत्यु के घाट उतार ही दें।" दुःशासन ने कहा। उसके स्वर में उसकी निराशा की स्पष्ट झलक थी।

ज्यों ही भीम ने दुःशासन की प्रार्थना सुनी, वह समझ गए कि अब उनकी मृत्यु की स्वीकृति में विलम्ब नहीं है। पितामह के समान उन्हें इच्छा-मृत्यु का वरदान नहीं मिला है। कृष्ण के समान किसी दैवी कार्य को पूरा करने के लिए भी उनका जन्म नहीं हुआ है। वह भयभीत हो गए। जैसे भी हो, तीसरी कृपा प्राप्त करने से दुःशासन को रोकना होगा।

जिन दो बाँसों के आधार पर फूस की कुटिया टिकी हुई थी, भीम ने अपने हाथ बढ़ाकर उन्हें पकड़ लिया। फिर उन्होंने पूरी शक्ति से उसे इस तरह धक्का दिया कि वह अग्नि के निकट बैठे उन तीनों व्यक्तियों के सिर पर जा गिरी।

फूस की कुटिया ठीक अघोरी के और धधकती हुई अग्नि के ऊपर गिरी थी। फूस की दीवारों का सिरा शेष दोनों व्यक्तियों पर गिरा था, जो अभी भी अर्धचेतनावस्था में थे।

तेज हवा बहने लगी थी, इसलिए सूखी फूस तत्काल धधक उठी। अघोरी की दाढ़ी और लोमश शरीर ने आग पकड़ ली।

शकुनि और दुःशासन समाधि से जाग पड़े। अपने सामने धधकती अग्नि की लपटों को देखकर वे स्तब्ध रह गए। उन लपटों ने अघोरी को घेर लिया था।

यह समझकर कि वे भी जलकर मर जा सकते हैं, उन्होंने अपने शरीर पर गिरी फूस को झाड़ फेंका।

अट्टहास से दिशाएँ भर गई थीं—वह ध्वनि बहुत पहचानी-सी थी। उन्हें विश्वास था कि यह देवी का अट्टहास नहीं है; किन्तु वे समझ नहीं पाए कि किसका है।

आतंकित होकर वे इतनी तेजी से दौड़े, जितनी तेजी से उनके पैर उन्हें नदी के तट की ओर ले जा सकते थे। नदी पार करने के लिए नौका को जल में डालने का धैर्य उनमें नहीं था। एक भयानक भय उनके हृदयों में समा गया था। देवता कुपित हैं। मामा-भानजे नदी में कूद पड़े और तैरकर परले पार चले गए।

भीम अघोरी को देखते खड़े रहे। वह अद्भुत व्यक्ति था। उसने आग से अपनी रक्षा का कोई प्रयत्न नहीं किया, इस प्रार्थना के अतिरिक्त उसके मुँह से एक भी शब्द नहीं निकला—"जगत्-जननी, अपने शिशु को अपनी गोद में ले लो।"

अब भीम उस भेदिया की ओर मुड़े। अपनी नौका की ओर जाने से पहले, उन्होंने मित्र भाव से उसके कन्धे पर हाथ रखा था—"मैंने तुमसे जो अन्तिम प्रश्न पूछा था, तुमने उसका उत्तर नहीं दिया। अब उत्तर दो। क्या तुम बता सकते हो कि रेखा के साथ जानेवाली युवती कौन थी?"

"मालिक मैं निश्चित रूप से नहीं कह सकता, अनुमान कर सकता हूँ। वह दासी नहीं थी। वह मल्ल स्त्री भी नहीं थी; उसका चलने का ढंग राजकुमारियों जैसा था।"

"सच्ची बात बताओ! तुम्हारी समझ से वह कौन थी?" भीम ने पूछा। उनका स्वर और व्यवहार स्नेहपूर्ण था।

"मैं समझता हूँ कि वह काशी की राजकन्या थी, युवराज दुर्योधन की पत्नी राजकुमारी भानुमती की बहन।"

"ओह्, तुम तो बहुत जानते हो!" भीम ने कहा।

इससे पहले कि भेदिया इस कथन का तात्पर्य समझे, भीम का हाथ उठा और उनका घूँसा भेदिया के मुख पर पड़ा। उसका माथा फट गया, दाँत निकलकर मुँह से बाहर जा गिरे। वह लकड़ी के एक कुन्दे के समान भूमि पर गिर पड़ा।

गोपू ने उसे खींचकर आग में डाल दिया।

चमत्कार

सवेरा होने के कुछ ही पहले भीम अपने महल में पहुँचे और सोने का बहाना करते हुए, आँखें मूँदकर अपनी शैय्या पर लेट गए। थोड़े ही समय बाद उनके भाई जाग

उठे और सूर्योदय के पहले गंगा-स्नान करने तथा उगते सूर्य को अर्घ्य देने के लिए घर से निकलने को तैयार होने लगे।

भीम जैसे अभी-अभी जागे हों, अपनी शैय्या छोड़कर उठे और भाइयों के साथ हो गए। उन्हें आशा थी कि पूजा करते समय वह कृष्ण से बातें कर सकेंगे, किन्तु उद्धव, सात्यकि, अर्जुन तथा अन्य लोग उनके साथ थे।

जब वे लोग गंगा के जल में खड़े सन्ध्या कर रहे और सूर्य को अर्घ्य दे रहे थे, आस-पास स्नान कर रहे लोगों ने कृष्ण के दर्शनों के लिए उन्हें चारों ओर से घेर लिया।

स्नान के अनन्तर भीम कृष्ण के साथ उस महल की ओर चल पड़े जहाँ वह ठहरे थे। किन्तु महल के आँगन में, उनके दर्शनों के लिए पहले से ही स्त्री, पुरुष और बच्चों की भीड़ लगी हुई थी।

उन्होंने कुछ बच्चों के सिर पर हाथ फेरा, जो भाग्यशाली लोग उनकी दृष्टि आकर्षित कर सके उनसे दो-एक बातें कीं और स्त्रियों की ओर एक दृष्टि डाली। वह दृष्टि इतनी मोहक थी कि जीवन-भर उनकी स्मृति में बनी रहनेवाली थी। जब कभी वह मुस्कुराए, उन्हें लगा कि वे धन्य हो गईं।

भीम ने सोचा कि उनके यह परम प्रिय फुफेरे भाई भीड़ से घिरा रहना बहुत पसंद करते हैं। जैसे भी हो, उन्हें अकेले में उनसे मिलना ही होगा, नहीं तो वह आधी रात को बलिय के अखाड़े में चलने के लिए उनको कैसे सहमत कर सकेंगे? शीघ्र ही उन्हें अवसर मिल गया और उन्होंने गोपू से कहा कि वह दौड़कर पितामह को ले आए।

जब सोमेश्वर अपने पिता को छोटी-सी गाड़ी पर ठेलता हुआ ले आया तो वहाँ एकत्रित लोगों ने तत्काल उसे पहचान लिया, जो किसी समय हस्तिनापुर के सर्वोत्कृष्ट मल्ल के रूप में विख्यात था।

कृष्ण तथा अन्य लोगों के साथ भीम जिस बरामदे में बैठे थे, वहाँ से वह नीचे उतर आए। ठेलागाड़ी को पास तक आ सकने के लिए उन्होंने स्थान बनाया।

कृष्ण उठ खड़े हुए। उन्होंने अपना दुपट्टा सँभाला, और वृद्ध मल्ल का अभिनन्दन करने के लिए वह आगे बढ़ आए। बलिय ने अपनी गाड़ी से झुककर कृष्ण के चरण-स्पर्श किए और अपने हाथों को आँखों से लगाया, जिनमें कृतज्ञता के आँसू भरे हुए थे।

"बाहुबली, मल्ल विद्या के आचार्य, तुमने स्वयं यहाँ आने का कष्ट क्यों उठाया?" कृष्ण ने झुककर उस मल्ल का आलिंगन करते हुए पूछा, "मैं स्वयं ही किसी दिन अखाड़े के अजेय योद्धा के प्रति सम्मान प्रकट करने के लिए आनेवाला था।"

भीम का संकेत पाकर गोपू ने अपने पितामह को गाड़ी से उठा लिया और ले जाकर वहाँ बैठा दिया, जहाँ कृष्ण ने पुनः आसन ग्रहण किया था।

"स्वामी, आप मल्लों के मुकुट-मणि हैं।" कृष्ण ने जैसे आदर के साथ बलिय का सम्मान किया था, उससे अभिभूत होकर एक बार पुनः उनके चरणों का स्पर्श करते हुए बलिय ने कहा।

कृष्ण ने मुस्कुराते हुए पूछा, "फिर तुम क्या हो?"

"मैं?" बलिय ने कहा, "मैं केवल मल्ल-विद्या का एक विनम्र भक्त हूँ। मैं यह बात कभी नहीं भूल सकता कि आपने सोलह वर्ष की आयु में मल्ल-विद्या में प्रवीण कंस और चाणूर को धराशायी कर दिया था। मैं वर्षों से आपके दर्शनों की प्रतीक्षा कर रहा था। आपके दर्शन पाकर मैं अपने को धन्य मानता हूँ।"

"तुम अपने साथ न्याय नहीं कर रहे," कृष्ण ने प्रसन्नतादायक स्मित के साथ कहा, "तुम्हारी वीरता की कथाएँ भीम मुझे पहले ही सुना चुके हैं। मल्ल-विद्या का तुमसे बड़ा ज्ञाता दूसरा कोई नहीं है।"

भीम बीच में बोल पड़े—"कृष्ण, बलिय तुमसे एक विनीत अनुरोध करना चाहता है, किन्तु वह इसके लिए साहस नहीं जुटा पा रहा। वह चाहता है कि तुम उसके अखाड़े में जाकर उसे धन्य करो।"

बलिय ने कृतज्ञतापूर्वक भीम की ओर मुड़कर कहा, "छोटे मालिक, तुमने मेरे हृदय की बात कह दी है।" फिर उसने कृष्ण को सम्बोधित करते हुए कहा, "जब भी सुविधा हो स्वामी, आप अखाड़े में आकर हम लोगों को यह बताएँ कि आपने कंस और चाणूर को कैसे धराशायी किया था। मैं कभी यह समझ नहीं पाया कि आपने ऐसा कैसे किया था।"

"मैं स्वयं उसे कभी नहीं समझ पाया।" कृष्ण ने कहा, "भीम मेरे सारे दाँव जानते हैं; उनमें कोई असामान्यता नहीं है। हमने अनेक बार मल्ल-युद्ध किया है और वह उन दावों को तुम्हें बता सकते हैं।

भीम बीच में बोल पड़े—"जब बलिय के द्वार पर पवित्र गंगा बह रही है तो वह किसी सहायक नदी में क्यों स्नान करेगा?"

भीम ने इस संकेत के साथ बलिय और सोमेश्वर पर एक दृष्टि डाली कि वे बीच में बोलें, फिर उन्होंने धीमे स्वर में कहा, "आज मल्लों का पवित्र त्यौहार है। आज ये लोग माता की पूजा करेंगे।"

बलिय भीम का आशय समझ गया। उसने दोनों हाथ जोड़कर फुसफुसाते हुए कहा, "स्वामी, आज की रात हम 'ज्येष्ठि' मल्लों का एक पवित्र त्यौहार है, जिसमें हम माता अम्बा का पूजन करेंगे। आप उसमें सम्मिलित होने की कृपा करें।" बलिय दोनों हाथ जोड़कर नीचे झुका और उसने विनम्रतापूर्वक कृष्ण के

चरणों पर मस्तक रख दिया।

कृष्ण मुस्कुराए। उन्होंने बलिय का माथा थपथपाते हुए धीमे स्वर में कहा, "बाहुबली, तुम इस विद्या के आचार्य हो। तुम्हारी इच्छा आदेश के समान है। भीम मुझे सुविधानुसार अखाड़े पर ले जाएँगे। किन्तु इस बात को गुप्त ही रखना, क्योंकि इन सब लोगों को मैं अखाड़े तक ले जाने का कष्ट नहीं देना चाहता, यद्यपि इन्हें पता चल जाएगा तो ये अवश्य जाएँगे।"

भीम ने कहा, "ठीक कह रहे हो कृष्ण, तुम्हें अपने भक्तों के बिना भी निभाने की आदत डालनी चाहिए।"

"तुम्हारे साथ निभाना तो और कठिन है। तुम मेरे साथ सिर-चढ़े बच्चे-जैसा व्यवहार करते हो।" कृष्ण ने उत्तर दिया।

कृष्ण ने बलिय की पीठ थपथपाई। उन लोगों की धीमी बातें न सुन सकने के कारण बरामदे के बाहर बैठे लोगों को थोड़ी निराशा हुई, भीम ने बुड्ढे बलिय को उसकी गाड़ी पर बैठाने के लिए छोटे बच्चे की तरह उठा लिया, यह देखकर उन लोगों को प्रसन्नता हुई और वे हँस पड़े।

भीम आगे बढ़ते, इससे पहले ही कृष्ण उठ खड़े हुए, उन्होंने मुस्कुराकर भीम को रोक दिया, "भीम, क्या मैंने तुमसे यह नहीं कहा था कि तुम लोगों को बिगाड़ देते हो? तुम मुझे अपने प्यार से बिगाड़ते हो; अब तुम बलिय को बिगाड़ रहे हो। निश्चय ही हस्तिनापुर का अद्वितीय मल्ल योद्धा, मल्लों का मुकुट-मणि, स्वयं चल सकता है।" उन्होंने कहा।

"मैं नहीं चल सकता स्वामी!" बलिय ने दुखी होकर कहा।

"क्यों नहीं चल सकते?" कृष्ण ने पूछा और भीम की गोद से बलिय को स्वयं ले लिया।

भीड़ बलिय को एक से दूसरे की गोद में जाता देखती रही। किसी अनहोनी का आभास पाकर सब लोग शान्त हो गए।

"मैं तुम्हें विश्वास दिलाता हूँ बलिय, तुम चल सकते हो।" कृष्ण ने विश्वासपूर्वक कहा।

"मैं कैसे चल सकता हूँ स्वामी?" बलिय ने कातर होकर कहा। उसे डर लगा कि कहीं कृष्ण उसे नीचे न गिरा दें।

"मैं कहता हूँ , तुम चल सकते हो।" बूढ़े मल्ल की डरी हुई आँखों में आँखें डालकर कृष्ण ने कहा। उन्होंने जिस हाथ से उसे थाम रखा था, उसे छोड़ दिया।

बलिय के दुर्बल पाँव लड़खड़ाए। उसके मुँह से चीख निकल गई।

"क्या तुमने मुझसे यह नहीं कहा कि मैं मल्लों का मुकुटमणि हूँ? मैं तुम्हें विश्वास दिलाता हूँ कि तुम्हारे पैरों में कोई दोष नहीं है। अपने पैर भूमि पर रखो

और चलो।"

"मैं नहीं चल सकता।"

"तुम चल सकते हो।" कहकर कृष्ण ने अपना दूसरा हाथ भी छोड़ दिया, जिससे बलिय को थाम रखा था। बूढ़े के मुँह से एक दूसरी चीख निकल गई और वह जमीन पर गिर-सा पड़ा।

"चलो।" कृष्ण ने आदेश के स्वर में कहा।

बलिय ने कृष्ण की ओर देखा। ऐसा लगा कि कृष्ण की आँखों से निकलती हुई विश्वास की रहस्यमयी धारा उसे घेर रही हो। उसे लगा कि चाहे जो हो, वह कृष्ण की आज्ञा का उल्लंघन नहीं कर सकता। उसने अपने दोनों पैर जमीन पर रखे, वह लड़खड़ाया, जमीन पर गिरने को हुआ कि कृष्ण ने हाथ पकड़कर उसे खड़ा कर दिया।

"आओ," कृष्ण ने कहा, "चलो।" और उसका हाथ पकड़कर वह दो पग चले, जैसे किसी छोटे बच्चे को चलना सिखा रहे हों।

भीड़ साँस रोककर देखती रही। कई वर्षों से अपंग वह बूढ़ा मल्ल बिना किसी का सहारा लिए अपने पाँवों पर खड़ा था। और इससे भी बड़ा आश्चर्य तो तब हुआ, जब उसने झिझकते हुए अपने पाँव बढ़ाए–एक-दो-तीन-चार-पाँच; वह पाँच पग चला। भीड़ मुँह फाड़कर देखती रही।

बलिय ने अनुभव किया कि वह अपने-आप चल सकता है और उसके झुर्रियों-भरे चेहरे पर एक सुखद स्मित खिल आया।

"स्वामी, मैं चल सकता हूँ।" आनन्द के आँसू बहाता हुआ वह कृष्ण के चरणों पर गिर पड़ा।

भीड़ स्तब्ध और शांत बैठी रही।

लड़खड़ाते हुए पाँवों से बलिय ठेलागाड़ी की ओर चला। चलने की अपनी क्षमता पर विश्वास न होने के कारण वह गाड़ी पर बैठ गया।

कृष्ण ने उसे थपथपाया। "किसने कहा कि तुम नहीं चल सकते?" कृष्ण प्रसन्नतापूर्वक मुस्कुराए।

तनाव टूट गया था। भीड़ ने जय-ध्वनि की : "भगवान कृष्ण की जय!"

सोमेश्वर गाड़ी को ठेलने लगा। भीम उसके साथ चले।

जब वे महल के आँगन से बाहर निकले तो दो मल्ल दौड़ते हुए सामने आए। उनके सिरों पर पगड़ी नहीं थी और उनमें से एक के सिर से बहुत रक्तस्राव हो रहा था, "हमें मार डाला, हमें मार डाला!" वे चिल्ला रहे थे।

थोड़ा और आगे कुछ अन्य मल्ल, अखाड़े की ओर भागते दीख पड़े। अपनी गर्दनों से जुआ उतारकर डरे हुए से बैल भी चारों ओर भाग-दौड़ रहे थे।

हल्ला-गुल्ला सुनकर आँगन में बैठे हुए कुछ लोग यह देखने के लिए बाहर निकल आए कि बात क्या है।

पितामह का आदेश

जो लोग आँगन में एकत्रित थे, उन्हें अब ऐसा लगा कि कोई असामान्य बात हो गई है। बाहर आकर उन लोगों ने भीम और मल्लों को घेर लिया।

"क्या बात है?" भीम ने उन दो मल्लों से पूछा, जो हाँफ रहे थे और प्रथा के अनुसार भीम को प्रणाम करना भी भूल गए थे।

"मालिक, राजकुमार दुःशासन और उनके कुछ भाइयों ने हममें से एक को मार डाला है और कितनों ही को घायल कर दिया है।" एक मल्ल ने कहा।

भीम ने पूछा, "क्यों?"

जो आदमी घायल था, वह खड़ा नहीं रह सका और जमीन पर बैठ गया। गोपू अपना दुपट्टा फाड़कर उसका घाव बाँधने लगा।

बहुत-से दूसरे मल्ल भी वहाँ आ गए–"मालिक, हम लोगों को आदेश मिला था कि आज सबेरे हम लोग अपनी गाड़ियाँ लेकर कुमार दुःशासन के महल में पहुँच जाएँ। हमें उनका और उनके भाइयों का माल-असबाब गान्धार पहुँचाना था, जहाँ वे लोग शीघ्र ही जानेवाले हैं। जब हम लोग वहाँ पहुँचे तो पहले तो उन लोगों ने हमें गालियाँ दीं और फिर वे हथियार लेकर बाहर निकल आए। उन लोगों ने हममें से एक को मार डाला और कुछ को घायल कर दिया। उन्होंने हमारे कुछ बैलों को भी मार डाला या घायल कर दिया। उन्होंने हमारी कुछ गाड़ियाँ भी तोड़ डालीं।"

भीम ने पूछा, "क्यों?"

"उन्होंने कहा कि हम उनका अपमान करने के लिए आए हैं। हमने उत्तर दिया कि हम गरीब लोग हैं, केवल आदेश का पालन कर रहे हैं। उन लोगों ने हमारी बातों पर ध्यान नहीं दिया। हमें भय है कि वे हम सबको मार डालेंगे।" मल्ल बोला।

"मेरे साथ आओ," भीम ने भयानक दृष्टि से देखते हुए कहा, "उन्हें गरीबों को सताने का साहस कैसे हुआ? गोपू, दौड़कर मेरे महल से मेरी गदा तो ले आओ।" भीम शीघ्रतापूर्वक दुःशासन के महल की ओर चले। बलिय की गाड़ी ठेलता हुआ सोमेश्वर भी उनके पीछे चला। कृष्ण के दर्शनों के लिए जो भीड़ वहाँ एकत्रित थी, वह भी इस कौतूहल से कि क्या होनेवाला है, उनके पीछे चल पड़ी।

भीम जब दुःशासन और उसके भाइयों के महल के पास पहुँचे तो उन्होंने बहुत-सी टूटी हुई गाड़ियाँ देखीं। उन्होंने यह भी देखा कि बुरी तरह घायल कुछ बैल वहाँ पड़े हुए हैं। उनमें से एक मौत की घड़ियाँ गिन रहा था और दयनीय भाव से हाँफ रहा था। खून से लथपथ दो मल्ल भी अचेत पड़े हुए थे।

भीम दुःशासन के महल में पहुँचे और अधीरतापूर्वक उसका द्वार खटखटाने लगे।

नागरिकों के कानों तक इस झगड़े की खबर पहुँच गई थी और प्रतिक्षण भीड़ बढ़ती जा रही थी। सभी लोग भाइयों की लड़ाई का परिणाम जानने की प्रतीक्षा कर रहे थे।

भीम कुछ देर तक द्वार खटखटाते रहे, किंतु कोई उत्तर न मिलने पर ऊँचे स्वर में गरज उठे, "दुःशासन, यदि तुम द्वार न खोलेगे तो मैं इसे तोड़ दूँगा। तुम छिपकर घर के अंदर नहीं बैठे रह सकते। द्वार खोलो।"

इस बीच गोपू दौड़ता हुआ भीम की गदा लेकर आ पहुँचा था। भीम ने उसके हाथ से गदा लेकर इतने बलपूर्वक द्वार पर आघात किया कि सारा महल काँप उठा।

"द्वार खोलो दुःशासन, नहीं तो मैं इसे चूर-चूर कर दूँगा।" उन्होंने फिर अपनी गदा से द्वार पर ठोकर मारी। पूरा ढाँचा चरमरा उठा।

थोड़ी देर में दुःशासन ने द्वार खोला। कोई भीतर न जाने पाए, इसके लिए अपने दोनों हाथों से रास्ता रोककर भीम की ओर विषैली दृष्टि से देखता हुआ वह बीच में खड़ा हो गया।

"क्या चाहते हो?" दुःशासन ने उपहास करते हुए पूछा, "यह राक्षसों का देश नहीं है।"

"होता तो अच्छा होता; किन्तु हस्तिनापुर राक्षसों से भी अधिक भयानक दानवों से भरा है—ऐसे कायरों से भरा है, जो असहाय लोगों पर आक्रमण करते हैं और बन्द दरवाजों के पीछे छिप जाते हैं।" भीम ने कहा।

दुःशासन के दो भाई आयुध लेकर आए और भीतर जाने का रास्ता रोककर दुःशासन के पीछे खड़े हो गए।

भीम कहते रहे—"बलिय कहता है कि तुमने उसके जिन आदमियों को चोट पहुँचाई है और जिन गाड़ियों को तोड़ डाला है, तुम्हें उसकी क्षति-पूर्ति करनी होगी। वह चाहता है कि उसके जिन बैलों को तुमने मार डाला है या घायल कर दिया है, उनके बदले में तुम उसे दूसरे बैल दो।"

"बलिय हमसे माँग करनेवाला कौन होता है?" दुःशासन ने अपमानजनक ढंग से पूछा।

''दुःशासन, तुमने अकारण मल्लों को घायल किया है।''

''इन अभागे मल्लों ने हमारी हँसी उड़ाई थी। इन्होंने कहा था कि ये हमारा सामान गान्धार ले जाने के लिए आए हैं।'' दुःशासन ने कहा।

''तुमने स्वयं ही अपना सामान गान्धार ले जाने के लिए इन्हें बुलाया होगा।'' भीम ने व्यंग्यपूर्वक कहा।

भीड़ क्षण-प्रति-क्षण बढ़ती जा रही थी। लोगों को यह सुनकर आघात लगा कि कुरु-राजकुमार हस्तिनापुर छोड़कर जा रहे हैं।

''हमने इनमें से किसी को नहीं बुलाया था।'' दुःशासन ने तिरस्कार के साथ उत्तर दिया, ''हम कहाँ जा रहे हैं, इससे इनको कोई मतलब नहीं है।'' उसने कहा।

''मैं कैसे मान लूँ कि तुमने मल्लों को नहीं बुलाया था?'' भीम ने कहा, ''सच बताओ, क्या तुम गान्धार जा रहे हो?''

''मैं तुम्हारे प्रश्न का उत्तर क्यों दूँ?'' दुःशासन ने धृष्टता के साथ पूछा, ''हमसे पूछनेवाले तुम कौन होते हो?'' उसने कहा।

''मैं कौन हूँ? तुम्हें पता नहीं है? मैं तुमसे बड़ा तुम्हारा चचेरा भाई हूँ।'' भीम ने ऊँची आवाज में कहा, जिससे भीड़ के लोग उनकी बात सुन लें। उन्होंने कहना जारी रखा, ''क्या तुम मेरे बारे में और जानना चाहते हो? मैं राक्षसों का राजा वृकोदर हूँ। मैं महाराज भरत का वंशज हूँ, जो धर्म के रक्षक थे। जिन मल्लों को तुमने क्रूरतापूर्वक घायल किया है; मैं उन्हें न्याय दिलाना चाहता हूँ।''

दुःशासन भीम के सामने दरवाजा बन्द करने जा रहा था कि भीम ने देहरी पर पाँव रखकर उसको वैसा करने से रोक दिया।

''सच बताओ, क्या तुम गान्धार जानेवाले थे?'' भीम ने धमकी-भरे स्वर में पूछा।

''इससे तुम्हें कोई मतलब नहीं है।'' दुःशासन ने फिर दरवाजा बन्द करने का प्रयत्न करते हुए कहा।

''इससे मुझे बहुत मतलब है।'' भीम ने कहा, ''यदि तुम गान्धार नहीं जाना चाहते थे तो इन गरीबों ने कैसे जाना कि तुम लोग गान्धार जा रहे हो? क्या तुमने किसी से, पितामह से भी, ऐसा कहा था कि यदि हमारे बड़े भाई राजा बनेंगे तो तुम लोग हस्तिनापुर छोड़कर अपने नाना के यहाँ चले जाओगे?''

यह सुनकर भीड़ में खलबली मच गई कि युधिष्ठिर को राज-पद दिया जा रहा है, इसलिए दुःशासन और उसके भाई गान्धार चले जाना चाहते हैं।

दुःशासन ने उत्तर नहीं दिया।

''स्पष्ट कहो, क्या तुमने पितामह से कहा था कि तुम गान्धार चले

जाओगे?'' भीम ने फिर पूछा।

दुःशासन अवज्ञापूर्वक चुप रहा।

''तुमने अवश्य कहा होगा। तुम्हारे द्वारा मल्लों की जो हानि हुई है, क्या तुम उसकी क्षति-पूर्ति करने को तैयार हो?'' भीम ने पूछा।

''यह हमारे और मल्लों के बीच की बात है। तुम बीच में टाँग क्यों अड़ाते हो? हम तुमसे कुछ नहीं कहेंगे।''

''ठीक है।'' अपनी गदा से भूमि पर आघात करते हुए भीम ने कहा, ''तुम्हारे उत्तर की प्रतीक्षा में, मैं यहीं खड़ा रहूँगा और तुम्हें भी जब तक मेरे सामने खड़े रहना होगा जब तक तुम उत्तर नहीं दोगे। यदि तुमने ऐसा नहीं किया तो मैं तुम्हारे भवन को धूल में मिला दूँगा।''

घटनाएँ जैसा मोड़ ले रही थीं, उससे भीड़ को आनन्द आने लगा था। लोगों ने ऊँचे स्वर से उत्साहवर्धक 'साधु-साधु' कहा।

भीम और दुःशासन एक-दूसरे के सामने खड़े थे। दोनों में से कोई भी झुकने को तैयार नहीं था। इसी समय चार धनुर्धर दौड़ते हुए और विदुर के लिए रास्ता बनाते हुए आगे बढ़ आए। उनके पीछे अर्जुन थे, जिनके कन्धे से उनका धनुष लटका हुआ था और उनका तूणीर बाणों ने भरा था।

हस्तिनापुर के सर्वाधिक आदरणीय मन्त्री विदुर के लिए सब लोगों ने रास्ता छोड़ दिया। हस्तिनापुर के सभी लोग उनके श्याम वर्ण, छोटी नासिका और परोपकार के भाव से चमकती बड़ी-बड़ी आँखों तथा विनम्र स्मित से परिचित थे। उनकी सहजात बुद्धिमत्ता और साधुता, उनकी अनन्त उदारता और तपस्वी जीवन के प्रति सभी के मन में बड़ा सम्मान था। सभी जानते थे कि भीष्म पितामह तक सदा उनके परामर्श की इच्छा रखते थे।

''विदुर चाचा,'' भीम ने मंत्री की ओर मुड़कर कहा, ''आप स्वयं ही देख लीजिए कि दुःशासन और उसके कुछ भाइयों ने मिलकर क्या किया है। ये लोग हस्तिनापुर से इसलिए गान्धार जाना चाहते थे कि बड़े भाई युधिष्ठिर का राज्याभिषेक होनेवाला है। उनका सामान ले जाने के लिए मल्लों को अपनी गाड़ियाँ ले आने का आदेश दिया गया था। जब वे लोग यहाँ आए तो कुरु-वंश के रत्न, इन वीर राजकुमारों ने निरपराध मल्लों को मारा, एक की हत्या कर दी, कितने ही मल्लों को आहत किया, उनके बैलों को भी मारा या घायल किया और उनकी कुछ गाड़ियाँ तोड़ डालीं। मैं इन लोगों से कह रहा था कि ये न्याय से काम लें और इन्होंने मल्लों की जो क्षति की है उसकी भरपाई कर दें। यदि ये ऐसा नहीं करते तो मैंने इनसे कह दिया है कि मैं इस भवन को बात-की-बात में धराशायी करनेवाला हूँ।''

"तुम्हें ऐसा कुछ करने की आवश्यकता नहीं है राजकुमार!" कहकर विदुर दुःशासन की ओर मुड़े–"आदरणीय पितामह ने मुझे आज्ञा दी है कि उनका आदेश तुम्हारे और तुम्हारे भाइयों तक पहुँचा दूँ। तुमने बलिय के आदमियों को जो चोट पहुँचाई है और उन लोगों की जो क्षति की है, उसकी पूरी क्षति-पूर्ति तत्काल कर दो। यदि तत्क्षण ऐसा नहीं करते तो पितामह ने मुझे अधिकार दिया है कि मैं बलिय से कहूँ कि वह अपने मल्लों को तुम लोगों की सेवा से हटा ले। पितामह ने मुझे यह सूचित करने को भी कहा है कि जब तक तुम पूरी क्षति-पूर्ति नहीं कर देते, कोई कुरु तुमसे किसी प्रकार का सम्बन्ध नहीं रखेगा और हस्तिनापुर के लोग तुम लोगों से सारे सम्बन्ध तोड़ लेंगे।"

दुःशासन यह आदेश सुनकर पीला पड़ गया।

भीम ने कहा, "सुनो दुःशासन, पितामह का आदेश तुमने सुन लिया। तुम उसका पालन करना चाहते हो या नहीं?" उनके स्वर में धमकी थी।

दुःशासन निश्चय नहीं कर सका कि क्या कहे।

भीम ने एक पग आगे बढ़ाया और धमकी-भरे स्वर में कहा, "तुम आदरणीय पितामह के आदेश का पालन करते हो या नहीं? मैं इसी क्षण उत्तर चाहता हूँ।"

दुःशासन आगबबूला हो रहा था। शब्द जुटाने के निरर्थक प्रयास में उसके ओठ थरथरा रहे थे। उसने देखा कि वहाँ उपस्थित सभी लोगों ने पितामह का आदेश सुना है। उसने देखा कि विदुर उत्तर की प्रतीक्षा कर रहे हैं, भीम की धमकी-भरी आँखें आदेश का पालन कराने के लिए उस पर टिकी हुई हैं।

उसने कड़वी घूँट निगलकर मस्तक झुकाया और रुद्ध कंठ से कहा, "मैं पितामह के आदेश का पालन करूँगा। मैं बलिय की क्षति-पूर्ति कर दूँगा।"

कृष्ण की प्रतिज्ञा

जब रात गहरी हो गई और प्रासाद-प्रांगण की मशालें बुझा दी गईं तो कृष्ण, उद्धव और सात्यकि के साथ भीम बलिय के अखाड़े की ओर चले। गोपू मशाल से राह दिखाता हुआ आगे-आगे चल रहा था। गरुड़ जैसे चेहरेवाले, कृष्ण के दो अंगरक्षक सबके पीछे थे।

जब वे अखाड़े पर पहुँचे तो ज्येष्ठि मल्लों की पूरी जमात वहाँ एकत्रित थी, जिसमें पुरुष, स्त्री और बच्चे सभी थे। वह स्थान मशालों की रोशनी से जगमगा रहा था, जिन्हें बहुत-से लोगों ने अपने हाथों में ले रखा था। जब मशाल की रोशनी मद्धिम पड़ने लगती तो वे समय-समय पर उनमें तेल डाल देते थे। बलिय अपने

एक पुत्र का सहारा लेकर अपनी जमात के आगे खड़ा था। उसने कृष्ण के पैरों पर मस्तक रखकर उनका स्वागत किया, सोमेश्वर अतिथियों को अखाड़े में ले गया। वहाँ एक ओर शिवलिंग स्थापित था और उसके पास ही शिव की अर्धांगिनी के स्नेहालु रूप, अम्बादेवी की मिट्टी की प्रतिमा भी थी। यह उनका जगज्जननी का स्वरूप था। अखाड़े के चारों ओर लकड़ी के मुद्गर बड़े कलात्मक ढंग से सजाए गए थे।

पूजा का काम प्रायः समाप्त हो चुका था, केवल आरती अभी तक नहीं हुई थी। जब कृष्ण और उनके साथी शिव और अम्बा की पूजा कर चुके तो ताम्र-पात्र में पवित्र-अग्नि प्रज्वलित की गई। बलिय के आग्रह करने पर कृष्ण आरती उतारने लगे और वहाँ उपस्थित सभी लोग मन्त्र-पाठ करने लगे। माता अम्बा की स्तुति के साथ ही वे तालियाँ भी बजाते जा रहे थे।

आरती समाप्त होने पर गोपू ताम्र-पात्र लेकर सबके सामने घूम आया। प्रत्येक व्यक्ति ने असीम श्रद्धा के साथ आरती लेकर अपने हाथों से आँखों का स्पर्श किया।

"स्वामी, मैं आपका एक अनुग्रह चाहता हूँ।" बलिय ने कहा।

कृष्ण मुस्कुराए–"मैं जानता हूँ बलिय, कि तुम क्या चाहते हो।" उन्होंने बलिय की पीठ थपथपाते हुए कहा, "अच्छी बात है, मैं जाकर कपड़े उतार आता हूँ। मेरे साथ कौन लड़ेगा?"

सोमेश्वर ने आगे बढ़कर कहा, "आपके साथ लड़ने का सम्मान मैं पाना चाहता हूँ।"

गोपू कृष्ण को बलिय के मकान में ले गया। वहाँ कृष्ण ने अपने वस्त्र उतारकर लँगोट पहनी। वह बाहर आए–उनका सुगठित शरीर कोमल और सुहावना था। वह सौम्य-मसृण शरीर किसी सुकुमार तरुणी का-सा प्रतीत होता था। उनकी अदृश्य मांस-पेशियों की शक्ति और दृढ़ता का अनुमान कोई नहीं कर सकता था। मल्लगण किसी की उभरी हुई पेशियों और भारी-भरकम पेट को देखकर उसकी शक्ति का अनुमान करने के अभ्यस्त थे। कृष्ण को देखकर क्षण-भर के लिए तो उनको विश्वास ही नहीं हुआ कि वह पहलवान हैं। कृष्ण ने सोमेश्वर के पास आकर मानो हँसी-हँसी में कहा, "तुम मुझको पछाड़ना चाहते हो, या मेरे द्वारा पछाड़ा जाना चाहते हो?"

"क्षमा करें स्वामी, यदि आप मुझे पछाड़ देंगे तो मैं अपने को धन्य मानूँगा, किन्तु यदि मैंने आपको पछाड़ दिया तो वह मेरे जीवन का सबसे अधिक गौरवशाली क्षण होगा। मैं पूर्वनियोजित परिणाम के अनुसार लड़ना अच्छा नहीं समझता। मैंने अपने शिष्यों को भी यही सिखाया है।"

"तुम ठीक कहते हो। पूर्वनियोजित परिणाम के अनुसार मल्ल-युद्ध करने को न्यायसंगत नहीं कहा जा सकता। वह एक खिलवाड़ जैसा है। हमें अपनी परम्पराओं का पालन करना चाहिए। तुम अपनी पूरी शक्ति लगाओ और मैं अपनी लगाऊँगा। अच्छा, तो आ जाओ।" कहकर कृष्ण अखाड़े में कूद पड़े।

सोमेश्वर और कृष्ण दोनों ने शिव और अम्बा के सामने जाकर क्षणभर प्रार्थना की। अनन्तर उन्होंने इत्र से सुवासित अखाड़े की महीन मिट्टी अपने हाथों में लेकर, नमी को दूर करने और पकड़ को सुदृढ़ बनाने के लिए, उसे अपनी हथेलियों पर रगड़ा।

दोनों पहलवानों ने कुश्ती आरम्भ की। दोनों एक-दूसरे को अपनी पकड़ में लेने की चेष्टा करने लगे। शीघ्र ही सोमेश्वर का भ्रम टूट गया। अब उसकी समझ में आया कि कृष्ण ने, सोलह वर्ष की आयु में ही, कैसे कंस और चाणूर जैसे प्रसिद्ध मल्लों को न केवल धराशायी ही कर दिया था, बल्कि उन्हें मार भी डाला था। सोमेश्वर की प्रत्येक चाल को कृष्ण पहले ही भाँप लेते थे, हर दाँव के प्रति पहले से ही सावधान रहते थे।

सोमेश्वर ने अनेक प्रकार से कृष्ण को अपनी पकड़ में लेने का प्रयत्न किया, किन्तु उसकी सारी चतुराई कृष्ण ने विफल कर दी। मल्लों की शिक्षा भिन्न प्रकार की थी। जिस अतिमानवीय चपलता और दूरदर्शिता के साथ कृष्ण अपने को सोमेश्वर की पकड़ से बचा रहे थे, उसे देखकर लोग आश्चर्यचकित रह गए।

बार-बार ऐसा जान पड़ता था कि दोनों पहलवान एक-दूसरे से भिड़ जाएँगे, किन्तु कृष्ण हर बार सोमेश्वर से बचकर निकल जाते थे। कृष्ण का शरीर लचीला था, उनका हर दाँव फुर्तीला और निश्चित होता था। इसके विपरीत सोमेश्वर का शरीर बहुत भारी और स्थूल था। कृष्ण के बिजली जैसे फुर्तीले दाँवों का साथ देना सोमेश्वर के लिए बड़ा कठिन हो रहा था। उसकी साँस फूलने लगी थी। उसकी आँखें धुँधली पड़ने लगी थीं। किन्तु कृष्ण की स्फूर्ति ज्यों की त्यों बनी हुई थी।

अपने उस्ताद सोमेश्वर में थकावट के चिन्ह देखकर दर्शक अचरज में पड़ गए थे। सोमेश्वर ने अपने प्रतिस्पर्धी को दाँव में लेने की जी-जान से चतुराई-भरी कोशिश की, लेकिन हर बार वह निष्फल हुआ।

उसने कृष्ण को पकड़ने के लिए अपनी सारी शक्ति और चतुराई के साथ अन्तिम प्रयत्न किया। अनपेक्षित चपलता और क्षिप्रता के साथ कृष्ण सोमेश्वर से बच निकले; सोमेश्वर लड़खड़ा गया; दूसरे ही क्षण कृष्ण ने समय जानकर अपने हाथों और कन्धों के द्वारा एक ऐसा अलौकिक दाँव मारा कि सोमेश्वर चित हो गया।

कृष्ण की असाधारण करामात देखकर एकत्रित मल्लगण 'साधु-साधु' के

प्रसन्नतापूर्ण नारों से अपनी सराहना प्रकट किए बिना नहीं रह सके। कृष्ण अखाड़े से बाहर आए और सात्यकि उनके शरीर में लिपटी हुई धूल को छुड़ाने का प्रयत्न करने लगे।

सोमेश्वर भी अखाड़े से बाहर निकला और कृष्ण को साष्टांग प्रणाम करके बोला, "स्वामी, अब मैं समझा कि आप कंस और चाणूर को इतनी सरलता से कैसे परास्त कर सके थे। और स्वामी, मेरी प्रार्थना है कि आप मुझे भी अपनी मल्ल-विद्या सिखा दें।"

"मैं तुम्हें कुछ भी सिखाने योग्य नहीं हूँ। तुम स्वयं ही इस विद्या के गुरु हो।" कृष्ण ने उत्तर दिया, "किन्तु यदि तुम चाहोगे तो किसी दिन हम लोग इस विषय पर बातें करेंगे।"

भीम ने मल्लों को अलग हटा दिया और वह उन्हें बलिय के घर में ले गए। कृष्ण के शरीर पर अखाड़े की जो धूल अब भी लगी हुई थी, उसे वह छुड़ाने लगे।

कृष्ण ने जब फिर अपने कपड़े पहन लिए तो भीम ने एक आँख दबाकर उनसे कहा, "कृष्ण, मैं चाहता हूँ कि तुम उस दूसरे कमरे में जाओ। एक महिला तुमसे अकेले में बातें करना चाहती हैं।"

कृष्ण ने कृत्रिम गम्भीरता से उनकी ओर देखा और हँसकर कहा, "अब मैं समझा कि तुम आज की रात मुझे किसलिए यहाँ ले आए हो। मुझे लगता है कि तुम मुझे किसी चक्कर में डालना चाहते हो।"

"मैं तुम्हारी शपथ लेकर नहीं कहूँगा कि मेरा ऐसा कोई अभिप्राय नहीं था। मैं चाहता हूँ कि तुम दीर्घजीवी होओ। अभी-अभी तुमने मल्लों को प्रसन्न किया है। अब भीतर जाओ और जो महिला तुम्हारी प्रतीक्षा में है, उसे भी प्रसन्न करो।"

कृष्ण भीतर जाने लगे तो कुछ समझकर मुस्कुराते हुए बोले, "मुझे लगता है कि यह कहीं जालन्धरा ही न हो।"

"तुम स्वयं जाकर देख लो।" कहकर भीम ने उन्हें भीतर ढकेल दिया।

भीतर बैठी दोनों स्त्रियों ने उठकर कृष्ण को प्रणाम किया। उन्होंने अपना दाहिना हाथ बढ़ाकर उन दोनों को आशीर्वाद दिया।

"तुम किसलिए मुझसे मिलना चाहती थीं?" कृष्ण ने पूछा।

रेखा ने आगे बढ़कर दरवाजा बन्द कर दिया।

कृष्ण हँसे। "क्या तुम काशी की राजकुमारी हो?" उन्होंने अल्पवयस्का स्त्री से पूछा।

"आप स्वयं ही देख लें।" जालन्धरा ने हँसते हुए कहा और अपने मुँह पर से अपनी साड़ी का वह किनारा हटा लिया, जो सामान्यतया दासियाँ अपने बड़ों और उच्च वर्ग के लोगों से बातें करते समय मुँह पर रख लेती हैं। उस सुन्दर

मुख, सुडौल मस्तक और कुन्द पुष्प के समान अधरों को पहचानने में भूल नहीं हो सकती थी।

जालन्धरा को पहचानकर कृष्ण ने कहा, "मैंने अनुमान कर लिया था कि यह तुम्हीं हो। लेकिन तुमने कितनी बड़ी भूल की है, क्या तुम्हें इसका पता है? आधी रात को अखाड़े में आकर छिपकर मुझसे मिलना ऐसे जोखिम का काम है, जिसका पता यदि लोगों को चल गया तो तुम्हारा जीवन नष्ट हो जाएगा।"

"मुझे यह जोखिम उठाना ही पड़ा। मैं जिस काम से आई हूँ, वह जीवन और मरण का प्रश्न है।" जालन्धरा ने गम्भीर बनते हुए कहा।

"क्या बात है? क्या तुम्हारी बहन भानुमती किसी संकट में है?" कृष्ण ने पूछा।

"मैं आपके लिए आपकी बहन भानुमती का एक सन्देश ले आई हूँ।"

कृष्ण जब बोले तो उनके स्वर में स्नेहपूर्ण चिन्ता थी, "सन्देश क्या है? यदि वह मुझसे मिलना चाहती थी तो सूचना पाकर ही मैं उससे मिलने आ जाता।"

"आपसे मिलने के लिए उसके प्राण छटपटा रहे हैं, किन्तु दुर्योधन ने उसे आपसे मिलने या आपके पास कोई सन्देश भेजने से रोक दिया है।"

"अच्छा, ऐसी बात है? बेचारी भानुमती!" कृष्ण ने सहानुभूतिपूर्वक कहा।

"क्या आपको पता है कि वह शीघ्र ही माँ बननेवाली है?"

"हाँ, मैं जानता हूँ। उसका सन्देश क्या है?"

"मैं उसका सन्देश आपको उसी के शब्दों में दूँगी। उसने मुझसे कहा था कि जब आप एकान्त में हों तो मैं आपसे मिलकर कहूँ कि 'आपकी छोटी बहन प्रतिपल आपका स्मरण करती है। वह स्वयं आपके दर्शनों को आती, किन्तु उसके स्वामी ने उसे ऐसा करने से रोक दिया है।' उसने मुझसे यह भी कहा था कि 'आर्यपुत्र ने मुझे उनसे मिलने की अनुमति नहीं दी इसके लिए वह उनको क्षमा कर दें।'

"उसने मुझसे आप तक यह सन्देश पहुँचाने को भी कहा था," जालन्धरा ने आगे कहा, " 'गोविन्द आपने अपनी अभागिनी बहन पर बहुतेरी कृपाएँ की हैं। उसे आपसे एक और कृपा की याचना करते संकोच हो रहा है, किन्तु यह उसकी अन्तिम याचना है : ऐसा कुछ कीजिए कि आर्यपुत्र हस्तिनापुर में शासन करें और समय आने पर मेरा पुत्र कुरुओं के राज-सिंहासन पर बैठे।' "

"और अपनी बहन के प्रति प्रेम के कारण तुमने अपने सम्मान के मूल्य पर इस सन्देश को पहुँचाना स्वीकार कर लिया?" कृष्ण ने कहा, "यह तुम्हारी बड़ी दयालुता थी, किन्तु साथ ही बड़े अविचार का काम भी था।" फिर उन्होंने स्नेहपूर्ण चिन्ता के साथ कहा, "क्या तुम यह जानती हो कि जो सन्देश तुमने मुझे दिया

है, वह तुम्हारे ही हित के विरुद्ध है?"

"कैसे?"

"यदि दुर्योधन हस्तिनापुर में राज्य करेगा तो भीम की स्थिति एक आश्रित से अधिक नहीं होगी और यदि युधिष्ठिर नाममात्र के लिए राजा बने भी तो भीम को किसी दूसरे देश में जाकर बसना होगा।"

कृष्ण की बातों में जो छिपा संकेत था, उसका यह महत्त्व जालन्धरा ने समझा कि भीम के हित के साथ उसका हित जुड़ा हुआ है।

कृष्ण की बात का अभिप्राय समझकर उसने कहा, "हे भगवान्, मैं राजा वृकोदर के पतन का कारण बन रही हूँ!"

कृष्ण ने कहा, "तुम ठीक कहती हो काश्या! वह अपने अधिकार से युवराज बनने की और तुमको प्राप्त करने की आशा करते हैं। ठीक है न?"

जालन्धरा का मुँह लटक गया–"ओह्, मैंने राजा वृकोदर का बहुत बड़ा अहित किया है!" वह निराशा से रोने लगी। फिर वह क्षण-भर के लिए रुकी, "किन्तु मुझे यह करना ही था। मेरी बहन अपने पति की सहायता करने और अपने पुत्र को हस्तिनापुर का राजा देखने के लिए बहुत चिन्तित थी। वह आपसे मिलने की आज्ञा न पाकर इतनी दुखी थी और आपको सन्देश भेजना चाहती थी कि मैं उसे निराश न कर सकी।"

कृष्ण मुस्कुराए–"इसलिए तुमने अपने-आपको निराश किया।"

उसकी आँखों में आँसू भर आए।

"हे भगवान, मैं कैसी अभागिनी हूँ!"

"रोओ मत जालन्धरा," कृष्ण के स्वर में अब समझदारी भरी थी, "मैं तुम्हारी कठिनाई समझता हूँ। लेकिन मैं तुम्हें इस बात का विश्वास दिला सकता हूँ कि भीम जहाँ कहीं रहेंगे, उनकी उदारता और वीरता अनुपम बनी रहेगी। उनके साथ का जीवन सदा एक सुखद स्वप्न-जैसा होगा। मुझे इस बात का पूरा विश्वास है।"

जालन्धरा ने अपनी सिसकी दबाते हुए कहा, "प्रभु, मेरी बहन ने कहा था कि एक बार आपने उसके जीवन की रक्षा की थी, और उसे अपनी बहन की तरह अपनाया था। आप मेरे भी भाई बन जाएँ।"

"भीम चाहे जैसे भी रहें, और चाहे जहाँ भी रहें, क्या तुम उनसे विवाह करोगी?"

"हाँ, मैं प्रतिज्ञा करती हूँ। मैं इस जीवन या पर-जीवन में किसी दूसरे पुरुष को पति के रूप में स्वीकार नहीं करूँगी।"

"यह अच्छा है। भानुमती की तरह तुम भी मेरी बहन होओगी और भीम के साथ तुम्हें चाहे-जैसे संकटों का सामना करना पड़े, मैं तुम्हारा साथ दूँगा।" उन्होंने

और भी कहा, "क्या तुम अब भी मुझसे वह प्रतिज्ञा कराना चाहती हो, जिसके लिए भानुमती ने आग्रह किया है?"

वह क्षण-भर के लिए हिचकिचाई और उसने कृष्ण की आँखों में देखा। जालन्धरा के हृदय में जो संघर्ष चल रहा था, कृष्ण ने उसे स्पष्ट रूप से भाँप लिया।

"मैं यह निर्णय आपके ऊपर छोड़ती हूँ कि मुझे क्या करना चाहिए, क्योंकि आप मेरे प्रति इतने कृपालु रहे हैं। किन्तु मेरी बहन प्रतिक्षण आपकी प्रतिज्ञा की प्रतीक्षा कर रही है। यदि आप उसे यह वचन न देंगे तो वह चिन्ता के मारे मर जाएगी।" उसने एक निःश्वास लेकर कहा, "मैं बहन के भविष्य के मार्ग में अपने स्वार्थ को नहीं आने देना चाहती।"

"तुमने बहुत अच्छी बात कही है।" कृष्ण ने उत्तर दिया, "अब तुम भानुमती के पास मेरी यह प्रतिज्ञा पहुँचा सकती हो कि हस्तिनापुर में दुर्योधन ही राज्य करेगा।"

जालन्धरा ने स्वस्ति की साँस ली–"प्रभु, मैं कैसे आपको धन्यवाद दूँ?"

"धन्यवाद न देकर; अब मैं भीम को बुलाऊँगा।" उन्होंने आगे बढ़कर दरवाजा खोला और भीम को पुकारा–"भीम, भीतर आओ। क्या तुम्हें पता है कि यह युवती कौन है?"

भीम हार्दिकता से मुस्कुराए–"मैं इस निर्लज्ज युवती को जानता हूँ! इसने मेरे लिए कोई उपाय ही नहीं छोड़ा। उत्कोचक के निकट यह जान-बूझकर नदी में डूबने लगी थी और इसने अचेत होने का बहाना किया था, जिससे मुझको इसे उठाकर ले जाना पड़े।"

कृष्ण ने मुस्कुराते हुए कहा, "भीम, क्या तुम जानते हो कि इसने मुझे अपने भाई के रूप में स्वीकार किया है!"

भीम ने हताशा के भाव से अपने दोनों हाथ ऊपर उठाकर कहा, "हे भगवान, इस आदमी से मेरी रक्षा करो, जो अपने सामने आनेवाली प्रत्येक स्त्री को अपनी बहन बना लेता है, और वे भी किसी दूसरे की पत्नी बनने की अपेक्षा इसकी बहन बनना अधिक पसन्द करती हैं।"

"और तुम्हारे सम्बन्ध में क्या कहा जाए? तुम इससे अधिक और कुछ नहीं कर सकते कि इसे अपनी पत्नी बना लो, यद्यपि मैं जानता हूँ कि तुम इसके पति होने के योग्य नहीं हो।" फिर वह जालन्धरा की ओर मुड़े–"यदि कभी तुम किसी उलझन में पड़ो और तुम्हें मेरी आवश्यकता प्रतीत हो तो भीम भले ही तुमसे यह प्रतिज्ञा करा लें कि तुम मुझसे नहीं मिलोगी, तुम निःसंकोच मेरे पास चली आना।"

''हाँ प्रभु, यहाँ पधारकर मुझसे मिलने की आपने जो कृपा की है, उसे मैं कभी नहीं भूलूँगी।''

''कृष्ण को यहाँ ले आने के लिए मुझे जिन दाँव-पेंचों का सहारा लेना पड़ा है, उसके लिए तुम मुझे तो धन्यवाद दोगी नहीं!'' भीम ने आहत सरलता के साथ कहा और एक गहरा निःश्वास छोड़ा–''और जब मैं इन्हें यहाँ ले आया तो ये तुमको मुझसे छीने ले रहे हैं।''

भानुमती का संकट

भानुमती का हृदय प्रसन्नता से छलक रहा था। सारा संसार प्रकाश, सौन्दर्य और आनन्द से भर उठा था। जीवित रहना कितना अच्छा था!

गोविन्द ने–उसके भाई, उसके रक्षक, उसके देवता ने–वचन दिया था कि उसका पति दुर्योधन हस्तिनापुर में शासन करेगा। अब उसके पति के भविष्य पर कोई संकट नहीं है। वह हस्तिनापुर का राजा बनेगा।

कृष्ण पर उसे इतना विश्वास था कि एक क्षण के लिए भी उसके मन में यह विचार नहीं आया कि वह अपना वचन कैसे निभाएँगे। वह चमत्कारी पुरुष हैं और जब उन्होंने वचन दिया है तो निश्चय ही वह इस बात का ध्यान रखेंगे कि वह पूरा हो।

सहसा उसे ऐसा अनुभव हुआ कि उसके गर्भ का शिशु स्पन्दित हो उठा हो। उसके हृदय ने उद्दीप्त ऊष्मा के साथ इसका उत्तर दिया : 'चिन्ता की कोई बात नहीं है पुत्र,' उसने बच्चे से कहा, 'अपने समय में तुम्हीं हस्तिनापुर के सम्राट बनोगे।' उसके मन में, हस्तिनापुर की महारानी के रूप में, अपनी छवि भी मँडरा उठी।

उसके मन में आनन्द इस प्रकार छलका पड़ रहा था कि वह उसे किसी के साथ बँटाने के लिए उतावली हो उठी। उसकी बहन जालन्धरा प्रायः सारी रात बाहर रही थी और इस समय गहरी नींद में सो रही थी। रेखा जालन्धरा के स्नान का प्रबन्ध कर रही थी। रेखा को सबकुछ मालूम था, क्योंकि उसकी बहन ने जब कृष्ण से वचन लिया था तो वह उसके साथ ही थी।

उसने सोचा कि इस प्रसन्नता को बँटाने के लिए, उसके पति की अपेक्षा अधिक योग्य व्यक्ति दूसरा कौन हो सकता है, जो दुखी, कुण्ठित और निराश है?

वह जानती थी कि यद्यपि उसका पति प्रेमालु स्वभाव का है किन्तु उसे जो कुछ मिलना चाहिए था, दुर्भाग्यपूर्ण परिस्थितियों के कारण वह उससे वंचित हो

गया है और इसी से उसके हृदय में द्वेष भर आया है। उसका द्वेष पाण्डवों और उस गोविन्द के प्रति था, जिनके बारे में सब लोगों की धारणा थी कि द्रौपदी के स्वयंवर में उन्होंने ही पाण्डवों को जीवित कर दिखाया था।

जब उसने अपने हाथों और पैरों में मेंहदी लगा रखी थी और उसके पति ने उसके प्रति दुर्व्यवहार किया था, उसी समय से उसने उन संकटों के सम्बन्ध में थोड़ी-बहुत सूचना एकत्रित की थी, जिन्होंने उसके पति को घेर रखा था। उसने सोचा कि राज्य के अपने उचित अधिकार से वंचित होने की सम्भावना का ध्यान रखते हुए उसके अनेक अपराध क्षमा किए जा सकते हैं। इसलिए उसके पति के हृदय पर जो भार था, उसे हल्का करने के लिए वह उत्कण्ठित थी। कुछ समय तक वह ऐसा करने से हिचकिचाती रही। क्या अपने पति पर यह भेद खोलना ठीक होगा? क्या वह गोविन्द के आश्वासन की बात सुनकर प्रसन्न होगा? और अपनी आज्ञा की अवहेलना करने के लिए उसे क्षमा कर देगा? इन शंकाओं पर उसे हँसी आ गई, उसे लगा कि यह जानकर निश्चित रूप से उसके पति को गर्व होगा कि उसकी पत्नी उसके लिए इतनी सहायक हुई है—वस्तुतः उसकी उद्धारक ही सिद्ध हुई है।

अन्तःपुर से बाहर निकलकर वह बरामदे में पैर रखने ही वाली थी कि उसने अपने पति दुर्योधन को अपने भाई सुशर्मा से धीमे स्वर में बातें करते सुना। सुशर्मा की बातों के कुछ शब्द उसके कानों में पड़े और वह जहाँ-की-तहाँ खड़ी रह गई।

"यदि आप सहमत हों तो जालन्धरा का स्वयंवर अगले वर्ष, वर्षा ऋतु के बाद, आयोजित किया जा सकता है।" उसका भाई सुशर्मा कह रहा था।

"यदि आपके पिता की ऐसी इच्छा है तो मुझे कोई आपत्ति नहीं है।" उसने अपने पति को कहते सुना। भानुमती पीली पड़ गई। उसने दीवार का सहारा ले लिया।

उसने अपने भाई सुशर्मा को कहते सुना—"मेरी दोनों बहनें साथ रहकर प्रसन्न होंगी। आप भी जालन्धरा को पसन्द करते हैं।"

भानुमती के कानों में जब ये शब्द पड़े तो उसका सारा शरीर सिहर उठा।

उसने अपने पति को कहते सुना—"हाँ, उसका निर्माण सूर्य किरणों से हुआ है, यद्यपि उसका स्वभाव थोड़ा उग्र है।"

अपने भाई को उसने यह आश्वासन देते सुना—"आपसे विवाह हो जाने के बाद निश्चय ही वह सुधर जाएगी। एक प्रेमालु पति से अधिक दूसरी कोई चीज स्त्रियों को शिक्षा नहीं दे सकती।"

भानुमती स्तब्ध रह गई। उसमें सोचने की तनिक भी शक्ति नहीं रही। उसने अपने लड़खड़ाते हुए पाँव अन्तःपुर की ओर खींच लिए और घोर अन्धकार ने उसे आच्छन्न कर लिया।

जब वह अपने शयन-कक्ष में पहुँची तो शय्या पर गिरकर जोर-जोर से सिसकने लगी। अब न तो उसका न उसके पुत्र का ही कोई भविष्य रह गया है।

अभी तक वह इस आशा पर जीवित रहती आई थी कि हस्तिनापुर का राजा बनने में सहायता करके अन्ततः वह अपने पति को प्राप्त कर लेगी, किन्तु जब उसने बड़ी कटुता के साथ यह अनुभव किया कि वह उसका प्रेम प्राप्त करने में असफल हो गई है–बुरी तरह असफल हो गई है। गोविन्द यदि अपना वचन पूरा भी करें तब भी वह अपने पुत्र के लिए कुरुओं के राज-सिंहासन को सुरक्षित नहीं कर सकती। वह तकियों में मुँह छिपाकर इस तरह सिसकने लगी, मानो उसका हृदय टूट जाएगा।

सहसा उसे लगा कि अँधेरे कोने में कोई खड़ा है। वह भयभीत हो उठी। वह जानती थी कि उसे देखने के लिए उसको सिर नहीं उठाना चाहिए, किन्तु वह अपने को रोक नहीं सकी और उसने उसकी ओर देखा।

कोने में लम्बे और क्रूर आकृतिवाला कोई था, जिसे उसने अपने बचपन में केवल एक बार, उस समय देखा था जब वह मरने-मरने को हो रही थी। उसके हाथ में एक फन्दा था और वह अन्धकार से भी काले भैंसे पर सवार था। एक ही विचार ने उसे जकड़ लिया : इस मारक फन्दे से बचने के लिए उसको गोविन्द के पास जाना चाहिए।

उसने रोना चाहा, किन्तु रो नहीं सकी। अन्त में वह कराह उठी–"गोविन्द, मेरी रक्षा करो; कृपया मेरी रक्षा करो!"

वह शय्या से उछल खड़ी हुई। उसने दौड़ने का प्रयत्न किया, किन्तु उसके पैरों ने साथ नहीं दिया और वह भूमि पर गिर पड़ी।

"गोविन्द, गोविन्द, मेरी सहायता करो। हाँ, यम मुझे ले जाने के लिए आया है। मेरी सहायता करो, मेरी सहायता करो भैया!" वह असम्बद्ध रूप से चिल्लाई।

उसने यमराज को अपनी ओर एक पत्र बढ़ाते देखा। उसका सारा शरीर जड़ हो गया। एक भेदक चीख उसके मुंह से निकली और वह अचेत हो गई।

रेखा दूसरे कमरे में थी। अपनी स्वामिनी की चीख सुनकर वह दौड़ी आई। उसने पीड़ा से कराहती हुई अपनी अचेत स्वामिनी को देखा और वह धात्री तथा अन्य दासियों को पुकारने के लिए बाहर दौड़ी।

बाद में, जालन्धरा जब नदी में स्नान करके लौटी तो उसने अपनी बहन के कमरे से आती डरावनी चीखें सुनीं। अपनी बहन भानुमती के प्रति उसका उत्कट प्रेम था। उसे किसी संकट में जानकर वह पूरे वस्त्र पहने बिना ही उस ओर दौड़ पड़ी।

उसकी बहन की जिस कमरे से चीख सुनाई पड़ रही थी, उसका द्वार बन्द

था। दासियाँ घबराहट में इधर-उधर दौड़ रही थीं। एक दासी गरम पानी का पात्र लिए आ रही थी। वह समझ नहीं सकी कि यह सब क्या हो रहा है। उसने दरवाजा खटखटाया, एक तगड़ी और लम्बी प्रौढ़ा स्त्री ने, जिसे उसने पहले कभी नहीं देखा था, दरवाजा खोल दिया।

जालन्धरा ने कमरे पर एक उड़ती नजर डाली। उसने देखा कि भानुमती के वस्त्र उसके शरीर से खुलकर भूमि पर पड़े हुए हैं। उसने अपनी बहन के चेहरे पर पसीने की बूँदें देखीं, जिनमें उसके केश आ सटे थे। उसके खुले मुँह से चीख के बाद चीख निकल रही थी। चीखों के बीच उसने अपनी बहन को पुकारते हुए सुना—"गोविन्द, मुझे मरने न दीजिए, मेरे पुत्र की रक्षा कीजिए।" जालन्धरा पीली पड़ गई और उसने अपने हाथों से अपना मुँह ढक लिया।

उस अनजान स्त्री ने फुसफुसाते हुए उससे कहा, "यहाँ तुम्हारी जैसी लड़कियों का काम नहीं है। तुम चली जाओ।" उसने प्रायः अशिष्टतापूर्वक द्वार बन्द कर दिया।

जालन्धरा को बुरा लगा, लेकिन यह समय मान-अपमान के विचार का नहीं था। भानुमती मृत्यु से जूझ रही थी और उन कृष्ण से मिलना चाहती थी, जिनके प्रति उनके मन में उत्कट प्रेम था। अपने घरेलू वस्त्रों को बदलने या अपनी विशाल केश-राशि को सँभालने की चिन्ता किए बिना वह शीघ्रतापूर्वक अन्तःपुर से बाहर चली गई।

उसने दुर्योधन और अपने भाई सुशर्मा को बरामदे में खड़ा देखा। भानुमती की चीत्कार सुनकर दुर्योधन अधीरतापूर्वक इधर-उधर टहल रहा था।

"जालन्धरा, क्या बात है, वह कैसी है?" दुर्योधन ने पूछा।

"मुझे पता नहीं। एक अनजान स्त्री ने मुझे कमरे से बाहर निकालकर दरवाजा बन्द कर लिया।"

"क्या वह मर रही है?"

जालन्धरा ने बहुत दिनों से दबी हुई अपनी भावनाएँ प्रकट कीं—"मैं नहीं जानती, किन्तु मैं इतना जानती हूँ कि यदि वह मर गई तो आप फिर कभी उसके जैसी प्रेमालु पत्नी नहीं पा सकेंगे।" अपने सिर को झटककर वह महल से बाहर दौड़ गई।

जब वह महल के आँगन से बाहर निकली तो उसने दो दासियों के सहारे आती महारानी गान्धारी को देखा। अपने पति के प्रति भक्ति के कारण सदा की भाँति उन्होंने अपनी आँखों पर पट्टियाँ बाँध रखी थीं और वह अपनी रुग्णा पुत्रवधू से मिलने आ रही थीं।

जालन्धरा उस महल की ओर भागी, जहाँ कृष्ण ठहरे हुए थे। उसे पता चला

कि वह विराट के राजा से मिलने गए हैं। चिन्ता से विकल जालन्धरा उस महल की ओर दौड़ी, जिसमें पाण्डव रहते थे। द्रौपदी से भेंट होने पर उसने कहा कि वह किसी को भेजकर कृष्ण को बुलवा दें। माता कुन्ती भानुमती के बीमार होने की सूचना पाकर द्रौपदी के साथ दुर्योधन के महल की ओर चल दीं।

समय बीतता गया। चीखें मन्द पड़ गईं। भानुमती को तीव्र ज्वर आ गया, उसका चित्त भ्रमित हो रहा था।

वैद्य बुलाया गया था।

कृष्ण भानुमती से मिलते हैं

जब कमरे को साफ कर दिया गया और रोगिणी को धो-पोंछ दिया गया तो महारानी गान्धारी ने दुर्योधन और सुशर्मा को बुलवा भेजा।

शीघ्रता से चलकर वे अन्तःपुर में आए और भीतर के कमरे में चले गए।

दुर्योधन ने रेखा को देखा। उसकी आँखों से आँसू बह रहे थे। उसने अपने हाथों में एक गठरी सँभाल रखी थी, जैसे वह कोई खजाना हो।

कमरे में प्रवेश करके वह कोयले की उस रेखा को लाँघे बिना खड़े हो गए, जो उस भाग को अलग करने के लिए खींची गई थी, जिसमें भानुमती लेटी हुई थी। कोयले की उस रेखा को लाँघना निषिद्ध था। ऐसा करने से अशुद्धि का दोष लगता और शुद्धि-अनुष्ठान के बिना उसे दूर नहीं किया जा सकता था।

भानुमती सामने लेटी हुई थी, उसका छोटा-सा चेहरा सफेद पड़ गया था। आँखें धँस गई थीं। क्षण-भर के लिए दुर्योधन विषाद से अभिभूत हो गया। उसकी आँखें नम हो आईं। उसने भानुमती के गर्भपात को भाग्य के पहले आघात के रूप में देखा, जो भावी अनेक आघातों का संकेतक था।

शिष्टाचार के अनुसार, बड़ों के सामने किसी पति का अपनी पत्नी से बातें करना निषिद्ध था, किन्तु उसकी उपेक्षा करके दुर्योधन भुनभुनाया—"देवी!"

दुर्योधन का स्वर सुनकर भानुमती ने आँखें खोलीं और प्रयत्नपूर्वक उन्हें दुर्योधन पर टिका दिया। उसकी आँखों में पहचान की एक झलक उभर आई। "स्वामी!" वह क्षीण स्वर में टूटते हुए वाक्य बुदबुदाई—"मुझे क्षमा कर दें...स्वामी, मैंने अपनी ओर से पूरा प्रयत्न किया...किन्तु मैं कभी आपको सुखी नहीं बना सकी।"

वह चुप हो गई। वह अपने विचारों को एकत्र करने का प्रयास कर रही थी, किन्तु वे बिखर जाते थे। "स्वामी, मैंने आपके और आपके पूर्वजों के प्रति अपना कर्तव्य पूरा कर दिया है। मैंने आपको एक पुत्र दे दिया है। वह कुरुओं का भावी

सम्राट होगा।"

सबकी आँखों में आँसू भरे हुए थे। वहाँ खड़ी दासियाँ बड़ी कठिनाई से अपनी सिसकियाँ रोके हुए थीं। वे वहाँ से बाहर निकल गईं।

पुत्र को अपनी पत्नी के साथ बातें करने में संकोच न हो, इस विचार से गान्धारी उठ खड़ी हुईं। उनकी दासियाँ उन्हें बाहर ले गईं। बँधी पट्टियों के भीतर से उनके आँसू टपक रहे थे।

दुर्योधन का गला रुँधा हुआ था कि उनके मुँह से बोली नहीं निकल रही थी।

"स्वामी!" एक बार फिर अपने विचारों को एकत्र करने का प्रयत्न करती हुई भानुमती रुक-रुककर कहने लगी, "मैं प्रसन्न हूँ...जालन्धरा आपको सुखी बनाएगी...इतना सुखी जितना मैं कभी आपको नहीं बना सकी...वह हमारे पुत्र को भी अपना ही मानकर उसका पालन-पोषण करेगी।"

"हाँ, काश्या!" दुर्योधन ने कहा और अपने को सँभालने के लिए उन्होंने दीवार पर एक हाथ रखा।

सुशर्मा पूरी तरह फूट पड़े और अपने शोक का संवरण करने में असमर्थ होकर कमरे से बाहर चले गए।

भानुमती का मन भटकने लगा। अनियमित भाव से उसने अपनी आँखें खोलीं और कुछ असम्बद्ध शब्द बोली।

कोयले की लकीर लाँघे बिना वैद्य ने धात्री को कोई औषधि दी, जिसने उसे भानुमती को दे दिया।

"स्वामी, अपने पुत्र का ध्यान रखिएगा।" उसका स्वर अब फुसफुसाहट-जैसा सुनाई दे रहा था। थोड़ी देर बाद वह जैसे नींद-भरे स्वर में बुदबुदाई–"गोविन्द! गोविन्द! आप क्यों नहीं आए? मेरी रक्षा कीजिए...मैं गोपी हूँ...हाँ...आपकी गोपी ...गोविन्द,...आप कहाँ हैं?" उसका स्वर तीखा और अधीर हो आया।

मानो उसकी प्रार्थना के उत्तर में दरवाजे के दोनों पट खुल गए। जालन्धरा ने प्रवेश किया। उसके पीछे कृष्ण आए। उन्होंने सामान्य वस्त्र पहन रखे थे। अपना दुपट्टा, मुकुट, आभूषण और अपने शस्त्र वह साथ नहीं लाए थे।

कृष्ण को कमरे में आते देखकर दुर्योधन क्रोध से भर गए किन्तु इस दुखद अवसर को क्रोध प्रकट करने के योग्य न समझकर उन्होंने अपने को संयत कर लिया।

धात्री की चेतावनी पर ध्यान न देते हुए कृष्ण ने बिना हिचकिचाए कोयले की रेखा पार कर ली और उन्होंने भानुमती के ललाट पर स्नेहपूर्वक अपना हाथ रख दिया। धात्री आतंक से अपना हाथ उठाए रह गई।

आर्य-परम्परा के अनुसार किसी ऐसे व्यक्ति के लिए जो उसका पिता, भाई अथवा पति न हो, किसी विवाहित स्त्री का स्पर्श करना भी नितान्त अनुचित था।

किन्तु कृष्ण के मुख और आचरण से ऐसी दयालुता और चिन्ता प्रवाहित हो रही थी और उनकी आँखें ऐसे भ्रातृ प्रेम से भरी थीं कि अन्य किसी व्यक्ति के लिए जो अनुचित होता, वह उनके लिए स्वाभाविक प्रतीत हो रहा था।

जिस स्त्री ने तत्काल बच्चे को जन्म दिया हो, परम्परा के द्वारा उसका स्पर्श भी निषिद्ध था। अगर कोई ऐसा करता तो अशुद्धि का ऐसा दोष उत्पन्न होता था, जिसे कठोर शुद्धि-विधानों के द्वारा ही दूर किया जा सकता था।

"मैं जानता हूँ कि मैं क्या कर रहा हूँ।" उन्होंने धात्री से कहा। फिर वह भानुमती की ओर मुड़े–"भानुमती, छोटी बहन, मैं आ गया हूँ।" उन्होंने उसका हाथ अपने हाथ में लेकर किसी अनुभवी वैद्य के समान उसकी नाड़ी देखी। उसे बहुत अधिक ज्वर था। उसकी नाड़ी अनियमित थी, डूब रही थी।

जालन्धरा कोयले की रेखा लाँघकर उस शय्या के निकट जा बैठी, जिस पर भानुमती लेटी हुई थी। उसने प्यार-भरी कोमलता के साथ अपना एक हाथ बहन पर रख दिया।

भानुमती ने अपनी आँखें पूरी खोल दीं और प्रयत्नपूर्वक कृष्ण को पहचाना। उसके पीले कपोल क्षणिक रूप से दमक उठे। "गोविन्द, क्या आप आ गए हैं? सचमुच?" वह भुनभुनाई। उसके स्वर में प्रसन्नता थी। दूसरे ही क्षण वह अचेत हो गई।

कृष्ण उसका हाथ थामे रहे।

कुछ क्षणों के बाद उसने फिर अपनी आँखें खोलीं और अत्यन्त भक्तिभाव से टकटकी लगाकर वह कृष्ण को देखने लगी। "गोविन्द...मैंने एक पुत्र को जन्म दिया है।" वह हाँफने लगी, "वह कुरुओं का सम्राट् बनेगा।" इसके बाद उसने आँखें मूँद लीं और वह फिर अचेत हो गई।

कुछ क्षणों के बाद उसने फिर आँखें खोलीं–"मुझे क्षमा कीजिए...भैया..." उसने कृष्ण को मुँदती आँखों से देखा–"कि मैं आपसे मिलने के लिए नहीं आ सकी।" उसने प्रयत्नपूर्वक कहा, "भैया, आपने यह वचन देकर मुझ पर बहुत बड़ा उपकार किया है कि मेरे पति हस्तिनापुर के शासक होंगे।"

उसका मन फिर भटकने लगा। अनन्तर उसने फिर अपनी आँखें कृष्ण पर टिका दीं और प्रयत्नपूर्वक कहा, "अपना वचन निभाइएगा। यह अन्तिम कृपा होगी भैया, मैं फिर कभी आपसे कुछ नहीं माँगूँगी।"

कृष्ण भानुमती का हाथ अपने हाथों में लिए रहे। वह उनकी ओर देखती रही। उसकी आँखें एक अलौकिक तेज से चमक रही थीं।

दुर्योधन स्तब्ध बने खड़े रहे। वह एक भी शब्द बोलने में असमर्थ थे। वैद्य ने बीच में कहा, "वासुदेव, रोगिणी थक जाएगी।"

कृष्ण ने क्षण-भर कठोरतापूर्वक वैद्य की ओर देखा और फिर गम्भीरतापूर्वक कहा, "अब आप इसके लिए कुछ नहीं कर सकते, किन्तु मुझे बहुत कुछ करना है।"

वैद्य और धात्री हाथ जोड़कर प्रणाम करते हुए बाहर चले गए।

भानुमती को झपकी आ गई। कृष्ण उसके ललाट पर हाथ रखे, एक बार फिर उसके आँखें खोलने की प्रतीक्षा करते रहे। उसने आँखें खोलीं, अपने विचारों को एकत्रित किया, वह श्रद्धा-सहित कृष्ण की ओर देखती रही और फिर असम्बद्ध स्वर में बोली, "आर्यपुत्र भले हैं...वह बहुत भले हैं...वीर और उदार हैं...मेरा पुत्र चक्रवर्ती भरत की गद्दी पर बैठेगा। किन्तु क्या वह मुझे प्यार करेगा?" उसने बच्चे-जैसा प्रश्न किया।

"वह तुम्हें प्यार करेगा, निश्चय ही करेगा," कृष्ण ने आश्वासन देते हुए कहा, "चिन्ता न करो भानुमती। दुर्योधन हस्तिनापुर के राजा बनेंगे। मैं अपना वचन पूरा करूँगा।"

भानुमती ने दोनों हाथ जोड़े, किन्तु सुसंगत रूप से कुछ बोल न सकी, केवल 'गोविन्द' शब्द स्पष्ट रूप से सुन पड़ा। उसकी आँखों में आँसू भरे हुए थे।

दुर्योधन को अपनी आँखों पर विश्वास नहीं हुआ। कृष्ण उसे हस्तिनापुर का राजा बनाने का वचन दे रहे हैं–भानुमती ने उनसे यही वचन लिया था! और सर्वदा वह उसे एक मूर्ख स्त्री समझते रहे, जो उस संकट में उनकी कोई सहायता नहीं कर सकती थी, जिससे वह गुजर रहे थे। उन्हें लगा कि वह सिसक पड़ेंगे।

थोड़ी देर बाद भानुमती धीमी आवाज में बुदबुदाई, "आर्यपुत्र, आर्यपुत्र, स्वामी, आप कहाँ हैं?" और उसकी दृष्टिहीन-सी आँखें उनको ढूँढ़ने लगीं।

"देवि, मैं यहाँ हूँ।" दुर्योधन ने उत्तर दिया।

"गोविन्द, इनका ध्यान रखिएगा।" भानुमती ने कहा, "मैं इन्हें प्यार करती हूँ, मैं इन्हें बहुत प्यार करती हूँ।"

"भानुमती, प्यारी बहन, मैं तुम्हारी इच्छाएँ पूरी करूँगा।" कृष्ण ने कहा।

उसके अधरों पर एक स्मित था, ऐसा स्मित जैसा दुर्योधन ने इससे पहले कभी नहीं देखा था। उसका मुख यद्यपि पीला पड़ गया था, किन्तु इतना सुन्दर लग रहा था कि दुर्योधन का हृदय टुकड़े-टुकड़े होने लगा। उन्हें कैसी अनुरक्त पत्नी प्राप्त हुई थी! और अब वह उसे खोने जा रहे हैं!

भानुमती को झपकी आ गई। थोड़ी देर बाद वह फिर बुदबुदाई–"गोविन्द, वचन दीजिए कि आप फिर मिलेंगे...अगले जन्म में।"

"मैं अवश्य मिलूँगा बहन!" कृष्ण ने कहा।

भानुमती साँस लेने के लिए हाँफती रही, किन्तु उसने कहा, "ओह् अब मैं जा रही हूँ।"

"तुम चिन्ता न करो, हम फिर मिलेंगे भानुमती!" कृष्ण ने ऊँची आवाज में कहा।

ऐसा लगा कि भानुमती ने उनकी बात नहीं सुनी, किन्तु वह अब तक मुस्कुरा रही थी। "तुम अपने को कष्ट न दो; मैं जन्म-जन्मान्तर में तुम्हारा भाई बनूँगा।" भानुमती का हाथ थपथपाते हुए कृष्ण ने उसके कान में कहा।

दुर्योधन को ऐसा लगा जैसे किसी अदृश्य उपस्थिति से वह कमरा भर गया है। अपने को सँभालने के लिए उन्होंने दीवार का सहारा लिया। उनकी आँखें अपनी मरती हुई पत्नी पर टिकी हुई थीं, जिसके साथ उन्होंने सदा अपमानजनक व्यवहार किया था।

जब भानुमती को पुनः चेतना प्राप्त हुई तो उसने 'गोविन्द' शब्द को स्पष्ट रूप से बोलने की चेष्टा की, किन्तु वह सफल नहीं हो सकी। कृष्ण ने नीचे झुककर एक बार फिर ऊँचे स्वर में उसके कान में कहा, "मैं सदा तुम्हारे साथ रहूँगा।"

उसी क्षण भानुमती की मृत्यु हो गई।

जालन्धरा भानुमती के शरीर से लिपट गई और करुण स्वर में विलाप करने लगी–"भानु-भानु, मेरी बहन!"

"जालन्धरा, बहन, धीरज रखो," कृष्ण ने कहा।

दुर्योधन ने दोनों हाथों से अपना मुख ढक लिया। वह बच्चों की तरह जोर से रो पड़े। कृष्ण मृत स्त्री की शैय्या के पास से उठ आए और दुर्योधन के कन्धे पर अपना एक हाथ रखकर उन्हें कमरे से बाहर ले गए।

बगल के कमरे में सिसकियों से रेखा का शरीर काँप रहा था। वह अब तक गठरी को हाथ में थामे हुए थी।

कृष्ण ने उससे कहा, "रोओ मत रेखा, तुम्हारी स्वामिनी अब सुखी हो गई। अपने अन्तिम क्षणों तक वह अपने पति के प्रति निष्ठावान रही। वह एक भली स्त्री थी, प्रेमालु और सच्ची।"

महामुनि का परामर्श

भानुमती की मृत्यु के बाद दस दिनों तक राजपरिवार ने, और उसके साथ ही हस्तिनापुर के सभी लोगों ने, शोक मनाया।

ग्यारहवें दिन श्राद्ध-कर्म आरम्भ हुए। बारहवें दिन दुर्योधन ने सिर मुँड़ाया और अपनी दिवंगता पत्नी को पिण्ड-दान किया। इसके अनन्तर इस जगत से

उसकी आत्मा का सम्बन्ध छूट गया और वह पितृलोक में, कुरुओं के पूर्वजों के लोक में, चली गई।

हस्तिनापुर के लोगों ने राजकुमारी भानुमती को उत्सव-समारोहों के अवसर पर दूर से ही देखा था और उन्होंने उसके सौन्दर्य, उदार स्वभाव और प्रसन्न स्मित की, जो सदा उसके अधरों पर बनी रहती थी, सराहना की थी। जब उसने भगवान हाटकेश्वर का मन्दिर बनवाया था तो लोगों ने उसकी धर्मपरायणता का स्वागत किया था। अब उसकी मृत्यु ने उन लोगों के हृदय में एक शून्यता भर दी थी। अधिकांश लोगों ने, छोटे और बड़े सभी लोगों ने, जो हस्तिनापुर के राजभवन से सम्बद्ध थे–जिनमें मन्त्री, योद्धा, मल्ल, धनुर्धर और सेवक, सभी सम्मिलित थे–यह आशा की थी कि किसी-न-किसी दिन भानुमती दुर्योधन पर अपना भला प्रभाव डालेगी। अब वह आशा जाती रही, इससे वे दुखी थे।

भानुमती की मृत्यु के दूसरे दिन जालन्धरा और उसके भाई सुशर्मा में झगड़ा हो गया था। भाई ने उसे यह संकेत दिया था कि दुर्योधन अन्य किसी राजकुमारी की अपेक्षा उससे विवाह करना अधिक पसन्द करेंगे। इस संकेत से जालन्धरा क्रोध से आग-बबूला हो गई थी और उसने तत्काल दुर्योधन के महल से चले जाने पर बल दिया था। परिणामस्वरूप वे, अपने परिचारकों के साथ–जिनमें रेखा भी थी–दुर्योधन का महल छोड़कर कृष्ण के साथ रहने चले गए थे। उनके आतिथ्य के लिए वहाँ दो नाग-राजकुमारियाँ, कपिला और पिंगला थीं जो उद्धव की पत्नियाँ थीं। उन लोगों ने निश्चय किया था कि शोक की अवधि समाप्त हो जाने के बाद, कोई शुभ दिन देखकर वे काम्पिल्य के लिए प्रस्थान करेंगे।

भीम का अंगरक्षक गोपू प्रतिदिन रात्रि के समय, सोने से पहले भीम का शरीर दबाया करता था। तेरहवें दिन की रात को, सदा की तरह, वह भीम को वे गप्पें सुना रहा था जो दिन-भर में उसने सुनी थीं–"मालिक, वारणावत के जलते हुए महल से मेरे बिना आपका निकल जाना ठीक नहीं था। आपके साथ आपका शरीर दबानेवाला कोई नहीं था। अब यह शरीर कितना दुर्बल हो गया है! आपके आयुधों में जंग लग गई है, क्योंकि उनको चमकाने के लिए मैं आपके साथ नहीं था।"

"बकवास मत करो," भीम ने सुस्ती के साथ कहा, "तुमने क्या मुझे बच्चा समझ रखा है? तुम चमत्कार कर सकते हो, दूसरा कोई नहीं कर सकता? घमण्डी, मूर्ख कहीं का?"

"मैं आपको बताऊँ मालिक, कि हुआ क्या! राजकुमारी भानुमती ने मरने से पहले आपके फुफेरे भाई कृष्ण वासुदेव की प्रार्थना की। तत्काल वह उनके सामने प्रकट हो गए और उनके पास बैठ गए। उन्होंने उनका हाथ अपने हाथों में ले लिया और उन्हें 'मेरी बहन' कहा। जिसने अभी-अभी एक मृत बालक प्रसव किया

था, उसे स्पर्श करके उन्होंने बहुत बुरा किया," गोपू ने अर्थगर्भित भाव से टिप्पणी की और फुसफुसाकर आगे कहा, "और उन्होंने अगले जन्म में उनसे मिलने का वचन दिया।"

"तुमने यह कहानी स्वयं गढ़ी है गोपू।" भीम ने उसकी हँसी उड़ाई।

"नहीं मालिक, मैं अपने यज्ञोपवीत की शपथ लेकर कहता हूँ कि मेरी माँ से रेखा ने शब्दशः यही बात कही थी।"

"कैसा गन्दा है तुम्हारा पवित्र यज्ञोपवीत! क्या और भी कुछ हुआ?"

"मैं आपको एक गुप्त बात बताता हूँ, किन्तु आप इसे अपने तक ही रखिएगा।" गोपू ने फुसफुसाकर कहना जारी रखा, "आप समझते हैं कि आपके भाई कृष्ण वासुदेव आपको प्यार करते हैं, किन्तु उन्होंने दुर्योधन को वचन दिया है कि वही हस्तिनापुर में शासन करेंगे।"

भीम ने गोपू का कान ऐंठा। "असम्भव! वह मेरे सबसे अच्छे मित्र हैं।" कहकर वह हँसे।

"अच्छी बात है," गोपू ने खीझकर कहा, "अभी आप मुझ पर हँस लीजिए, किन्तु एक दिन मेरी बात पर ध्यान न देने के लिए आप पछताएँगे। वासुदेव जब राजकुमारी को यह वचन दे रहे थे तो रेखा ने स्वयं इसे सुना था।"

"वह निश्चय ही सपना देख रही होगी। अच्छा, आज-भर के लिए इतना बहुत है।" भीम ने कहा, "चिन्ता न करो। अब सो जाओ।" वह करवट लेकर सो गए। उन्होंने सपने में देखा कि दुर्योधन को कुरुओं की राजगद्दी पर बैठाने में कृष्ण उसकी सहायता कर रहे हैं। वह चौंककर जाग उठे। बड़े प्रयत्न से उन्होंने अपने मन को शान्त किया। सोने से पहले वह भुनभुनाए—"नहीं, नहीं, कृष्ण मेरे साथ विश्वासघात नहीं कर सकते।"

अगले दिन से हस्तिनापुर में सामान्य जीवन आरम्भ हो गया।

एक दिन बाद डौंड़ी पीटकर यह घोषणा की गई कि पितामह के आमन्त्रण पर महामुनि कृष्णद्वैपायन व्यास हस्तिनापुर पधार रहे हैं। पाण्डवों में श्रेष्ठ युधिष्ठिर के राज्याभिषेक समारोह में वह आचार्य का पद ग्रहण करेंगे।

समारोह की पूर्व-रात्रि में जब महामुनि अपने दल के सहित हस्तिनापुर से एक योजन की दूरी पर आ पहुँचे तो पितामह ने मन्त्री विदुर और धौम्य तथा सोमदत्त नामक दो राजपुरोहितों को उनका स्वागत करने के लिए भेजा।

अगले दिन सवेरे पितामह भीष्म और अन्धे राजा धृतराष्ट्र के साथ कुरुगण और उनके अतिथिगण महामुनि का स्वागत करने के लिए नगर से बाहर आए। वहाँ पहले से ही बहुत बड़ी भीड़ एकत्रित थी।

ऋषि-श्रेष्ठ कृष्णद्वैपायन आ पहुँचे। उनके कटि-प्रदेश में एक व्याघ्रचर्म

लिपटा हुआ था। उनका शरीर पुष्ट था, कन्धे चौड़े थे और शरीर का रंग काला था। उनका व्यक्तित्व अत्यन्त प्रभावशाली था। उनकी जटाएँ हिमालय के किसी हिम-शिखर की तरह ऊपर उठी हुई थीं। उनका विशाल मस्तक, त्रिपुण्ड-शोभित चौड़ा ललाट और बड़ी-बड़ी ज्योतिष्मान आँखें दयालुता से चमक रही थीं—इन सबके द्वारा चिपटी नाकवाले उनके कुरूप मुख को एक असाधारण गरिमा प्राप्त हो गई थी।

महामुनि कुरुक्षेत्र के अपने उस आश्रम से चलकर यहाँ आए थे, जहाँ पवित्र नदी सरस्वती समन्तपंचक नाम से प्रसिद्ध पाँच सरोवरों को भरकर लुप्त हो जाती है।

उनके सैकड़ों शिष्यों ने, उनके आश्रम में शिक्षा प्राप्त करने के बाद, संसार के विभिन्न भागों में जाकर अपने आश्रम स्थापित किए थे और इस प्रकार उन्होंने आर्यावर्त की सीमा का विस्तार किया था।

महामुनि वर्षों से स्थल-मार्ग, जल-मार्ग और वन-मार्ग से यात्राएँ करते हुए सारे आर्यावर्त को सामाजिक, नैतिक और आध्यात्मिक मूल्यों के एक सूत्र में गूँथते रहे थे। वह जहाँ भी जाते और जिससे भी मिलते, उच्च जीवन का सन्देश दिया करते थे।

उनके साथ, उनके पुत्र शुक भी थे। वह लम्बे और छरहरे थे। उनकी आँखें तेजस्विनी थीं और मस्तक के केश तथा दाढ़ी-मूँछें मुँडी हुई थीं। उनके हाथों में दो कमण्डलु थे, एक अपने पिता के लिए और एक अपने लिए।

महामुनि के दो पट्ट-शिष्य, वैशम्पायन और पैल, भी उनके साथ थे। वह सारे आर्यावर्त में प्रसिद्ध थे और महामुनि के अन्य पचास शिष्यों के आगे-आगे चल रहे थे।

पितामह भीष्म संजय का सहारा लेकर चलते हुए राजा धृतराष्ट्र, बलराम और कृष्ण वासुदेव तथा राजा विराट, सुनीत और मणिमान ने महामुनि को साष्टांग प्रणाम किया।

वहाँ एकत्रित लोग उन्हें आदर भाव से देखते रहे। वे जानते थे कि उनका जीवन दीन-दुखियों को समर्पित था, क्योंकि उनके आशीर्वाद से रोगियों के रोग दूर हो जाते थे, और भाग्यहीनों के भाग्य चमक उठते थे।

अपने हाथ में दण्ड लिए हुए महामुनि धीरे-धीरे चल रहे थे। जो भी उन्हें प्रणाम करता, उसे वह दाहिना हाथ उठाकर आशीर्वाद देते और सब लोगों से दो-एक मधुर शब्द बोलते और मुस्कुराते जा रहे थे।

अपने स्वभाव के अनुसार महामुनि ने हस्तिनापुर के मध्य में निर्मित प्रतीपेश्वर महादेव के मन्दिर के खुले आँगन में डेरा डाला। इस मन्दिर का निर्माण

भीष्म के पितामह महाराज प्रतीप ने कराया था।

अपने शिष्यों को यज्ञ-वेदी में अग्नि प्रज्वलित करने तथा पितामह के द्वारा भेजे गए मल्लों की सहायता से भोजन का प्रबन्ध करने की आज्ञा देकर महामुनि अपनी माता सत्यवती से मिलने के लिए चले।

महामुनि लौटकर आए तब तक वहाँ लूले, लँगड़े, अन्धे और अन्य अनेक प्रकार के रोगों से ग्रस्त लोगों की भीड़ एकत्रित हो गई थी। वे सभी उनका आशीर्वाद और रोगनाशक स्पर्श प्राप्त करने के लिए वहाँ बैठे थे।

अग्निदेव को आहुति देने के बाद, अपने दैनिक कार्यक्रम के अनुसार, महामुनि रोगियों की परिचर्या में लगे। उनके आदेश से सभी रोगियों को मृत्तिका-पात्र में दूध दिया गया। फिर उन्होंने सबके पात्रों में स्वयं तुलसीदल डाला।

उनके शिष्य व्रत-पीड़ित रोगियों के पैर धोने और उनमें औषधि का लेप करने लगे।

जब रोगियों ने दूध पी लिया तो महर्षि स्वयं जाकर प्रत्येक रोगी को कन्द और दलिया दे आए।

फिर उन्होंने वैदिक मन्त्रों से उनको आशीर्वाद दिया। उनके साथ उनके शिष्यों ने भी वैदिक मन्त्रों का उच्चारण किया।

सब लोगों के प्रसाद पा लेने के बाद अपने शिष्यों के सहित महर्षि ने भी भोजन किया। फिर, बारी-बारी से, भीड़ का प्रत्येक व्यक्ति उनका आशीर्वाद लेने के लिए आगे बढ़ा।

जब सभी लोग आशीर्वाद प्राप्त कर चुके तो महामुनि विश्राम करने के लिए वट-वृक्ष की छाया में जा लेटे।

भीड़ छँट गई। कुछ लोग तत्काल रोग-मुक्त हो गए। कुछ को आशा बँधी कि उन्हें आशीर्वाद प्राप्त हो गया है, जिससे यथासमय वे भी चंगे हो जाएँगे। प्रत्येक व्यक्ति के मन में आशा भरी थी और वह प्रसन्न था।

जब महामुनि जागे तो उन्होंने देखा कि उनके चरणों के पास युधिष्ठिर और उनके चारों भाई बैठे हैं।

"युधिष्ठिर, क्या तुम राज्याभिषेक के लिए तैयार हो?" महामुनि ने पूछा।

"तैयार होने के लिए मुझे क्या करना है? पितामह हैं, मेरे चाचाजी हैं और स्वयं आप उपस्थित हैं।" युधिष्ठिर ने मुस्कुराते हुए कहा।

"तुम इस अवसर पर क्या अनुभव कर रहे हो?" महामुनि ने पूछा।

"मैं इस उलझन में हूँ कि राज-पद पाने के बाद मुझे किन परिस्थितियों का सामना करना पड़ेगा।" युधिष्ठिर ने कहा।

अनन्तर, महामुनि के प्रश्नों के उत्तर में, उन्होंने सारी स्थिति बतला दी। दुर्योधन की आत्महत्या की धमकी, उनके भाइयों का गान्धार चले जाने और कर्ण तथा अश्वत्थामा का हस्तिनापुर छोड़ देने का निर्णय, और द्रोणाचार्य की यह द्विविधा कि वह अपने पुत्र के साथ अहिच्छत्र चले जाएँ अथवा पाण्डवों के साथ, जिन्हें वह अपने पुत्रों के समान प्यार करते हैं, हस्तिनापुर में ही बने रहें।

युधिष्ठिर ने पितामह के निश्चय, अपने चाचा धृतराष्ट्र की अप्रसन्नता और महारानी गान्धारी के दुखी होने की बात भी महामुनि को बताई।

किसी भी आकस्मिक स्थिति का सामना करने के लिए भीम ने अपनी तैयारियों से महामुनि को अवगत कराया।

अर्जुन ने कुरु-योद्धाओं से अपनी बातचीत के बारे में उन्हें सूचना दी। उनमें से अधिकांश पितामह के किसी भी निर्णय का साथ देने को तैयार थे।

नकुल ने संक्षेप में रथियों, गायों, घोड़ों और सुवर्ण का उल्लेख किया जो उन्हें द्रुपद से प्राप्त हुआ था। उन्होंने यह भी कहा कि यादव अतिरथी और राजागण भी उनका साथ देंगे।

''तुम्हें क्या कहना है, सहदेव?'' महामुनि ने सबसे छोटे भाई से पूछा।

सहदेव ने संक्षेप में कहा, ''हस्तिनापुर के लोग बड़े भाई के शासन का स्वागत करेंगे।''

महामुनि ने पूछा, ''युधिष्ठिर, पुत्र, तुम क्या करोगे?''

''बीच में बोलने के लिए क्षमा करें गुरुदेव,'' भीम ने कहा, ''मैं जानता हूँ कि बड़े भाई को क्या करना चाहिए। उन्हें हस्तिनापुर में शासन करना चाहिए और अधर्म का नाश करना चाहिए।''

महामुनि मुस्कुराए, उन्होंने स्वीकृति में सिर हिलाया और वह उत्तर के लिए युधिष्ठिर की ओर मुड़े।

''मैं नहीं जानता कि मुझे क्या करना चाहिए।'' युधिष्ठिर ने विनम्रतापूर्वक कहा, ''मैं भगवान महादेव से मार्गदर्शन की प्रार्थना करता रहा हूँ। गुरुदेव, मैं आपका भी मार्गदर्शन चाहता हूँ। मेरा धर्म क्या है? इस संकट की घड़ी में मुझे क्या करना चाहिए? इससे पहले कभी ऐसे संकट का सामना नहीं किया था।''

''बाल्यकाल से ही वचन और कर्म से तुमने निष्ठापूर्वक धर्म का पालन किया है।'' महामुनि ने स्नेहसिक्त स्मित के साथ कहा, ''मुझे विश्वास है कि चाहे जितनी भी कठिनाइयाँ आएँ, तुम धर्म पर अडिग रहोगे।''

''मैं इस अरण्य में पूर्णतः खो गया हूँ। कृपया आदेश दें कि मुझे क्या करना चाहिए।''

महामुनि के स्नेहपूर्ण स्मित ने युधिष्ठिर को आवृत कर लिय.—''कभी-कभी

ऐसा समय भी आता है वत्स, जब मनुष्य क्या करना चाहता है यह नहीं, उसे क्या करना चाहिए यह उसे स्वयं खोज निकालना पड़ता है।''

''मैं यही ढूँढ़ने की चेष्टा कर रहा हूँ, किन्तु मुझे सफलता नहीं मिलती।'' युधिष्ठिर ने विनम्रतापूर्वक कहा।

''यह तुम्हारी सबसे बड़ी परीक्षा है युधिष्ठिर,'' महामुनि ने कहा, ''तुम्हें कुरुओं की राजसत्ता सौंपी जानेवाली है। देवता तुम्हें धर्म के रक्षक के रूप में देख रहे हैं। राज्याभिषेक के बाद तो तुम्हें निर्णय लेने ही होंगे, तुम अभी निर्णय क्यों नहीं लेते?''

युधिष्ठिर ने अपना सिर हिलाते हुए कहा, ''मैं बहुत उलझन में हूँ।''

''तुम्हें उलझन क्यों होनी चाहिए? नम्रता और विनय के साथ देवताओं की सहायता माँगो। ऐसे संकट के समय दूसरा कोई तुम्हें मार्ग नहीं दिखा सकता। मुझे विश्वास है कि तुम जो भी करोगे वह उचित निर्णय होगा।'' उन्होंने और भी कहा, ''मुझे विश्वास है कि तुम्हारे भाई उसे स्वीकार करेंगे।''

राज्यसभा

पितामह भीष्म का आदेश प्रचारित हुआ। भानुमती के मृत्यु के बीसवें दिन सूर्योदय से छह घटिका के बाद, सिंहासन-कक्ष में, राज्यसभा की बैठक हुई।

वातावरण में कुछ महत्त्वपूर्ण होने की आशा व्याप्त थी। राजभवन के मैदान में बहुत सवेरे से ही लोगों की भीड़ एकत्रित हो गई थी। वे राज्यसभा के विशिष्ट अतिथियों को देखने के लिए उत्सुक थे।

नियत समय के बहुत पहले से ही विशाल सिंहासन-कक्ष विविध प्रवृत्तियों से गूँजने लगा था।

मुख्य प्रवेश-द्वार की ओर जानेवाले सभी मार्गों पर एक सौ धनुर्धर तैनात थे। प्रत्येक के हाथ में एक भाला और कन्धे पर धनुष था।

प्रवेश-द्वार के दोनों ओर चार-चार हाथी खड़े थे। उन्हें आकर्षक रंगों से रँगा और मनोहर सज्जा से सजाया गया था। उनकी सूँड़ें तालबद्ध रूप से डोल रही थीं और उनके साथ झूल में बँधी पीतल की छोटी-छोटी घण्टियाँ टुनटुना रही थीं।

उन हाथियों पर बैठे राजकीय संगीतकार, ढोलकिया, शहनाई-वादक, शंख-वादक तथा भेरी-वादक उन अतिथियों के आने की घोषणा करते जा रहे थे, जो अपने पद और प्रतिष्ठा के अनुसार पैदल, पालकी पर, बैलोंवाले और घोड़ोंवाले रथों पर आ रहे थे।

कक्ष के प्रवेश-द्वार पर कुरुओं के सन्तस्वभाव प्रधान सचिव, विदुर, आगन्तुकों का स्वागत कर रहे थे, तत्पश्चात् मल्लगण उन्हें उनके निश्चित स्थानों पर ले जाने में व्यस्त थे।

शीघ्र ही सारा कक्ष ठसाठस भर गया।

प्रवेश-द्वार के ठीक सामने की दीवार के पास एक हाथ ऊँचे चबूतरे पर नौ सिंहासन रखे हुए थे, जिन पर सिंह का मस्तक अंकित था। पाँच सिंहासन दाहिनी ओर थे, चार बाईं ओर और उनके बीच महामुनि के बैठने के लिए काठ की एक चौकी पर मृगचर्म बिछा था। दोनों ओर के सिंहासनों में से अन्तिम दो चाँदी के और शेष सुवर्ण के थे।

प्रत्येक सिंहासन के पीछे एक-एक सुन्दरी निश्चल भाव से खड़ी थी। उनकी गोराई चकाचौंध पैदा करनेवाली थी। वे सभी विदेशिनी थीं। उन्होंने बहुत से आभूषण और केवल कटिवस्त्र और वक्षाच्छादन पहन रखा था, आर्य कन्याओं के समान उन्होंने दुपट्टे नहीं ओढ़े थे। उनके कन्धों पर हरिण के कोमल केशों से बने चामर टिके हुए थे।

दीवारों से लगातार केले के चमकीले और पीताभ-हरित स्तम्भ बाँधे गए थे, जिनके पंखे के समान विशाल पत्ते हवा में डोल रहे थे।

दीवारों के पास मल्ल-गण खड़े थे। उनकी पेशियाँ उभरी हुई थीं, पेट निकले हुए थे, उन्होंने जरी के कामवाली सुनहरी पगड़ियाँ बाँध रखी थीं, रेशमी धागे से कढ़े दुशाले ओढ़ रखे थे और कमर में लाल कपड़े के लँगोट पहन रखे थे।

मल्लों के प्रधान-पद के चिह्नस्वरूप चाँदी के दण्ड से टिका हुआ बूढ़ा बलिय सिंहासनों के पीछेवाले द्वार के निकट खड़ा था, यद्यपि उसके पाँव अभी भी दुर्बल थे।

उसका पुत्र सोमेश्वर अपने पिता को सँभाले हुए उसके पास खड़ा था। उसने अपने हाथ में विशाल राज-छत्र ले रखा था, जिस पर गहरी फुलकारी का काम किया हुआ था। महाराज पाण्डु की मृत्यु के बाद से राजसत्ता के प्रतीक इस छत्र को नहीं खोला गया था, जिससे यह सूचित होता था कि अभी हस्तिनापुर के सिंहासन पर कोई नहीं है। जन्मान्ध होने के कारण धृतराष्ट्र को सिंहासन पर बैठने का अधिकार नहीं था, और पितामह ने उस पर न बैठने की प्रतिज्ञा कर रखी थी।

उनके बाद चारण खड़े थे। वे सिंहासनों पर बैठनेवाले विशिष्ट व्यक्तियों के नामों और उनकी उपलब्धियों का वर्णन करने के लिए तैयार थे।

प्रवेश-द्वार से चबूतरे तक के चौड़े मार्ग ने उस कक्ष को दो भागों में बाँट दिया था। दोनों ओर अतिथियों के बैठने के लिए विभिन्न रंगों की रस्सियों से अलग-अलग खण्ड बना दिए गए थे।

सिंहासनों की दाहिनी ओर के पहले खण्ड में भस्म-विभूषित तपस्वी और ब्रह्मज्ञानी-ब्राह्मण मृग-चर्म पहने हुए छाटे-छोटे दर्भासनों पर बैठे हुए थे।

पीछेवाला खण्ड दो भागों में बँटा हुआ था। एक उन विद्वान् ब्राह्मणों के लिए था, जो विद्यालय चलाते थे अथवा कर्मकाण्डी थे। दूसरे खण्ड में अन्य राज्यों से आए विशिष्ट अतिथि थे।

सिंहासनों की बाईं ओर के पहले खण्ड में कुरु-कुल के अग्रणी और हस्तिनापुर के अन्य क्षत्रिय नेता बैठे थे। उनमें से प्रत्येक की कमर से तलवार लटक रही थी।

उसके पीछेवाले खण्ड में व्यापारी-संघ के प्रमुख महाजन बैठे हुए थे। उनके मस्तक पर स्वर्ण-जटित पगड़ियाँ, गले में मूल्यवान हार और उँगलियों में झलमलाती अँगूठियाँ थीं।

बाईं ओर के अन्तिम छोर पर, एक अलग खण्ड में, दस्तकार, कारीगर और स्थपतियों का स्थान था।

प्रवेश-द्वार से चबूतरे तक जानेवाला मार्ग आगे चलकर चौड़ा हो गया था और मध्य के चौरस भाग में एक विशाल वेदी बनाई गई थी, जिसमें पवित्र अग्नि प्रज्वलित हो रही थी। उसके चतुर्दिक् महामुनि के प्रधान शिष्य वैशम्पायन और पैल, कुरुओं के पुरोहित सोमदत्त और पाण्डवों के पुरोहित धौम्य बैठे थे और वैश्वानर का आवाहन कर रहे थे।

एक सौ ब्राह्मण अग्निदेव का आवाहन करते हुए लयबद्ध स्वर में वेदमन्त्रों का पाठ कर रहे थे, जो सारे कक्ष में गुंजित हो रहा था।

अग्नि में अर्पित चन्दन और घृत की सुगन्ध सारे कक्ष में भर रही थी। पूर्वी भाग के अनेक द्वारों से आनेवाली सूर्य-किरणें वेदी से निकले धूम्र-पुंज पर प्रकाशमान आकृतियाँ बना रही थीं।

चबूतरे पर सिंहासनों की दाहिनी ओर एक मृग-चर्म पर महामुनि के पुत्र, महान् तपस्वी शुकदेव बैठे हुए थे। उनका मस्तक और मुख मुण्डित था, उन्होंने मृग-चर्म का एक कोपीन पहन रखा था और उनके सारे शरीर में भस्म का लेप लगा हुआ था।

उनके पास कुरुओं के सेनापति द्रोणाचार्य चाँदी के एक ऊँचे आसन पर बैठे थे, उनका व्यवहार गौरवपूर्ण था और उनकी आँखें सतर्क थीं, उनके हाथ में उनकी सत्ता का प्रतीक धनुष था। युद्ध-विद्या के शिक्षक, उनके साले कृपाचार्य, पास बैठे थे। उनके हाथ में उनकी सत्ता का प्रतीक अंकुश था।

उन लोगों के बाद स्वर्गीय महाराज पाण्डु के पाँच पुत्रों में से चार—सबसे बड़े युधिष्ठिर को छोड़कर वस्तुतः सभी—भल्लूक-चर्म पर बैठे थे। अपने आकार-प्रकार,

अपनी शक्ति और विजयी स्मित के कारण भीम सारी सभा पर छाए हुए थे। अर्जुन ने सोने की किनारीवाला बहुमूल्य पीताम्बर धारण किया था और किसी-न-किसी मित्र को देखकर सिर हिला रहे थे। उनकी चमकदार आँखों से सबके लिए शुभकामना का सन्देश झलक रहा था। नकुल चिन्तित दृष्टि से वहाँ उपस्थित प्रधान व्यक्तियों की मनोदशा को भाँप रहे थे। सहदेव और सात्यकि भी उन्हीं के साथ बैठे हुए थे।

चबूतरे के ऊपर सिंहासनों की बाईं ओर वृद्ध और झुके हुए राजमन्त्री कुणिक बैठे थे। उनकी चतुर दृष्टि प्रत्येक व्यक्ति को देख रही थी। कर्ण अपनी तेजस्विनी आँखों से अवज्ञापूर्वक पाँचों भाइयों को देख रहे थे। द्रोणाचार्य के पुत्र अश्वत्थामा की आँखों में क्रोध झलक रहा था। उन लोगों के पीछे दुःशासन और धृतराष्ट्र के अन्य पुत्र बैठे थे, जिनमें से अधिकांश के मन आशंकित थे।

सिंहासनों के पीछेवाले मुख्य द्वार के पट खुल गए। हाथों में सुवर्ण-मण्डित राजदण्ड लिए दो कंचुकियाँ बाहर आईं और द्वार के दोनों ओर खड़ी हो गईं।

युधिष्ठिर और दुर्योधन ने कक्ष में प्रवेश किया। चारणों ने उनके आगमन की घोषणा की।

वहाँ उपस्थित ब्राह्मणों ने दाहिना हाथ फैलाकर आशीर्वाद दिया, शेष लोग हाथ जोड़कर और सिर झुकाकर खड़े हो गए।

दाहिनी ओर के अन्तिम रजत-सिंहासन पर युधिष्ठिर ने आसन ग्रहण किया। युवराज दुर्योधन भी बाईं ओर के अन्तिम रजत-सिंहासन पर बैठे। जब दोनों ही व्यक्ति सिंहासनों पर बैठ गए, तो उनके पीछे खड़ी युवतियाँ सहसा ही क्रियाशील हो गईं। जब वे धीरे-धीरे और लयबद्ध रूप से अपने हाथों के चँवर डुलाने लगीं तो ऐसा लगा मानो संगमरमर की प्रतिमाएँ अचानक सजीव हो उठी हों।

चारणों ने नागराज मणिमान के पधारने की सूचना दी। वह बहुत प्रसन्न दीख रहे थे। उन्हें धूमधाम और समारोहयुक्त आर्यों की सभाएँ बहुत पसन्द थीं। कंचुकियों में से एक ने उन्हें दुर्योधन के पासवाले स्वर्ण सिंहासन तक पहुँचाया।

इसके बाद चारणों ने अत्यन्त आदरणीय राजा विराट और सुनीत के आगमन की घोषणा की। विराट को युधिष्ठिर के पासवाले सिंहासन पर और सुनीत को मणिमान के पासवाले सिंहासन पर पहुँचाया गया।

मुख्य प्रवेश-द्वार के बाहर हाथियों पर बैठे वादक प्रत्येक विशिष्ट आगन्तुक के पधारने पर वाद्य बजाते थे और मल्लगण अपने कन्धों से लटके शंखों को फूँककर स्वागत-घोष करते थे।

वाद्यों का बजना बन्द हो गया। क्षण-भर के लिए शान्ति छा गई। तने हुए और लम्बे पितामह भीष्म ने कक्ष में प्रवेश किया। उनके आगे-आगे धीमी और

भव्य गति से विदुर चल रहे थे। उनके श्वेत केश और श्मश्रु आयु का तिरस्कार करके उनके मुख को सौन्दर्य प्रदान कर रहे थे, उनके होंठ भिंचे हुए थे और उनकी आँखों में आदेश की झलक थी। वह श्वेत पीताम्बर और दुपट्टा धारण किए हुए थे। उनका मुकुट और हीरों का हार झलमला रहा था। वह पृथ्वी पर देवता के समान दीख रहे थे।

उनके पीछे महाकाय और गौरवमण्डित बलराम थे। उनकी आँखें मुँदी जा रही थीं और उनके अधरों पर प्रसन्न स्मित था। उन्होंने नीलाम्बर और दुपट्टा धारण किया था। उनका शरीर बहुमूल्य और झलमलाते आभूषणों से लदा हुआ था। उनके केशों में श्वेत आभा आ रही थी और उनकी दाढ़ी भली-भाँति छँटी हुई थी। पितामह महामुनि के आसन के दाहिनेवाले सिंहासन पर बैठे और उनके पासवाले सिंहासन पर बलराम।

उनके आगमन की घोषणा वाद्यवृन्द के सामूहिक घोष और शंखों के विजयी निनाद के द्वारा हुई। एकत्रित लोगों ने 'भीष्म पितामह की जय' कहकर पितामह का अभिनन्दन किया।

अनन्तर संजय का हाथ पकड़कर धृतराष्ट्र आए। अन्धे होने के कारण वह टटोल-टटोलकर पाँव रख रहे थे। उनके चेहरे पर झुर्रियाँ पड़ी हुई थीं। उन्हें महामुनि की बाईं ओर के सिंहासन पर बैठाया गया। उसके बाद आए कृष्ण वासुदेव, जिनसे पितामह ने आग्रह किया था कि वह महामुनि के साथ आकर इस समारोह को विशिष्ट रूप से गौरवान्वित करें। जिन चमत्कारी पुरुष के सम्बन्ध में इतनी जन-श्रुतियाँ और गप्पें प्रचलित हैं, उनकी एक झलक पाने के लिए कक्ष में उपस्थित प्रत्येक व्यक्ति अपनी गर्दन उचकाने लगा।

उनका शरीर छरहरा था। पुष्पों की एक सुन्दर माला उनके गले में पड़ी हुई थी। मुकुट में लगे मयूरपिच्छ धीरे-धीरे लहरा रहे थे। उनका अद्वितीय आयुध (चक्र) उनके बाएँ कन्धे से लटका हुआ था। चारणों ने मधुर स्वरों में उनकी प्रशस्ति का गान किया और संगीतकारों ने स्वागत की धुन बजाई।

वह बाईं ओर के द्वार के पास रुक गए, उन्होंने दर्शकों पर एक मैत्रीपूर्ण दृष्टि डाली और हाथ जोड़े हुए वह महामुनि की प्रतीक्षा करने लगे। महामुनि कमर में व्याघ्र-चर्म लपेटे मन्थर गति से आए। उनकी भुजाओं और ललाट पर भस्म लगा हुआ था। उन्होंने पाँव में काठ की खड़ाऊँ पहन रखी थीं और उनके हाथ में दण्ड था। उनका स्मित उस प्रसन्न पिता की तरह था, जो अपने प्यारे बच्चों से मिल रहा हो।

वहाँ बैठे क्षत्रियों और वैश्यों को आशीर्वाद देने का अधिकार रखनेवाले ब्राह्मण भी महामुनि के आने पर उठ खड़े हुए। पूरी सभा हाथ जोड़कर सम्मान से झुक

गई। केवल पवित्र शंख और मृदंग बजाए गए।

मृग-चर्म से आच्छादित मध्यवर्ती काष्ठासन पर महामुनि बैठे और उन्होंने दोनों हाथ उठाकर एकत्रित लोगों को आशीर्वाद दिया।

उनके बैठ जाने के बाद अन्य सभी लोग यथास्थान बैठ गए। कृष्ण महामुनि के आसन की दाहिनी ओर के तीसरे सिंहासन पर बैठे थे।

शुद्ध स्वरों में वेद-मन्त्रों का पाठ करते हुए ब्राह्मणों ने सिंहासन पर बैठे व्यक्तियों पर अक्षत छिड़के।

वेद-मन्त्रों के पाठ के बाद युधिष्ठिर और दुर्योधन अपने-अपने सिंहासन से उठे और बारी-बारी से पितामह, महामुनि तथा धृतराष्ट्र के सामने जाकर और उन्हें साष्टांग प्रणाम करके उन लोगों का आशीर्वाद लिया।

जब वे लौटकर अपने आसनों पर बैठ गए तो भीष्म पितामह ने अपना हाथ उठाया। कक्ष में शान्ति छा गई। सब लोग साँस रोककर उनके बोलने की प्रतीक्षा करने लगे।

युधिष्ठिर की प्रतिज्ञा

वार्धक्य के कारण यद्यपि पितामह का स्वर थोड़ा रूखा हो गया था। फिर भी उसमें आदेश की खनक थी। उन्होंने ऊँचे स्वर में कहा :

''पूज्य तपस्वियो, विद्वान् ब्राह्मणो, सम्मानित राजवृन्द, कुरुश्रेष्ठो और नागरिको!

''प्रभु के आशीर्वाद और महामुनि की अनुमति से मैं ये बातें कह रहा हूँ!

''राजा धृतराष्ट्र और मैंने मिलकर जो निर्णय किया है, मुझे उसकी घोषणा करनी है। उस निर्णय का सम्बन्ध कुरुओं के और उस साम्राज्य के भविष्य से है, जिस पर वे शासन करते हैं।

''आप सभी हमारे प्रिय पुत्र को जानते हैं,'' उन्होंने हाथ से युधिष्ठिर की ओर संकेत किया, ''महाराज पाण्डु के इन ज्येष्ठ पुत्र को, जो हम सभी को दुखी बनाकर, असमय ही काल-कवलित हो गए थे।

''हमारे यह प्रिय पुत्र विवेकशील, बुद्धिमान, गुणवान, सबके प्रियपात्र और वेदों के ज्ञाता हैं। धर्म में इनकी निष्ठा है, इन्हें देवताओं की कृपा प्राप्त है, साथ ही यह ऋत और सत्य के द्वारा शासन करने के योग्य हैं।''

पितामह ने रुककर चारों ओर देखा। उपस्थित जन-समुदाय से 'साधु-साधु' की मन्द ध्वनि उभरी।

पितामह ने आगे कहा, "हमने इनको और इनके भाइयों को वारणावत भेज दिया था। इसलिए भेज दिया था कि इनके और हमारे प्रिय पुत्र धृतराष्ट्र के पुत्रों के बीच जो दरार पड़ गई थी, वह भर जाए।

"हम सभी उन त्रिशूलधारी देवाधिदेव महादेव से प्रार्थना करते हैं, जो माता भगवती के स्वामी हैं और जिनके हाथों में हम सबका जीवन-सूत्र है, कि वे इन्हें दीर्घ जीवन, विजय, यश और अपने प्रजा-जन की प्रीति प्रदान करें।

"आप जानते हैं कि अब ये हमारे पास लौट आए हैं। उन्होंने महाराज यज्ञसेन द्रुपद की कन्या राजकुमारी पांचाली का पाणिग्रहण किया है और इस प्रकार कुरुओं और पांचालों की मैत्री को सुदृढ़ बनाया है।

"पाण्डवों ने राजा विराट, राजा सुनीत और राजा मणिमान की मैत्री प्राप्त की है"–उन्होंने हाथ से तीनों राजाओं की ओर संकेत किया–"और महापराक्रमी बलराम तथा पुरुषोत्तम कृष्ण वासुदेव इनका मार्गदर्शन करते हैं।"

पितामह चुप हो गए। उपस्थित लोगों ने 'साधु-साधु' कहा। कुछ ने 'कृष्ण वासुदेव की जय' का नारा लगाया।

"यह उचित ही है कि हमारे प्रबल पराक्रमी और अविनश्वर गौरव के अधिकारी पूर्वज, महान् चक्रवर्ती भरत ने जिस कार्य के लिए हमारा आवाहन किया था, उसे आगे बढ़ाने के लिए युवकगण कुरुओं के राज्य-संचालन का सूत्र अपने हाथों में लें। इस कारण हमारे प्रिय पुत्र धृतराष्ट्र ने और मैंने प्रभावशाली और गुणवान युधिष्ठिर का कुरुओं के राज-पद पर अभिषेक करने का निर्णय किया है!"

उपस्थित लोगों ने 'साधु-साधु' कहा। कुछ लोगों ने 'युधिष्ठिर की जय!' का नारा लगाया। पितामह ने हाथ उठाकर लोगों को शान्त रहने का संकेत किया।

"हमें विश्वास है कि अपने पराक्रम और नेतृत्व से यह कुरुओं के गौरव को उज्ज्वल बनाए रखेंगे।

"इनकी बुद्धिमत्ता धर्म की रक्षा करेगी, जिससे हम लोग उस विश्वास को पूर्णतः बनाए रख सकेंगे, जिसे हमारे पिता महाराज शान्तनु ने हमें सौंपा था।

"हम लोगों ने यह भी निश्चय किया है कि हमारे प्रिय पुत्र दुर्योधन कुरुओं के युवराज बने रहेंगे और जिस निष्ठा से यह हमारी सेवा करते आए हैं, उसी से युधिष्ठिर की करेंगे।"

सिंहासन-कक्ष में बैठे लोगों में सहसा हलचल-सी-मच गई। दुर्योधन और उसके भाइयों की भौंहें तन गईं। क्रोध से कर्ण का मुख लाल हो गया। अश्वत्थामा ने पितामह की ओर आँखें तरेरीं।

पितामह ने आगे कहा, "महामुनि के आशीर्वाद से अभिषेक समारोह कल के पाँचवें दिन, सूर्योदय के बाद एक घटिका बीत जाने पर, शुभ-मुहूर्त में आरम्भ होगा।

"यही हमारा निर्णय है।

"मैं आप सबका आह्वान करता हूँ कि अब तक आपने हमारे प्रति जो निष्ठा रखी है, वही युधिष्ठिर के प्रति बरतेंगे।"

जनसमूह ने 'साधु-साधु' और 'पितामह की जय!' के नारे लगाए।

पितामह चुप हो गए। उत्साहपूर्वक शंखनाद होने लगा। मुरली और शहनाई, झाँझ और घड़ियाल के साथ वाद्यध्वनि आकाश तक गूँजने लगी।

पितामह ने एक बार फिर अपना हाथ उठाकर लोगों को शान्त रहने का संकेत दिया और कहा, "अब हमारे प्रिय पुत्र धृतराष्ट्र कुछ शब्द कहेंगे।"

राजा धृतराष्ट्र ने अपना काँपता हाथ अपने ललाट पर रखा। उनका मुँह टेढ़ा हो गया! दुर्बल स्वर में उन्होंने कहा :

"पूज्य महामुनि, पूज्य पितामह, आदरणीय राजाओ और पराक्रमी क्षत्रियो! पूज्य पितामह ने जो कुछ कहा है, उससे मैं पूर्णतः सहमत हूँ।

"पितामह का निर्णय न्यायपूर्ण है। देवगुरु बृहस्पति की अप्रतिभ प्रज्ञा के समान इनकी प्रज्ञा ने यह निर्णय किया है, और इसके साथ जब महामुनि का आशीर्वाद भी है तो हमें आशा करनी चाहिए कि इससे अनेक लाभ होंगे।

"मैं अपने प्रिय पुत्र युधिष्ठिर को आशीर्वाद देता हूँ।

"यह कुरु-श्रेष्ठ के रूप में इस महान् पद के दायित्वों का..." क्षण-भर के लिए उनका स्वर काँप गया और उन्होंने प्रयत्नपूर्वक आगे कहा, "सनातन धर्म की हमारी प्राचीन परम्परा के अनुसार और बुद्धिमत्तापूर्वक निर्वाह कर सकें, यही प्रभु से मेरी प्रार्थना है।

"हमारे प्रिय भाई महाराज पाण्डु के पुत्र युधिष्ठिर, पितामह ने तुम्हें कुरुओं का राज्य सौंपा है और यह उचित ही किया है।

"जब राजपद पर तुम्हारा अभिषेक हो जाएगा तो मेरे प्रिय पुत्रों, दुर्योधन और उसके भाइयों के साथ तुम न्यायपूर्ण व्यवहार करोगे, ऐसी मुझे आशा है। जिस परिवार में भाइयों के बीच एकता नहीं होती, उसकी उन्नति नहीं होती।"

उपस्थित लोगों ने 'साधु-साधु' कहा।

आगे बोलने में असमर्थ धृतराष्ट्र चुप हो गए और दुपट्टे के छोर से उन्होंने अपना मुँह पोंछा।

पितामह की इच्छा का संकेत पाकर युधिष्ठिर उठ खड़े हुए। उन्होंने तीनों बड़ों को प्रणाम किया और फिर वह हाथ जोड़कर खड़े हो गए। उनके सुन्दर मुख पर उनकी गम्भीरता प्रतिभासित हो रही थी। उन्होंने स्पष्ट स्वर में कहना आरम्भ किया :

"पूजनीय महामुनि, पूजनीय पितामह और कुरुक्षेष्ठ चाचाजी!

"आपने मुझे जो दायित्व सौंपा है, उसे मैं विनम्रता तथा प्रार्थनापूर्वक स्वीकार करता हूँ।" वह रुके और फिर नम्रतापूर्वक बोले :

"आपने मुझ पर जो विश्वास प्रकट किया है, ईश्वर मुझे शक्ति दे कि मैं उसके योग्य बनूँ।

"मैं विनम्रतापूर्वक कुरु-वंश की महत्ता को बनाए रखने का प्रयत्न करूँगा।

"मैं अपनी पूरी योग्यता और अपने भाइयों तथा कुरुओं की सहायता से उस साम्राज्य की रक्षा करूँगा, हमारे पूर्वज महान् चक्रवर्ती भरत ने जिसकी स्थापना की थी, और जिसे महाराज शान्तनु ने और उनके बाद पूज्य पितामह ने अत्यन्त योग्यतापूर्वक सुदृढ़ बनाया है।

"मैं प्रतिज्ञा करता हूँ कि ईश्वर के प्रति निष्ठा रखूँगा।

"मैं ईश्वर से प्रार्थना करता हूँ कि वे मुझे धर्ममय जीवन बिताने, धर्म को बनाए रखने और उसकी रक्षा करने की शक्ति दें।

"महाराज, आप मेरे लिए पिता के समान ही नहीं, पिता से भी बढ़कर रहे हैं।

"पूज्य पितामह, मैं जो कुछ हूँ आपका ही बनाया हुआ हूँ, और आपकी इच्छाएँ सदा मेरे लिए आदेश रही हैं।

"मैं प्रतिज्ञा करता हूँ कि मैं अपनी पूरी शक्ति से भली-भाँति और निष्ठापूर्वक आपकी सेवा करूँगा, अपनी प्रजा की रक्षा करूँगा, और इस बात का ध्यान रखूँगा कि कोई मित्र-विहीन न रहे; धर्म को बनाए रखूँगा, जिससे प्रत्येक व्यक्ति शास्त्रों के आदेशानुसार अपने कर्तव्यों का पालन कर सके; मैं ध्यान रखूँगा कि ब्राह्मण समुदाय बिना बाधा के ज्ञान-साधना में प्रवृत्त रहें; कि क्षत्रियगण, धर्मपरायणों, गरीबों और सताए हुओं की रक्षा करें; कि वैश्य धनार्जन करें और उसे उन लोगों में बाँट दें जो अभावग्रस्त हों; कि शूद्र निष्ठापूर्वक सेवा करें, किन्तु अपने को दलित न समझें; कि स्त्रियाँ और गौ निर्भय होकर विचरण कर सकें; और यह कि मन्दिरों की भलीभाँति देख-रेख होती रहे।"

वह रुके। सारा कक्ष उत्साहपूर्ण करतल-ध्वनि और 'साधु-साधु' की पुकार से प्रतिध्वनित हो उठा। शान्ति स्थापित हो जाने पर उन्होंने धृतराष्ट्र की ओर मुड़कर कहा :

"और महाराज, मैं प्रतिज्ञा करता हूँ कि दुर्योधन और उनके भाई मेरे लिए भाई ही नहीं, भाई से बढ़कर होंगे और मैं सदा उनकी प्रसन्नता और उनके कल्याण का ध्यान रखूँगा।

"पूज्य पितामह और माननीय पिता, जब मैं राजपद प्राप्त कर लूँगा तो आपका यह कार्य मेरे और मेरे भाइयों के प्रति न्याय से कुछ अधिक ही होगा।"

उपस्थित समुदाय से 'साधु-साधु' की पुकार उठी। जब शान्ति हुई तो युधिष्ठिर ने पुनः अपनी बात आरम्भ की :

"किन्तु माननीय महाराज, यह निर्णय मैं आप पर, जो मेरे लिए पिता से अधिक रहे हैं, केवल आप पर छोड़ता हूँ कि आप हमें बताएँ कि हमारे और हमारे चचेरे भाइयों, आपके पुत्रों, के बीच सम्बन्ध का स्वरूप क्या होगा।"

उपस्थित जनसमुदाय आश्चर्य में पड़ गया और साँस रोककर यह प्रतीक्षा करने लगा कि युधिष्ठिर आगे क्या कहते हैं।

"मैं सत्य प्रतिज्ञा करता हूँ आदरणीय चाचाजी, कि केवल आप ही इस बात का निर्णय करेंगे कि हमारे और हमारे चचेरे भाइयों के बीच राजसत्ता का बँटवारा किस प्रकार होगा और किस क्षेत्र पर वे तथा किस पर हम लोग शासन करेंगे।"

उपस्थित लोगों ने इन शब्दों को शान्ति के साथ सुना। प्रत्येक व्यक्ति को लग रहा था कि वह किसी ऊँची चट्टान पर खड़ा है, जहाँ से किसी भी क्षण वह ध्वंस की घाटी में फेंक दिया जा सकता है।

इन शब्दों से दुर्योधन और उसके भाइयों और मित्रों को आश्चर्य हुआ। किन्तु उन्हें यह सन्देह भी हुआ कि इस प्रतिज्ञा में कहीं कोई चाल तो नहीं है।

युधिष्ठिर ने कहना जारी रखा–"मैं सत्य प्रतिज्ञा करता हूँ कि दुर्योधन केवल कुरुओं के युवराज ही नहीं बल्कि मेरे भाई, मेरे साथी, और राज-सत्ता में मेरी बराबरी के होंगे।

"और मेरे पिता से भी अधिक मेरे चाचाजी, आप ही सदा उस समता के स्वरूप और सामर्थ्य का निर्धारण करेंगे। और आप जो भी निर्णय करेंगे, हम पाँचों भाई बिना हिचकिचाए उसे स्वीकार कर लेंगे।"

सभा-कक्ष में सन्नाटा छा गया। प्रत्येक व्यक्ति को लगा, मानो वह वज्राहत हो गया हो।

पितामह की भौंहों पर बल पड़े; राजागण आश्चर्य-मिश्रित चिन्ता के साथ देखते रहे; भीम का मुख क्रोध से लाल हो गया; उनकी आँखों में एक घातक प्रकाश दिखा; उनके हाथ आवेश से काँपने लगे। उनके अन्य भाई किंकर्त्तव्यविमूढ़ रह गए।

युधिष्ठिर शान्तिपूर्वक कहते गए :

"राजपद पर अभिषिक्त होने के बाद भी आपकी इच्छाएँ मेरे लिए आदेश के समान होंगी और मैं ईश्वर तथा अपने पुण्यश्लोक दिवंगत पिता की शपथ लेकर कहता हूँ कि मैं निष्ठा और प्रसन्नतापूर्वक उनका पालन करूँगा।"

अपनी बात समाप्त करने के बाद युधिष्ठिर ने महामुनि के सम्मुख प्रणिपात किया।

दुर्योधन और उसके भाई हर्षोल्लसित हो उठे। अन्य सभी लोग युधिष्ठिर की उदारता की मन-ही-मन सराहना करने लगे, यद्यपि उन्हें उस प्रतिज्ञा में निहित संकटों का भी आभास हो रहा था।

महामुनि ने अपना दाहिना हाथ उठाकर वेद-मन्त्रों के द्वारा आशीर्वाद दिया :

सह नाववतु। सह नौ भुनक्तु।
सह वीर्यं करवावहै।
तेजस्विनावधीतमस्तु।
मा विद्विषावहै।
ॐ शान्तिः शान्तिः शान्तिः।

दुन्दुभियाँ बज उठीं। शंखनाद होने लगा। उपस्थित जनसमुदाय हाथ जोड़कर उठ खड़ा हुआ। ब्राह्मणों ने आशीर्वाद के संकेत-स्वरूप अपने दाहिने हाथ ऊपर उठाए।

जो लोग सिंहासन पर बैठे थे, वे उठकर चले गए। इस अव्यवस्था में भीम बगल के दरवाजे से उतावली के साथ कक्ष से बाहर निकल गए। गोपू उनके पीछे-पीछे था। उनके केश क्रोधित साही के केशों की तरह जड़ से खड़े हो गए थे। अदम्य आवेश से उनकी मुट्ठियाँ भिंच गई थीं।

भीम का पलायन

जब राज्यसभा विसर्जित हो गई और अर्जुन अपने मित्रों से मिलते इधर-उधर घूम रहे थे, नकुल ने उन्हें एक ओर ले जाकर दमित उत्तेजना के साथ कहा, "भैया, भीम का पता नहीं है!"

"पता नहीं!" अर्जुन ने आश्चर्य से कहा, "वह तो हम लोगों के पास अभी यहीं बैठे हुए थे।"

"नहीं! ज्योंही पितामह और अन्य लोग जाने के लिए उठे, मैंने उनको भीड़ से निकलकर बगलवाले दरवाजे से बाहर जाते देखा था।" नकुल के स्वर में चिन्ता थी।

अर्जुन ने कहा, "वह घर चले गए होंगे।"

नकुल बोले, "मुझे ऐसा नहीं लगता। बड़े भाई ने जब चाचा धृतराष्ट्र के आदेशों का पालन करने की प्रतिज्ञा ली थी तो वह क्रोध में लाल हो उठे थे।"

"हे भगवान! तब तो निश्चय ही वह कोई उपद्रव खड़ा करेंगे।" अर्जुन ने कहा और भीम को ढूँढ़ने के लिए शीघ्रतापूर्वक नकुल के साथ चले गए।

जब कृष्ण अपने महल में गए तो जालन्धरा उनकी प्रतीक्षा कर रही थी। उसकी आँखों में सूनापन था, उसके कपोल आरक्त हो रहे थे और अधर काँप रहे थे।

"गोविन्द, वह चले गए।" उसने अत्यन्त उत्तेजित स्वर में कहा।

कृष्ण ने पूछा, "कौन, कहाँ चला गया?"

"राजा वृकोदर, और कौन?"

कृष्ण ने आश्चर्य से कहा, "जब मैं सिंहासन-कक्ष से निकला तब तो वह हम लोगों के साथ वहीं थे।"

"मैं कहती हूँ वह चले गए हैं।" जालन्धरा ने अपना पैर पटकते हुए अधीरतापूर्वक कहा। रेखा आकर उसके पास खड़ी हो गई। कृष्ण ने पूछा, "किन्तु, कहाँ गए?"

"यह मैं कैसे जानूँ?" जालन्धरा ने कहा। फिर निराशा से अपने हाथ ऊपर उठाकर वह बोली, "अब वह कभी नहीं लौटेंगे।" उसका स्वर भंग हो गया और सिसकियों के बीच उसने कहा, "उन्होंने गोपू के द्वारा जो सन्देश भेजा था, वह मुझे रेखा ने बताया है।"

"सन्देश क्या था?"

" 'अपने स्वयंवर में मेरे आने की आशा न रखना।' यदि आपको मेरी बात का विश्वास नहीं है तो रेखा से पूछ लीजिए।" वह खड़ी नहीं रह सकी। भूमि पर बैठ गई। अपने दोनों हाथ मस्तक पर रखकर उसने कहा, "अब कभी न लौटने के लिए वह चले गए हैं। अब मैं गंगा में डूब मरूँगी।"

कृष्ण ने रेखा की तरफ देखा, उसने आदरपूर्वक मस्तक झुकाकर राजकुमारी की बात का समर्थन किया।

कृष्ण एक भी शब्द बोल सकें इससे पहले माता कुन्ती, अर्जुन, नकुल और द्रौपदी के साथ भीतर आईं। वह बहुत घबराई हुई और शोकाकुल थीं।

आँसू-भरी आँखों के साथ उन्होंने कहा, "कृष्ण, भीम चला गया। हे भगवान!" दुख से व्याकुल होकर वह जालन्धरा के पास ही बैठ गईं।

कृष्ण ने आश्वासन देते हुए कहा, "क्या कोई मुझे बताएगा कि वह क्यों और कहाँ गए?"

"केवल भगवान ही जानते हैं कि वह कहाँ गया।" माता कुन्ती ने विषादपूर्वक कहा। "गोपू ने माला से मुझे एक सन्देश भिजवाया था...."

कृष्ण ने पूछा, "सन्देश क्या था?"

" 'माता से कहना कि अब से वह चार ही पुत्रों से सन्तोष करें।' " उन्होंने कहा। उनकी आँखों से आँसू बह चले।

सामान्यतया सदा संयत रहनेवाली द्रौपदी भी घबराई हुई थी–"उन्होंने मुझे भी एक सन्देश भिजवाया है।"

कृष्ण ने पूछा, "वह क्या है?"

"सन्देश में कहा गया है : 'अब से तुम्हें चार ही पतियों को प्रसन्न रखना होगा।' "

"मैं जानता था कि वह ऐसा ही कुछ करेंगे।" नकुल बीच में ही बोले, "जब बड़े भाई ने सारा निर्णय चाचा धृतराष्ट्र पर छोड़ दिया था तो मैंने उनको क्रोध से लाल होते देखा था।"

"हे भगवान!" जालन्धरा ने सिसकी ली। माता कुन्ती ने उसे अपनी बाँहों में लपेट लिया। अपनी भावनाओं को नियन्त्रित करने में समर्थ द्रौपदी भी जालन्धरा के पास बैठ गई। उसने अपने दुपट्टे से उसके आँसू पोंछ दिए और झुककर पूछा, "क्या उन्होंने तुम्हारे पास भी कोई सन्देश भिजवाया है?"

जालन्धरा फूट पड़ी और सिसकियों के बीच अस्फुट शब्दों में बोली, "अगले साल मेरे स्वयंवर में नहीं आएँगे। उन्होंने कहलवाया है कि मैं उनकी आशा न करूँ।" वह रेखा की बाँहों में अचेत हो गई।

भीम और जालन्धरा के बीच जो भावनात्मक सम्बन्ध बन गया था, उसे कृष्ण के अतिरिक्त और कोई नहीं जानता था। उनकी बातों का अभिप्राय जब उनकी समझ में आया तो वे सभी चकित रह गए।

द्रौपदी कृष्ण की ओर मुड़ी–"गोविन्द, उन्हें किसी भी तरह लौटा लाना चाहिए।" उसने अपने को संयत रखने का प्रयत्न करते हुए कहा।

अर्जुन बोले, "चिन्ता न करो पांचाली, सहदेव के साथ बड़े भाई यह पता लगाने गए हैं कि वह कहाँ चले गए।"

चिन्तातुर माता कुन्ती ने पूछा, "उसने आत्महत्या तो नहीं कर ली?"

कृष्ण बोले, "बुआजी, आप चिन्ता न करें। भीम को जीवन से बहुत लगाव है। वह ऐसा कभी नहीं करेंगे।"

जालन्धरा की चेतना लौटी। वह रेखा से लिपट गई, जो अपने आँचल के छोर से उसे पंखा झल रही थी।

"कृष्ण, बेटा, तुम कुछ करो।" माता कुन्ती ने आग्रह किया, "अर्जुन, जाकर देखो कि तुम्हारे बड़े भाई और सहदेव को कुछ पता चला या नहीं।"

"लेकिन मैं तुम सबसे कहूँगा कि इस सम्बन्ध में तुम लोग बिल्कुल चुप्पी साध लो।" कृष्ण ने कहा, "यदि यह बात फैल गई कि भीम कुपित होकर चले गए हैं तो हस्तिनापुर में शोक फैल जाएगा, हमारे मित्र निराश हो जाएँगे और शत्रु हँसेंगे।"

द्रौपदी ने कहा, "किन्तु गोविन्द, वह तो सचमुच चले गए हैं। हम इसे लोगों से कैसे छिपाए रख सकते हैं?"

"मैं बताता हूँ।" कृष्ण ने कहा, "मैं जाकर भीम को ढूँढ़ लाऊँगा। तुम लोग कह सकती हो कि हम दोनों आखेट के लिए गए हैं।"

"किन्तु जब तक वह लौट नहीं आता, मैं अन्न नहीं ग्रहण करूँगी।" कुन्ती ने निर्णयात्मक ढंग से कहा, और आग्रहपूर्वक कृष्ण की ओर देखा।

"आप चाहें तो अन्न छोड़ दे सकती हैं, किन्तु ऐसा करने का कोई कारण प्रकट न करें। सभी जानते हैं कि आप प्रायः लम्बे उपवास किया करती हैं।"

"मैं जानती हूँ कि वह नहीं लौटेंगे। आप कभी उन्हें लौटाकर नहीं ला

सकेंगे।" कहकर जालन्धरा सिसकने लगी।

"निश्चय ही मैं उन्हें लौटा लाऊँगा–तुम्हारे लिए नहीं, माता कुन्ती के लिए।" कृष्ण ने हँसकर उत्तर दिया। वह जालन्धरा की चिन्ता को हल्का बनाने का प्रयत्न कर रहे थे।

"वह कभी नहीं लौटेंगे।" निराशा से सिर हिलाती हुई जालन्धरा बोली।

नकुल बीच में बोल उठे, "दुर्योधन से लड़ने की उनकी सारी तैयारियाँ धरी रह गईं।"

अर्जुन ने चिढ़कर कहा, "बड़े भाई ने हम लोगों के लिए एक संकट खड़ा कर दिया है। चाचाजी निश्चय ही दुर्योधन का पक्ष लेंगे और हम लोगों के हाथ-पैर बाँधकर हमें दुर्योधन और उसके भाइयों को सौंप दिया जाएगा।"

"देखा जाए, क्या होता है!" कृष्ण ने शान्तिपूर्वक कहा, "मैं जानता हूँ कि भीम दुर्योधन के ताबे में नहीं रहेंगे, लेकिन यदि तुम सब लोग कुछ समय के लिए उनको भुला सको..."

माता कुन्ती ने कहा, "यह कैसे हो सकता है?"

जालन्धरा उतावली में चिल्लाई–"मैं उन्हें कभी नहीं भूल सकती, कभी नहीं!"

कृष्ण बोले, "जालन्धरा, मूर्खता न करो। क्या तुम यह नहीं समझ पातीं कि तुम माता कुन्ती के सामने मूर्खता कर रही हो?"

"यदि मैं मूर्ख भी हूँ तो मुझे क्या चिन्ता है?" जालन्धरा ने उत्तेजित होकर कहा, "यदि वह नहीं लौट आते..."

कृष्ण ने हल्की झिड़की के साथ कहा, "जालन्धरा, यह न भूलो कि माता कुन्ती भी बहुत दुखी हैं और तुम उनका दुख और बढ़ा रही हो।"

जालन्धरा के कुछ बोलने के पहले ही सहदेव के साथ युधिष्ठिर भीतर आए।

"भीम कहाँ है?" माता कुन्ती ने चिन्ता के साथ पूछा।

"हम लोग जो कुछ जान सके हैं, वह इतना ही है कि गोपू हमारे महल से भीम के हथियार उठा लाया और माता, पांचाली और काश्या के लिए सन्देश पहुँचा आया। भीम नगर से बाहरवाले शिविर की ओर चले गए," युधिष्ठिर ने कहा, "मैं नहीं जानता कि सहसा उन्हें क्या हो गया।"

"जब उन्होंने आपको यह प्रतिज्ञा करते सुना कि आप सारी बातें हमारे चाचा पर छोड़ रहे हैं," नकुल ने कहा, "तो वह बहुत क्रुद्ध हो गए थे। अपनी प्रतिज्ञा के द्वारा आपने पितामह के सारे काम और भीम के सारे प्रयत्न निष्फल कर दिए। जब आप सब लोग राज्यसभा से चलने के लिए उठ खड़े हुए तो वह उठे, उन्होंने दुर्योधन और उसके भाइयों पर एक चुनौती-भरी दृष्टि डाली। उनकी आँखों में युद्ध की चमक दीख रही थी। फिर वह उस रस्सी को फलाँगकर बगल के दरवाजे से

बाहर निकल गए, जिसके द्वारा विभिन्न खण्डों को अलग किया गया था। वह गोपू को भी अपने साथ लेते गए।''

युधिष्ठिर ने पूछा, ''वह क्या सन्देश छोड़ गए थे?''

कुन्ती ने कहा, ''रेखा तुम्हें बताएगी।''

रेखा ने हाथ जोड़कर कहा, ''प्रभु, काश्या के लिए यह सन्देश था : 'अपने स्वयंवर में मेरी प्रतीक्षा मत करना।' माताजी से उन्होंने कहलाया था : 'अब तुम्हारे पाँच नहीं चार ही पुत्र हैं।' पांचाली से कहा गया था : 'अब तुम्हें चार ही पतियों की देखभाल करनी होगी।' उन्होंने गोपू से यह भी कहा था कि वह उनके आयुध लेकर शिविर में उनसे मिले। वहाँ वह अपना रथ तैयार करने के लिए गए थे।''

''युधिष्ठिर, तुम्हें भीम से पहले ही कह देना चाहिए था कि तुम सबकुछ अपने चाचा पर छोड़ने जा रहे हो, क्योंकि वह दुर्योधन से लड़ने की व्यवस्था कर रहा था।'' माता कुन्ती ने कहा।

युधिष्ठिर ने एक उसाँस लेकर कहा, ''मैं पहले से कैसे कह सकता था माँ?'' राज्यसभा में जब मैं बोलने के लिए खड़ा हुआ था, केवल तभी मैंने अपने धर्म के दर्शन किए। मुझे पितामह के आदेशों का पालन करना था, इसी से मैंने राजपद स्वीकार किया। चाचाजी ने अपने धर्म का पालन किया, उन्होंने हम लोगों के पक्ष में अपने पुत्रों के हित की ओर नहीं देखा। तब मैंने अपने-आपसे पूछा कि मेरा धर्म क्या है? पलक मारते मुझे अपना धर्म सूझ गया। मेरा धर्म था राजसत्ता को पुनः चाचाजी के हाथों में सौंप देना। मैं केवल इस कारण से चाचाजी के पुत्रों को उनके उत्तराधिकार से वंचित नहीं कर सकता था कि चाचाजी जन्मान्ध थे। मैं जानता हूँ कि हम लोगों ने भीम को खो दिया है; इस क्षति का दुख हम सभी को भोगना है,'' कहकर युधिष्ठिर ने फिर एक उसाँस ली, ''किन्तु यदि हम धर्म के लिए कष्ट नहीं उठा सकते तो ऐसे धर्माचरण से कोई लाभ नहीं है। अब मुझे ज्ञात हो गया है कि मेरा धर्म क्या है। मैंने राजपद को स्वीकार करने की प्रतिज्ञा केवल अपने लिए नहीं, पाँचों भाइयों के लिए की थी। यदि भीम मेरे साथ नहीं हैं तो मुझे राजपद की कोई आवश्यकता नहीं है।'' युधिष्ठिर ने उदास होकर कहा।

''बड़े भाई, आप इस प्रकार की बातें करना बन्द कीजिए।'' कृष्ण ने कहा और वह सहदेव की ओर मुड़े—''सहदेव, तुम्हें तो दिव्य-दृष्टि प्राप्त है। तुम हम लोगों को बता सकते हो कि भीम कहाँ गए हैं? घबराकर हम लोगों को अपनी सुध-बुध नहीं खोनी चाहिए। मैं उन्हें लौटा लाऊँगा। इस बीच हम लोग अपनी कठिनाइयों को अपने ही तक रखें।''

सहदेव ने अपनी साँस रोकी, क्षण-भर के लिए अपनी आँखें मूँदीं और धीरे-धीरे कहा, ''वह पूर्व दिशा की ओर गए हैं।'' फिर वह रुक गए, ''...उसी

मार्ग से, जिससे हम लोग काम्पिल्य से यहाँ आए थे।''

''अब भीम की बात भूल जाओ।'' कृष्ण ने कहा, ''मैं जाकर उन्हें ले आऊँगा। गरुड़!'' उन्होंने अपने अंगरक्षकों को पुकारा।

एक गरुड़ आगे बढ़ा और हाथ जोड़कर खड़ा हो गया।

''मेरे आयुध ले आओ और सारथी से कहो, मेरा रथ तैयार रखे।''

''गोविन्द भैया, जब आप आर्यपुत्र से मिलें तो उनसे कहिएगा कि यदि वे नहीं लौटे तो मैं काम्पिल्य चली जाऊँगी।''

कृष्ण ने हँसते हुए कहा, ''अब जब कि उनके न लौटने पर प्रत्येक व्यक्ति कुछ-न-कुछ करने को तैयार है, तो क्या मैं भी उनसे कह दूँगा कि यदि वह नहीं लौटे तो मैं अपनी गोपियों के पास वृन्दावन चला जाऊँगा?''

जालन्धरा अब तक आँसू बहा रही थी, सहसा, वह अत्यन्त क्रुद्ध होकर कृष्ण की ओर मुड़ी–''गोविन्द, इस सबके मूल में आप ही हैं। आपने मेरी बहन भानुमती को एक वचन दिया था और उसे आप इस तरह पूरा कर रहे हैं!'' उसने ऊँची आवाज में कृष्ण से कहा।

कृष्ण स्नेह-सहित मुस्कुराए–''और मुझसे वह वचन किसने लिया था?''

''आप जितना चाहें, अपने दाँव-पेंच लगा लें।'' जालन्धरा ने कहा। क्रोध के आँसू उसकी आँखों से झरने लगे। द्रौपदी ने धैर्य बँधाने के लिए जालन्धरा के हाथ पकड़ लिए, किन्तु उसने क्रोधपूर्वक उसे झटक दिया।

''मुझे चिन्ता नहीं कि दूसरे लोग क्या कहते या करते हैं,'' उसने द्रौपदी से कहा, ''सुनिए...''

''मैं तुम्हारी बात का एक-एक शब्द सुनूँगा।'' कृष्ण ने मधुरतापूर्वक कहा।

जालन्धरा ने क्रोध-सहित कृष्ण की ओर देखा, उसका सारा शरीर काँप रहा था–''यदि आप उनके बिना लौट आए तो मैं अपनी जीभ काटकर आपके चरणों में प्राण त्याग दूँगी।''

कृष्ण हँसते हुए द्रौपदी की ओर मुड़े–''कैसी पगली है यह! है न?''

भीम का क्रोध

सिंहासन-कक्ष से निकलकर भीम ने गोपू से कहा कि वह रेखा और माला के द्वारा उनका सन्देश माता कुन्ती, द्रौपदी और जालन्धरा के पास पहुँचा दे।

''आप कहाँ जा रहे हैं मालिक?'' भीम को यात्रा की तैयारियाँ करते देख गोपू ने पूछा।

"इससे तुम्हें कोई प्रयोजन नहीं। अच्छा हो कि तुम बलिय के पास लौट जाओ।" भीम ने कहा। वह अब भी क्रोध के वशीभूत थे।

"नहीं।" गोपू ने वैसी ही दृढ़ता से कहा, "मैं आपके साथ जाऊँगा। आपसे मेरी एक शिकायत तो पहले ही की है कि आप मुझे अपने साथ वारणावत नहीं ले गए थे। मेरे बिना आपको बहुत कष्ट उठाने पड़ते हैं।" उसने उलाहना दिया।

"तुम मुझे कष्टों से कैसे बचा सकते थे? जब हम लोग जलते हुए महल से निकल भागे थे उस समय यदि तुम भी मेरे साथ होते तो मुझे पाँच की जगह छः व्यक्तियों को ढोना पड़ता।" भीम ने कहा।

"जो भी हो, यदि मैं आपके साथ होता तो कभी आपको राक्षसी से विवाह न करने देता।" गोपू ने उन सेवकों के समान ढिठाई की छूट लेते हुए कहा, जो बचपन से अपने स्वामियों के साथ पलते-बढ़ते हैं।

"तुम्हारे मुँह खोलने से पहले ही हिडिम्बा तुम्हें कच्चा ही चबा जाती।" गोपू की पीठ पर धौल जमाते हुए भीम ने कहा।

"मैं अभी, या फिर कभी भी, आपको अकेला कहीं नहीं जाने दूँगा। यदि आप थक जाएँगे तो आपकी देह कौन दबाएगा? यदि आपके मस्तक में पीड़ा होगी तो आपके मस्तक में तेल कौन लगाएगा? मेरे बिना तो आपका काम ही नहीं चलेगा।" गोपू ने दाँत निपोरकर आगे कहा, "और यदि मैं अघोरी की कुटिया में आपके साथ न होता तो आपका क्या हुआ होता?"

"बकवास मत करो।" गोपू की वाचालता से ऊबकर भीम ने कहा, "मैं तुम्हें अपने साथ कैसे ले जा सकता हूँ, जब मैं स्वयं ही नहीं जानता कि मैं कहाँ जा रहा हूँ?"

"मैं तो जानता हूँ कि मैं कहाँ जा रहा हूँ, मालिक," गोपू ने थोड़े आडम्बर के साथ कहा, "जहाँ कहीं भी मालिक जाएँगे, गोपू भी जाएगा।"

"ठीक है, ठीक है। तुम महामूर्ख हो, मेरे साथ चलने के लिए तुम सदा पछताते रहोगे। और यदि तुम मारे गए तो तुम्हारी पत्नी मुझे दोष देगी।" भीम बोले।

"यदि मैं मारा गया तो वह अपने किए का ठीक ही फल पाएगी। वह दिन-रात मेरी इस कायरता के लिए मुझे ताने देती रहती है कि जब आप जलते हुए महल से बच निकले थे तो मैं आपके साथ नहीं था। मैं नहीं चाहता कि वह फिर मुझसे कहे कि मैंने आपका साथ छोड़ दिया।"

भीम ने विरक्ति के साथ कहा, "ठीक है, जैसी तुम्हारी इच्छा हो, वैसा ही करो। जाओ और मेरे आयुध ले आओ।"

भीम जब कभी क्रोध में होते तो अत्यन्त द्रुतनिर्णय के साथ काम करते थे। वह शिविर में गए और उन्होंने अपने सारथी तथा सेवकों को रथ तैयार करने का

आदेश दिया। लम्बे प्रवास में शिविर लगाने की सामग्री ढोने के लिए बैलगाड़ियों का तथा बदलाव के लिए अतिरिक्त घोड़ों का प्रबन्ध करने को कहा।

सौंपा गया काम पूरा करके गोपू भी उनके पास लौट आया।

रथ पर बैठकर भीम ने रास अपने हाथ में ले ली और घोड़ों को शीघ्रता से हाँकने लगे। रथ बड़े वेग से भाग चला।

रथ पर बैठे गोपू को ऐसा लग रहा था, मानो उसके शरीर की एक-एक हड्डी टूटी जा रही हो। वह असहाय भाव से चिल्लाया–"मालिक, घोड़ों को इतनी कठोरता से न मारिए। मैं सहन नहीं कर सकता।"

उसकी ओर देखने के लिए मुड़े बिना भीम गरजे–"यदि तुम चुप नहीं बैठे रहोगे तो मैं तुम्हें रथ से नीचे फेंक दूँगा। मैंने तुम्हें मना किया था कि मेरे साथ मत आओ। यदि तुम जाना चाहते हो तो लौट जाओ।"

"मैं लौटनेवाला नहीं, किन्तु यदि मेरी सारी हड्डियाँ चकनाचूर हो गईं तो आपकी देखभाल करनेवाला कोई नहीं होगा।" गोपू घिघियाया।

"यदि तुम नहीं चाहते कि तुम्हारी हड्डियाँ चकनाचूर हों तो उठकर खड़े हो जाओ और रथ का कोना पकड़ लो, इस तरह तुम्हें झटके न लगेंगे।" भीम बोले।

जब शाम होने को आई तो भीम ने रथ रोक दिया। नीचे उतरकर उन्होंने सारथी और सेवकों को रात्रि-विश्राम के लिए शिविर लगाने और घोड़ों की देखभाल करने को कहा। उन्होंने गोपू को दूध लाने के लिए निकट के गाँव में भेजा।

जब गाँववालों को पता चला कि महाराज पाण्डु के पुत्र, राजा वृकोदर उनके गाँव में आए हैं तो वे भागते हुए आए और उनके सम्मान में एक भोज के आयोजन का आग्रह करने लगे। रथ को धोने में उन लोगों ने सारथी और सेवकों का हाथ बँटाया तथा घोड़ों के लिए घास और चने का भी प्रबन्ध किया।

भोज में सम्मिलित होने के बाद भीम नदी के किनारे अपने रथ के निकट सोने के लिए चले गए। गोपू, सारथी और अन्य सेवक उन्हें घेरकर सोए।

अगले दिन सूर्योदय के कुछ ही समय बाद कृष्ण, सहदेव और सात्यकि उस स्थान पर आ पहुँचे, जहाँ भीम का शिविर था।

उन्हें बताया गया कि भीम प्रातःकलीन सन्ध्या करने और सूर्य को अर्घ्य देने के लिए नदी-किनारे गए हैं। उन लोगों ने अपने रथ रोके और वे भी नदी-तट की ओर चले।

गोपू भूमि पर गिट्टियों और सीपियों से एक विशाल ढाँचा बना रहा था। थोड़े-थोड़े समय के बाद वह एक से दूसरी जगह जाकर रुक जाता और विचारपूर्ण दृष्टि से देखता हुआ यह निर्णय करता कि उसने गिट्टियाँ और सीपियाँ ढाँचे के अनुकूल ठीक स्थान पर रखी हैं या नहीं।

कृष्ण ने पूछा, "गोपू, तुम्हारे स्वामी कहाँ हैं?"

पहले तो गोपू ने उत्तर ही नहीं दिया, वह गिट्टियों और सीपियों को नए आकार में रखने में उलझा रहा। जब कृष्ण ने दुबारा पूछा कि उसके स्वामी कहाँ हैं तो उसने अपना उदास चेहरा उठाकर नदी की ओर संकेत कर दिया, जहाँ भीम कमर तक जल में खड़े सन्ध्या कर रहे थे।

"किन्तु इन गिट्टियों से तुम क्या कर रहे हो गोपू?" कृष्ण ने पूछा।

"आप हम लोगों के पीछे क्यों आए हैं?" गोपू ने रुष्ट होकर पूछा। उसने यह नहीं छिपाया कि जहाँ तक उसका सम्बन्ध है, आगन्तुक अवांछनीय हैं।

कृष्ण मुस्कुराए–"रुष्ट न होओ गोपू! तुम इन गिट्टियों से क्या कर रहे हो?"

अधूरे ढाँचे को गर्व के साथ देखते हुए गोपू ने कहा, "हम लोग एक नए नगर के निर्माण की योजना बना रहे हैं।" गोपू का निश्चित विश्वास था कि उसके स्वामी जो कुछ करते हैं, वह सम्मिलित रूप से दोनों का किया हुआ होता है।

कृष्ण हँसे–"अपना काम चालू रखो। कभी यह काम आएगा।"

इस बीच अतिथियों और उसके दल के लिए भोजन तथा दूध लेकर ग्रामवासी आ पहुँचे। तीन अन्य रथों को देखकर उन्हें आश्चर्य हुआ। उन्होंने कृष्ण को भी पहचान लिया, क्योंकि कुछ ही समय पहले जब बारात काम्पिल्य से हस्तिनापुर जा रही थी तो उन लोगों ने उन्हें प्रणाम किया था। उन लोगों ने देवतास्वरूप वासुदेव के चमत्कारों की गाथाएँ सुनी थीं, और अब, जब उन लोगों ने उन्हें फिर अपने बीच पाया तो वे कृष्ण के चरणों पर गिरकर उनके आशीर्वाद की प्रार्थना करने लगे।

कृष्ण और उनके साथियों ने अपने सेवकों से शिविर लगाने को कहा और वे स्नान तथा सन्ध्या के लिए नदी-तट पर गए। जब उन लोगों ने नदी में प्रवेश किया तो कृष्ण ने भीम को सम्बोधित किया, जो नदी में उनसे थोड़ी ही दूर खड़े थे–"भीम, हम लोग आ गए हैं।"

भीम दूसरी ओर देखने लगे।

कृष्ण और उनके साथियों ने नदी में डुबकियाँ लगाईं और झटपट सूर्य को अर्घ्य दिया। जब भीम जल से बाहर निकले तो कृष्ण और उनके साथियों ने उनका अभिवादन किया और उनका चरण छूना चाहा। भीम ने अपने पैर पीछे खींच लिए, मानो उनके स्पर्श से उन्हें छूत लग जाएगा। क्रोध से उनका चेहरा लाल हो गया।

"भीम, भाई..." कृष्ण ने कृपाभाव से कहा।

"मुझे सताओ मत," भीम ने रुखाई से कहा, "मैं जानता हूँ कि तुम मुझे लौटा ले जाने आए हो।" उन्होंने दृढ़ता से कहा, "मैं लौटकर नहीं जाऊँगा।"

"मैं तुम्हें लौटाकर हस्तिनापुर नहीं ले जाना चाहता।" कृष्ण ने धीमे, मधुर और विश्वासोत्पादक स्वर में कहा, "तुम जहाँ कहीं भी जाओगे, हम लोग तुम्हारे साथ रहने के लिए आए हैं।"

भीम क्रोध से उबल पड़े–"कृष्ण, तुम कपटी हो; और सहदेव तुम भी कम नहीं हो। तुम सभी कपटी हो। चले जाओ।"

कृष्ण ने कहा, "सुनो तो..."

भीम ने मुड़कर कृष्ण को खा जानेवाली दृष्टि से देखा–"मैं तुम्हारी कोई बात नहीं सुनना चाहता। तुम उन लोगों में से सबसे बड़े कपटी हो!" भीम ने एक लम्बी साँस लेकर फुफकार छोड़ी, "तुम हस्तिनापुर लौट जाओ। अपनी योजना को नष्ट करने के लिए मैं तुम्हें अपने साथ नहीं रखना चाहता।" भीम कृष्ण की ओर से मुँह फेरकर अपने शिविर की ओर चल पड़े। कृष्ण, सहदेव और सात्यकि भी उनके साथ हो लिए।

"भाई, मैं हस्तिनापुर लौटने का साहस कैसे कर सकता हूँ?" कृष्ण ने असहाय भाव से पूछा।

भीम की त्योरियाँ चढ़ीं–"अपने प्रपंच रहने दो।" उन्होंने कहा, "मैंने निश्चय कर लिया है कि तुम जो कुछ कहोगे, उसके एक भी शब्द पर विश्वास नहीं करूँगा।"

"मैं बताऊँ कि मैं हस्तिनापुर क्यों नहीं जा सकता?" कृष्ण ने कहा, "यदि मैं तुम्हारे बिना लौटूँगा तो तुम्हारी माता उपवास करके प्राण-त्याग कर देंगी।"

भीम हँसे और उपहासपूर्वक बोले, "ऐसे प्रपंचियों को जन्म देने के पाप का प्रायश्चित करने के लिए उन्हें तो बहुत पहले ही मर जाना चाहिए था।" कहकर उन्होंने सहदेव की ओर हाथ से ऐसा संकेत किया मानो वही चारों भाइयों का प्रतिनिधित्व करते हों–"इन भविष्यवक्ताजी से भी मुझे कुछ लेना-देना नहीं है। चुप्पी साधे रहकर यह ज्ञानी बनने का ढोंग करते हैं। इन्होंने भविष्यवाणी की थी कि मैं युवराज बनूँगा। हाः हाः हाः-! कैसा मजाक है!" भीम कटुता से हँस पड़े।

भीम के क्रोध पर ध्यान न देते हुए कृष्ण कहते गए–"यदि मैं तुम्हारे बिना हस्तिनापुर लौट गया तो तुम्हारे बड़े भाई राज्याभिषेक में सम्मिलित नहीं होंगे।"

"वह राजा होने के योग्य नहीं हैं।" भीम ने अधीरता से कहा, और वह आगे बढ़े, "वह केवल अपने को और हम लोगों को, शरीर और आत्मासहित, हमारे प्रबल शत्रु दुर्योधन के हाथों बेच दे सकते हैं।"

"मैं उस द्रौपदी के सामने भी नहीं जा सकता, जिसने मेरे परामर्श से तुम लोगों से विवाह किया है। तुम्हारे चले जाने पर उसने अपने पिता के घर लौट जाने का निश्चय किया है।" कृष्ण बोले।

"वह जितनी जल्दी चली जाए उतना ही अच्छा है–ऐसे निकम्मे लोगों के

साथ रहने से बहुत अच्छा है।'' भीम ने गरजकर कहा। वह आगे बढ़ते रहे।

कृष्ण ने भीम का हाथ थामकर उन्हें आगे बढ़ने से रोकते हुए कहा, ''मेरी बात सुनो भीम!''

''चाहे जो भी हो, मैं हस्तिनापुर नहीं लौटूँगा।'' भीम ने अपना हाथ छुड़ाते हुए कहा।

''चाहे जो भी हो, मैं तुम्हारे बिना हस्तिनापुर नहीं लौटूँगा।'' कृष्ण ने हँसकर कहा और दुबारा भीम का हाथ पकड़कर वह नदी के किनारे-किनारे चले—''तुम काशी की राजकुमारी को जानते हो। उसने प्रतिज्ञा की है कि यदि मैं तुम्हारे बिना लौटा तो वह अपनी जीभ काटकर मेरे चरणों में प्राण त्याग देगी। मैं उस बेचारी को इस तरह मरती कैसे देख सकता हूँ? मैं तो तुम्हारे जैसा पाषाण-हृदय नहीं हूँ।''

कृष्ण की बात सुनकर भीम रुक गए और फिर कृष्ण के साथ नदी के तट की ओर बढ़ने लगे—''तुम क्या समझते हो कि वह युवती जीवित रहने के योग्य है? उसके छोटे-से माथे में संसार-भर की स्त्रियों का छल-कपट भरा हुआ है।'' उन्होंने उपहास के भाव से कहा।

''भीम, जालन्धरा के प्रति तुम बड़ा अन्याय कर रहे हो।''

कृष्ण ने जैसी शान्ति के साथ यह बात कही, उससे भीम उत्तेजित हो उठे—''क्या उसने दुर्योधन को हस्तिनापुर का राजा बनाने का वचन तुमसे नहीं लिया था?'' क्रोधपूर्वक कृष्ण की ओर मुड़कर भीम ने पूछा।

''तुम यह क्यों भूलते हो कि तुम्हीं ने चाहा था कि मैं उससे मिलूँ और उसके अनुरोध का आदर करूँ?'' कृष्ण ने पूछा।

भीम रुक गए। ''तुम मेरा समय क्यों नष्ट कर रहे हो। हस्तिनापुर लौट जाओ।'' उन्होंने अपनी बात पर बल देकर कहा और हाथ से मार्ग की ओर संकेत किया।

''भाई, यदि तुम नहीं लौटना चाहते तो कम-से-कम मुझे ही अपने साथ चलने की अनुमति दो।'' कृष्ण ने असहाय-जैसा बनकर आग्रह किया, ''यदि तुम ऐसा भी नहीं करने दोगे तो मैं द्वारका लौट जाऊँगा।''

''तुम जितनी जल्दी चले जाओ, सबके लिए उतना ही अच्छा है। तुम उन सभी में सबसे बुरे हो—कुचक्रों के मिठबोले और प्रवीण शिल्पी!'' भीम ने विरक्तिपूर्वक कृष्ण की ओर देखते हुए कहा।

''भीम, तुम सदा न्यायपरायण रहे हो। मैंने क्या किया है, जो तुम इस प्रकार मेरा अपमान कर रहे हो?'' कृष्ण ने विनम्रतापूर्वक आपत्ति प्रकट की।

''तुमने क्या नहीं किया?'' भीम चलते-चलते रुक गए। कमर पर हाथ रखकर वह कृष्ण के सामने खड़े हो गए—''तुमने यह कहकर मेरे अभिमान के

साथ खिलवाड़ किया था कि युवराज बन जाने के बाद मैं काश्या से विवाह कर सकूँगा।''

''हाँ, मैंने कहा था।'' कृष्ण बोले, ''यही बात मैंने जालन्धरा से भी कही थी।''

भीम ने दाँत पीसकर क्रोधपूर्वक कहा, ''तुम्हारा दुरंगापन अतुलनीय है। मैं समझता था कि तुम मेरी भलाई का प्रयत्न कर रहे हो और तुमने वचन दे दिया कि दुर्योधन हम लोगों के उत्तराधिकार को ले उड़ेगा।''

''मैंने बेचारी भानुमती को वचन दिया था कि दुर्योधन हस्तिनापुर में राज्य करेगा।'' कहकर कृष्ण प्रसन्नतापूर्वक हँसे।

भीम ने क्रोधित होकर कहा, ''तुम निर्लज्ज हो।''

कृष्ण मुस्कुराए—''सच बोलने में मुझे कभी लज्जा का अनुभव नहीं हुआ।''

''सच?'' भीम ने कहा, ''और तुम?''

''हाँ,'' कृष्ण ने कहा, फिर वह अत्यन्त गम्भीर हो गए, ''सच्ची बात मैं कह दूँ। किन्तु सच्चाई को सुनकर तुम उबल मत पड़ना। यदि दुर्योधन हस्तिनापुर में शासन नहीं करेंगे तो तुम लोग कभी अपना उत्तराधिकारी नहीं पा सकोगे।''

भीम ने पागल साँड की तरह अपना सिर हिलया, ''मैं तुमसे बातें नहीं करना चाहता। तुम चले जाओ, नहीं तो...'' वह कृष्ण की ओर एक पग बढ़े, मानो वह उन्हें मार बैठेंगे। सात्यकि उन दोनों के बीच में आ गए। कृष्ण ने उन्हें धीरे-से एक ओर हटा दिया—''सात्यकि, भीम के बीच में मत आओ। वह मेरे भाई हैं। यदि वह मुझ पर प्रहार करना चाहते हैं तो उनका अधिकार है।'' फिर वह भीम की ओर मुड़े—''भाई, अब मैंने निश्चय किया है कि तुम जैसा कहोगे, मैं वैसा ही करूँगा।''

''तुम धूर्त हो, छली हो, प्रपंची हो।'' भीम बड़बड़ाए।

''मुझे अपनी सेवा का एक अवसर तो दो।'' कृष्ण ने कहा।

''तुम मेरी सेवा करोगे!'' भीम ने तिरस्कारपूर्वक कहा, ''सदा तुम अन्य लोगों की सेवा के अभिलाषी रहे हो, चाहते रहे हो कि लोग तुम्हारी सेवा करें, तुम्हारी जयकार करें। तुम मेरी करोगे! हाः, हाः, हाः, कैसा परिहास है!''

''तुम्हारा कथन ठीक है। कभी-कभी मैं चाहता हूँ कि लोग मुझे प्यार करें।'' कृष्ण ने कहा, ''किन्तु मैंने सदा यह चाहा है कि तुम मुझे मेरी दुर्बलताओं से अवगत कराओ। जब तुम अपनी स्पष्ट बातों से मुझे उचित मार्ग पर चलाना बन्द कर दोगे तो मैं समझूँगा कि तुमने मुझे प्यार करना छोड़ दिया है। उस समय मुझ-सा दुखी कोई न होगा।''

''तुम सात्यकि-जैसे चाटुकारों के कारण बिगड़े जा रहे हो।'' भीम ने कहा।

सात्यकि को बात लग गई। ''तुम मुझे चाटुकार मत कहो।'' उन्होंने कहा। उनका धीरज जाता रहा था—''मैं तुम्हें बताता हूँ कि तुम क्या हो—तुम एक हठी

और दुष्ट बच्चे हो।"

"तुम बहुत बड़े चाटुकार हो।" भीम ने गरजते हुए सात्यकि को घूरा, "कृष्ण को तुम्हीं ने सबसे अधिक बिगाड़ा है।"

"सात्यकि, भीम बिल्कुल ठीक कह रहे हैं।" कृष्ण ने दृष्टि के संकेत से अपने मित्र को बोलने से रोका, "भाई, मैं तुमसे सहमत हूँ। हस्तिनापुर जैसी बुरी जगह में रहने से ही ऐसा हुआ है," कृष्ण ने कहा, "मुझे प्रसन्न्ता है कि तुम हस्तिनापुर छोड़कर चले आए हो।"

भीम ने सन्देहपूर्वक सिर हिलाया।

"मेरी ओर इस तरह मत देखो।" कृष्ण ने कहा, "मैं जानता हूँ कि तुम हस्तिनापुर के प्रपंचों से ऊब गए हो। तुम वैसी जगह पर नहीं रहना चाहते, जहाँ दुर्योधन की छाया भी पड़ती हो। तुम धर्म का राज्य स्थापित करना चाहते हो।"

"जो भी हो, मैं हस्तिनापुर नहीं लौट रहा हूँ।" भीम ने कहा। उन्होंने अपने ओठ भींच लिए और आगे बढ़ने के लिए मुड़े।

स्वप्न-नगर

कृष्ण ने भीम के मुख के भयानक भाव की ओर अनुग्रहपूर्वक देखा। वे नदी के तट पर इधर-से-उधर घूमते रहे। सात्यकि और सहदेव, थोड़ी दूरी रखकर उनके पीछे-पीछे चलते रहे।

"क्या तुम चाहते हो कि धृतराष्ट्र या दुर्योधन की चिन्ता किए बिना युधिष्ठिर हस्तिनापुर के राज-सिंहासन पर बैठें?" कृष्ण ने पूछा।

"क्या फिर तुम कोई झूठी प्रतिज्ञा करनेवाले हो?" भीम ने तिरस्कारपूर्वक पूछा, "मैं ऐसी बातें अब और अधिक नहीं सुनना चाहता।"

"मान लो कि मैं अपनी अन्य प्रतिज्ञाएँ तोड़कर यदि तुम्हारे बड़े भाई को राजगद्दी पर बैठाने में सहायता करना चाहूँ तो?" वह चुप हो गए, जैसे किसी गहरी चिन्ता में हों।

भीम ने उनकी ओर तिरस्कारपूर्वक देखा—"तुम मेरी सहायता करोगे?" भानुमती से यह प्रतिज्ञा करने के बाद, कि दुर्योधन हस्तिनापुर में राज्य करेगा!" भीम ने तिरस्कारपूर्वक नाक चढ़ाई।

कृष्ण ने समझाते हुए कहा, "मुझे सोचने दो।" थोड़ा रुककर उन्होंने फिर कहा, "यदि तुम मेरी सहायता करो तो मैं धृतराष्ट्र को इस बात के लिए प्रवृत्त करूँ कि भीष्म पितामह के आदेशानुसार युधिष्ठिर को राजा और दुर्योधन को

युवराज बनाया जाए।"

"मुझे बच्चा मत समझो," भीम ने कहा, "तुम निश्चय ही असफल होओगे। हमारे चाचा धृतराष्ट्र कभी इसे स्वीकार नहीं करेंगे। यदि बड़े भाई राजा बन जाएँगे तो उनके प्यारे पुत्र दुर्योधन आत्मघात कर लेंगे।"

"यह तो ठीक ही होगा," कृष्ण ने प्रसन्नतापूर्वक कहा, "तब तुम युवराज बन जाओगे। दुःशासन तो गान्धार चला जाएगा, इसलिए उसका कोई दावा न रहेगा।"

"यह तो बिल्कुल स्पष्ट है," भीम ने उपहासपूर्वक कृष्ण को घूरते हुए कहा, "परिहास बन्द करो।"

"भीम, क्या तुम मेरे प्रति न्याय नहीं करोगे?" कृष्ण ने अत्यन्त गम्भीरता के साथ कहा, "राजा द्रुपद, राजा सुनीत तथा विराट और यादव अतिरथी जब पितामह का समर्थन कर रहे हों तो हम जो चाहें वही कर सकते हैं।"

"सचमुच कर सकते हैं? और बड़े भाई के सम्बन्ध में क्या विचार है?" भीम ने पूछा, जिनकी रुचि अब कृष्ण की बातों में बढ़ने लगी थी।

"वह कुछ न कर सकेंगे, क्योंकि वह धृतराष्ट्र के निर्णय को स्वीकार करने का वचन दे चुके हैं।" इसके बाद कृष्ण चुप हो गए, जैसे उन्हें कोई नया विचार सूझा हो–"यदि द्रोणाचार्य और कृपाचार्य अहिच्छत्र चले जाएँ..."

भीम ने उत्तर दिया, "हम लोग कापुरुष नहीं हैं। हम अपने सभी शत्रुओं को नष्ट कर देंगे।" उन्होंने अपनी छाती ठोंकी, "कुरुओं की शक्ति द्रोणाचार्य और कृपाचार्य पर निर्भर नहीं है।"

इस प्रस्ताव में रुचि उत्पन्न हो जाने के कारण, कृष्ण के प्रति भीम के मन का अविश्वास मिटने लगा था।

कृष्ण ने कहा, "सम्भव है कि तुम्हें दुःशासन से युद्ध करना पड़े। उसके नाना सुबल निश्चय ही कुरुओं के विरुद्ध युद्ध छेड़ देंगे।"

"हम निश्चय ही उन्हें पराजित कर देंगे।" भीम ने कहा। अब फिर उनमें पहले के समान अपनी शक्तियों का विश्वास हो गया था।

कृष्ण ने एक शंका उपस्थित की–"सम्भव है कि धृतराष्ट्र बनवास ले लें। वह निश्चय ही ऐसा करेंगे। महारानी गान्धारी सम्भवतः दुर्योधन की चिता पर ही आत्मदाह कर लेंगी। तुम जानते हो कि दुर्योधन उनके सबसे प्रिय पुत्र हैं।"

भीम ने कन्धे झटकते हुए कहा, "उससे क्या होता है? आवश्यक होने पर मैं किसी भी सीमा तक जा सकता हूँ। उन लोगों ने क्या हमारा सर्वाधिक अनिष्ट नहीं किया है?"

कृष्ण ने कहा, "एक कठिनाई और होगी। हस्तिनापुर से धृतराष्ट्र के चले जाने पर कुरुगण निश्चय ही दो गुटों में बँट जाएँगे।"

स्वर धीमा करके कृष्ण मानो अपने-आपसे कहने लगे, "भाई तुम्हारा सारा पराक्रम, सारा ज्ञान और सारा कौशल धर्म-साम्राज्य के विस्तार के स्थान पर संहारक भ्रातृ-युद्ध को जीतने में लगेगा। ठीक है न?"

"मुझे डराओ मत कृष्ण, मैं इतना बलवान हूँ कि प्रत्येक व्यक्ति और प्रत्येक स्थिति से निबट सकता हूँ।"

कृष्ण ने कहा, "किन्तु तुम्हारे बड़े भाई का क्या होगा? वह सब तरह के झगड़ों से घृणा करते हैं। हो सकता है कि विरक्त होकर वह राज-सिंहासन का त्याग कर दें।"

भीम के मन में फिर सन्देह जाग उठा। उन्होंने कहा, "तुम तो हमारे शत्रुओं की ओर से बात कर रहे हो।"

"नहीं, हस्तिनापुर में राज्य करने के मार्ग में हमारे सामने जो कठिनाइयाँ आएँगी, हमें उनको समझ लेना चाहिए।" कृष्ण ने इस प्रकार कहा, मानो वह उन कठिनाइयों से उबरने का मार्ग देख रहे हों, "अब मेरी समझ में आने लगा है कि तुम्हीं ठीक थे। अच्छा यही होगा कि तुम जिस नगर की योजना बना रहे थे, उसकी स्थापना की जाए। महर्षि विश्वामित्र ने भी पुराने स्वर्ग के बारे में देवताओं से झगड़ा मोल लेने के बदले नए स्वर्ग की सृष्टि की थी।"

भीम ने आश्चर्य से दृष्टि ऊपर उठाई।

कृष्ण मानो अपने-आपसे तर्क-वितर्क करते हुए कहते गए, "एक नए साम्राज्य की राक्षसावर्त में स्थापना करना कहीं सरल और उत्तम होगा। वहाँ रानी हिडिम्बा और तुम्हारा पुत्र बाँहें पसारकर तुम्हारा स्वागत करेंगे।"

भीम ने एक उसाँस लेकर कहा, "मैं जानता हूँ। हस्तिनापुर की अपेक्षा मैं राक्षसावर्त में अधिक सुखी था, किन्तु मेरी माता और मेरे भाई उससे घृणा करते थे।"

विचारों में खोए-से कृष्ण कहते गए, "सम्भव है कि हम लोग किसी ऐसी जगह एक नगर बसा सकें, जहाँ दुर्योधन की छाया तक न पड़े।"

भीम ने कहा, "मैंने भी यही निश्चय किया था।"

"तुम ठीक कहते हो। मैंने गोपू को तुम्हारे नगर की योजना बनाते देखा था।" भीम का हाथ पकड़ते हुए कृष्ण ने इस प्रकार कहा, मानो उन्हें कोई नया प्रकाश दीख पड़ा हो—"तब वहाँ लड़ाई-झगड़ा करने के लिए दुर्योधन न होगा, कुचक्र रचने के लिए, दुःशासन न होगा, धौंस जमाने के लिए द्रोणाचार्य भी न होंगे। जब तुमने नए नगर के निर्माण की बात सोची होगी तो सम्भवतः तुम्हारे मन में यही विचार रहा होगा।"

"यही बात है।" भीम पहली बार मुस्कुराए। उन्होंने आवेश के वशीभूत होकर नगर-निर्माण का निश्चय किया था, किन्तु अब उन्हें विश्वास हो गया था कि

इसके पीछे ठोस कारण है।

उत्तर में स्वयं भी मुस्कुराते हुए कृष्ण ने कहा, "तुम जानते हो, मैंने क्या किया था? मथुरा को जलाकर छार-खार कर देने के लिए जब जरासन्ध ने उस पर आक्रमण किया तो हम लोग सौराष्ट्र चले गए और वहाँ हमने द्वारका का निर्माण किया। हमने घोड़े पाले, गायें पालीं और हम आशा से कहीं अधिक धनवान हो गए। हमने एक बहुत बड़ा प्रदेश जीत लिया। तुम बुद्धिमान हो भीम, हस्तिनापुर-जैसे नरक में राज्य करने के लिए लड़ने की अपेक्षा एक नए स्वर्ग का निर्माण करना कहीं अच्छा है।"

यह प्रशंसा सुनकर भीम प्रसन्न हो गए। उन्होंने कहा, "मैं भी यही सोचता हूँ कृष्ण!"

कृष्ण बोलते रहे। उनकी दृष्टि शून्य में टिकी रही, मानो वह कोई दृश्य देख रहे हों–"चलो, हम लोग यमुना के तट पर चलें। द्रुपद हमारी सहायता करेंगे। हम लोग सदा तुम्हारे साथ रहेंगे। मणिमान के नाग तुम्हारे लिए सबकुछ करेंगे। हम लोग धर्म के एक नए साम्राज्य की स्थापना करेंगे।" उन्होंने उत्साहपूर्वक कहा, मानो वह इस नए विचार से अत्यधिक प्रभावित हो गए हों।

"यह बात तुम गम्भीरतापूर्वक कह रहे हो?" भीम ने पूछा। कृष्ण के प्रति उनका सन्देह पुनः जाग्रत हो उठा था–"अथवा यह भी तुम्हारा कोई प्रपंच है?"

"यदि मैं कोई प्रपंच करता होऊँ तो तुम्हारा मार्ग स्पष्ट है। तुम मेरे बड़े भाई हो। गदा उठाकर मेरा मस्तक चूर कर दो। भीम, मैं समझ सकता हूँ कि तुम क्या सोच रहे हो। मैं तुम्हारे स्वप्न-नगर की रचना में तुम्हारी सहायता करूँगा।"

भीम को लगा कि वह बहुत दिनों से ऐसी ही बात सोच रहे थे और उनको इस अपूर्व विचार का श्रेय देकर कृष्ण ने उनके साथ न्याय किया है–"तुमने मेरे मन की बात समझ ली है। मैं एक नए नगर का निर्माण ही श्रेयस्कर समझूँगा।"

भीम के कन्धे पर स्नेहपूर्वक हाथ रखते हुए कृष्ण ने कहा, "मैं जानता हूँ भाई, तुम हस्तिनापुर के समान ही एक शक्तिशाली नगर का निर्माण करना चाहते हो, किन्तु वहाँ कुचक्र और लड़ाई-झगड़ा नहीं होगा। वह देवताओं का नगर होगा।" कृष्ण देख तो भीम की ओर रहे थे, किन्तु ऐसा प्रतीत होता था मानो वह सपनाते हुए बोल रहे हों।

"देवताओं का नगर...उसकी सड़कों पर वृक्षों की पंक्ति गर्व के साथ झूम रही होगी; वहाँ स्वादिष्ट फलोंवाले आम के बगीचे होंगे; सरोवर होंगे, जिनमें लाल कमलों के चतुर्दिक् मछलियाँ तैर रही होंगी। मैं देख रहा हूँ..." वह चुप हो गए। भीम ने स्वीकृति में सिर हिलाया। उन्हें लगा कि वह सदा ऐसे ही नगर की कल्पना करते रहे हैं।

कृष्ण कहते गए, "प्रत्येक भवन में कुसुमित उद्यान होंगे; श्वेत मण्डपों में वृक्षों की छाया होगी, उनकी दीवारों पर तुम्हारे शौर्य के चित्र अंकित होंगे।"

भीम ने विस्फारित दृष्टि से देखा, मानो उन्होंने स्वयं ही यह सारा चित्र देखा हो। नए नगर के वर्णन ने उन्हें इस तरह मोहित कर लिया कि वह बीच में नहीं बोले।

कृष्ण बोलते गए, "सैकड़ों गायें दूध की नदियाँ बहाती होंगी; सुरूप और शक्तिशाली घोड़े होंगे, जो घुड़दौड़ के मैदान में दौड़ेंगे; सड़कों पर रथों का आवागमन बना रहेगा। हमारे नगर में रहनेवाले ब्राह्मण केवल वेदों की शिक्षा देने के लिए ज्ञान प्राप्त करेंगे; क्षत्रिय शक्तिशाली होंगे, किन्तु केवल रक्षा के लिए; वैश्य धनोपार्जन करेंगे, किन्तु उनका उद्देश्य धनहीनों और अभावग्रस्तों की सहायता करना होगा। और जहाँ भी तुम शासन करोगे, वहाँ धर्म की विजय होगी।"

कृष्ण ने जो स्पष्ट चित्र खींचा, भीम उससे अत्यंत प्रभावित हुए और उत्साहपूर्वक सिर हिलाते रहे।

अपनी दृष्टि में एक प्रसन्न चमक झलकाकर कृष्ण कहते गए, "वहाँ के राजभवन में अप्सरा से भी सुन्दरी एक रानी होगी, जिसकी आँखों में चमक और वाणी में वाक्-चातुरी होगी, वह महाराज पाण्डु के छोटे-छोटे पौत्रों का पालन-पोषण करेगी—और उसका नाम होगा जालन्धरा।"

भीम की आँखें चमक उठीं। उन्होंने पूछा, "क्या तुम ये बातें गम्भीरतापूर्वक कह रहे हो?"

"हाँ, पूरी गम्भीरता के साथ। ऐसा नगर बसाने के लिए यादवगण जो कुछ दे सकते हैं, मैं तुम्हारे लिए उसका प्रबंध कर दूँगा—घोड़े, गाय, रथ, आयुध, यहाँ तक कि सुवर्ण भी।"

भीम की आँखों में चमक आ गई। वह बोले, "तुम्हें इस बात का भरोसा है? तुम अपना वचन पूरा करोगे?"

"मैं अपने पूज्य पिता वसुदेव और माता देवकी की शपथ लेकर प्रतिज्ञा करता हूँ। एक बार बलराम के साथ मैंने एक नगर बसाया था, अब हम सभी तुम्हारे लिए वही काम करेंगे।"

"अहा-हा!" भीम ने कहा। उनके मन में प्रसन्नता भर आई थी। उनका क्रोध, उनकी कटुता, उनका सन्देह जाता रहा था।

"जिस नगर में दुर्योधन-जैसा युवराज हो, वह रहने के योग्य नहीं है। इसी कारण मैंने भानुमती को वचन दिया था कि दुर्योधन हस्तिनापुर में राज्य करेगा।" कृष्ण ने धीमे-से कहा।

भीम ने आश्चर्य के साथ कहा, "तुमने मेरे लिए इतनी सारी बातें सोच रखी थीं! तुमने इसके सम्बन्ध में मुझसे कुछ कहा क्यों नहीं? तुमने मुझे अनन्त कष्टों

से बचा लिया होता।''

''मैं लोगों से कुछ कहने में बहुत ढीला-ढाला हूँ।'' कृष्ण ने मुस्कुराते हुए, आत्म-निन्दा के भाव से कहा। इस पर भीम भी अपनी मुस्कुराहट न छिपा सके।

भीम ने स्नेह के साथ कृष्ण के कन्धे पर हाथ रखकर कहा, ''कृष्ण, क्या ऐसे नगर के निर्माण में तुम मेरा साथ दोगे?''

''केवल मैं ही नहीं, यादव और नाग भी तुम्हारा साथ देंगे। हम लोग एक ऐसे नगर का निर्माण करेंगे, जिसे देखकर सारा संसार आश्चर्यचकित रह जाएगा।''

स्वप्न-नगर का निर्माण कैसे हो?

भीम ने स्नेहपूर्वक कृष्ण के कन्धे पर हाथ रखकर कहा, ''शीघ्रातिशीघ्र अपने नगर के निर्माण के लिए हमें क्या करना चाहिए? तुम्हें तो इस सम्बन्ध में सबकुछ ज्ञात है।''

कृष्ण ने पहले तो अपना माथा खुजलाया, फिर जैसे कोई सपना देख रहे हों, आँखों को सिकोड़कर कहा, ''यदि तुम्हारे स्थान पर मैं होता तो उसे हस्तिनापुर से यथासम्भव दूर बनाता।''

भीम ने कहा, ''तुम ठीक कहते हो। उस पर दुर्योधन की छाया तक नहीं पड़नी चाहिए।''

कृष्ण बोले, ''यमुना-तट के सम्बन्ध में तुम्हारा क्या विचार है? मुझे यमुना से प्यार है। मैं उसकी एक-एक तरंग को पहचानता हूँ। मैं यमुना-तट के वन-प्रान्त में बहुत भटकता रहा हूँ।''

''तुम चाहते हो कि मैं मथुरा का पुनर्निर्माण करूँ?''

''नहीं। वह यादवों की नगरी थी। मैं पाण्डु-पुत्रों के द्वारा निर्मित एक नगर देखना चाहता हूँ।''

''किन्तु कहाँ?''

''मणिमान ने मुझे बताया है कि खाण्डवप्रस्थ नामक एक स्थान है, जहाँ कभी तुम्हारे पूर्वजों का निवास था। वह अब उजाड़ पड़ा हुआ है।''

''तुम गम्भीरता से यह बात कह रहे हो या लोगों को मूर्ख बनाने की अपनी पुरानी आदत के कारण यह सुझाव दे रहे हो?'' भीम ने मुस्कुराकर पूछा। कृष्ण के प्रति उनका अविश्वास पूरी तरह से जाता रहा था।

''मेरी बात मानो भीम, मैं तुम्हारे और अपने सभी मित्रों के साथ वहाँ चलूँगा।

एक साल के भीतर हम लोग जंगलों को साफ करके नगर का निर्माण कर लेंगे।"

अपना हाथ बढ़ाते हुए भीम ने कहा, "तुम्हें इसका विश्वास है? तुम मुझे पक्का वचन दो।"

कृष्ण ने भीम के हाथ पर हाथ मारते हुए कहा, "मैं वचन देता हूँ। मैं तुम्हारी वैसी ही सहायता करूँगा जैसी मैंने द्वारका का निर्माण कराने के लिए यादवों की की थी। भीम, मैं तुम्हारे ही कारण ऐसा नहीं करूँगा, अपने कारण भी करूँगा। यदि मैंने ऐसा नहीं किया तो मैं आर्यावर्त के प्रति अपने कर्तव्य से विचलित होऊँगा। मैं चाहता हूँ कि यह ऐसा धर्म-चक्र बने जो अनन्तकाल तक अधर्म से मनुष्य की रक्षा करता रहे।"

"क्या यही वह उद्देश्य है, जिसके लिए तुम जीवित हो?" भीम ने पूछा। अघोरी की कुटिया में महिमामयी माता ने कृष्ण के जीवन के उद्देश्य के सम्बन्ध में जो कुछ कहा था, उसकी स्मृति से उनका स्वर विस्मयाकुल था।

कृष्ण ने सिर हिलाकर स्वीकृति दी।

भीम ने पूछा, "मेरे लिए खाण्डवप्रस्थ का निर्माण करके क्या तुम उस उद्देश्य को पूरा कर लोगे?"

"हाँ," कृष्ण ने कहा। उनकी आँखों में अटल दृढ़ता का प्रकाश भर आया– "तुम्हारे द्वारा धर्म-साम्राज्य की स्थापना के साथ आर्यावर्त का भविष्य बँधा हुआ है।"

सहसा भीम ने कृष्ण के मुख पर एक ऐसी प्रेरणा का भाव देखा, जैसे उनकी आँखों के सामने कोई दृश्य घूम रहा हो। उन्होंने इस परिवर्तन का महत्त्व समझा। वह प्रेरणा मानो उनके मन में भी स्थानान्तरित हो गई–"कृष्ण, मैं भी धर्म का ऐसा साम्राज्य चाहता हूँ, जिसमें स्त्रियाँ निर्भय होकर चल-फिर सकें; जिसमें मेरे पुत्र युद्ध में दुष्टों का दमन करने के लिए जन-समूह का नेतृत्व कर सकें; जिसमें लोगों को वितरित करने के लिए स्वर्ण और रजत एकत्रित किया जाए; जिसमें मंदिरों से हमें शुभ-कर्मों की प्रेरणा मिले। यदि मेरा वश चलेगा तो मैं रोगिणी स्त्रियों और रोगी पुरुषों के बच्चों को नष्ट करके सभी आर्यों को शक्तिशाली और अजेय जाति बना दूँगा।"

"भीम, मैं जानता हूँ कि तुम क्या करना चाहते हो। इसी से तुम्हारा साथ देने के लिए मैं यहाँ आया हूँ।"

"तो आओ, चलें।"

कृष्ण ने भीम के कन्धे पर हाथ रखकर उन्हें रोकते हुए कहा, "ठहरो भीम, पहले हम लोग इस पर विचार करें कि हमें क्या करना है। हमें संयमी ब्राह्मण, वीर और सच्चे क्षत्रिय योद्धाओं, व्यापार और भूमि से धनार्जन करनेवाले वैश्यों, युद्धों में विजय प्राप्त करनेवाले अश्वों और पर्याप्त दूध देनेवाली गायों की

आवश्यकता है। और सबसे बढ़कर ऐसी वीरांगनाओं की आवश्यकता है, जो पृथ्वी पर एक नवीन मानव-वंश को जन्म दें।''

''यह सब हमें प्राप्त होगा, किन्तु इसमें बहुत समय लगेगा,'' भीम ने एक उसाँस लेकर कहा। उन्होंने अनुभव किया कि इतनी बड़ी बातें बात-की-बात में नहीं हो जाया करतीं।

''भीम, हमें जो कुछ भी करना है, वह भली-भाँति और तत्काल करना है। तुम्हारे स्वप्नों के खाण्डवप्रस्थ का निर्माण हमें एक वर्ष के भीतर कर लेना है, जिससे कि मैं द्वारका लौट सकूँ।''

''किन्तु ऐसा कैसे हो सकता है? साल-भर में सारी बातें कैसे बन सकती हैं,'' भीम ने सन्देह प्रकट किया।

कृष्ण ने आश्वासन देते हुए कहा, ''सब हो जाएगा। द्रुपद का दिया हुआ धन, गो-धन और सेना तुम्हारे पास हैं। यादव अपने सभी साधन तुम्हें अर्पित कर देंगे। नगर के निर्माण के लिए मणिमान अपने नागों को ले आएँगे।''

''किन्तु इतना ही पर्याप्त नहीं है।''

''मैं जानता हूँ। अतः हम लोगों को महामुनि का आशीर्वाद प्राप्त करने के लिए उन्हें बुलाना चाहिए और नगर का निर्माण पूरा होने तक उन्हें अपने साथ रखना चाहिए। उनके आशीर्वाद के बिना कुछ भी फलीभूत नहीं हो सकता।'' कृष्ण ने अपना मस्तक हिलाते हुए कहा।

भीम ने कहा, ''मैं जानता हूँ कि वह मुझे आशीर्वाद नहीं देंगे, इस उद्योग में अकेले मेरी सहायता वह नहीं करेंगे। वह हम सब भाइयों के एकत्रित रहने का आग्रह करेंगे। वह कहेंगे कि धर्म का निवास युधिष्ठिर के साथ है।''

कृष्ण ने अपने अधरों पर इस प्रकार तर्जनी रखी, मानो उन्हें कोई नया विचार सूझा हो। ''यदि हम लोग दुर्योधन के पिता को फुसलाकर हस्तिनापुर से घोड़े, गायें, रथ और धन प्राप्त करें तो कैसा रहे?'' उन्होंने पूछा। फिर उन्होंने भीम की पीठ थपथपाई–''ठीक है। हम उन्हें ऐसा करने को विवश करेंगे। तुम्हारे स्वप्नों को पूरा करने का सरलतम उपाय यही है।''

भीम ने कहा, ''वह हमें कभी कुछ नहीं देंगे।''

ऐसा लगा कि कृष्ण विचारों में खो गए, फिर इस प्रकार बोले, जैसे वह इस समस्या से उबरने का कोई उपाय सोच रहे हों–''भीम, मैं धृतराष्ट्र के पास जाना चाहता हूँ और उनसे वह सबकुछ प्राप्त कर लेता हूँ, जिसकी हमें आवश्यकता है।''

''व्यर्थ की बातें मत करो।'' भीम ने अधीर होकर कहा, ''वह अपने धन और अपनी शक्ति को अपने पुत्रों के लिए हस्तिनापुर में ही बनाए रखेंगे।''

''हाँ। ठहरो।'' कहकर कृष्ण रुके, जैसे वह कोई मार्ग ढूँढ़ निकालने का

प्रयत्न कर रहे हों–"मैं तुम्हें एक उपाय बताऊँगा। युधिष्ठिर को राजा के रूप में स्वीकार न करके अन्धे राजा, पितामह को अप्रसन्न नहीं करना चाहते। वह हस्तिनापुर को अपने पुत्रों के लिए सुरक्षित रखना चाहते हैं, साथ ही वह तुमसे डरते भी हैं।"

भीम ने कहा, "उनका डरना उचित ही है।"

"मान लो कि हम लोग उनसे जाकर कहें कि यह उचित ही है कि हस्तिनापुर दुर्योधन के अधिकार में रहे, हम नहीं चाहते कि वह आत्महत्या करें, अतः हम इतने से ही सन्तुष्ट हो जा सकते हैं कि जंगल में जाकर हम खाण्डवप्रस्थ का निर्माण करें।"

भीम ने कहा, "हम लोगों को जंगल में भेजकर उन्हें प्रसन्नता होगी।"

"मान लो कि हम उनको इस बात पर सहमत कर लें कि जंगल में जाने के लिए वह हस्तिनापुर के आधे अश्व, रथ, गायें और सुवर्ण हमें दे दें।"

इस सम्भावना से भीम की आँखें विस्फारित हो गईं। उन्होंने सिर हिलाकर कहा, "वह कभी ऐसा नहीं करेंगे।"

कृष्ण ने विश्वासपूर्वक कहा, "अपने पुत्रों के लिए हस्तिनापुर को सुरक्षित रखने के लिए वह निश्चय ही तुम्हारा मनचाहा तुम्हें देंगे। तब हम उनसे कहेंगे कि जो योद्धा, महाजन, मल्ल और धनुर्धर हमारे साथ आना चाहते हों, वह उन्हें आने की अनुमति दें। हम उनसे यह भी कहेंगे कि जो वैश्य हमारे साथ आना चाहते हों, उन्हें भी अपनी सम्पत्ति के साथ आने की अनुमति दें।"

"वह ऐसा कुछ नहीं करेंगे। तुम मेरे चाचाजी को नहीं जानते।"

"हम प्रयत्न तो कर देखें!"

भीम ने पूछा, "यदि हमें सफलता न मिली तो क्या होगा?"

"मान लो कि जो लोग हमारे साथ आना चाहते हैं, उनको आने की अनुमति उन्होंने दे दी तो?"

"तब तुम्हारे यादवों और मणिमान के नागों और चाचाजी से हमें जो कुछ प्राप्त हो वह सब लेकर हम एक या दो वर्ष में खाण्डवप्रस्थ का निर्माण कर सकते हैं।"

कृष्ण ने कहा, "ठीक कहते हो। तब तुम डेढ़ साल बाद काशी की राजकुमारी के स्वयंवर में भी जा सकोगे।"

भीम का मन भटकने लगा–"कृष्ण, हम लोग कहीं दिवास्वप्न तो नहीं देख रहे? यदि हमें सफलता न मिली तब क्या होगा?"

कृष्ण ने कहा, "यदि हमें सफलता न मिली तो सारा संसार मुझ पर हँसेगा। भाई हम लोगों ने साथ मिलकर न जाने कितनी मूर्खताएँ की हैं, एक और मूर्खता करने से कोई अन्तर नहीं पड़ेगा।" दुष्टता करने पर उतारू बालक के समान कृष्ण हँसे।

भीम ने भी उनका साथ देते हुए कहा, "किन्तु हम लोग जो कुछ चाहते हैं, उसे देना यदि धृतराष्ट्र ने अस्वीकार कर दिया तो? वह स्वभावतः कृपण हैं।"

"तो सारा संसार उनकी निंदा करेगा। वह इसे भलीभाँति जानते हैं और वह ऐसा नहीं करेंगे। पितामह और माता सत्यवती उन्हें क्षमा नहीं करेंगी। अब मुझे हस्तिनापुर जाकर प्रयत्न करने दो।"

भीम ने उत्साहपूर्वक कहा, "यह ठीक है कृष्ण, तुम अद्‍भुत पुरुष हो।"

कृष्ण ने भीम का हाथ इस तरह पकड़ा जैसे कोई आकस्मिक कठिनाई आ खड़ी हुई हो। उन्होंने कहा, "हम लोग एक अत्यन्त आवश्यक बात भूल गए हैं। हे भगवान!" कृष्ण के स्वर में एक प्रकार की असहायता का भाव था।

"क्या?"

कृष्ण ने निराशा के साथ सिर हिलाकर कहा, "यदि मैं तुम्हें साथ लिए बिना हस्तिनापुर लौटा तो युधिष्ठिर राजगद्दी पर बैठना स्वीकार नहीं करेंगे; माता कुन्ती उपवास करके प्राणत्याग कर देंगी, द्रौपदी अपने पिता के यहाँ चली जाएगी और जालन्धरा अपनी जीभ काटकर मेरे चरणों में प्राण दे देगी। हे भगवान! मैं तुम्हारे बिना इन सबका सामना कैसे कर सकूँगा?"

"कृष्ण, तुम बड़े धूर्त हो। तुम केवल मुझे हस्तिनापुर लौटा ले जाने के लिए यहाँ आए हो।"

"किन्तु यदि तुम मेरे साथ नहीं चलते तो देव-नगर के निर्माण का तुम्हारा सपना अधूरा रह जाएगा। यदि तुम धृतराष्ट्र से बातें करोगे तो काम सफलतापूर्वक हो जाएगा। वह तुम्हारी उदारता की प्रशंसा करेंगे और वह सब तुम्हें दे देंगे, जो तुम चाहते हो।"

"मैं तुम्हारी बात समझता हूँ कृष्ण, यदि मैं हस्तिनापुर चलूँ और अन्धे बुड्ढे से मिलूँ तो मुझे जो कुछ चाहिए, उसे देने में आनाकानी करने का साहस उन्हें न होगा।"

"मैं जानता हूँ भीम, कि केवल तुम्हीं यह कर सकते हो।"

"कृष्ण, ये सारे विचार तुम्हें कहाँ से प्राप्त हुए?" भीम ने कृष्ण को गले लगाकर ममता-भरे स्वर में पूछा।

"तुम्हारे साथ रहने से राजा वृकोदर!"

"मुझे 'राजा वृकोदर' मत कहो। इससे मुझे काश्या का स्मरण हो आता है और मेरा हृदय बड़ी तीव्रता से धड़कने लगता है।"

"इसी से मैं तुमसे ये बातें कह रहा हूँ। शीघ्रता करो। यदि हम लोग यथाशीघ्र नहीं लौट जाते तो वह अधीर होकर गंगा में डूबकर मर जा सकती है।"

भीम गोपू की ओर मुड़े—"गोपू, रथों को तैयार करो। हम लोग हस्तिनापुर

लौट रहे हैं।"

गोपू बेचारा हक्का-बक्का रह गया। उसने कहा, "हस्तिनापुर! आपको हो क्या गया है मालिक? अब तो हमारे नगर का ढाँचा भी तैयार हो गया है। देखिए तो, कितना अच्छा है!"

"अब गिट्टियों का नगर आवश्यक नहीं है।" भीम ने कहा और बड़े परिश्रम से बनाए हुए गोपू के गिट्टियोंवाले नगर को बिखरा दिया–"हम लोग एक वास्तविक भव्य नगर का निर्माण करने जा रहे हैं।"

"आप फिर कठिनाइयों में पड़ने जा रहे हैं मालिक!" गोपू ने कहा। वह भूमि पर बैठकर खिन्नता के साथ बिखरी हुई गिट्टियों की ओर देखने लगा। वह माथे पर हाथ रखकर विषाद की प्रतिमूर्ति बना बैठा रहा।

"नहीं, हम कठिनाइयों से उबर रहे हैं।"

गोपू अपने-आप बड़बड़ाया–"मालिक की बुद्धि भ्रष्ट हो गई है।"

भीम ने गोपू का हाथ पकड़कर उसे खड़ा कर दिया। कहा, "मैं कहता हूँ, हम लोग और बड़ा नगर बनाने जा रहे हैं।"

गोपू ने अपनी आँखें पोंछते हुए कहा, "मुझे भरोसा नहीं है।"

"गोपू, नगर-निर्माण में कृष्ण हमारी सहायता करेंगे। चलो, हम लोग हस्तिनापुर लौट चलें। हमारे साथ चलने के लिए हस्तिनापुर में भी हमें बहुत-से लोग मिलेंगे।"

"मालिक, आज सवेरे जब कृष्ण वासुदेव आए, तभी मैं समझ गया कि कोई बहुत अनुचित, बहुत ही अनुचित बात होनेवाली है।" गोपू ने कहा। भीम ने उसे खींचकर सीधा खड़ा कर दिया। गोपू बोला, "आप फिर संकट में पड़ेंगे।"

"जल्दी कर मूर्ख! अब हम लोग चल पड़ें।"

विचित्र उपहार

सिंहासन-कक्ष के सम्मुख निर्मित एक विशाल मण्डप में युधिष्ठिर के राज्यारोहण-समारोह की विधियाँ नौ दिनों तक चलती रहीं।

महामुनि वेदव्यास आचार्य बनाए गए थे। उनकी देख-रेख में ऋषियों, मुनियों और ब्राह्मणों ने विस्तार के साथ यज्ञादि क्रियाएँ कीं। अग्निदेव का आवाहन करके आहुतियाँ दी गईं। दैवी वनस्पति सोम की विधिपूर्वक पूजा की गई। ब्राह्मणों के पवित्र नियमों के अनुसार, मन्त्रोच्चार के साथ, पुरोहितों और युधिष्ठिर ने सोमरस का पान किया।

नगरनिवासी स्त्री-पुरुषों तथा बच्चों और राज्यारोहण-समारोह देखने के लिए

बाहर से आए लोगों की भीड़ प्रतिदिन बढ़ती गई। इस आशा से उनके हृदय उल्लसित हो उठे कि अत्यन्त सज्जन और धर्मात्मा युधिष्ठिर उनके राजा बनेंगे।

अहोरात्र वाद्य-ध्वनियाँ गूँजती रहीं। दुन्दुभि, शंख, मुरली और घड़ियाल की ध्वनियों के बीच छोटी-छोटी सैकड़ों रजत-घण्टियों की टुनटुनाहट सुनाई पड़ती थी। ये घण्टियाँ हाथियों की सूँड़ों के साथ बँधी हुई थीं और सूँड़ों के हिलने-डुलने के साथ निरन्तर बजती रहती थीं।

प्रतिदिन सभी अतिथियों, नगरनिवासियों और आगन्तुकों को भोजन कराया जाता था। इसमें धनी-निर्धन का कोई भेदभाव नहीं था। वेद-मन्त्रों के उच्चार से सभी हृदय अनुप्राणित हो रहे थे। यज्ञ-वेदी का सुगन्धित धूप आकाश तक उठकर मानो देवताओं को यह बता रहा था कि युधिष्ठिर के हस्तिनापुर का सम्राट बनने से विश्व में धर्म की विजय हो गई है।

नवें दिन के सवेरे इन विधियों की पूर्णाहुति हुई।

राज्यारोहण की धार्मिक विधियों के समाप्त हो जाने के बाद महामुनि, भीष्म पितामह तथा धौम्य और सोमदत्त आदि पुरोहितों के सहित युधिष्ठिर ने अपने कुल-देवता प्रतीपेश्वर के मन्दिर में जाकर पूजन किया। उस मन्दिर का निर्माण पुण्यश्लोक महाराज प्रताप ने कराया था और इसी कारण उसे प्रतीपेश्वर मन्दिर कहा जाता था।

जो लोग राज्यसभा में बैठने के अधिकारी थे, वे सिंहासन-कक्ष में आए। मल्लों ने उन्हें यथास्थान बैठाया।

मंच पर सिंहासनों का क्रम बदल दिया गया था। पिछली बार जब राज्यसभा की बैठक हुई थी तो मृगचर्म से ढका हुआ महामुनि का काष्ठासन सिंहासनों के बीचोंबीच रखा गया था। अब उसे सिंहासनों की दाईं ओर रख दिया गया था। उसके स्थान पर अब नए सम्राट के लिए रत्नजटित एक सुवर्ण-सिंहासन रखा हुआ था, जिसके मध्य में सिंह की मुखाकृति उकेरी हुई थी।

सम्राट के राज-सिंहासन की दाईं ओर का सिंहासन पितामह के लिए सुरक्षित था। भीष्म के बाद बलराम और राजा विराट तथा राजा सुनीत स्वर्ण सिंहासनों पर बैठे। बाईं ओर के सिंहासन पर धृतराष्ट्र को ले जाया गया, जिनके होंठ फड़फड़ा रहे थे। उनके बादवाले सिंहासनों पर कृष्ण और मणिमान बैठे।

दाहिनी ओर के रजत-सिंहासन पर भावी युवराज के रूप में दुर्योधन बैठे थे। इस बैठक के परिणाम के सम्बन्ध में वह अपनी चिन्ता को छिपा नहीं पा रहे थे। कृष्ण ने भानुमती को जो वचन दिया था, क्या वह उसे पूरा कर सकेंगे? भानुमती यदि आज अपने 'गोपाल' से उनका वचन पूरा कराने के लिए जीवित होती तो कितना अच्छा होता!

बाईं ओर के अन्तिम रजत-सिंहासन पर भीम बैठे थे। वह अपनी मूँछें मरोड़ रहे थे और आँखों में भरी प्रसन्नता की चमक के साथ समारोह को देख रहे थे। उनका हृदय परितृप्त था। ये सब तो कठपुतले हैं। वास्तविक सूत्रधार तो वही हैं। वह बार-बार कृष्ण की ओर देख रहे थे, जो पूर्ण आत्मसंयम के साथ बैठे हुए थे। उनके अधरों पर मधुर मुस्कान थिरक रही थी।

युधिष्ठिर ने सिंहासन-कक्ष में प्रवेश किया। उनकी दाहिनी ओर महामुनि और बाईं ओर पितामह थे। धौम्य और सोमदत्त उन लोगों के पीछे चल रहे थे। युधिष्ठिर का मस्तक अनावृत था। उन्होंने स्वर्ण तथा रत्न-जड़ित रक्ताम्बर पहन रखा था। वह विनीत भव्यता के साथ जब मंच पर आए, नम्र गौरव के प्रतीक-से लग रहे थे।

दुन्दुभियाँ बज उठीं। घड़ियालों पर चोट पड़ी। मुरली और शंख के द्वारा विजयनिनाद हुआ। सिंहासन-कक्ष में नियुक्त मल्लों ने भी अपने शंख बजाए।

वहाँ उपस्थित सभी लोग उठ खड़े हुए। उन्होंने अधीर उत्साह के साथ 'कुरुश्रेष्ठ की जय' के नारे लगाए।

जब वे लोग मंच पर आए तो पाण्डवों के पुरोहित धौम्य ने युधिष्ठिर के ललाट पर चन्दन का तिलक किया और उन पर अक्षत छिड़के।

विदुर मंच के नीचे प्रतीक्षा कर रहे थे। उनके हाथों में महाराज शान्तनु का राजमुकुट और धनुष-बाण थे। पितामह ने विदुर के हाथ से राजमुकुट लेकर युधिष्ठिर को पहना दिया। उन्होंने धनुष-बाण भी उन्हें दे दिए, जो कुरु-सत्ता के प्रतीक थे। युधिष्ठिर ने आदरपूर्वक उन्हें आँखों से लगाकर सिंहासन के सम्मुख रख दिया।

महामुनि ने उन वैदिक मन्त्रों का पाठ आरम्भ किया, जिनमें समस्त प्राणियों की मंगलकामना की गई है। वहाँ उपस्थित सभी ब्राह्मणों ने उन्हें दुहराया। युधिष्ठिर सिंहासन के सम्मुख सिर झुकाए खड़े रहे।

सोमेश्वर अपने वृद्ध पिता के साथ सिंहासन के पीछे खड़े थे। उसने राजपद का प्रतीक, स्वर्ण और रत्नों से जटित छत्र खोला। महाराज पाण्डु की मृत्यु के बाद यह छत्र पहली बार खोला गया था।

राज-सिंहासन पर बैठने से पहले युधिष्ठिर ने महामुनि, पितामह, धृतराष्ट्र और अपने मामा के पुत्र बलराम को साष्टांग प्रणाम किया। अनन्तर वह अपने गुरुओं—द्रोणाचार्य और कृपाचार्य—के और अपने पुरोहितों—धौम्य और सोमदत्त—के निकट गए और उन्होंने उन लोगों को साष्टांग प्रणाम किया।

फिर वह कृष्ण की ओर मुड़े। कृष्ण ने अपनी बाँहें फैला दीं। उनको गले लगाकर युधिष्ठिर राज-सिंहासन पर बैठे। प्रत्येक सिंहासन के पीछे पुतलियों के समान खड़ी युवतियों में जीवन का संचार हुआ और वे चामर डुलाने लगीं।

पितामह ने अपना दाहिना हाथ ऊपर उठाया। सारी सभा में निस्तब्धता छा गई।

पितामह का हृदय स्पष्टतः गद्‌गद हो उठा था। वर्षों से वह कुरु-सत्ता को टिकाए आ रहे थे। वर्षों से वह किसी ऐसे सुदक्ष युवक की प्रतीक्षा करते आ रहे थे, जो उनके वृद्ध कन्धों पर टिके बोझ को सँभाल ले। आज वह समय आ गया है। क्षण-भर के लिए उनके मन में वर्षों पहले के एक ऐसे ही अवसर की स्मृति झलक उठी, जब इसी कक्ष में उन्होंने पाण्डु को राजमुकुट पहनाया था।

फिर एक ऐसी बात हुई, जो इतने शक्तिशाली पुरुष के सम्बन्ध में सोची भी नहीं जा सकती थी–भाव-भीने स्वर में पितामह ने बोलना आरम्भ किया :

''वत्स, चक्रवर्ती सम्राट् भरत का सिंहासन प्राप्त करने के अवसर पर, भगवान महादेव ने मुझे तुमको आशीर्वाद देने की प्रसन्नता प्रदान की है। तुम्हारे पुण्यश्लोक पिता को भी मैंने वर्षों पहले इसी प्रकार आशीर्वाद दिया था।

''वत्स, तुम दीर्घायु होओ और उसी प्रकार धर्मपूर्वक शासन करो, जिस प्रकार तुमसे पहले तुम्हारे पूर्वज करते रहे थे।

''अपने पूर्वजों के समान ही तुम राजसूय और अश्वमेध यज्ञ करो।

''तुम्हारा सुयश वायु-वाहित पुष्प-गन्ध के समान चारों दिशाओं में फैले।

''ईश्वर तुम्हें अच्छे कर्म करने और कुरु-वंश के लिए गौरव अर्जित करने की प्रेरणा दें। तुम प्रत्येक घर में समृद्धि और धर्म की स्थापना करने में समर्थ होओ।''

उपस्थित लोगों ने प्रसन्नतापूर्ण समर्थन के स्वर में 'साधु-साधु' कहा और जय-जयकार की ध्वनि गूँज उठी।

अनन्तर सिंहासन के पीछे से संजय ने धृतराष्ट्र के कान में कुछ कहा। अन्धे राजा ने अपना गला साफ किया। सभा में शान्ति छा गई।

बड़े प्रयत्न के बाद राजा के मुँह से कठिनाई से शब्द निकले–

''कुरु-सम्राट् तुम मुझे अपने पुत्र के समान प्यारे हो, मेरे आशीर्वाद ग्रहण करो। तुम हमारे पुण्यश्लोक पूर्वजों के समान शासन करो।''

वह चुप हो गए। उन्होंने बार-बार अपना गला साफ किया। उत्तेजना से उनके होंठ फड़फड़ाने लगे।

''तुम सौ शरदों तक जीवित रहो। मेरे भाई और अपने पिता पाण्डु के समान ही तुम महान् यशस्वी होओ...''

वह फिर चुप हो गए और शक्ति एकत्रित करने की चेष्टा करने लगे, ''...और तुम शान्ति स्थापित कर सको।'' ये शब्द इतने धीमे से कहे गए कि उन्हें सुनने के लिए लोगों को प्रयत्न करना पड़ा।

''और तुम्हारा राज्याभिषेक कुरुओं में शान्ति का मार्ग प्रशस्त करे,'' धृतराष्ट्र

ने कहा। वह फिर रुके और उन्होंने अपनी दृष्टिहीन आँखें आकाश की ओर उठाईं, जैसे शक्ति प्राप्त करने के लिए देवताओं की प्रार्थना कर रहे हों, "और मेरे पुत्रों...तुम्हारे चचेरे भाइयों..." धृतराष्ट्र का स्वर भंग हो गया।

दुर्योधन और उसके भाइयों के उल्लेख से सभा-भवन में एक प्रकार की अप्रीतिकर शान्ति फैल गई।

धृतराष्ट्र ने आगे कहा, "युधिष्ठिर, तुमने मुझ पर इस निर्णय का भार छोड़कर मेरे ऊपर बड़ा भारी बोझ डाल दिया है कि प्रदेशों का बँटवारा किस प्रकार हो और क्या तुम्हें दिया जाए और क्या दुर्योधन और उसके भाइयों को..." वह चुप हो गए।

सभा-भवन की शान्ति मानो दम घोटनेवाली हो गई थी।

धृतराष्ट्र जो कहना चाहते थे, उसके लिए शक्ति बटोरकर उन्होंने कहा, "हमारे साम्राज्य की सीमा यमुना के तट तक विस्तृत है, जहाँ खाण्डवप्रस्थ में हमारी प्राचीन राजधानी थी। वहाँ पुरुरवा, नहुष और ययाति आदि हमारे पूर्वजों ने शासन किया था..." उनका स्वर फिर धीमा हो गया, "वहाँ हमारे पूर्वजों का निवास था। तुम वहीं जाकर शासन करो।"

सभा में उपस्थित लोगों में से जिस किसी ने ये शब्द सुने, वह स्तब्ध रह गया। खाण्डवप्रस्थ! राक्षसों और हिंस्र पशुओं से भरा हुआ वह अरण्य! आर्यों के सुसंस्कृत जीवन-क्षेत्र से कटा हुआ दूरस्थ प्रदेश! यह तो देशनिकाले से भी बुरा है। और दुर्योधन हस्तिनापुर में राज्य करेगा!

दुर्योधन ने दुःशासन पर एक दृष्टि डाली। उसमें विजय का सन्देश था।

सारी सभा साँस रोककर प्रतीक्षा करती रही कि आगे क्या होता है। ऐसा लगा कि राज्याभिषेक का समारोह भ्रातृ-युद्ध की भूमिका थी।

आश्चर्य से महामुनि की आँखें विस्फारित हो गई थीं। वह इस विचित्र उपहार का महत्त्व समझने की चेष्टा करते रहे।

क्षण-भर को पितामह ने आघात का अनुभव किया। क्रोध से उनकी आँखें चमक उठीं। आज तक उन्होंने जो कुछ किया था, उसे इस अन्धे राजा ने व्यर्थ कर दिया था।

कृष्ण ने वचन पूरा किया

युधिष्ठिर पीले पड़ गए। उन्हें लगा कि वह अचेत हो जाएँगे। उन्होंने अपने को सँभालने के लिए अपने सिंहासन के हत्थे पकड़ लिए। वह इस बात की कल्पना

भी नहीं कर सकते थे कि उनका और उनके भाइयों का ऐसा उत्साहपूर्ण स्वागत करने के उपरान्त वह इस प्रकार का घोर अन्याय भी कर सकते हैं। उन्हें खाण्डवप्रस्थ के अरण्य में भेजना तो वारणावत के देश-निकाले से भी बुरा है।

युधिष्ठिर जानते थे कि अपने चाचा के उपहार को पहले से ही स्वीकार करने का वचन देकर उन्होंने अपने भाइयों और उनके भविष्य के साथ विश्वासघात किया है; वे उन्हें कभी क्षमा नहीं करेंगे, उनके साथ विश्वासघात करने के लिए वह स्वयं भी अपने को कभी क्षमा नहीं कर सकेंगे।

उन्हें भय था कि भीम सहसा अपने आसन से उठ खड़े होंगे और वहीं और उसी समय धृतराष्ट्र को चुनौती देंगे। उनका ऐसा करना अनुचित भी नहीं होगा। उन्हें अपने भाई की ओर देखने तक का साहस नहीं हुआ। उन्हें अपना गला रुँधता हुआ-सा लगा।

क्षण-भर के लिए आँखें मूँदकर उन्होंने ईश्वर की मौन प्रार्थना की। उन्हें जो आघात लगा था, उसके बाद भी उन्होंने अपने भीतर धर्म की वाणी सुनी। वह अपने चाचा को वचन दे चुके हैं–चाहे जो भी हो, उन्हें उसका पालन करना है।

क्षण-भर के लिए उन्हें प्राचीन काल के राजा हरिश्चन्द्र का ध्यान आया। उन्होंने अपने वचन का पालन करने के लिए अपने राज्य, अपनी पत्नी तथा अपने पुत्र का त्याग कर दिया था। वह उनके-जैसे सत्यवादी क्यों नहीं हो सकते? उन्हें सत्यवादी होना ही है–एक ऐसा व्यक्ति, जो कोई वचन देते ही, अपने प्राणों के मूल्य पर भी, उसके पालन के लिए प्रतिज्ञाबद्ध हो जाता है।

वह अपने गुरु द्रोणाचार्य की ओर मुड़े। उनके मुख पर आश्चर्य का भाव था, यद्यपि उसके साथ आश्वस्ति का मिश्रण भी था–अब उनके प्रिय पुत्र अश्वत्थामा उनके साथ हस्तिनापुर में ही रहेंगे।

उन्होंने देखा कि पुरोहित धौम्य को अपने कानों पर विश्वास नहीं हो रहा है। मन्त्रिगण क्षुब्ध दीख रहे थे। केवल चाचा विदुर के मुख पर शान्त स्मित था। यही थोड़ा आश्वासन था। अपने धर्म के अनुकूल वह जो भी करेंगे, साधु-स्वभाव विदुर उसका समर्थन करेंगे।

उनके मन में एक क्षणिक शंका उठ खड़ी हुई–"मैं किसी के समर्थन की राह क्यों देखूँ? कोई समर्थन करे या विरोध, मुझे अपने धर्म पर अडिग रहना चाहिए। मुझे स्तुति या निन्दा से ऊपर उठना चाहिए।"

वह बलराम और उन राजाओं का दुख समझ रहे थे, जो अत्यन्त निष्ठावान मित्र थे। ऐसा लग रहा कि वे विचार कर रहे हैं : धर्मपरायण युधिष्ठिर क्या अपना वचन तोड़ेंगे, अथवा इस क्रूर देशनिकाले को स्वीकार कर लेंगे? वे मानो यह कह रहे थे कि दोनों ही स्थितियों में वे दुखी होंगे।

उन्होंने सभा पर एक दृष्टि डाली। उनके चाचा के घोर पक्षपात और पाण्डवों तथा धृतराष्ट्र के पुत्रों के बीच एक बार फिर संघर्ष की भयानक सम्भावना से सभी त्रस्त दीख रहे थे।

सभा में बैठे कुरुओं के मुख पर जो भावना थी, वह मानो कह रही थी–'हमें दुर्योधन की कृपा पर मत छोड़ जाना।'

उनकी माता और पांचाल-राजकुमारी द्रौपदी को इस कारण से वनवास में समय बिताना पड़ेगा कि उन्होंने वचन दे रखा है। यदि वह अपना वचन भंग कर देते हैं तो क्या उन्हें उनकी प्रीति प्राप्त करने का कोई अधिकार रह जाएगा?

वह भीम की ओर मुड़े। भीम अपनी मूँछें मरोड़ते, मुस्कुराते हुए बैठे थे। क्या अपने इस शक्तिशाली भाई को उसके उत्तराधिकार से वंचित करना उचित है? इस वीर पुरुष पर वह पहले ही न जाने कितने संकटों का बोझ लाद चुके हैं। क्या वह उन्हें क्षमा कर सकेगा, या कि जिस तरह वह मुस्कुरा रहा है, उसे देखकर युधिष्ठिर को यह समझना चाहिए कि उसने उन्हें क्षमा कर दिया है?

उनकी मुक्ति का कोई उपाय नहीं है। चाहे जो भी हो, उन्हें अपने वचन का पालन करना चाहिए।

उन्होंने महामुनि की ओर देखा। वह सहानुभूतिपूर्ण वात्सल्य के साथ उन्हें ही निहार रहे थे। उनकी आँखें मानो संकेत कर रही थीं–'वत्स, अपनी समझ के अनुसार तुम अपने धर्म पर दृढ़ रहो।' उन्हें जो अन्तिम परामर्श दिया गया था, उसकी प्रतिध्वनि उनके मन में गूँज उठी।

उन्होंने अपने चाचा की ओर देखा, हाथ जोड़े और मस्तक झुकाकर कहा, "कुरुश्रेष्ठ, मुझे आपका निर्णय स्वीकार है..." उनका वेदनापूर्ण स्वर लड़खड़ाया, "मैं अपने भाइयों के सहित उसे स्वीकार करता हूँ।"

सबने अपनी साँसें रोक लीं। इस प्रतिज्ञा का परिणाम क्या होनेवाला है?

सभा की शान्ति को कृष्ण के शान्त और स्पष्ट स्वर ने भंग किया। सभी लोग सोचने लगे कि क्या यह चमत्कारी पुरुष पाण्डवों की ओर से इस चुनौती को स्वीकार करेंगे अथवा उनके धर्म का अनुसरण करते हुए युधिष्ठिर का समर्थन करेंगे।

कृष्ण ने तत्काल पितामह की ओर मुड़कर कहा, "पूज्य गांगेय, मुझे कुछ कहने की अनुमति दें।"

पितामह ने स्वीकृति में सिर हिलाया और कृष्ण धीरे-धीरे, किन्तु स्पष्ट स्वर में इस तरह बोले कि सभा में उपस्थित प्रत्येक व्यक्ति उनकी बात सुन सके।

कृष्ण ने धृतराष्ट्र को सम्बोधित करके कहा, "कुरुश्रेष्ठ, आपने जो कुछ कहा है, वह सच है और बुद्धिमत्ता के साथ कहा गया है।"

सभा-भवन में स्तब्धता छा गई। प्रत्येक व्यक्ति के मुख पर आश्चर्य का भाव

था। सबसे अधिक आश्चर्य युधिष्ठिर को हुआ। अर्जुन और नकुल अभिभूत हो गए। कृष्ण इस घोर पक्षपात का समर्थन कर रहे हैं! सहदेव प्रस्तर-मूर्ति के समान बैठे रहे। उनकी दृष्टि भूमि पर गड़ी रही।

कृष्ण का प्रसन्न स्वर गूँजता रहा। उन्होंने आगे कहा, "विचित्रवीर्यतनय, आपने न्यायसंगत बात कही है। आपने कुरु-साम्राज्य को पाण्डवों और अपने पुत्रों के बीच समान रूप से बाँट दिया है। हम सबको आशा करनी चाहिए कि आपके बुद्धिमत्तापूर्ण कार्य से कुरुओं में शांति स्थापित होगी..." वह चुप हो गए। उन्होंने चारों ओर दृष्टि डाली।

सभा में उपस्थित लोगों ने कृष्ण से इन शब्दों की आशा नहीं की थी। वह पाण्डवों के परम मित्र थे और वही उनके देशनिकाले का समर्थन कर रहे थे।

युधिष्ठिर आश्वस्त हुए। यदि धर्म के मूर्त रूप कृष्ण उनका समर्थन कर रहे तो उन्होंने भूल नहीं की है।

"कुरुश्रेष्ठ, आपका निर्णय न्यायपूर्ण ही नहीं, उदार भी है। धर्मपरायण युधिष्ठिर और उनके भाई तथा आपके पुत्र दुर्योधन और उनके भाई कुरुओं के समस्त धान्य, सुवर्ण, गायें, घोड़े, रथ, हाथी और आयुध आपस में समान रूप से बाँट लेंगे। आपकी यही इच्छा है न महाराज?" कृष्ण ने सम्मोहक स्वर में पूछा।

दुर्योधन ने अब समझा कि उन्हें क्या मूल्य चुकाना पड़ेगा। उन्होंने विरोध करना चाहा, किन्तु उनके मुँह से आवाज नहीं निकली।

"सम्भवतः पूजनीय पितामह के मन में भी यही विचार था।" कृष्ण ने भीष्म की ओर मुड़कर कहा। पितामह भीष्म ने सिर हिलाकर अपने शब्दों पर बल देते हुए कहा, "हाँ, हाँ, अवश्य।" स्थिति की सम्भावनाएँ अब उनके सम्मुख स्पष्ट हो गई थीं।

धृतराष्ट्र ने सोचा भी नहीं था कि उनके निर्णय का ऐसा भी अर्थ लगाया जा सकता है, किन्तु अब उनको यही कहना पड़ा—"हाँ वासुदेव, बात ऐसी ही है।"

महामुनि मुस्कुराए। कृष्ण की बातों का महत्त्व उन्होंने समझा—"वत्स धृतराष्ट्र, तुम्हारा कथन सुसंगत है।"

कृष्ण ने धृतराष्ट्र के कन्धे पर हाथ रखकर कहा, "विचित्रवीर्य-तनय, आपका निर्णय भरतवंश की समुज्ज्वल परम्परा के अनुकूल है।"

कृष्ण ने पितामह की ओर मुड़कर कहा, "पूज्य पितामह, अभी हम सब लोग यहीं हैं और यादव अतिरथियों की इच्छा है कि वे पाण्डवों के साथ खाण्डवप्रस्थ जाएँ। क्या आप हमें इसकी अनुमति देंगे?" कृष्ण ने आग्रहपूर्वक पूछा।

"निश्चय ही तुम लोग उनके साथ जा सकते हो वासुदेव! इसके लिए तुम्हें मेरी अनुमति की आवश्यकता नहीं है।" पितामह ने कहा, जिनके सामान्यतः कठोर मुख पर एक अपूर्व स्मित था।

युधिष्ठिर ने प्रायः प्रार्थनापूर्वक कृष्ण की ओर देखा। उनके हितकारी, उनके अभिभावक कृष्ण ने उनकी रक्षा कर ली!

पितामह की ओर देखते हुए कृष्ण ने कहना जारी रखा–"पूज्य पितामह, सम्भव है कि कुछ विद्वान ब्राह्मण, कुरुगण और अन्य क्षत्रिय, महाजन, शिल्पी, मल्लगण तथा दूसरे लोग अपने-अपने परिवार-सहित पाण्डवों के साथ खाण्डवप्रस्थ जाना चाहें।"

किसी अपशकुन की तरह अब तक जो शान्ति सभा में छाई हुई थी, वह समाप्त हो गई। सभा-कक्ष में 'साधु-साधु' के स्वर गूँज उठे। अधिकांश लोगों ने अनुभव किया कि दुर्योधन से बचने का अब एक मार्ग निकल आया।

इससे दुर्योधन पर वज्रपात-सा हुआ, किन्तु कृष्ण की सम्मोहक उपस्थिति के कारण वह बीच में कुछ बोल नहीं सके। वह यदि बोलना चाहते भी तो कह क्या सकते थे?

दुःशासन की त्यौरियाँ चढ़ गईं। शकुनि के कान खड़े हो गए। यह गोपालक एक बार फिर उनका खेल बिगाड़ने के बीच में कूद पड़ा था!

कृष्ण की ओर देखकर पितामह मुस्कुराए। दस्तुतः पाण्डवों के लिए जो आदेश बनवास का था, वासुदेव उसे उनकी विजय के रूप में परिवर्तित कर रहे हैं, क्योंकि वे लोग कुरुओं के लिए एक नए साम्राज्य की स्थापना करने जा रहे हैं। उन्होंने कहा, "मैं तुम्हें वचन देता हूँ कि हस्तिनापुर का जो भी व्यक्ति युधिष्ठिर के साथ खाण्डवप्रस्थ जाना चाहेगा, वह ऐसा करने के लिए स्वतन्त्र है। वह अपने साथ सारी सम्पत्ति, गायें, घोड़े, रथ और अन्य सामग्रियाँ ले जा सकता है। और यदि वे चाहेंगे तो दुर्योधन हस्तिनापुर में छूटे उनके भवनों की क्षतिपूर्ति भी कर देगा।"

'साधु-साधु' के साथ सभा ने इसका अनुमोदन किया।

कृष्ण अपने आसन से उठे और अपने बड़े भाई बलराम के पास जाकर उन्होंने उनसे चुपचाप कुछ बातें कीं। उन्होंने अर्जुन के पीछे बैठे वृद्ध यादव अतिरथी अक्रूर को भी बुलाया और दोनों भाइयों ने उनसे बातें कीं।

सारी सभा सजीव उत्कण्ठा से प्रतीक्षा करती रही। दोनों भाई जब बातें कर रहे थे तो सभी लोग बलराम की गर्वोन्नत आकृति और उनके प्रसन्न स्मित तथा कृष्ण की भव्य छवि, गम्भीर आचरण और अर्थपूर्ण आँखों की ओर विस्फारित नयनों से देख रहे थे।

वासुदेव चमत्कार कर रहे थे। अब दुर्योधन निर्जीव होकर भूमि पर लुढ़क जा सकता है अथवा अपने पक्षपात के दण्डस्वरूप धृतराष्ट्र की ही मृत्यु हो जा सकती है।

जब कृष्ण और अक्रूर लौटकर अपने आसनों पर बैठ गए तो बलराम ने अपनी ऊँघ को झटककर, सिंह-जैसा अपना मस्तक ऊपर उठाया। जब वह अपने गूँजते

स्वर में बोलने लगे तो सारी सभा उनकी बातें सुनने के लिए सावधान हो गई।

"महाराज शान्तनु के पुत्र! हम यादव अतिरथी पांचाल की राजकुमारी के स्वयंवर में सम्मिलित होने के लिए काम्पिल्य आए थे। हम लोगों को ज्ञात नहीं था कि पाण्डव द्रौपदी को जीत लेंगे। हमें बड़ी प्रसन्नता है कि आर्यावर्त में हमारी उपस्थिति की अवधि में दो मांगलिक घटनाएँ हुई हैं: पाण्डवों ने द्रौपदी को जीता है और कुरु सम्राट् के रूप में युधिष्ठिर का राज्याभिषेक हुआ है। इस अवसर पर द्वारका के हम यादव अपने फुफेरे भाइयों को कुछ उपहार देना चाहते हैं। हमारे भाई कृष्ण अब द्वारका के महाराज उग्रसेन, हमारे पूजनीय पिता वसुदेव और द्वारका के सब यादवों की ओर से उस उपहार की घोषणा करेंगे।" धृतराष्ट्र ने पाण्डवों को जो विचित्र उपहार दिया था और उससे सभा में जो अशुभ वातावरण उत्पन्न हो गया था, बलराम के प्रसन्न स्मित से अब उसमें जीवन्तता आ गई थी। बलराम कृष्ण की ओर देखकर चुप हो गए।

सभा में जब पुनः शान्ति छा गई तो कृष्ण ने युधिष्ठिर को सम्बोधित किया, "कुरुश्रेष्ठ, मेरे अग्रज बलराम के आदेश से द्वारका के यादव आपको एक छोटा-सा उपहार देंगे।" कृष्ण चुप हो गए।

सभी लोग दत्तचित्त होकर साँस रोककर प्रतीक्षा करते रहे।

कृष्ण ने ऊँचे और मोहक स्वर में पुनः कहना आरम्भ किया–"द्वारका में जितना भी स्वर्ण, गायें, घोड़े और रथ हैं, उनका पाँचवाँ भाग हम आपको उपहार के रूप में दे रहे हैं।" सभा में उपस्थित सभी लोग स्तब्ध रह गए। कुछ लोगों के मुँह खुले-के-खुले रह गए। किसी ने यह कल्पना नहीं की थी कि यादव इतना भव्य उपहार देंगे।

दूसरे ही क्षण आपे में आए हुए लोगों के उत्तेजित स्वरों में 'कृष्ण वासुदेव की जय' की गगनभेदी ध्वनि गूँज उठी।

पितामह भीष्म, जो सामान्यतः गम्भीर बने रहते थे और उपस्थित राजागण, जिन्होंने अब तक इस हर्षोल्लास में भाग नहीं लिया था, इस प्रदर्शन से प्रभावित हुए बिना नहीं रहे। उन्होंने भी 'साधु-साधु' कहकर अन्य लोगों का साथ दिया।

युधिष्ठिर की आँखों में कृतज्ञता के आँसू भर आए।

कृष्ण ने हाथ उठाकर संकेत किया कि अभी उनकी बात पूरी नहीं हुई है। उन्होंने कहा, "कुरुराज युधिष्ठिर! मेरे बड़े भाई, रोहिणी के पुत्र बलराम, स्वयं मैं और वे सभी यादव अतिरथी, जो आपके साथ चलना चाहते हैं, नए नगर के निर्माण में आपकी सहायता करने के लिए खाण्डवप्रस्थ चलेंगे।"

भीम अब अपने-आपको न रोक सके। वह शिष्टाचार भूलकर, अपना हाथ हिलाते हुए प्रचण्ड स्वर में चीत्कार कर उठे–"कृष्ण वासुदेव की जय!" सभा में

उपस्थित सब लोगों ने उनका साथ दिया।

अनन्तर कृष्ण महामुनि की ओर मुड़े–"महामुनि, क्या आप मुझे यह प्रार्थना करने की अनुमति देंगे कि आप पाण्डवों को आशीर्वाद दें और नए नगर खाण्डवप्रस्थ की यात्रा में हम लोगों के साथ चलें?"

"निश्चय ही मैं ऐसा करूँगा।" महामुनि ने कहा। उनके कान्तिमान मुख पर स्मित था। वह अपना दाहिना हाथ उठाकर वैदिक मन्त्रों के द्वारा आशीर्वाद देने लगे। उपस्थित सभी ऋषियों और ब्राह्मणों ने उनके स्वर में स्वर मिलाया।

मन्त्रोच्चार समाप्त होने पर महामुनि के साथ सभी ब्राह्मणों ने युधिष्ठिर पर अक्षत की वर्षा की।

सभा-भवन प्रचण्ड करतल-ध्वनियों से गूँज उठा। शिष्टाचार के सभी नियमों की अवहेलना करके सभी लोग एक स्वर में पूरी शक्ति के साथ चीत्कार करने लगे–

"महामुनि का आशीर्वाद सफल हो!"

"जय कृष्ण वासुदेव!"

"जय कुरुश्रेष्ठ युधिष्ठिर!"

बड़े-बूढ़े जब कक्ष के पिछले द्वार से बाहर निकल गए और राज्य-सभा के सदस्य मुख्य द्वार से निकलने लगे तो भीम शिष्टाचार का ध्यान किए बिना अपने आसन से कूद पड़े और उन्होंने कृष्ण को गले लगाकर उन्हें गोद में उठा लिया और चक्कर लगाने लगे। जो लोग कक्ष में रह गए थे, उनकी प्रसन्नता का ठिकाना न रहा।

भीम ने कृष्ण को नीचे उतार दिया और उनके कन्धे पर हाथ रखकर मंच के पिछले द्वार की ओर बढ़ते हुए कहा, "तुम बड़े दुष्ट हो!"

कृष्ण ने धूर्ततापूर्ण मुस्कुराहट के साथ कहा, "हाँ, दुष्ट हुए बिना मैं चार वचन कैसे दे सकता था, जिनमें से तीन को तो अब मैं पूरा भी कर चुका हूँ।"

भीम ने पूछा, "चार?"

"एक वचन मैंने द्रौपदी को दिया था कि उसे अच्छा-भला पति मिलेगा–एक के बदले उसे पाँच मिल गए।" कृष्ण ने उत्तर दिया "दूसरा मैंने भानुमती को दिया था कि दुर्योधन हस्तिनापुर में राज्य करेगा, शीघ्र ही उसका राज्याभिषेक होगा। तीसरा वचन मैंने तुम्हें दिया था कि तुम युवराज बनोगे–मुझे विश्वास है कि महामुनि यथाशीघ्र तुम्हें विधिपूर्वक युवराज-पद पर अभिषिक्त करेंगे।"

"और चौथा?"

"चौथा अभी बच रहा है, लेकिन उसका पूरा होना तुम पर निर्भर है।"

भीम ने आश्चर्य से कहा, "मुझ पर?"

"हाँ, मैंने जालन्धरा को एक अच्छे पति की प्राप्ति का वचन दिया था।"

उपसंहार

दूसरे दिन युवराज के रूप में भीम का अभिषेक हुआ। उसके एक दिन बाद सुशर्मा और जालन्धरा अपने घर काशी चले गए। इसी प्रकार राजा विराट और राजा सुनीत भी अपनी-अपनी राजधानियों की ओर चल पड़े।

उसी दिन अक्रूर और उद्धव के साथ वे सभी यादव अतिरथी द्वारका के लिए प्रस्थित हुए, जो घर जाने को उत्सुक थे। अक्रूर और उद्धव द्वारका से वह उपहार ले आने के लिए द्वारका जा रहे थे, जिसे पाण्डवों को देने की घोषणा की गई थी।

नागराज मणिमान भी नाग-शिल्पियों को खाण्डवप्रस्थ ले आने के लिए अपने देश की ओर चल पड़े। इन शिल्पियों को खाण्डवप्रस्थ को इस योग्य बनाना था कि वहाँ पाण्डवों का स्वागत किया जा सके।

कृष्ण के मार्गदर्शन में भीम ने खाण्डवप्रस्थ की यात्रा के लिए धुआँधार तैयारियाँ आरम्भ कर दीं।

अर्जुन और सहदेव घूम-घूमकर उन कुरुओं, क्षत्रियों, महाजनों से और अन्य लोगों से बातें करते रहे, जो उनके साथ खाण्डवप्रस्थ जाना चाहते थे।

सन्त मन्त्री विदुर ने स्वर्ण, अन्न, घोड़े, ऊँटों, रथों और हाथियों का समभाग से वितरण कर दिया, जिसमें से अपने भाग को नकुल ने सँभाल लिया।

पाण्डवों के पुरोहित धौम्य ने उन ब्राह्मणों से बातें कीं, जो खाण्डवप्रस्थ जाकर बसना चाहते थे।

सात्यकि तथा अन्य यादव अतिरथी, जो पाण्डवों के साथ जानेवाले थे, यात्रा-मार्ग में प्रतिदिन टिकने के स्थानों का निरीक्षण करने के लिए कुछ पहले ही चल पड़े।

जिस दिन दुःशासन ने कुछ मल्लों को मार डाला था, बलिय ने उसी दिन अपने उस मूल निवास स्थान को लौट जाने की अनुमति पितामह से ले ली थी, जो माता कुन्ती के पालक-पिता कुन्तिभोज के राज्य में था। जब हस्तिनापुर में युधिष्ठिर के शासन की आशा बँधी तो मल्लों ने अपना विचार बदल दिया था। अब बलिय के आदेश के अनुसार पूरे मल्ल समुदाय ने पाण्डवों के साथ खाण्डवप्रस्थ जाने का निश्चय किया।

किन्तु पूजनीया माता और पितामह की सेवा के लिए सोमेश्वर, उसकी पत्नी तथा कुछ अन्य मल्लों को हस्तिनापुर में रह जाना पड़ा।

दो सप्ताह बाद, एक शुभ दिन देखकर, पाण्डवों ने खाण्डवप्रस्थ के लिए प्रस्थान किया। उनके साथ कृष्ण और बलराम भी थे। जाने से पहले वे लोग कुरु-ज्येष्ठों तथा अपने चाचा से मिले और यथायोग्य उनका अभिवादन किया।

नगर के बाहर जाकर हस्तिनापुर के उन निवासियों ने, जिन्होंने वहीं रहने का निश्चय किया था, खाण्डवप्रस्थ जानेवाले नगरवासियों को विदा दी।

बहुत वर्षों के बाद माता सत्यवती अपने महल से बाहर निकलीं। अपनी बूढ़ी आँखों में आँसू भरकर उन्होंने पाण्डवों को आशीर्वाद दिया तथा माता कुन्ती और द्रौपदी को गले लगाया।

विदा के समय जब पितामह ने पाँचों भाइयों को आशीर्वाद दिया तो उनकी आँखें भी गीली थीं। यह सत्य था कि कुरुगण भ्रातृ-युद्ध से बच गए थे, किन्तु हस्तिनापुर में दुर्योधन का शासन उससे भी बुरा था। किन्तु उन्होंने अपने पिता को वचन दिया था कि वह हस्तिनापुर का साथ देंगे और परिणाम चाहे जो भी हो, वह अपने वचन का पालन करेंगे।

महामुनि कृष्णद्वैपायन व्यास ने अपनी जननी माता सत्यवती को साष्टांग प्रणाम किया, अन्य जनों को आशीर्वाद दिया तथा अपने शिष्यों के सहित वह पाण्डवों के साथ हो गए।

वह एक चलता-फिरता नगर था, जिसने उस दिन हस्तिनापुर से खाण्डवप्रस्थ के लिए प्रस्थान किया था—ब्राह्मणों, कुरुओं, अन्य क्षत्रियों, महाजनों, मल्लों, धनुर्धरों और शिल्पियों का नगर—जिसमें सभी लोग अपने परिवारों और अपनी सम्पत्ति के सहित सम्मिलित थे। बहुत-से निर्धन लोग भी अपने परिवारों के साथ इस यात्रा में निकल पड़े थे। उन्हें आशा थी कि खाण्डवप्रस्थ में उन्हें पर्याप्त भूमि मिल सकेगी।

सबसे आगेवाले हाथी पर कृष्ण के साथ भीम बैठे थे। उनके पीछे, अन्य हाथियों पर, अनेक प्रमुख कुरुगण थे। वन की ओर अग्रसर होनेवाले हाथी, मार्ग के वृक्षों को उखाड़ते और अपने भारी पाँवों के दबाव से, पीछे आनेवालों के लिए मार्ग को प्रशस्त बनाते जा रहे थे।

उनके पीछे अपने-अपने रथों में अतिरथी और महारथी जा रहे थे। फिर महामुनि, उनके शिष्य और अन्य ब्राह्मण पांव-प्यादे चल रहे थे। युधिष्ठिर और बलराम महामुनि के साथ थे।

इसके पीछे बैलगाड़ियों पर लदा अन्न और स्वर्ण था, जो उन्हें अपनी ससुराल से, और कुरु-सम्पदा के अपने भाग के रूप में प्राप्त हुआ था।

माता कुन्ती और द्रौपदी के सहित नारियाँ अपने पद और साधन के अनुसार रथों पर, बैलगाड़ियों पर अथवा पैदल चल रही थीं। अधिकांश स्त्रियाँ मंगलगीत गाती जा रही थीं। कुछ की गोद में बच्चे भी थे।

उसके बाद अन्य लोग थे, जो अपने-अपने परिवार-सहित उस यात्रादल के साथ हो गए थे। वे गाड़ियों, घोड़ों, बैलगाड़ियों या खच्चरों पर सवार थे। कुछ वृद्ध

स्त्री-पुरुष पालकियों पर थे, शेष लोग पैदल चल रहे थे। दल के अन्त में गायें, घोड़े, हाथी और ऊँट थे। उनकी देख-रेख के लिए उनके साथ परिचारक चल रहे थे।

मनुष्यों और पशुओं की भीड़ में मल्लगण एक से दूसरे छोर तक आ-जा रहे थे और भोजन तथा अन्य सुविधाओं के प्रबन्ध का ध्यान रख रहे थे।

नगर के समान ही, ऊँटों अथवा घोड़ों पर सवार दुन्दुभि तथा मुरलीवादकों का समूह, समय-समय पर बाजे बजाता जा रहा था। इसके अतिरिक्त गायकों और नर्तकों का दल यात्रा के क्रम में नाचता-गाता जा रहा था।

ब्राह्मणों का समूह, मार्ग में चलता हुआ, अपने शिष्यों को शिक्षा देता जा रहा था।

यह चलता-फिरता नगर, अपना निश्चित कार्यक्रम पूरा करता हुआ, उषःकाल में गौओं को दुहने और प्रातःकालीन सन्ध्या-वन्दन करने के पश्चात्, प्रतिदिन अपनी यात्रा आरम्भ करता था। एक या दो योजन की यात्रा के बाद, धूप का उत्ताप बढ़ने से पहले, सात्यकि के द्वारा पूर्व-निश्चित स्थान पर यह पड़ाव डाल देता था।

जब यह चलता-फिरता नगर व्यवस्थित हो जाता था तो महामुनि और उनके शिष्य अग्नि प्रज्ज्वलित करते और विधिपूर्वक उसमें आहुति देते थे। अनन्तर वे रोगियों की परिचर्या करते थे, जिनमें से अधिकांश उनके आशीर्वाद से ही ठीक हो जाते थे। तीसरे पहर महामुनि के पास ज्ञानी जन आ बैठते और उनके साथ मनुष्य के कर्त्तव्यों, आत्मज्ञान प्राप्त करने के साधनों, तपस्या के द्वारा सिद्धि पाने और कठोर आत्म-निग्रह जैसे विषयों पर चर्चा किया करते थे।

सारे दिन, यात्रा-दल के लोग ही नहीं, आस-पास के गाँवों के स्त्री-पुरुष भी महामुनि का आशीर्वाद लेने के लिए आते रहते थे। दिनों-दिन ये पड़ाव विशाल धर्म-सभा का रूप धारण करते जा रहे थे। महामुनि के आदेश से प्रत्येक परिवार के लिए एक पुरोहित नियुक्त कर दिया गया था, जो उस परिवार के धार्मिक कृत्य कराता और बच्चों को शिक्षा देता था।

मध्याह्न भोजन की व्यवस्था प्रत्येक परिवार स्वयं करता था। राजकीय पाकशाला की देख-भाल भीम करते थे। वहाँ सभी अतिथियों तथा ऐसे लोगों के लिए भोजन बनता था, जो स्वयं रन्धन की व्यवस्था नहीं कर सकते थे।

तीसरे पहर लोग बाजे बजाते और स्त्रियाँ गाने गाती थीं। क्षत्रिय लोग आखेट करने जाते थे। मल्ल अस्थायी अखाड़े बनाते थे, जिनमें कृष्ण, बलराम और पाण्डवों के सहित बहुत से लोग मल्ल-युद्ध करके प्रशंसा प्राप्त करते थे। सूर्यास्त होने पर, सन्ध्या भोजन के अनन्तर, सब लोग विश्राम करते थे।

अर्जुन के नेतृत्व में क्षत्रियगण हिंसक पशुओं और चोर-उचक्कों से लोगों की रक्षा का प्रबन्ध करते थे।

दिन-भर बहुत-से लोग कृष्ण के दर्शनों के लिए आते रहते थे। वह अलग-अलग गुटों से जाकर मिलते और बातें किया करते थे। वह स्त्रियों और बच्चों से परिहास करते, अखाड़े में कुश्ती लड़ते, बच्चों को तरह-तरह के खेल सिखाते और विद्वानों की मण्डली में विविध विषयों पर बातें करते थे।

बलराम का समय सुखपूर्वक बीतता था। वह खाते, पीते, सुख-शयन करते और आमोद-प्रमोद में लगे रहते थे।

एक दिन सबेरे यात्रियों को यमुना के दर्शन हुए। उसके विशाल प्रसार और तीव्र प्रवाह ने सभी को मोहित कर दिया। प्रसन्नता से कोलाहल करते हुए वे नदी में स्नान करने के लिए दौड़ पड़े।

जब वे खाण्डवप्रस्थ पहुँचे, उससे पहले ही राजा मणिमान और उनके नागों ने वन-प्रदेश के एक विशाल भाग की सफाई कर दी थी, जहाँ चलते-फिरते नगर का पड़ाव पड़नेवाला था।

भीम के हाथी वृक्षों को उखाड़कर यथोचित स्थान पर पहुँचाने लगे। अपनी सुविधा और अपने साधनों के अनुसार परिवारों ने अपने लिए कुटीरों का निर्माण कर लिया।

गोपू बहुत उत्साहित था। वह नगर-मार्गों, चौराहों, राजकीय प्रासादों तथा सामान्य गृहों के निर्माण की रूप-रेखा बनाने लगा था। वह शिल्पियों के काम की निगरानी करता और लोगों को परामर्श देता फिरता था कि उन्हें अपना घर कैसे बनाना चाहिए।

नकुल घोड़ों और गायों की प्रजनन-शाला के निर्माण में लग गए।

ब्राह्मण-समूह अपनी योग्यता के अनुसार वेदों और शास्त्रों की शिक्षा देने तथा राज-पुरोहित धौम्य के नेतृत्व में लोगों के धार्मिक कृत्य कराने लगा।

यह एक महान् साहसिक कार्य था, जिसमें प्रत्येक व्यक्ति उत्साह के साथ जुटा हुआ था।

वर्षारम्भ के पहले, प्रायः प्रत्येक व्यक्ति के लिए एक अस्थायी गृह का निर्माण हो चुका था।

भूमि की कमी नहीं थी। प्रत्येक परिवार को इतनी भूमि मिली, जिसको साफ करके वह विकसित कर सकता था।

महामुनि के आचार्यत्व में एक यज्ञ का आयोजन करके इन्द्र देवता से प्रार्थना की गई कि आँधी-पानी से नए नगर को विध्वस्त न करें। इन्द्र ने प्रार्थना सुन ली। वर्षा आई, किन्तु धारासार वर्षा नहीं हुई।

कृतज्ञता के कारण कृष्ण ने युधिष्ठिर को परामर्श दिया कि वह खाण्डवप्रस्थ का नाम बदलकर इन्द्रप्रस्थ कर दें। उन्होंने कहा कि यह संसार का सर्वोत्तम नगर बनेगा।

देवशिल्पी विश्वकर्मा का आशीर्वाद प्राप्त करके शिल्पियों की सहायता से, गोपू ने निर्माण का कार्य आरम्भ किया।

नगर मानो इन्द्रजाल के समान बनने लगा। दूर-दूर से लोग उस आश्चर्य को देखने आने और वहीं बसने लगे।

शीतऋतु आरम्भ होने के साथ ही यादवों की ओर से उपहार लेकर उद्धव द्वारका से लौट आए।

महामुनि ने भी उन लोगों से विदा ली और अपने शिष्यों के सहित कुरुक्षेत्र के अपने आश्रम की ओर चल पड़े।

जब नगर में सामान्य जीवन आरम्भ हो गया तो कृष्ण और बलराम ने द्वारका जाने का निश्चय किया। कृष्ण से बिछुड़ते युधिष्ठिर को बहुत दुःख हो रहा था। उन्होंने कहा, "कृष्ण, आप हमारे रक्षक रहे हैं, अभिभावक देवता रहे हैं, आप हमारे लिए पिता से भी अधिक रहे हैं। आपके बिना न तो हम पांचाल-राजकुमारी का पाणिग्रहण हर सकते थे, न 'धर्म-नगर' की स्थापना ही कर सकते थे।"

कृष्ण ने उत्तर दिया, "आप दुखी न हों। मैं जहाँ कहीं भी रहूँगा, सदा आप पाँचो भाइयों का और आपके कल्याण का ध्यान रखूँगा। आप धर्मराज हैं। जब कभी आपको मेरी आवश्यकता होगी, मैं झंझा से भी तीव्र गति से आपके पास आ पहुँचूँगा।"

जब अर्जुन ने कृष्ण को गले लगाया तो वह अपनी सिसकी न रोक सके। कृष्ण ने अपने मित्र के दुःख का अनुभव किया और उनकी पीठ थपथपाते हुए उनके कान में कहा, "अर्जुन, द्वारका आना। मैं तुम्हें अपने प्रेम का कोई स्मृति-चिन्ह दूँगा।"

कृष्ण और बलराम ने माता कुन्ती, द्रौपदी तथा अन्य मित्रों से विदा ली।

पाण्डवों तथा इन्द्रप्रस्थ के लोगों के द्वारा हार्दिक विदाई पाकर कृष्ण अपने रथ पर जा बैठे। उन्होंने घोड़ों की रास अपने हाथ में ली। वह आँसू-भरी आँखों के साथ खड़े पाँचों भाइयों की ओर मुड़े और प्रसन्नतापूर्वक मुस्कुराए। उन्हें अपने लोगों के पास द्वारका जाना था, किन्तु वह अपना हृदय वीर पंच पाण्डवों के पास छोड़ते गए, जो धर्म-साम्राज्य का निर्माण कर रहे थे।

अनन्तर उन्होंने हाथ में कोड़ा लिया, घोड़ों को फटकारा और धूल के बादलों से ढके इस प्रकार आगे बढ़ गए, जैसे आकाश में बादलों से ढके इन्द्र यात्रा करते हैं।

❑❑❑